1. Kapitel
Das Jahr 2159

Wie steinerne Zeugen ragten die Hochhäuser in der Nacht auf. Starr, stumm und mitleidlos. Die Finsternis verdrängte jedes Licht auf den menschenleeren Straßen in Kentarion City. Detective Harmers Schädel dröhnte, als er an den aufragenden Bürogebäuden vorbeihastete. Lediglich die Wachrobots hielten an den Eingängen Stellung, da alle Menschen diesen Teil des Industriegeländes schon vor Stunden verlassen hatten. Harmer war allein, und das wusste er.

Sein Gang war unsicher, als er mit schwindenden Kräften etwas hinterherjagte; von einem inneren Ansporn rastlos vorwärts getrieben. Immer wieder rieb er sich mit den Händen an Schläfen und Hinterkopf. Er keuchte. Sein dunkelbraunes glattes Haar lag vom Regen platt gedrückt bis an die Ohren herunter.

Irgendetwas war geschehen. Er konnte sich nicht mehr erinnern, warum er mitten in der Nacht durch Kentarions Straßen irrte. Wie benommen stolperte er voran, ohne ein Ziel vor Augen zu haben oder zu wissen, woher er kam.

Dieser Schmerz! Dieser stechende Schmerz in meinem Kopf. Was ist das nur?

Harmer war Ende dreißig und gehörte zu den Leistungsträgern des Kentarion City Police Departments. Doch in dieser Nacht, in der der Regen die Straßen flutete, war davon nichts zu merken. Der ansonsten sportliche Mann krümmte sich vor Schmerz und quälte sich Meter für Meter vorwärts.

„Wieso ist denn hier keiner? Ich … brauche ...“

Ein Ausruf, klar in seinem Kopf vorhanden, wollte Harmer nicht über die Lippen gehen.

Hilfe!

2. Kapitel
Kentarion City - Industriegebiet

Das Schlurfen von Harmers Schritten verstummte unter dem Prasseln des Regens. Weiter und weiter tastete er sich nach vorn, in der Hoffnung, einen Ort zu finden, an dem der Schmerz in seinem Kopf enden würde. Geplagt hielt er an Straßenlaternen inne und versuchte, zu verschnaufen. Seine Finger krallten sich um den Laternenmast. Statt der erhofften Kraft überflutete neuer Schmerz seinen ausgezehrten Leib, brennend und stechend.

Er bewegte sich auf dem Gehweg in einem wandernden xenongrellen Lichtkegel, den die Straßenlaternen über ihn warfen. Als Harmer um die Ecke des gläsernen Gebäudes an der breiten Kreuzung bog, setzte das Stechen in seinem Kopf für einen kurzen Moment aus. Plötzlich überkam ihn Ruhe. Sein Blick schärfte sich.

Vor ihm erhob sich die riesige Halle der Global Robot Enterprises. Harmer erblickte die drei übereinander gesetzten Ebenen des pyramidenförmigen Gebäudes, in dem Maschinen andere Maschinen im Minutentakt erschufen. Hoch wie ein Wolkenkratzer ragte die Halle in den verregneten Himmel auf. An Tagen, an denen der Nebel tief über der Stadt hing, konnte man in der Lounge unterhalb der Spitze auf ein Wolkenmeer blicken, das nur von wenigen Gebäuden der Skyline in Kentarion City durchbrochen wurde.

Im Inneren der größten Robot-Fabrik der Welt arbeitete eine unvergleichbare Produktionsmaschinerie Tag und Nacht daran, die Zahl der global vertretenen Robots stetig über einer Milliarde zu halten. Neue Fabrikate verließen das Gelände in Fahrzeugen und in unterirdischen Transportzügen, die auf Schiffen, Raumgleitern oder über den Landweg in die Welt exportiert wurden, während andere gewartet und instandgesetzt wurden. Alte Modelle wurden bei irreparablen Schäden im Recycling demontiert und gaben Baumaterial für neue Robots ab. Robots in jeglichen Formen und Größen verließen das Gelände der GRE, um ihren jeweiligen Aufgaben zugeführt zu werden.

Klobige Baustellenrobots bohrten Löcher in die Erde, um Häuser darauf zu errichten oder Straßenzüge entlang programmierter Routen zu walzen. Humanoide Robots verstärkten nahezu jede Branche und jeden Haushalt, um die Produktivität zu steigern und das Leben lebenswerter zu gestalten. Kleine Biobots unterstützten Ärzte, Apotheker und Medizintechniker in diversen Aufgabenbereichen, um menschliches Leben zu erhalten.

Einzig das Militär unterlag einer strengen Exportkontrolle. Robots durften nur in kasernierten Einheiten oder in rückwärtigen Frontgebieten eingesetzt werden, um nicht an der Tötung von Menschen aktiv beteiligt zu sein. Daher belieferte die GRE offen jegliche Streitkräfte auch mit gleichen Serienmodellen, sodass keinerlei Kräfteunterschiede oder strategische wie auch taktische Vorteile entstanden. Darauf hatten sich die Regierungen geeinigt, nachdem deutlich geworden war, dass die Robots bei einem nicht limitierten Einsatz mehr Schaden als Nutzen verursachen würden.

Drei bikonvex geformte Gebäudetürme aus semitransparenten Baustoffen und Unmengen an Glas umschlossen synchron die Fabrikpyramide der GRE. In diesen drei Türmen befand sich das Robotministerium. Das Ministerium war kurz nach der Firmengründung eingerichtet worden, und viele Menschen setzten es seitdem mit der GRE gleich. Weisungen und Gesetze in jedweder Verbindung zu Robots entstammten dem hier ansässigen Ressort. Kein Robot konnte gefertigt werden, ohne dass das Robotministerium dies nicht zuvor genehmigte.

Aus den Turmspitzen speiste sich der weiße wie ein Kristall schimmernde konzentrische Knotenpunkt des Uplinks, der das Ministerium mit allen in der Welt und auf dem Mond befindlichen Robots vernetzte. Um den senkrecht zum geostationären Satelliten nach oben schießenden Energiestrahl wanden sich flankierende dünne Strahlen der Downlinks nach unten, die den Hauptstrahl wie funkelnde Schlangen umrankten. Das entfernte Rauschen der Kentarion City Railway lag über dem Gelände und überlagerte jeden Winkel der Fabrik mit dem Geräuschpegel der Hochgeschwindigkeitsbahn der Millionenstadt.

Harmer erkannte das Fabrikgelände für Robots auf Anhieb wieder und war froh, in dieser Nacht auf etwas Bekanntes gestoßen zu sein. Für einen kurzen Augenblick verschwanden all die Schmerzen, und Edward Harmer richtete sich erleichtert auf.

Die Fabrik. Aber was soll ich hier? Wieso bin ich hier?

Noch bevor er einen ausgiebigen Blick auf Kentarion Citys hintere Skyline werfen konnte, setzte das Stechen in seinem Schädel erneut ein, um dieses Mal stärker und brennender loszubrechen als die Stunden zuvor.

Oh Gott! Was … ist das? Ich halte das … nicht mehr … aus.

Ohne dass er eine Erklärung fand, setzten sich seine Beine in Bewegung und trugen ihn zum Eingangstor des Robotgeländes. Als er vor die stangenartige Portalkonstruktion trat, durchstieß ein höllisches Summen seinen Kopf, sodass er laut ächzte und halb zu Boden ging. Harmer wankte und taumelte. Das Eingangstor öffnete sich, und die martialisch wirkende Konstruktion der Sperrgitter verschwand nach einer Drehbewegung im Boden.

Die humanoiden Sicherheitsrobots im Wachhäuschen registrierten Harmer mit flüchtigen Blicken, wandten sich jedoch wieder der Zufahrtsstraße zu und schenkten dem Mann keinerlei Beachtung. Es schien, als interessiere er sie nicht.

Harmer wollte sich ihnen zuwenden und sie um Hilfe anrufen, doch er vermochte es nicht. Weder Gliedmaßen noch Zunge gehorchten ihm. Stattdessen schritt sein Körper vorwärts auf das Gelände der GRE und ging geradeaus.

Autonome Transportrobots in ovalen und quaderförmigen Konstruktionsformen kreuzten Harmers Weg und umkurvten ihn wie ein Hindernis. Vor dem Eingang der Fabrikhalle ging das Stechen in pochendes Hämmern über, das seinen Schädel auseinanderzuschlagen drohte.

Diese Schmerzen. Was ist hier los?

Detective Harmer sehnte sich nach einem Ende der Qualen und nach einem Ende dieser Nacht.

Die drei ineinander verschobenen Portalplatten des Eingangs der vorderen Konfigurationshalle öffneten sich mit einem metallischen Schlagen. Die ovalen Module scherten gleichzeitig auseinander und gaben einen Durchgang frei. Eine Öffnung tat sich auf, die gerade reichte, um den Mann hindurchschlüpfen zu lassen, ohne zu viel vom Inneren preiszugeben.

Nur wenige Menschen hatten die Erlaubnis erhalten, das Innere der Fabrik ausgiebig zu inspizieren, und dass auch nur, ohne der Öffentlichkeit davon zu berichten. Die Konfigurationshalle der GRE stellte eine Ministeriumsangelegenheit dar. Robot eyes only. Hier verschwammen die Grenzen zwischen Ökonomie und Politik.

Die Inhalte der Robotkonfigurations-, Serienfertigungs- und Programmierungshallen gehörten zu den weltweit bestgehüteten Wirtschaftsgeheimnissen, die der Monopolist Global Robot Enterprises vor der Weltöffentlichkeit verbarg.

Detective Harmer schlüpfte durch die Öffnung und verschwand in einer Halle der Finsternis. Kein rhythmisches Schlagen und keine surrenden Maschinengeräusche erfüllten den Raum, wie es üblich war. Eine Handvoll Positionsleuchten im Boden der Halle warfen ein schwaches weißes Licht, kleinen leuchtenden Bindfäden gleich, in dem Harmer nur die eigene Silhouette erkannte. Langsam erhob sich das schwache Echo sanft auf dem Hallenboden aufsetzender Schritte.

Ein Robot kam näher.

In Harmer stieg Furcht auf. Doch dafür blieb ihm keine Zeit. Das elektromagnetische Bombardement der Naniten schwoll wieder in seinem Kopf an und provozierte eine massive Ausschüttung von Schmerzmediatoren, die seinen ganzen Körper überfluteten. Wie ein Feuer fegte der Sturm aus

Schmerz und glühender Hitze durch den Körper des Ermittlers und schien jeden Kubiknanometer zu erfassen. Es fühlte sich an, als würden seine Zellen zerkochen und schließlich platzen.

Harmer fiel auf die Knie, und ein qualvolles Klagen drang aus seinem aufgerissenen Mund. Er war am Ende.

Der Robot kam mit eiligen Schritten näher. Er war fast da. Obwohl der Ermittler nicht mehr viel Kraft hatte, über den Robot nachzudenken, ahnte er, dass er keine Hilfe von ihm erwarten konnte.

Die Naniten befanden sich in der letzten Phase ihres programmierten Auftrags.

Mensch in der Konfigurationshalle fixieren. Befehl 2 ausgeführt.

Die Naniten verschoben ihre Netzkolonie auf den Parietalkortex und bildeten einen neuen Schwerpunkt in der Mitte des Gehirns. Sie drangen zwischen die Nervenzellen und platzierten sich.

Dieser Schmerz … wandelt sich ständig … in meinem Kopf.

Harmer holte tief Luft.

Was … ist das nur? Ich kann nicht … mehr.

Aus der Dunkelheit trat eine Gestalt auf Harmer zu, die das letzte Aufbäumen seines Geistes bewirkte. Plötzlich verlosch der Schmerz. Doch sofort wich der Ausdruck der Erleichterung dem des Schreckens, denn er sah in die blaugrauen Augen des weltbekannten Politikers.

Er? … Jetzt ist mir alles klar. Ich Narr!

Der Robot kam vor dem knienden Detective zum Stehen und warf einen mitleidslosen Blick auf ihn herab. „Korrekt. Sie sind ein Narr." Blitzartig schoss der Arm des Robots nach vorn, und die Servohand krallte sich um die Kehle des Ermittlers. Die positronischen Nervenbahnen des Robots leuchteten weiß von den haardünnen Plasmaströmen unter der Haut hervor, die als Lebensadern den Robot durchzogen. Die Tarnung war nun nicht mehr wichtig. Er verengte den Griff und schnürte Harmer die Kehle zu.

„Stopp!" Das Krächzen verebbte, als der Polizist den letzten Hauch seines Lebens tat. Harmers Versuch eines Aufbäumens blieb erfolglos.

Wie kann das sein? Wo sind die anderen Robots, die in dieser Halle sein sollten?

Harmers Gedanken kreisten. Der Robot würde ihn töten.

Noch bevor etwas anderes aus dem gequälten Leib hervordringen konnte, brachten die Naniten sein Neuralnetz an den Rand des Kollapses.

Rückkehr zum Auftraggeber! Sammeln im Container!

Als die Naniten ihren letzten Befehl ausführten, schrillte ein schmerzerfüllter Schrei durch die dunkle Halle und Blut spritzte aus Harmers Nase, Ohren und Mund.

Scharenweise verließen die Naniten Harmers Schädel und strebten auf den Robotarm zu. Auf ihrem Weg nach draußen zerrissen zwei Schwärme die Trommelfälle und bahnten sich ihren Weg aus Harmers Gehörgang. Unter dem ohrenbetäubenden Kratzen ihrer Bewegungen wurde der Mann wahnsinnig und wollte sich augenblicklich mit seiner Dienstwaffe in den Kopf schießen, doch seine Arme reagierten nicht. Erstarrt hing er in der Robothand.

Andere Nanitenschwärme durchstießen die Sehnerven, Netzhäute und Linsen, um zwischen Nick- und Hornhaut aus den Augen des Ermittlers herauszuströmen. Harmer schrie.

Mehrere Ströme aus nicht endenden blau schimmernden Nanitenschwärmen überzogen leuchtend den humanoiden Arm des Robots, dessen weiße positronischen Nervenbahnen langsam verblassten. In dem Nanocontainer des Robotunterarms sog ein kleiner kugelförmiger Behälter alle Naniten ein. Das Verlöschen des blauen Lichts im Container verriet die Deaktivierung der Naniten. Die Verkleidung des Minicontainers schloss sich mit einem Surren.

Es war vorbei.

Harmer rang nach Luft. Sein Genick gab mit einem kurzen Knacken nach, und der Kopf des Ermittlers sackte nach vorn. Nur das Blut glitt über sein schlaffes Gesicht.

Als der Robot die Hand löste, sank Harmers Körper leblos
zu Boden. Der Robot wandte sich ab und verschwand in der
Finsternis der Halle. Er kehrte zurück zum Raumtransporter
der GRE, um abzufliegen. Niemand würde bemerken, dass er
je den Mond verlassen hatte.

3. Kapitel
Kentarion City - Police Department

Der Straßenverkehr im Stadtinneren verlief turbulent und mit lautem Getöse. Fahrzeuge fuhren über Kreuzungen, rauschten auf Zubringern zu den Skyways oder sausten von diesen herab. Menschen gingen zur Arbeit oder erledigten in den Geschäften der Stadt Besorgungen. Humanoide Robots überquerten die Straßen oder tappten auf den Bürgersteigen entlang und wichen dabei unachtsamen Fußgängern aus, ohne dass ihre Gesichtsmodule dabei einen Hauch von Anstrengung erkennen ließen. Die unzähligen Farbmuster und verschiedenen Symbole auf Brust und Rücken kennzeichneten ihre unterschiedliche Serienzugehörigkeit. Polygramme und griechische Symbole zierten die Oberkörperverkleidungen der Robots. Auf manchen Robots spiegelte sich das Sonnenlicht, sodass durch ihre hohe Anzahl in den Straßen der Stadt ein vielfaches Blitzen die Wege erhellte.

Die Sonne schien so grell an diesem Morgen, dass der Himmel mit einer milchigen Färbung blendete. Auf den Straßen und Wegen trocknete das Regenwasser der vergangenen Nacht.

Detective Morris Oliver Avory näherte sich in rascher Fahrt mit seinem City Transformatic Car dem Hauptgebäude des Kentarion City Police Department. Er bog mit dem oval geformten, sich nach hinten zuspitzenden Wagen um eine Kurve und hielt vor dem Department auf eine Freifläche zwischen den Häusern zu, auf der er das kleine Vehikel anhielt. Das leise Pfeifen des Wagens verstummte. Gerade als Avory aussteigen wollte, blitzte vor ihm das Menüfeld des Fahrzeugcomputers an der Frontscheibe auf, und eine gelbe Zeile blinkte.

„Möchten Sie eine zyklische Zwischenprüfung Ihres City Transformatic Car? Eine Servicestation ist in der Nähe und steht Ihnen zur Verfügung." Der Sprachcomputer hatte einen dominanten Unterton in der männlichen Stimme.

Die jeden Monat mehrmals erscheinende Systemmeldung nervte Avory. „Ja doch. Von mir aus." Er tippte auf die gelbe Zeile und setzte mit neuem Schwung zum Aussteigen an.

Die Fahrertür öffnete sich und glitt eng an der Karosse entlang über das Dach des Wagens. Der Fahrersitz drehte sich zur Seite, und Avory stieg aus.

„Hey, Phil!", rief er scherzend einem alten Polizisten zu, dessen Bauch die Uniform spannte. „Wie war die Nachtschicht? Haben dir die Alarmmeldungen der Überwachungsdrohnen wieder den Schlaf geraubt?"

„Aus dem Alter bin ich raus, Morris", antwortete der Polizist, der sich mit einem kleineren Beamten vor dem Polizeigebäude aufhielt. „Ich habe mich um mein Wohlbefinden gekümmert. Zwei Lieferantenrobots haben ein mächtiges Verkehrschaos vor der Wurstfabrik angerichtet. Den Einsatz habe ich freiwillig übernommen." Philipp Kensington klatschte sich zufrieden auf den dicken Bauch.

Die Männer lachten.

Während Avory die breite Eingangstreppe des dunkelblauen Polizeigebäudes hinaufstieg, transformierte sein Wagen in den Parkmodus. Die Räder schoben sich aufgereiht an die Seite des Wagens, der Motorraum und das Heckabteil vereinten sich unter dem Fahrzeug zu einem Metallblock. Gleichzeitig fuhr aus der Kante des Bordsteins eine Hebegabel heraus, um Avorys Wagen für das Einparken aufzuhängen. In dem Parkgerüst kletterte ein spinnenartiger Robot nach oben und kontrollierte sicherheitsrelevante Fahrzeugmodule.

In der großen Halle des Kentarion City Police Department fielen die morgendlichen Sonnenstrahlen wie ein schräger Vorhang durch die hohen Seitenfenster des blauen Gebäudes. Eine erhöhte Ebene durchzog die Halle, von der Treppen nach innen hinabführten. Auf ihr standen Schreibtische, Großserver und Waffenschränke. Auf der unteren Ebene der Zentrale herrschte das übliche Gewusel, in dem Polizisten in schwarzen Uniformen und optisch ähnlich designte Dienstrobots ihren Tätigkeiten nachgingen.

Detective Avory betrat in gewohnt lässiger Manier den Eingangsbereich und durchschritt das durchsichtige Kraftfeld des Haupttors, welches beim Durchschreiten kurz aufblitzte und Avorys Bewegungen für einen Moment wie eine Welle folgte. Auf einer holografischen Darstellung des Dienstrobots am Eingang erschienen Avorys Hologramm und einige Details zum Dienstbereich, in dem er tätig war. Name, persönliche Daten, Dienstgrad und Auszeichnungen zierten den Sockel unter Avorys Hologramm.

„Guten Morgen, Detective Avory", begrüßte der Robot am Eingang den Ermittler.

„Bring mir einfach einen Kaffee, du Briefkasten!"

„Sehr gern, Detective Avory."

Nicht auf Emotionen programmiert reagierte der Dienstrobot unbeeindruckt auf die Anweisung des Polizisten, dem jeden Tag neue Beschimpfungen für Robots einfielen. Der Robot gehorchte und wies per Lichtimpuls über das hausinterne KCPD-Intranet den Küchenrobot an, einen Kaffee aufzubrühen und durch einen Botenrobot an Avorys Schreibtisch zuzustellen. Der dürre Aktenträger glich bei seiner Bewegung mehr einer rollenden Lampe als einem Robot mit Halterungen für Getränke, Mahlzeiten oder Datenkristalle.

Er schob die Tasse mit einer blechern klingenden Meldung auf Avorys Tisch. „Ihr Kaffee, Sir." Danach verschwand der Bote mit einer zügigen Ausweichbewegung wieder an seinen Bereithalteplatz an der Wand.

Avory schwieg und blieb damit unhöflich gegenüber dem Robot. Eilig flogen seine Finger über die Hologrammtexte der Kriminalmeldungen des KCPD-Intranet. Überfälle, Diebstähle und andere kleinere Delikte der letzten Nacht. Seitdem Robots massiv in fast allen Staaten der Welt eingeführt worden waren, sank die Kriminalitätsrate auf einen neuen Tiefststand. Robots halfen mit raschen und detailgenauen Meldungen über kriminelle Vorfälle und engten jedes Verbrechen auf ein geringes Maß an Erfolgswahrscheinlichkeit ein. Es schien, als würden Maschinen den Menschen helfen, bessere Menschen zu werden.

Avorys Hologrammschirm zeigte bereits die letzten Meldungen an, als am Eingang des Departments Tumult entstand.

Zwei Polizisten von kräftiger, breitschultriger Statur brachten einen wild gewordenen Rowdy in den Eingangsbereich. Das Überwachungssystem erkannte die Gefahr und signalisierte allen Mitarbeitern des Departments mehr Achtsamkeit durch das flackernde Einblenden eines gelben Warnlichts an den Wänden und den Seiten des Mobiliars.

„Rob! Los, mach die Zelle auf!" Einer der Officer schob den Rowdy voran, während er versuchte, ein paar Beweisstücke auf die Ablagefläche der Aufbauten zu schieben.

„Aber gern, Officer Zemcko. Schon erledigt." Der Robot trat bereits von seinen Aufbauten herunter, öffnete die Tür zum Zellenbereich an der Wand und grüßte den Rowdy, der ihm nur boshaft einen gehässigen Blick zurückwarf: „Guten Tag, Sir."

„Ich scheiß auf dich, du Schrotthaufen! Ihr alle seid so scheiße."

Der Rowdy zappelte zwischen Zemckos Armen und verschwand in der Kraftfeldzelle, deren Verschluss Dienstrobot 271 Alpha, von den Polizisten freundschaftlich Rob genannt, mit einer galanten Handbewegung auf den rot schimmernden Sensor aktivierte.

Ein kurzes Aufblitzen des Kraftfelds signalisierte den intakten Energiefluss, und einige Lichtfäden aus Photonit wehten in dem Kraftfeld hin und her, sodass jeder das Feld erkennen konnte.

Rob wandte sich kurz dem Rowdy zu. „Angenehmen Aufenthalt in Ihrer Zelle, Sir. Ich hoffe, die Ruhe lässt Ihnen Zeit, über Ihre begangenen sozialen Interaktionen nachzudenken."

„Arschloch!", schrie der Rowdy ihm nach und rannte gegen das Kraftfeld, als würde es ihn nicht aufhalten können. Ein kurzes Zischen stoppte ihn, und der Mann fiel benommen rücklings zu Boden. Die Lichtfäden verdichteten sich bei dem Sprungversuch, in dem sie ein Photonitgitter bildeten. Der weiche Zellenboden dämpfte den Aufprall des Rowdys zu einem weichen Plumpsen.

„Wenn Sie Hilfe brauchen, lassen Sie es mich wissen. Ich bin gern zu helfen bereit." Mit diesen Worten wandte sich der Robot endgültig ab und verließ den Zellenbereich.

„Ich mache euch alle fertig!" Der Rowdy plusterte sich vor dem Kraftfeld auf und schrie auf alle Anwesenden ein, aber Zemcko und sein Partner verließen ebenfalls den Zellenbereich und scherzten im Fortgehen.

Avory, der die Szenerie von seinem Schreibtisch auf der oberen Ebene aus amüsiert beobachtet hatte, kommentierte sie mit einem trockenen „Freak" und wandte sich ab.

Er nahm einen großen Schluck aus der dampfenden Tasse. Nach einem weiteren genüsslichen Schluck seines Lieblingsgetränks schaute er umher, und sein Blick fiel auf das Büro des Departmentleiters. In der hinteren Ecke des Gebäudes befand sich der erhöht liegende Dienstbereich von Chief Packelton.

Seit über acht Jahren führte James Packelton das KCPD nun schon mit Sorgfalt und Strenge. Der große schwergewichtige Mann versteckte sein Gesicht unter einem dunklen, dichten Vollbart. Sein Kopfhaar hingegen lichtete sich bereits und gab der Stirn ausreichend Platz. An diesem Morgen stand Chief Packelton mit einer solch finsteren Miene am Eingang seines Büros, die Avory noch nie bei ihm gesehen hatte. Ihre Blicke trafen sich. Chief Packelton nickte kurz und bedeutete Avory, zu ihm ins Büro zu kommen.

Avory setzte die Tasse ab, stand auf und ging die gläsernen Stufen der kleinen Treppe hinauf. Seine Schritte waren vorsichtig, er wollte gehorchen, dachte aber gleichzeitig darüber nach, welche seiner regelmäßig eintretenden Eskapaden den Chief aufgebracht haben könnte.

Packelton schaute auf den sich reumütig anschleichenden Avory und knurrte ohne seine düstere Miene zu verziehen: „Wir müssen reden, Mo. Setz dich.“

Avory betrat den Raum, der mit vielen Möbelstücken aus dunkelbraunem Nussbaumholz und mehreren Bildern an der Wand eingerichtet war. Einige Bilder dokumentierten Packeltons Zeit als Polizist im Laufe der Jahre. Auf den Fotografien wurde der Mann nicht nur älter und massiger, sondern die Jahre beim KCPD zeichneten sein Gesicht und zwangen ihm einen immer grimmigeren Ausdruck auf. Viele der Polizisten neben Packelton waren entweder tot, versetzt oder aus dem Dienst ausgeschieden. Die Bilder zeigten die Jahre, bevor die Robots ihren reduzierenden Einfluss auf die menschliche Kriminalität entfalten konnten.

Hinter Packeltons Stuhl, der einem Ufo glich und Moderne in das sonst so altertümlich wirkende Büro brachte, stand der Waffenschrank.

Avory nahm fläzig auf einem Ledersessel gegenüber dem Schreibtisch Platz. Er schaute kurz umher, und schnell fand sein Blick den Hologrammschirm an der gegenüberliegenden Ecke auf Packeltons Schreibtisch, wo ein kleiner Projektor auf der Ablagefläche nach oben leuchtend das persönliche Profil des Detectives anzeigte.

Im Gegensatz zu dem Dienstrobot im Eingangsbereich konnte Packelton Avorys komplette Personalakte einsehen und sich daher einen weit größeren Überblick über die Dienstpflichtverletzungen verschaffen, die Avory in seiner elfjährigen Karriere als Polizist des KCPD begangen hatte. Immer wieder fuhr ein Textabschnitt neben der dreidimensionalen Farbaufnahme des Detectives auf und ab, an deren unterem Ende ein rotes Banner für Avorys Verfehlungen blinkte.

Avory versuchte, die für einen sonnigen Morgen zu finstere Stimmung des Chiefs mit seinem Humor aufzuheitern. Er deutete auf das Hologramm und kicherte. „Hey, Chief, schaust du dir wieder alte Comics an?"

Avorys Lachen über seinen eigenen Witz verklang rasch, als Chief Packelton das Kraftfeld des Türrahmens verriegelte. Packelton trat ins Büro und tippte zweimal auf die Scheibe seines riesigen Bürofensters, das ihm einen tiefen Einblick in die gesamte Halle bot. Die Scheibe verschwamm in einem Grau des darin aufziehenden Nebels.

Packelton hatte den Verschlussmodus aktiviert. Niemand würde sie nun sehen oder hören können.

Stumm schritt er auf Avory zu, während er von oben auf den Detective herabsah. Er blieb vor ihm stehen. „Stuhl!"

Von einer der Bürowände löste sich ein dünner Stangenrobot, der beim Losfahren aus einer senkrecht an der Wand hängenden Halterung die Sitzfläche und Rückenlehne für einen provisorischen Bürostuhl herauszog, im Fahren an seinem Gestänge justierte und unter dem breiten Hintern des Chiefs zum Stehen kam. Die gedämpfte Stimme des Robots wiederholte den Befehl des Chiefs.

Packelton ließ sich auf der Sitzfläche nieder und rollte näher an Avory heran. Dabei sah er ihm tief in die Augen. „Wann hast du Edward das letzte Mal gesehen oder gesprochen?"

„Willst du mich jetzt verhören, Chief", entgegnete Avory verdutzt.

Packelton schaute noch finsterer auf ihn, als er die Stirn runzelte. Sein bohrender Blick ließ keinen Zweifel daran, dass er eine Antwort verlangte. „Nein. Ich will wissen, wer ihn umgebracht hat. Und es wird deine Aufgabe werden, das herauszufinden. Bring mir Harmers Mörder!"

4. Kapitel
Kentarion - Innenstadt

Chief Packelton warf sich den Mantel über und steckte die Dienstwaffe ins Holster unter der Achsel. Er holte tief Luft, bevor er von seinem Büro im KCPD aufbrach. Er trat durch das Kraftfeld, und der Verriegelungsmodus deaktivierte sich.

Packelton und Avory gingen zum Seitenausgang des Departments und verließen das Gebäude. Noch bevor sie aus dem Revier traten, erklang ein Krachen und Schlagen, als die Hebegabel das Transformatic Car des Chiefs herunterhievte, und es sich vor ihnen zu einem erkennbaren Fahrzeug wandelte. Die große Limousine glänzte in einem funkelnden Silber, verschob die Fahrertür automatisch nach oben und versetzte die Rücksitzbank, als der Beifahrersitz zum Einsteigen hinter dem Fahrersitz hervorkam.

Packelton nahm auf dem Fahrersitz Platz, während Avory es sich auf dem Beifahrersitz gemütlich machte. Währenddessen beratschlagten sie das Vorgehen.

„Heikler könnte der Fall nicht sein. Ein Todesfall in der Fabrikhalle der GRE, und dann ausgerechnet Ed. Ich fürchte, die Sache wird automatisch zur Ministeriumsangelegenheit." In Packeltons Kopf sprangen die Gedanken Salto, als er die Möglichkeiten durchging, die schiefgehen konnten.

„Ach, komm schon, Chief. GRE hin oder her. Ein Polizist des KCPD ist tot, und wir sind diejenigen, die es aufklären werden. Die vom Ministerium können uns gar nichts anhaben."

Avory gab sich siegessicher, und seine Verklärung der Lage brachte Packeltons Gemüt auf. „Was glaubst du, was die machen, wenn wir nur einen Besen falsch abstellen. Die untersagen uns die Ermittlungen und regeln die Sache wie immer selbst. Und der Bürgermeister wird kuschen, wie eh und je. Verdammt noch mal!", brauste Packelton auf und schüttelte den Kopf.

Zu oft hatte er Ermittlungen im Sand verlaufen sehen, wenn die GRE involviert war. Zu stark war der Einfluss des Konzerns, in dessen Schatten stets das Robotministerium lauerte. Zu schwach hatten sich staatliche Instanzen dem globalen Riesen gegenüber erwiesen. Packelton wusste das, Avory nicht.

Das Fahrzeug war fahrbereit und hatte den Elektromotor gestartet. „Ziel wählen“, forderte die weibliche Computerstimme.

„GRE-Fabrikgelände. Electronic Boulevard. Zügig! Einsatzmodus aktivieren.“ Packelton klang gereizt, als das Fahrzeug auf die Straße bog.

Leuchtstreifen, die sich rings um den Fahrzeugrahmen zogen, blinkten blau. Eine Leiste verschob sich quer auf dem Dach des Wagens und flackerte ebenfalls in einem aggressiv blitzenden Blau. Das akustische Warnsignal des KCPD-Einsatzwagens erklang in einer Reihe kurzer Akkorde, die Packelton oft als hässliche Polizeisonate verspottete.

Der Wagen fuhr unaufgefordert die schnellstmögliche Strecke zur GRE und umkurvte dabei Fahrzeuge, die von den Insassen offensichtlich manuell gesteuert nicht rechtzeitig auswichen, wie es computergesteuerte Wagen im Straßenverkehr taten, wenn ein Einsatzfahrzeug des KCPD an ihnen vorbeirauschte.

Sie fuhren in einen der Tunnelzubringer, und der Wagen tauchte in das unterirdische Verkehrssystem ab.

„Wer informiert Harmers Vater? Irgendjemand muss es ihm sagen“, konstatierte Avory und hoffte auf Packelton.

„Ist nicht mehr nötig. Ich war mit Harmer vor zwei Wochen zusammen auf der Beerdigung. Schon bitter, wenn Vater und Sohn in einem Monat sterben. Zum Glück hatte Ed noch keine Kinder, sonst wären die jetzt Vollwaise ohne Familie“, seufzte Packelton und rieb sich mit der Hand übers Gesicht „Ich hoffe, Valerie und meiner Tochter bleibt das erspart.“

Avory blieb stumm.

„Mir will noch immer nicht in den Kopf, dass ein Detective meines Departments einfach so zu Tode kommt und erst Stunden später eine Meldung an unsere Abteilung ergeht. Da steckt wieder eine dieser Alleingänge dahinter, zu denen sich Ed immer hinreißen ließ", schimpfte Packelton und versuchte, seine Nervosität loszuwerden.

Avory stemmte einige Finger an den Innenrahmen des Beifahrerfensters und blickte hinaus. Packelton hatte schon immer eine gewisse Bewunderung für Detective Harmer gehegt.

Das Lob des Detectives fiel geringer aus. „Was soll denn dahinterstecken? Ed war ein Einzelgänger. Bei solchen Alleingängen kann man einfach mal sterben."

Packelton schwenkte seinen Fahrersitz zu Avory. „Was redest du denn da? Man stirbt nicht einfach so. Man ist krank oder zu alt, oder es passieren Unfälle. Du solltest das wissen. In allen anderen Fällen hat irgendjemand nachgeholfen, damit ein anderer Mensch stirbt."

Avorys trotzige Einstellung seinem früheren Partner gegenüber stieß Packelton heftig auf. Sie waren im Streit auseinandergegangen und hatten seither versucht, sich aus dem Weg zu gehen. Nun lag Detective Edward Harmer tot in der Fabrikhalle der GRE. Er konnte nicht glauben, dass das Avory so kalt ließ, wie er tat.

Das Gelände der GRE gehörte gleichzeitig zum Robotministerium und stellte damit eingeschränktes Gebiet für alle dar, die nicht zu einer der beiden Institutionen gehörten. Selbst das KCPD hatte nur bedingte Befugnisse, und oftmals kam es zwischen der Ministeriumsabteilung für kriminelle Vorfälle und dem KCPD zu Reibereien, die damit endeten, dass das KCPD den Kürzeren zog. Im Machtspiel um den Einfluss von Robots in Gesellschaft und Wirtschaft hatten sich schon vor sehr vielen Jahren Konstellationen ergeben, die sich in keiner der bisherigen politischen Strukturen widerspiegelten. Ein schleichender Prozess aus Intrigen, Schmiergeldern und bis dato ungeklärten Todesfällen verschaffte dem ersten Unternehmen für Robotproduktion einen Marktanteil, aus dem heraus Konkurrenten aufgekauft oder in den Ruin getrieben wurden. Seit Ende des 21. Jahrhunderts herrschte die GRE als weltweiter Monopolist und begann, Politiker zu kaufen oder sie massiv unter Druck zu setzen, damit die Interessen der GRE gewahrt blieben. All das geschah ohne Zeugen und ohne Anklagen. Ermittlungen konnten nie gerichtlich verwertbare Beweise erbringen und endeten damit, dass eine Menge Polizisten suspendiert und viele Stühle für jüngere aufstrebende Nachfolger frei wurden. Wahlgelder in bisher unbekannten Größenordnungen flossen, und die weltumspannende Macht des Geldes verhalf der GRE, Staaten zu kaufen, Gesetze zu verändern und ganze Ideologien aufzuweichen. Netzwerke entwickelten sich, die in keiner Struktur staatlicher Macht oder einer demokratischen Gewaltenteilung erschienen. Es war ein eigenes Netz aus Informationen, geheimen Kontakten und Bestechungen. Nur wenige wussten, dass der Schlüssel zur Unantastbarkeit dieser Netzwerke in der programmierten Schweigsamkeit der eingesetzten Robots lag. So kontrollierte die GRE die Welt auf ihre Weise und konnte sich rühmen, die politische Kompetenz eines übergeordneten Ministeriums zu genießen, was in Wirklichkeit nichts weiter als den manipulierenden politischen Arm der GRE darstellte.

Die GRE herrschte überall, und die Ressource wie auch das Produkt waren die Robots. Ein geschlossener Kreislauf. Doch wer kontrollierte ihn?

„Chief, wir werden herausfinden, wer oder was für Eddies Tod verantwortlich ist." Avorys Antwort beruhigte Packelton nur wenig, und er kommentierte dies nur mit einem stummen Nicken. „Ich möchte wissen, was Ed in der GRE zu suchen hatte. Ich kann den Laden nicht leiden." Avory machte sich weiter Luft. „Für die zählte doch nur der Schotter. Die Interessen des einfachen Mannes, der hart schuftet, sind nur von Belang, so lang er eine ihrer Dreckskisten kauft. Und dabei gehen sie über Leichen. Da wette ich drauf."

Der Wagen verließ den unterirdischen Tunnel durch eine zur Seite ansteigende Ausfahrt und bog auf den Motherboardboulevard ein. Von Weitem erkannten beide das aufragende Gebäude der GRE, das von den Türmen des Robotministeriums umschlossen wurde. Der grell leuchtende Uplink schoss in den Himmel.

Packeltons Wagen kam vor dem Haupttor zum Stehen, und sie stiegen aus. Eine Gruppe humanoider Sicherheitsrobots der GRE kam auf die beiden Polizisten zu und stellte sich ihnen in den Weg.

„Guten Tag, Sirs. Wie können wir helfen?"

Die Robots trugen mehrere Schriftzeichen und Symbole der Sicherheitsabteilung der GRE. Auf ihren Rücken und an den Seiten trugen die Robots verschiedene Zusatzpackungen, die Schockwaffen und weitere Ausrüstung enthielten, womit die Robots in jeder Situation und an jedem Ort auf dem GRE-Gelände einen Eindringling oder Flüchtling verfolgen und festsetzen konnten. Ihre Erscheinung wirkte furchteinflößend.

Packelton zeigte mit dem Finger auf sich, Avory sowie die Fabrikhalle der GRE und trat einen Schritt auf die Robots zu. „Wir sind Chief Packelton und Detective Avory. Wir ermitteln im Todesfall Detective Edward Harmer, dessen Leiche sich dort in der Fabrikhalle befindet. Wir wollen sofortigen Zugang zum Tatort."

Noch bevor der Robot antworten konnte, bellte die Stimme eines Mannes über den Platz. „KCPD? Hier rüber!"

Die Robots traten beiseite und öffneten eine Gasse für die beiden Polizisten. Einer der Robots wies zu einem kleinwüchsigen Mann in schwarzem Anzug und Mantel.

„Lass mich das Reden übernehmen. Es ist besser so", sagte Packelton.

Avory rollte mit den Augen und verzichtete auf eine Antwort.

Die Gruppe aus Polizisten und Robots setzte sich in Bewegung und näherte sich dem Mann, der offensichtlich zur GRE oder zum Robotministerium gehörte. Der graue Mantel gab dem kleinen Mann ein förmliches Aussehen, und sein Blick verriet die ausgeprägte Arroganz. Das dunkelbraune, struppige Haar war jedoch etwas durcheinander.

„Sie sind hier, um zu ermitteln, nicht wahr? Auf dem Gelände der GRE haben wir zwar gesonderte Vorschriften, aber in diesem Fall sind wir da nicht so kleinlich." Er grinste. Dem Mann schien es großen Gefallen zu bereiten, die beiden Polizisten zu provozieren. „Oh, verzeihen Sie. Meine Manieren lassen heute Morgen zu wünschen übrig. Samuel Patrick Havington. Ich bin der Leitende Direktor für Sicherheit und kriminelle Zwischenfälle für die Global Robot Enterprises und damit der Referent für innere Angelegenheiten des Ministeriums für Robotentwicklung. Leider begann der sonnige und so schöne Tag mit einer Leiche." Bei dieser Bemerkung seufzte Havington, als handle es sich um eine verlorene Wette beim Pferderennen. „Nun ja, da will ich die unglückselige Sache schnell bereinigen. Sie verstehen?" Er blickte kurz zu Packelton und machte sich nicht die Mühe, Beileid zu heucheln. Dann führte er die Polizisten zum Tatort.

„Bei einem toten Polizisten des KCPD kann man wohl kaum davon sprechen, eine Sache schnell zu bereinigen, Mr. Havington." Packeltons Stimme vibrierte vor Zorn.

Avory setzte nach. „Haben Sie den Tatort versiegelt oder schon alles kontaminiert? Würde mich bei dem Laden nicht wundern."

Hier traf Avory offenbar einen wunden Punkt, denn Havington blitzte den Detective von der Seite mit einem äußerst giftigen Blick an.

„Ich dachte, ich komme dem KCPD ausnahmsweise entgegen und mache den Vorgang nicht zu meiner Angelegenheit. Ansonsten würde sich der Leichnam schon im städtischen Krematorium befinden und eine Notiz mit Lichtimpuls über das KCPD-Intranet an Sie ergehen. Dann wären wir alle nicht hier. Die Leiche eingeschlossen. Wie sagten Sie, war sein Name?" Bei dieser Frage blieb Havington stehen und wandte sich vor dem Eingang der Fabrikhalle den beiden Ermittlern zu. Sein Gesicht versteckte ein unterdrücktes süffisantes Lächeln.

Avory spürte das Gefühl in sich aufsteigen, Havington auf der Stelle erwürgen zu wollen.

Doch noch bevor er etwas sagen konnte, ging Packelton dazwischen. „Harmer, Detective Edward Harmer. Wir würden jetzt gern den Tatort untersuchen. Ohne weitere Diskussionen.“

„Kein Problem“, antwortete der Direktor. Havington wandte sich mit Unschuldsmiene ab und gab den Sicherheitsrobots am Eingang der Halle eine Reihe von Anweisungen.

Währenddessen tippte Packelton Avory auf die Schulter. „Jetzt hör gut zu, Mo! Ich will Harmers Fall nicht verlieren, bevor ich ihn überhaupt in den Händen hatte. Also lass die Provokationen. Der Kerl sitzt am längeren Hebel und braucht nur mit den Fingern schnippen, damit wir wie die Anfänger abtrotten können.“

Avory rollte mit den Augen. „Ist ja gut.“

Packelton sah über seine Schulter zu Havington und vergewisserte sich, dass ihnen niemand zuhörte. „Die warten doch nur darauf, den gesamten Polizeidienst in Robothände zu legen.“

Avory zischte wie ein beleidigtes Kind zurück: „Hast du gesehen, wie der Knirps sich hier aufführt? Da kann doch kein normaler Cop ruhig bleiben.“

Der Chief fiel Avory ins Wort und tippte seinem Detective wie so oft auf die Brust. „Still jetzt! Ich rede, und du analysierst den Tatort. Klar? Die Spurensicherung erhielt mit ihrer Ausrüstung keine Zutrittserlaubnis. Das musst du übernehmen.“

Avory gehorchte und machte dabei das Gesicht eines kleinlauten Burschen, versuchte aber, sich vor Havington nichts anmerken zu lassen. Beide gingen zum Eingang der Halle, wo Havington auf sie wartete.

„Können wir anfangen?“, fragte dieser.

Packelton nickte. Sie betraten die Fabrikhalle, in der eine bis zur Decke hin aufragende Schutzwand die Konfigurationsmaschinen vom Tatort trennte. Das rhythmische Schlagen, Stampfen und Zischen von Maschinen und Lasern erfüllte hinter einer leichten Dämpfung das Halleninnere.

Avory schaute auf den von mehreren Lichtstrahlern beleuchteten Leichnam seines früheren Partners. Harmer lag auf dem Bauch in einer Lache seines eigenen Blutes, das aus Ohren, Augen und Nase ausgetreten war. In dem erstarrten Gesicht stand noch der Schrecken. Avory versuchte weiter, sich nicht anmerken zu lassen, wie sehr ihm der Tod seines früheren Partners nahe ging. Unweigerlich blieb sein Blick an Harmers kalten leblosen Augen hängen.

Nach einem Moment fing er sich jedoch wieder, trat näher an den Leichnam heran und beugte sich nach vorn. Er betrachtete die Augen des Toten genauer. Himmel, Ed, was ist nur mit dir passiert? Diese zerrissenen Augäpfel und aufgeplatzten Nasenflügel.

Harmers verkrustetes Blut klebte an den zerplatzten Lippen und Ohren, sodass es schien, als sei ein Großteil aufgrund innerer Verletzungen durch den Kopf ausgetreten und hätte sich über dem Hallenboden ergossen. Dunkle Blutflecken überzogen den Leichnam.

Protokollrobots mit kleinen Scheinwerfern und breiten Beleuchtungsreflektoren an verschiebbaren Seitenarmen schossen erneute Fotoserien, um Bildmaterial von den Ermittlern des KCPD und Harmers Leiche zu erstellen. Sie surrten dabei um Avory und Packelton herum, der einige Schritte hinter Avory stand und fassungslos auf den Toten schaute.

Ungeachtet der vielen Dienstjahre schockierte ihn offensichtlich der Anblick seines leistungsstärksten Detectives, der vor einigen Tagen überraschend um Urlaub gebeten hatte. Nun zeugte sein lebloser Körper von einem grausamen Verbrechen. Mitleid, Zorn und der Wunsch nach Rache mussten Packelton ebenso erfassen wie Avory.

Es gab nur eine Frage, die es zu beantworten galt: Wer hatte das getan?

Havington trat an Packeltons Seite und blickte ebenfalls auf Harmer herab. „Wir haben bisher keine Indizien entdecken können, die Hinweise auf einen Täter liefern. Auffällig sind die Verletzungen am Kopf und natürlich das Blut, was den ganzen Boden kontaminiert." Er wandte sich an Packelton und sprach mit gedämpfter Stimme weiter. „Aus einem uns unerklärlichen Grund waren nicht nur die Überwachungssensoren deaktiviert, sondern es befanden sich auch keine Sicherheitsrobots in diesem Teil der Fabrik. Wir klären derzeit die Gründe für einen solch groben Sicherheitsverstoß. Einen Moment." Havington griff nach einem Holostab, den ihm ein Sicherheitsrobot mit einer kurzen Meldung übergab. Der Direktor scannte seinen Finger, bestätigte mit einem Netzhautscan und aktivierte so das Holoprogramm der GRE-Security.

Er löste damit einen holografischen Fächer aus, der aus dem Stab herausstrahlte und die darin enthaltenen Sicherheitsmeldungen abbildete. Mit einem Finger schob Havington die durchgelesenen Meldungen nach oben. Nur durch einen speziellen Winkel vor Havingtons Brust war es möglich, die Meldungen des Holostabs auch an ungesicherten Orten zu lesen, da von allen anderen Seiten und Winkeln der blau schimmernde Fächer nur das Logo der GRE abbildete und keinerlei Inhalte der projizierten Dateien offen legte.

„Verdammt!", flüsterte der Direktor. „Wie konnte jemand diese Befehlskette aktivieren? Alle Sicherheitscodes für die GRE und das Ministerium wurden manipuliert. Außer mir ist dazu niemand in der Lage. Wie kann das sein? Wer war am Bedienterminal im unteren Labor?" Havingtons Blick huschte kurz umher, ob ihn jemand beobachtet hatte. Alle waren beschäftigt, und die beiden Ermittler analysierten weiter den

Tatort. „Wurden wir tatsächlich infiltriert? Wenn das jemand herausbekommt, bin ich geliefert." Seine Gedanken kreisten.

Niemand wusste, welche Meldungen er soeben gelesen hatte, und er konnte sich auf die Verschwiegenheit des Robots verlassen, der die Sicherheitsmeldungen er- und ihm zustellte. Das Vertraulichkeitsmodul des Robots war von Havington selbst konfiguriert worden.

Sein Zeigefinger durchbohrte den roten Kreis im Menüfeld des Holostabs.

ALLE MELDUNGEN GELÖSCHT.

Der Stick deaktivierte.

„Haben Sie weitere Neuigkeiten?" Packelton hatte sich ihm zugewandt und deutete auf den Holostab.

Der Direktor vergrub den Stab in der Innentasche seines Mantels und nahm die gewohnte abweisende Haltung an, die er stets zur Schau stellte. „Keine Neuigkeiten, Chief. Nichts von Interesse. Machen Sie weiter."

5. Kapitel
GRE-Gelände - Tiefgarage

In der Fahrzeughalle unterhalb des GRE-Geländes herrschte eine bedrückende Düsternis. Der unterirdische Fahrzeugpark erstreckte sich in einem Ausmaß, in dem ohne weiteres mehrere Kathedralen Platz gehabt hätten.

In ihm lagerten unzählige transformierte Automobile, die in identischen Regalen über Hunderte von Metern akkurat aufgereiht übereinander hingen. Die Regale durchzogen die zum Dach hin leicht gewölbte Halle und ragten bis knapp an die oberen Reduktionsventilatoren heran, die an der Decke überschüssige Wärme und Feuchtigkeit absorbierten.

An den schweren rechteckigen Bodenplatten der Regale blinkten in roten, blauen und grünen Leuchtfäden kleine Erkennungslaser nach oben, um den auf- und abfahrenden Hebegabeln den korrekten Bereithalteplatz der Fahrzeuge zuzuweisen. Metallische Schläge gaben ein martialisches Echo von sich, als sich an den Dachöffnungen der Halle Luken fortwährend öffneten und schlossen. Ein stetiges Gewirr aus ankommenden und abfahrenden Hebegabeln beherrschte das Innere der Halle.

Das fahle Licht der Dachluken huschte über die weiße Verkleidung des Robots, der am Boden zwischen den Regalen entlangging. Der humanoide Robot der Serie 271 Alpha eilte mit zügigen Schritten an den Regalen vorbei, bog nach rechts von einem Hauptgang ab und begab sich zu einem Regal mit mehreren Fahrzeugen, an dem vor wenigen Minuten das Ladesystem einen transformierten Wagen eingelagert hatte.

Einzelne Scanner versuchten, die Transportdaten des Robots als ein eventuell angeliefertes Fahrzeug zu erfassen, und ließen nach einigen erfolglosen Versuchen wieder von ihm ab, als sie die notwendigen Informationen nicht erhielten.

Ohne Umwege strebte der Robot ans Regalende und trat auf das Bedienpult an der Seite des Pfeilers zu. Mehrere Stabilisierungsverstrebungen schlängelten sich um den grauen

Hauptpfeiler nach oben. Am Fuß des Sockels prangte ein trapezförmiges Bedienpult. Der Robot forderte eines der Fahrzeuge aus dem Regal an.

„Inspektionsfahrzeug bereit", meldete der Ladecomputer, nachdem es abgestellt worden war.

Der humanoide Robot beugte sich nach vorn und prüfte die Fahrzeugkennung. „Identität des Zielfahrzeugs korrekt", konstatierte er.

Er streckte die Hand aus und deutete auf den Wagen. Seine Fingerkuppe spaltete sich in zwei schalenförmige Hälften. Langsam öffnete sich der Zeigefinger des Robots, und in der halbierten Fingerspitze flammte eine Glasröhre auf, in der kleine blaue Flammen loderten. Der Robot zeigte auf die Steuereinheit des Wagens, die in dem kastenförmigen Motorblock verborgen war. Ein Schwall blau strahlender Naniten ergoss sich über das Antriebsmodul des Fahrzeugs und sickerte an verschiedenen Stellen in das Innere des Fahrzeugteils. Nachdem der Strom aus kleinsten Nanorobots verschwunden war, schloss sich der Zeigefinger und die Fingerkuppe wuchs wieder zusammen, ohne dass die Öffnung auf der Haut Spuren hinterließ.

Die Naniten fluteten zwischen den einzelnen Baugruppen des Motors hindurch und lokalisierten die zentrale Steuereinheit.

Zielfläche lokalisieren! Impulswellen initiieren!

Ihre Aufträge waren einfach und klar. Rote und blaue Blitze überzogen das kugelförmige Leitsystem der Steuereinheit, als elektromagnetische Entladungen das Eindringen der Naniten signalisierten. Ehe das Sicherheitssystem des Fahrzeugs eine Instandsetzung anfordern konnte, programmierten die Naniten den zentralen Steuerchip um. Sie zwangen dem System ihren Willen auf und gaben alles überwindende Befehle, als die Nanometer kleinen Infiltratoren ein Netz über das Steuersystem des Wagens legten. Das Automobil befand sich ab sofort unter ihrer Kontrolle.

Mit einem Ruck setzte sich der Greifarm in Bewegung, und die Hebegabel schoss mit dem kontaminierten Fahrzeug wieder nach oben. Der Blick des Robots folgte für einen kurzen Augenblick der aufwärts fahrenden Transportvorrichtung, an der das infiltrierte Fahrzeug zu einer der hinteren Dachluken davonschoss. Dann verschwand der Robot. Er hatte seinen Auftrag erfüllt.

6. Kapitel
Kentarion City - GRE-Fabrikhalle

Detective Avory hielt das elektronische Logbuch in der Hand und versuchte, eine logische Kette aus allen Geschehnissen der vergangenen Nacht herzustellen. Immer wieder verglich er kriminalhistorisch erfasste Verletzungen mit denen, die Harmers Leiche aufwies. Er konnte sich nicht erklären, weshalb Harmer dermaßen bizarre Verletzungen an verschiedenen Stellen des Kopfes aufwies.

„Gibt es bei Ihnen eigentlich eine Spurensicherung? Hat jemand die Leiche bereits untersucht? Ich habe einige Fragen zu den Verletzungen", rief Avory über die Schulter Direktor Havington zu, in der Hoffnung, klärende Antworten zu erhalten.

Havington war in ein Gespräch mit Chief Packelton vertieft und reagierte nicht. Die beiden Sicherheitsrobots hinter Havington ignorierten Avory ebenso wie alle anderen Anwesenden in der Halle. Mit verkrampften Gesichtszügen bedeutete Packelton ihm, er solle sich weiter um die Leiche kümmern und ihn das Gespräch mit Direktor Havington führen lassen.

Ein weiterer humanoider Robot trat an Avorys rechte Seite und blickte ihm direkt in die Augen. „Verzeihung, Sir. Kann ich Ihnen helfen?"

„Warte mal, Schraubenkopf! Nicht jetzt." Avory erhob sich und trat erneut an Direktor Havington heran.

Dieser unterbrach das Gespräch mit Packelton, wandte sich Avory zu und deutete mit einem süffisanten Lächeln auf den Robot zu seiner Rechten. Avory drehte sich um und schaute erneut in die gläsernen, grün leuchtenden Augen des Robots, der ihn soeben angesprochen hatte.

„Sicherheitsrobot Serie 271 Beta zu Ihren Diensten. Meine Aufgabe umfasst die biologische und medizinische Fachberatung innerhalb der kybernetischen Abteilung der GRE. Meine Programmierer gaben mir den Namen Jason.

Darf ich Ihnen assistieren?" Der Robot hatte einen Ausdruck von nichtssagender Aufmerksamkeit, als er menschengleich den Kopf etwas schief legte und auf Avorys Antwort wartete.

„Was willst du? Assistieren?" In Avory schoss zynischer Argwohn auf. „Ich lach mich gleich tot, Freundchen. An welcher Universität hast du deinen Abschluss gemacht, Superdoc? Mickeys Werkzeugladen?"

Mit stoischer Ruhe überhörte der Robot Jason die Provokation in Avorys Frage. „Meine Kenntnisse greifen auf mehrere Exabyte an medizinischen Daten zurück, durch die ich wissenschaftliche Sachfragen beantworten kann. Darin inbegriffen sind Chirurgie, Neurologie und interdisziplinäre Forschungsbereiche artverwandter Wissenschaften der Medizin, die in diesem Fall helfen könnten."

„Na gut. Dann erklär uns unwissenden Sterblichen mal etwas zur Leiche. Wie wäre es mit dem Zeitpunkt des Todes?"

Jason zeigte auf Harmers Kopf und die Fläche teilweise angetrockneten Bluts. „Bemessen an der Temperatur sowie dem Grad der eingesetzten Muskelstarre des Leichnams lässt sich der Zeitpunkt des Todes in die Zeit zwischen 23 Uhr 11 bis null Uhr sieben der vergangenen Nacht eingrenzen." Der Robot fokussierte ihn in Erwartung weiterer Fragen.

Avory betrachtete nachdenklich den Leichnam. „Gegen Mitternacht also. Wer hat Zugang zum Hallenbereich?", bohrte er nach und notierte auf seinem Logbuch den Todeszeitpunkt.

„Die Robots der Produktionsassistenz, alle Sicherheitsrobots der Stufe 1 und die Direktoren des Ministeriums für Robotentwicklung, die zugleich die Direktoren der Konzernleitung der GRE sind."

„Wer ist das alles? Ich brauche Namen. Besorg mir alle Namen", befahl er und sah vom Logbuch kurz auf, da der Robot keine Reaktion zeigte.

„Verzeihung, Sir. Dies betrifft als geheim eingestufte Informationen der GRE, und diese dürfen nur mit Genehmigung der Direktoren freigegeben werden. Wie kann ich Ihnen außerdem weiterhelfen?" Der Robot fuhr vorbehaltlos fort, als wäre das eine Selbstverständlichkeit.

Avory schüttelte den Kopf. „Welche Verletzungen rufen einen derart großen Blutverlust hervor, wie es hier der Fall ist?"

Der Robot trat näher an Harmer heran und hockte sich neben den Leichnam, um den Körper genauer zu betrachten. Sein Okularsystem vergrößerte einige Stellen, an denen die Kopfwunden stärker hervortraten. „Auffällig sind starke Blutverkrustungen an den Ohren, Nasenflügeln, Augen und dem Mund des Toten."

Neben den geschwulstartigen getrockneten Blutklumpen zeichneten Risse die Haut des Opfers. Zerkratzte Hautschichten, wie aufgerissen und zerschnitten, gaben ein Bild des Grauens ab.

Der Robot verschob den Blick auf die Ohren des Opfers. „Ich erkenne einen überdurchschnittlich blutverschmierten Gehörgang. Die Haut scheint durch scharfe Gegenstände aufgerissen worden zu sein. Die Schnitttiefe ist jedoch ungewöhnlich flach, und die Schnitte selbst treten unregelmäßig in sehr dünner Form auf."

„Kannst du noch etwas entdecken? Irgendeinen Hinweis auf eine Tatwaffe oder einen Grund für die Verletzungen?"

„Nein, Sir. Tut mir leid."

Die Antwort des Robot erschien glaubhaft, und Avory sah sich in der Halle nach weiteren Anhaltspunkten um. Als sein Blick wieder auf die Leiche fiel, erkannte er eine merkwürdige Verfärbung. Die dunklen Hautflecken an Harmers Hals sahen wie Würgemale einer Hand aus. Eine Leiche mit Fingerabdrücken am Hals.

„Wird uns die Leiche für eine abschließende Obduktion übergeben?", rief Avory Havington zu, obwohl er die Antwort bereits kannte.

Kopfschüttelnd schmunzelte der Direktor, als er sich kurz zu Avory umdrehte. „Wir lassen Ihnen die Informationen unserer Abschlussuntersuchungen zukommen."

In diesem Moment zückte Chief Packelton seinen mitgebrachten Datenkristall aus dem Mantel und reichte ihn Havington, der ihn zögernd mit einem angewiderten Blick ergriff und in der Manteltasche verschwinden ließ.

Es schien, als würde Direktor Havington unendlichen Gefallen daran finden, Avorys Bemühungen zu torpedieren, nachdem er an Packelton vorbei einen kurzen Blick auf Avory geworfen hatte.

Ein einziger Irrsinn, dachte Avory. Eine Leiche, die man nicht untersuchen darf ... Jemand sollte diese GRE auf den Mond schießen. Da richtet sie wenigstens keinen Schaden an.

„Noch eins", wandte er sich erneut an den Robot. „Was sind das für Flecken am Hals?"

„Verletzungen infolge des Sturzes zu Boden. Hämatome treten häufig nach Stürzen auf. Wie kann ich Ihnen weiterhelfen, Detective?"

Avorys Blick bohrte sich in die Augen des Robots.

Dieser verdammte Lügner. Sturz! Das sind Spuren eines Würgegriffs. Wen deckt er damit?

Avory kochte innerlich, versuchte aber, sich nichts anmerken zu lassen. Er baute sich vor dem Robot auf. Jason blieb stehen und blickte ihm direkt in die Augen, als er auf den Leichnam zeigte.

„Detective Edward Harmer liegt hier in einer hochmodernen und hermetisch abgeriegelten Fabrikhalle der GRE. Global. Robot. Enterprises. Global! Ein riesiger Konzern mit einem eigenen Ministerium am Hintern. Der Uplink aus eurem Laden geht um die ganze Welt und auch noch auf den Mond. Die Herrschaft der zweibeinigen Schraubenschlüssel. Alles wird dreimal kontrolliert und letztlich doch noch abgewiesen, wenn dem Konzern, dem System und den Verantwortlichen irgendwas nicht passt. Aber Ed kommt hier einfach rein und stirbt. Das stinkt doch nach einer Vertuschung, oder nicht?" Sein Blick forderte eine klare Antwort von Jason.

„Ich erkenne die Diskrepanzen, die Sie andeuten, Sir." Die Antwort fiel nüchtern aus.

Avory wagte einen letzten Vorstoß, um noch irgendeine nützliche Information aus dem Robot herauszubekommen. „Diskrepanzen? Wer hat von gestern Abend ab 20 Uhr bis heute früh 2 Uhr die Halle betreten oder verlassen?"

„Diese Frage kann ich nicht beantworten. Mir liegen keine Informationen vor."

Avory setzte nach. „Haben hier Menschen Zutritt? Wachpersonal, Ingenieure oder Personen anderer Kreise?"

„Gewöhnlich befinden sich hier nur Fertigungsrobots der Konfigurationsanlagen. Hin und wieder werden auch Inspektionen durchgeführt von Mitarbeitern des Robotministeriums und durch Sicherheitsrobots."

„Wer ist das? Wann passiert das?"

Der Robot zögerte für einen Moment, bevor er antwortete. „Diese Frage kann ich nicht beantworten. Mir liegen keine Informationen vor."

Frustriert dachte Avory nach. „Wer hatte ein Motiv, Detective Edward Harmer zu töten?" Er erwartete auf diese Frage keine hilfreiche Antwort.

Jasons Reaktion fiel entsprechend einfach aus. „Diese Frage kann ich nicht beantworten. Mir liegen keine Informationen vor."

Avory hatte die Nase voll. „Komm schon! Ihr steckt doch alle mit drin. Ich will mehr Indizien. Hinweise! Und schick mir einen Bericht der Obduktion ins KCPD, klar?"

In diesem Moment trat Havington hinzu. „Ich fürchte, das wird so nicht stattfinden, Detective. Sie werden vorerst keinen Bericht von uns bekommen. Die Untersuchungen der GRE werden erst vom Ministerium geprüft und bei Bedarf verdichtet."

„Was soll das heißen? Das ist eine laufende Ermittlung des KCPD. Natürlich werde ich einen Bericht erhalten und bei Bedarf für weitere Fragen hierher zurückkommen."

Havington schüttelte den Kopf. „Aber, aber, Detective Avory. Das habe ich bereits mit Ihrem Vorgesetzten, Chief of Department James Packelton, besprochen." Havington wandte sich ab und rief im Gehen zu den Sicherheitsrobots: „Sobald sich die Ermittler des KCPD entfernt haben, erwarte ich eine unverzügliche Bereinigung dieser Angelegenheit hier. Die Produktion muss laufen. Beeilung!"

Das Echo der vielen Robots schallte ihm nach. Havington verschwand hinter einer Tür. Die Sicherheitsrobots traten auf Avory und Packelton zu.

„Dürfen wir Sie zum Ausgangsort begleiten, Sirs?", sagte einer von ihnen.

Avory holte Luft und ließ den Kopf nach hinten fallen. „Chief, das ist doch jetzt nicht wahr, oder?"

Packelton strotzte vor Ruhe und deutete auf Avory. „Hast du alle Indizien und Informationen für einen Anfang?"

„Was? Aber Chief, wir können doch nicht …"

„Hast du erste Indizien?"

„Ja, ich denke schon."

„Dann gehen wir jetzt."

Begleitet von einer Eskorte ausdrucksloser Sicherheitsrobots trotteten beide zum breiten Eingangstor des GRE-Geländes zurück und bogen danach in Richtung Wartebereich ab, an dem Packeltons Wagen sie aufnehmen würde.

„Das kann ich nicht glauben", brauste Avory auf. „Nicht nur, dass du die laufenden Ermittlungen des KCPD nicht mit harter Hand durchgesetzt hast. Du hast dich, uns, von diesem kleinen Giftzwerg auch noch umherschubsen lassen wie ein unfähiger Rotzlöffel." Er schüttelte den Kopf und begann, seine Argumente mit den Fingern aufzuzählen, während er fortfuhr. „Und dann kommt noch hinzu, dass du Eddies Leichnam in den Fängen dieser widerwärtigen Blechdosen verkommen lässt. Er gehört einer ordnungsgemäßen rechtsmedizinischen Untersuchung zugeführt, die im Rahmen einer laufenden KCPD-Ermittlung unter fachgerechter

Aufsicht umzusetzen ist. Durch unsere Leute, denen wir trauen können. Herrgott!" Avory holte tief Luft und schüttelte erneut den Kopf. „Ich fasse es nicht."

„Du hast es immer noch nicht begriffen", bellte Packelton zurück. „Hier regiert das Robotministerium. Und da die meisten in einer Zweitfunktion bei der GRE tätig sind, herrscht hier die GRE. Der Machtbereich reicht weiter, als du dir vorstellen kannst. Unzählige Male haben sich Polizisten so wie du vorhin verhalten, und die Ermittlungen waren auf einmal beendet, bevor sie begonnen hatten. Ministeriumsangelegenheit. Fall geschlossen. Wir danken für Ihre Mühen." Er baute sich drohend vor ihm auf. „Du hast das nicht verstanden, Mo. Hier endet der Zuständigkeitsbereich des KCPD. Während du am Mosern warst, habe ich versucht, mit Engelszungen auf den Direktor einzuwirken, dass wir die Informationen bekommen, die das Ministerium als Abschlussbericht erhält. Er hat wenigstens den Datenkristall angenommen." Packelton seufzte und gab sich erzieherisch. „Mo, ich dachte, du wärst endlich weiter. Ich dachte, du hättest diese Aversionen überwunden und würdest zur Abwechslung mal deine Zeit damit verbringen, ein guter Detective zu werden. Edward hätte sich nie so verhalten."

„Oh bitte. Was soll das denn jetzt?" Die Worte trafen Avory, der sich in einem ewigen Vergleich mit seinem Partner befand, dem er sich offenbar selbst nach dessen Tod nicht entziehen konnte. Er verfiel in eine trotzige Angewohnheit, die ihn zu einem wortkargen Mitmenschen werden ließ. Kopfschüttelnd blickte er sich um, während Chief Packelton genervt umherstapfte.

„Wo bleibt denn der verdammte Wagen?"

Die Tür der Fahrzeugbox gab den Blick auf das Innere frei, und beide konnten noch den Abschluss der Transformationsbewegung verfolgen. Der Motor startete, und der Wagen rollte ihnen entgegen, die Türen öffneten sich, und sie stiegen ein, um zum Revier des KCPD zurückzufahren.

„Na endlich. Ziel KCPD!", befahl Packelton.

7. Kapitel
Kentarion City - Autobahn

Packeltons Wagen beschleunigte und bog auf den Fahrstreifen, der vom GRE-Gelände in das unterirdische Fahrbahnnetz hinabführte. Der Wagen tauchte in den Tunnelzubringer ein, und die Tunnelbeleuchtung tränkte die endlos scheinende Röhre vor dem Fahrzeug in ein erweckendes Hellblau. Vereinzelte Reklamebanner flimmerten an den Wänden, und Seitenmarkierungen des Tunnels spiegelten sich auf dem Beifahrerfenster, aus dem Avory trotzig hinausschaute.

Auf den mehrspurigen Fahrbahnen absorbierte die Dämpfungsschicht des Tunnels alle Fahrgeräusche, als der Wagen auf den Hauptstreifen stadteinwärts wechselte. Mit einer kaum wahrnehmbaren Steigerung erhöhte sich das Tempo des Wagens, während Avory seinem Unmut erneut Luft machte.

„Dieser kleine Giftzwerg. Was glaubt der eigentlich, wer er ist? Den würde ich am liebsten mal in die Mangel nehmen."

Chief Packelton versuchte, seinen Ermittler zu beruhigen und fixierte seinen Beifahrer mit einem festen Blick. „Das bringt doch nichts. Wenn du dich nicht unter Kontrolle hast, fällt das wieder auf alle im Department zurück. Ich erinnere dich nur an deine letzten Ausraster. Jetzt reiß dich zusammen. Die oberste Priorität hat die Ermittlung in diesem Fall." Er stach mit dem Finger in die Luft. „Wenn die GRE uns den ersten Weg verstellt, müssen wir einen anderen suchen. Du bist Detective, also verhalte dich wie einer und nicht wie ein kleiner trotziger Schuljunge. Lass dir etwas einfallen und such auf anderen Wegen nach Beweisen. Ich werde den Fall nicht einfach so aufgeben."

Avory rollte genervt die Augen und sah aus dem Fenster. Er stützte den Ellenbogen auf die Ablage in der Tür und brabbelte weiter vor sich hin. „Diese ganze Vernetzung von Ministerium und Konzern ist eine einzige Farce. Es gab mal Zeiten, da waren strikte Trennungen zwischen Wirtschaft und

Politik gesetzlich verankert, und die Menschen brauchten sich vor Maschinen nicht zu fürchten.“

„Das glaube ich jetzt nicht.“

Avory nickte starrsinnig und schaute weiter aus dem Fenster. Die Farbmarkierungen an der Wand flogen immer rascher an ihnen vorbei.

„Doch, doch. Wenn ich es dir sage. Früher gab es so etwas gar nicht. Einen Ministeriumskonzern. So ein Irrsinn.“

Ungläubig schaute der Chief auf die leuchtenden Bordinformationen vor sich an der Frontscheibe, die eine überhöhte Geschwindigkeit anzeigten. Er fuhr Avory patzig an. „Mensch, ich meine den Wagen. Computer, Geschwindigkeit reduzieren!“

Avory rappelte sich in seinem Sitz auf.

Ohne eine Reaktion des Bordcomputers zu erhalten, musste Packelton mit ansehen, wie der Wagen weiter die Geschwindigkeit erhöhte.

„Was ist denn los? Chief! Wieso werden wir schneller? Was machst du?“ Avory warf Packelton einen verunsicherten Blick zu, um sofort danach vor sich die Straße nach Hindernissen abzusuchen.

„Gar nichts, verdammt. Es ist der Wagen. Er spinnt auf einmal.“

„Er spinnt?“

Packeltons Geduldsfaden riss. „Ja, verdammt noch mal. Er wird immer schneller. Hab ich doch gerade gesagt. Computer, langsamer fahren! Los! Befehl ausführen!“

Einige Fahrzeuge vor ihnen fuhren auf demselben Fahrstreifen in einem langsameren Tempo oder waren eben im Begriff, auf ihre Fahrspur zu wechseln. Die anderen Fahrzeuge vor ihnen fuhren im Automatikmodus, und die bordinternen Sicherheitssysteme begannen, dem von hinten heranrauschenden Wagen seitwärts auf andere Fahrstreifen auszuweichen. Manche Insassen gestikulierten aufgebracht, als Packelton und Avory panisch flüchtige Blicke aus den Fenstern warfen. Schnurgerade jagte der Wagen nach vorn. Er schien völlig außer Kontrolle geraten zu sein und wurde immer schneller und schneller.

Packelton drückte immer wieder mit dem Daumen auf die Taste zur manuellen Steuerung am Steuerpult. „Jetzt reagier endlich, Herrgott noch mal. Manueller Modus! Schalt endlich um!“

„Ausweichen!“, schrie Avory und ging auf dem Beifahrersitz dazu über, sich an den Haltegriffen an Sitz und Tür festzukrallen.

Im Wagen mischte sich eine herbe Note aus Männerschweiß und blanker Panik zwischen das Orchideenaroma der Duftpatrone. Nach einer Reihe erfolgloser Versuche gelang es Packelton plötzlich, den Automatikmodus zu deaktivieren.

„Manuelle Steuerung, Vorsicht! Überhöhte Geschwindigkeit.“ Die Computerstimme reagierte lautstark mit einem strengen Ton.

„Ist nicht wahr, Schätzchen?! Auf einmal kann sie reden“, kommentierte Chief Packelton. Er riss das Steuer hin und her, ohne eine Reaktion des Fahrzeugs hervorzurufen.

„Von wegen manuelle Steuerung. Die hat dich angelogen“, schrie Avory panisch. „Chief, jetzt brems endlich, oder willst uns töten?“

„Ich mach ja, aber der Wagen reagiert nicht“, fauchte Packelton zurück und zerrte am Steuerpult, das es aus der Verankerung zu reißen drohte.

Der Wagen reagierte nicht. Der breite Straßenverlauf bog nach links ab, und ein dünner Fahrstreifen einer nach oben führenden Abfahrt spaltete sich nach rechts ab. Beide Fahrbahnen trennte eine riesige Wand, die wenige Hundert Meter vor ihnen wie ein dünner Schiffsbug in den Tunnel hineinragte. Leuchtende Markierungsflächen am Boden in Gelb und Orange flimmerten rhythmisch und signalisierten die weithin sichtbare Gefahrenzone.

Eine aus flexibler Polyethylenmasse bestehende Schutzplanke wand sich nach oben um die Trennwand der

Abfahrt. Packeltons Wagen verließ den mittleren Fahrstreifen und steuerte auf die Spitzwand zu. Nichts schien sie noch vor dem Aufschlag bewahren zu können. Die Wand kam näher und näher. Dann schoss der Wagen über die Markierungsfläche. In der Frontscheibe wuchs die Spitzwand zu einer riesigen Klinge an.

„Warnung! Hindernis! Sofort ausweichen!" Die aufbellende Computerstimme konnte beide Insassen nicht aus ihrem panischen Schock befreien.

Keiner von ihnen beachtete die durch das Hologrammsystem eingeblendete Alternativroute nach links, die vor ihnen an der Frontscheibe mit gestrichelten Linien wie wild flackerte.

Packelton kniff die Augen zu und hielt die Arme vors Gesicht. Das letzte Geräusch in Avorys Ohren waren die Gefahrenwarntöne des Bordcomputers, in die sich Packeltons Schreie mischten. Es war zu spät. Nichts würde den Aufschlag verhindern können.

Ein bestialisches Krachen und Bersten des Fahrzeugmetalls schrillte durch den Tunnel.

8. Kapitel
Kentarion

Zuerst herrschte Finsternis. Undurchdringliche Dunkelheit umgab Avory. Dann stach ein heller Punkt hervor, und wirre Echos aus metallisch scheppernden Klängen prasselten im Hintergrund. Der helle Punkt wuchs zu einem grellen Flackern heran, spaltete sich, und aus einem wurden zwei, drei, vier, mehr und mehr. Sie entfalteten sich so rasch vor seinem inneren Auge, dass es ihm vorkam, als würde er die Geburt eines Sterns verfolgen.

Es glich einem Funkeln Hunderter, gar tausender kleiner Juwelen. Schwebende Diamanten tanzten umher, als Avory sich zu orientieren versuchte. Seine Arme fühlten sich ungewohnt leicht an. Dann verlosch alles Licht, und die Finsternis kehrte zurück.

Plötzlich überkam ihn der Schmerz. Mit jedem Herzschlag hämmerte das Blut in seinem Kopf. Es schien, als würde es kochen und Avory von innen verglühen. Immer wieder versuchte er, die Augen zu öffnen, konnte jedoch nicht gegen die ungeheure Schwere ankämpfen, die ihn erfasste.

Wo bin ich? Was ist passiert?

Er fühlte eine übermächtig in ihm aufsteigende Macht. Ich fühle mich so ... leicht.

Diese Macht kroch aus Beinen und Unterleib in ihm nach oben, erfüllte Torso und Arme bis in die Fingerspitzen. Wehrlos und jeglicher Kraft beraubt, gab er sich geschlagen. Selbst seine Lippen gehorchten ihm nicht mehr. Unfähig zu sprechen oder seine Glieder zu bewegen, ergab er sich seinem Schicksal. Er konnte es nun genau spüren.

Es war der Schlaf. Tödlicher Schlaf, der ihn erfasste.

Die Dunkelheit überkam ihn. Wie unter der Wirkung eines Giftes ergab sich sein Körper. Avorys Wille kämpfte einen kurzen und aussichtslosen Kampf.

Dann brach alles über ihn ein. Es herrschte nur noch Finsternis. In Avory verlosch jedes Licht. Schließlich gab es nur noch die Stille.

9. Kapitel
Kentarion City - Autobahntunnel

Wo bin ich?
Avory war orientierungslos. Bin ich tot?

Langsam öffnete er die Augen, alles drehte sich. Von weiter Ferne rief jemand nach ihm. Eine Stimme, die er kannte und doch nicht zuordnen konnte, wiederholte immer wieder seinen Namen.

Als er die Lider hob, glitten Wasserflecken über die Hornhaut seines Auges und ließen seinen Blick unscharf werden. Er erkannte zerbrochene Glasscheiben, unzählige Scherben im Inneren eines Fahrzeugs, in dem er kauerte.

Verwirrt versuchte er, sich aufzurichten, und streckte die Beine von sich. Da ertönte ein wehklagender Schrei, aus dem er erneut seinen Namen heraushörte. Es war Chief Packelton, der eingeklemmt aufschrie, als er Avorys Füße in den Rücken bekam.

„Mo, halt die Füße endlich still und hilf mir hier raus, verdammt noch mal!"

Avorys Blick schärfte sich, und der massige Polizist vor ihm nahm Gestalt an. Jetzt realisierte Avory, wo er sich befand und was geschehen war.

Packeltons Wagen war mit voller Wucht gegen die Wandspitze des Tunnels gerast und hatte sich mehrfach überschlagen, als er seitwärts in die abbiegende Ausfahrt des Tunnels geschleudert worden war. Gemessen an der Heftigkeit des Unfalls waren sie wohl nur leicht verletzt. Der Wagen lag auf der Seite, und Avory hing schief in seinem Sicherheitsgurt, um den sich die Vielzahl der Airbags drückte.

Durch das Zerspringen des Beifahrerfensters und dem Herumschleudern unzähliger Glassplitter waren sie umgeben von scharfen Scherben, durch die sie bereits einige Blessuren an den Händen davongetragen hatten.

Packeltons Arm zeigte aus dem Fahrerfenster hinaus. Auf ihm lagen der Fensterrahmen und damit das Fahrzeug. James Packelton war eingeklemmt.

„Mo, jetzt mach schon. Ich kriege meinen Arm nicht unter dem Auto hervor. Hilf mir!"

„Ich hänge selbst fest." Avory schrie um Hilfe, rüttelte am Sicherheitsgurt und versuchte sich zu befreien.

Packeltons Schmerzen nahmen ihm offenbar jede Flexibilität für Hilferufe. „Wir müssen hier raus, bevor der nächste Wagen in uns hineinkracht."

Seine Stimme schrillte in Avorys Kopf. „Sei nicht so laut, sonst falle ich gleich wieder um. Himmel, mein Kopf ..." Avory stöhnte. Dann reckte er den Kopf nach oben und versuchte herauszufinden, ob er sich, ohne in zerbrochenes Fensterglas zu greifen, durch das offene Seitenfenster ziehen konnte. Über sich erkannte er das rot blinkende Warnlicht an der Decke des Tunnels. Das rhythmische Blitzen strahlte über der Unfallstelle, um andere Fahrzeuge zu warnen.

Plötzlich erschien überraschend ein Kopf über dem Fenster. „Sir, kann ich Ihnen helfen?"

Avorys Schreck wich einem Anfall von Humor. „Wenn du glaubst, es geht nicht mehr, kommt irgendwo ein Robot her. Irre!"

Der humanoide Robot riss das Dach des verunglückten Fahrzeugs wie eine riesige Orangenschale auseinander und zerrte damit alle Hindernisse der Insassen aus dem Weg.

Avory fiel in die Arme des Sicherheitsrobots, der aus einem seitlichen Bereitschaftsschacht herbeigeeilt war, um die Unfallstelle zu sichern. Andere kastenförmige Robots reinigten bereits die Unfallstelle und postierten sich, um nach der Rettung beider Menschen das Fahrzeugwrack aufzunehmen. Ein Regulierungsrobot auf einer kleinen, mit Gummiketten versehenen Selbstfahrlafette dirigierte am Fahrbahnrand mit breiten Warnhologrammen alle herannahenden Fahrzeuge an der Unfallstelle vorbei.

Der humanoide Robot 302 Omega 2 an der Abfahrt 23 half Detective Avory auf die Beine. „Vorsicht Sir, ich helfe Ihnen jetzt auf. Ich habe soeben eine Unfallmeldung an das KCPD gesendet. Hilfe ist unterwegs."

Andere Robots standen hinter ihnen und errichteten eine Sperre oder saugten die Splitter von der Straße und schlossen die zerrissene Fahrbahn.

„Wo sind Sie verletzt?" Der Robot sah an Avory auf und ab.

„Alles okay. Mir geht's gut. Ihr müsst den Dicken da rausholen. Er ist unter dem Fenster eingeklemmt."

Aufmerksam blickte der Robot zwischen dem schalenförmig geöffneten Dach hindurch und betrachtete Chief Packelton.

„Jetzt mach schon, Junge! Hol mich hier raus." Packelton war ungeduldig.

Der Robot schaltete seinen Lichtimpulstransmitter online und kommandierte alle Robots an der Unfallstelle, von denen nun die technisch geeigneten mit Greifarmen und Hebeplatten behutsam unter den Unfallwagen griffen. Gleichzeitig hoben sie das Wrack an, während Robot 302 Omega 2 Packelton aus dem Fahrzeug befreite und ihn stützte.

„Vorsicht, mein Arm!" Packelton versuchte, sich humpelnd aufzurichten und seine geschundenen Glieder zu richten.

Der Robot konstatierte im Gehen die Verletzung. „Dreifache Fraktur des linken Unterarms, sowohl an Elle als auch an Speiche. Die Bruchstellen weisen mit 87-prozentiger Wahrscheinlichkeit zertrümmerte Knochensplitter auf. Ein Sanitätsteam wurde von mir bereits alarmiert und wird in 7 Minuten, 22 Sekunden hier eintreffen. Dort können Sie Platz nehmen. Sie auch, Sir." Der Robot wies ihn an den Seitenrand der Abfahrt.

Avory tappte hinter den beiden her und ließ sich auf eine aus der Tunnelwand herausstoßende Sitzbank fallen, in die Robot 302 Omega 2 mit seinen Augen durch einen Sichtmarkierer kurz geleuchtet hatte. Die halbzylindrisch transformierte Notfallinsel drehte sich langsam aus der Wand heraus und endete nach einer Vierteldrehung. Beide Männer nahmen Platz, während der Robot zurück zur Unfallstelle ging.

„Ehrlich, Chief. Du bist echt schon mal besser gefahren." Avory schniefte. „Jetzt erklär mir bitte, was das eben sollte."

Packelton ignorierte die Frage, als er seinen ramponierten Wagen betrachtete, den die Robots auf einen Abschlepper hievten. „Was ist das?"

„Deine Karre, Chief. Oder eher das, was davon übrig ist." Avory besah sich den dampfenden Haufen Schrott, der nur Augenblicke zuvor noch ein einsatzfähiges Fahrzeug gewesen war.

„Mo, schau doch mal genau hin. Da, an der vorderen Kante." Packelton kniff die Augen zusammen und strengte sich an, die blau schimmernde Flüssigkeit besser zu erkennen, die aus dem zerschundenen Rest des Motorblocks nach unten rann. „Hey! Hey, Robots! Was ist das für eine blaue Flüssigkeit an der Kante des Wagens, die da rausfließt?"

„Unbekannte Robots", knarrte der Reinigungsrobot aus seinem blechern klingenden Sprachmodul.

Aus seinem mittig angebrachten Vorratsbehälter schoss ein mehrfach gewinkelter Greifarm mit einer mehrere Liter fassenden Auffangkappe für Betriebsflüssigkeiten und begann, die herabsickernde Masse von Nanorobots aufzufangen. Ein fauchendes Geräusch erfüllte den Tunnel, als die Naniten den Behälter durchfraßen und weiter zu Boden sickerten. Der Reinigungsrobot griff rasch zu einer neuen Auffangkappe und versuchte damit erneut, die geheimnisvollen Nanorobots von einer erfolgreichen Flucht zu hindern und sie weiteren Untersuchungen des Unfalls zuzuführen. Er scheiterte. Abermals ertönte ein Fauchen, und die Nanorobots durchnagten den Behälter auf ihrem Weg in den Boden.

Die Szenerie wiederholte sich so oft, bis der Reinigungsrobot über keinerlei Auffangbehälter mehr verfügte und die letzten Nanorobots zu verschwinden drohten.

Packelton verfolgte das Phänomen gebannt, während Detective Avory nichts mehr auf der Bank hielt. Er stand vor der Sitzbank und trat aus der Sicherheitsbucht der Notfallinsel heraus auf die Straße, den Blick fest auf die Nanorobots gerichtet.

„Fang das Zeug auf!", schrie er den Reinigungsrobot an.

Dieser berechnete angesichts der erfolglosen Versuche seine weiteren Handlungsmöglichkeiten und bewegte sich mit seinem Titangreifarm in den letzten Rest des herabfließenden blauen Robotschwalls.

Ein Teil der Nanorobots durchfraß auch dieses metallische Hindernis, während andere daran vorbeiflossen. Avory glaubte bereits, ein entscheidendes Beweismittel in diesem Unfall verloren zu haben, und wollte sich enttäuscht abwenden, als der Reinigungsrobot zu zittern begann. Blitze ergriffen seinen Greifarm und blau-weiß aufzuckende Lichtstrahlen erfassten den noch ausgefahrenen Manipulator des Robots. Sie bahnten sich ihren Weg zum Basisaggregat in der Mitte des Reinigungsrobots. Dem ruckartigen Herumwirbeln des Kamerakopfes auf die beiden Menschen folgte ein Moment, in dem die Kamera sie auf seltsame Weise fokussierte.

Nach einer rasanten Drehung schoss der große Reinigungsrobot plötzlich auf Avory zu und setzte alles daran, den Detective zu überfahren. Währenddessen fuchtelten seine Arme mit den halb zerfressenen fingerartigen Manipulatoren nach Avory und streckten sich ihm entgegen, als würden sie ihn greifen, zerhacken oder erschlagen wollen.

„Pass auf, Mo! Der hat es auf dich abgesehen", rief Packelton von hinten. Er war aufgesprungen und versuchte, mit seinem unverletzten Arm seine Dienstwaffe aus dem Holster zu greifen, bekam sie jedoch nicht zu fassen.

Mit weit aufgerissenen Augen stand Detective Avory auf der Straße und blickte in die Kamera des auf ihn zurasenden Robots. Blitzschnell ergriff er seine Pistole. Dicht aufeinander peitschten die Ionenschüsse aus der Waffe in die Kamera des

Robots. Das kantige Okulargestell zerschlug unter den Einschlägen, und der Robot fuhr fortan blind vorwärts.

Avory gab weitere Schüsse ab, die in die Basisaufbauten an der Seite des Reinigungsrobots einschlugen und seinen Bewegungsapparat lahm legten. Rote Blitze zuckten im Gehäuse, und Kreischen von aufeinanderschleifenden metallischen Platten drang aus dem defekten Robot.

Avory verspürte Genugtuung, während der fehlgeleitete Reinigungsrobot über die Fahrbahn schleifte und in die Seitenwand des Tunnels krachte.

Mithilfe des Robots 302 Omega 2 konnte sich Chief Packelton in Sicherheit bringen, als er auf die Schulter des herbeigeeilten humanoiden Robots gestützt eilig zur Seite hastete und damit dem Einschlag des Metallmonsters nur knapp entging.

„Was zum Henker geht hier vor? Erst spinnt mein Wagen. Dann dieses blaue Zeug, und jetzt der irre Robot hier. Ich will Antworten haben. Verstanden?" Sein Blick wanderte über alle Anwesenden.

„Chief, sieh nur! Wieder dieses blaue Zeug." Avory deutete mit der Pistole auf die an der Seite des defekten Reinigunsrobots entweichenden blauen Tropfen, die in den Boden sickerten.

„Sirs, ich schätze, es handelt sich hier um dieselben Objekte, die vor wenigen Sekunden auch aus Ihrem Fahrzeug austraten." Der Robot begab sich näher an den havarierten Reinigunsrobot heran und deutete auf den blauen Schwall, der an der zerschossenen Seitenverkleidung herabsickerte.

Packelton humpelte heran, und auch Avory kam hinzu.

„Es handelt sich dabei um Nanometer kleine Objekte, die eine künstliche, industriell gefertigte Metallkonstruktion aufweisen. Sie weisen elektromechanische Parameter, diverse Manipulatoren sowie eine autonome Energiezelle auf, die ich im inneren Kern pulsieren sehe."

„Was soll das heißen? Ich verstehe kein Wort“, maulte Avory und lud seinen Groll auf Robot 302 Omega 2 ab, als er die blaue Masse betrachtete, die restlos im Boden verschwand.

„Sir. Dies sind Nanorobots. In wissenschaftlichen Fachkreisen werden sie auch Naniten genannt.“

„Naniten?“, platzte es aus Avory hervor. „Ich kenne nur Termiten.“

Der Zielgruppenanalyse entsprechend korrigierte der Robot 302 Omega 2 seine Argumente, um Avory gegenüber verständlicher zu werden. „Wenn Sie sich diese Termiten wesentlich kleiner, spinnenartig und als industriell gefertigte Robots vorstellen können, liegen Sie sehr nah an dem, was soeben dort das Fahrzeug verließ.“

Avory dachte einen Moment nach und dabei schossen ihm die Bilder von Harmers Verletzungen durch den Kopf. Die zerplatzten Augen, die zerrissenen Nasenflügel und die Unmengen von Blut, die aus den Ohren ausgetreten waren und sich auf dem Hallenboden der GRE-Fabrik verteilt hatten. „Termiten fressen Holz. Was fressen diese Naniten?“

Bevor der Robot antwortete, trafen Rettungsfahrzeuge und eine Streife des KCPD in der Abfahrt ein.

„Naniten fressen nicht. Sie sind Robots, die konfiguriert und programmiert wurden. Sie führen einen oder mehrere nach Prioritäten angeordnete Aufträge durch. Dazu nutzen sie die verfügbaren Manipulatoren. Diese Naniten verfügten über Manipulatoren, die mir nicht bekannt sind und sich auch in keiner Datenbank der GRE finden lassen. Im Regelfall haben Robots Manipulatoren, um einen spezifischen Auftrag auszuführen.“ Robot 302 Omega 2 wies auf den zerstörten Reinigungsrobot. „Dieser Robot wurde konfiguriert, um Fahrbahnen mit seinen Greifarmen und Ventilationsmanipulatoren zu bereinigen oder Unfallteile aufzusammeln, während meine Manipulatoren diese Arme und Hände sind, um Menschen in Notlagen hier in diesem Tunnelbereich zu assistieren.“

Avory wandte sich ab und blickte zu Packelton. „Diese kleinen Biester haben an deinem Wagen geschraubt, Chief." Avory war sich seiner Vermutung sicher, als er auf Packelton zuging.

Robot 302 Omega 2 trat auf die Streife zu und instruierte die Rettungskräfte über den Unfall und die Priorität der medizinischen Versorgung.

„Industriell gefertigt, Chief." Avory nickte selbstsicher und fuhr fort. „Als wir diese Dinger an der Flucht hindern wollten und der Staubsauger hier sie auffangen wollte, da verteidigten sie sich. Glaub mir! Die haben die Kontrolle über den Kasten übernommen und sind mit dem Ding auf uns losgegangen."

„Schon möglich", entgegnete Packelton.

„Und dann sind sie wieder abgehauen. In die Erde auf Nimmerwiedersehen. Die finden wir nie. Dass sie industriell gefertigt sein sollen, wie der Robot hier sagt, lässt nichts Gutes ahnen. Und weißt du, was diese Naniten noch auf dem Miniaturkerbholz haben? Harmer. Sie haben Harmer getötet. Nur warum?"

„Das, mein Junge, wirst du herausfinden."

10. Kapitel
Kentarion - KCPD

Detective Avory saß an Harmers Schreibtisch, der auf einer der seitlich erhobenen Ebenen im Gebäude des KCPD stand. Vor dem Schreibtisch stand eine geöffnete Transportkiste, in die er Harmers Büromaterial und einige persönliche Dinge legte. Es war eine für ihn noch unbekannte Erfahrung, die Habseligkeiten eines toten Partners wegzuräumen.

Als Avory die schwarze Halbkugel des Hologrammprojektors in die Hand nahm, aktivierte sich ein weiß leuchtender Bilderrahmen. Eine Diashow alter Erinnerungsfotos begann, darin abzulaufen. Avory betrachtete die einzelnen Hologrammsequenzen aufmerksam, die Harmer und ihn in Videoaufnahmen und Fotografien zeigten, als sie beide noch Partner im Department gewesen waren und täglich zusammen ermittelt hatten.

Eine der Aufnahmen zeigte Harmer während einer Verleihungszeremonie für Auszeichnungen von KCPD-Polizisten durch den mittlerweile verstorbenen Commissioner Warren und Bürgermeister Simmons, nachdem Detective Harmer im Alleingang während seines Jahresurlaubs einen Schmugglerring für Datenkristalle ausgehoben hatte. Das KCPD Cross of Honor glänzte silbern an Harmers schwarzer Polizeiuniform.

In Avory wurden unzählige Erinnerungen wach und bereiteten ihm ein schmerzhaftes Gefühl in der Brust. Als er den Projektor in die Kiste legen wollte, fiel von dessen Stativ ein angeklebtes altertümliches Farbbild auf Fotopapier herunter, wie sie in früheren Zeiten vor der Hologrammtechnik als Erinnerungsstücke verwendet worden waren.

Avory beugte sich nach vorn und hob das Foto mit der bandagierten Hand vom Fußboden auf. Er verzog ein wenig das Gesicht, als Schmerzen durch seinen Körper jagten. In diesem Moment schoben sich die verkleideten humanoiden Füße eines Robots in sein Sichtfeld.

„Guten Tag, Detective Avory."

Skeptisch musterte er den mannshohen Robot vor sich von unten nach oben, legte das Bild auf den Schreibtisch und stopfte den Holoprojektor zurück in die Kiste. „Was willst du?", fragte Avory, wobei sein Tonfall gewohnt kühl klang.

„Ich melde mich zum Dienst als Ihr neuer Partner im KCPD. Wie darf ich Ihnen assistieren?"

„Hast du aufs Stromkabel gebissen? Du bist ganz bestimmt nicht mein neuer Partner."

„Doch, Sir. Ich wurde Ihnen zugeteilt. Direktive 2.73.2159 besagt, gemäß Weisungen des Robotministeriums erhält das KCPD in ausgewählten Bereichen personelle Unterstützung durch Robots der Serie 310."

Avory brauste auf. „Du spinnst wohl? Personelle Unterstützung? Du kannst gleich wieder verschwinden. Ich arbeite ganz bestimmt nicht mit einer Blechkiste wie dir zusammen. Entweder baut ihr Autos zu klein oder ihr bringt Menschen um."

Die Auseinandersetzung zwischen Avory und dem neuen Ermittlerrobot schallte durch die Halle, und der übliche Geräuschpegel senkte sich, als die Polizisten zu ihnen hinaufgafften. Avory ließ die Kiste mit Erinnerungsstücken erbost fallen und stürmte zum Büro des Chiefs.

Dort saß James Packelton und strich sich über seinen Stützverband, der seinen gebrochenen Arm stetig unter Spannung hielt, als Avory ankam. Der neue Robot tappte hinter ihm her.

Avory schnaufte vor Wut und rannte ungestüm durch das Kraftfeld in Packeltons Büro. Im Büro herrschte eine angenehme Atmosphäre. Im Hintergrund spielte ein zart klingendes Klavier und verbreitete mit sanfter Virtuosität aus Beethovens erstem Satz der Mondscheinsonate eine besänftigende Stimmung.

Avory fegte mit seinem Gebrüll in das Ambiente. „Das können die nicht machen! Chief, hast du das gehört?"

„Und ob. Dein Gemecker war ja laut genug.“ Packelton saß in seinem großen Stuhl und wandte sich einem Hologramm einer altertümlich wirkenden abgebrannten Kerze zu, die einen fahlen, orange-roten Schimmer an die Wand warf. „Pause!“

Das Programm unterbrach sofort das Musikstück, und über Packeltons tiefen Atemzug legte sich das geschäftige Treiben der Polizisten, die in der großen Halle wieder ihrem Dienst nachgingen. Wie ein unsichtbarer Filter reduzierte das Kraftfeld die Geräusche und fungierte als akustisches Dämpfungsfeld, während der Türmodus einen offenen Durchgang gewährte.

„Und was machst du jetzt? Du sagst denen im Ministerium doch, dass die uns nicht einfach so eine Suppenschüssel vorsetzen können. Ich habe heute keine Lust mehr auf weitere solcher Heinis.“

Noch bevor Packelton eine Antwort geben konnte, trat der Ermittlungsrobot behutsam einen Schritt durch das Kraftfeld der Eingangstür in das Büro. Ein leichtes Surren der weiß wie Staubkörnchen funkelnden Dämpfungspartikel auf der Oberfläche des Robots begleitete seine Bewegung.

„Chief Packelton. Ermittlungsrobot 312, melde mich zum Dienst im KCPD, Sir.“

„Ja, danke. Bitte warte kurz vor der Tür.“

„Ja, Sir.“

Der Robot folgte Packeltons Befehl und trat wieder zurück, blieb neben der Tür stehen und erstarrte wie versteinert.

Packelton trat mühsam hinter dem Schreibtisch hervor, humpelte auf Avory zu und schaute ihm tief in die Augen. „Ich kann dir sagen, was wir jetzt machen werden. Du wirst von heute an …“

Cecille, eine beleibte und untersetzte Frau mit dunkelbraun gefärbter Dauerwelle, betrat Packeltons Büro. Auf ihrer Nase trug sie eine Lesebrille, die an beiden Tragebügeln das Wappen des KCPD trug. Sie tappte unbeeindruckt aller Geschehnisse herein und strebte auf Packelton zu.

„Chief, die neuen Ermittlungsrobots der GRE sind da", sagte sie. „Du musst als Dienststellenleiter die Zustellung quittieren." Die kleine Frau ging an Avory vorbei, der noch immer mit verschränkten Armen vor dem Schreibtisch stand. Sie warf ihm dabei einen vorwurfsvollen Blick über die Brille zu. Cecille hielt Packelton einen Holostab mit Signierstift unter die Nase.

Der Chief aktivierte den Holostab durch Daumendrücken, und ein breites Fenster visualisierte aus dem Stift seitwärts heraus. In dem erschienenen Lieferbeleg blinkten die Symbole des Lieferanten und der überstellten Ware.

12 Ermittlungsrobots Serie 310 zur Unterstützung des KCPD. 24. April 2159.

Packelton unterschrieb. „Danke, Cecille. Die Leute sollen die Robots entsprechend deren Programmierungen einsetzen. Wir behandeln sie erst einmal wie Absolventen der Polizeischule, und wenn sie mehr Potential haben, erweitern wir ihre Aufgaben. Mal sehen, wie sie sich anstellen. Informier bitte die anderen von mir."

„Okay, Chief. Wird erledigt", antwortete Cecille mit einem warmen Lächeln, als sie den Holostab ergriff und zufrieden in die große Halle zurückkehrte. Neben Avory war ihr Blick bereits wieder eingefroren.

In der Halle konnte Avory währenddessen ein Dutzend eintreffende Robots sehen, die sich bei einzelnen Polizisten zum Dienst meldeten. Am Eingangsbereich meldete sich sogar ein Robot als Ersatz bei Rob und bat ihn um eine Einweisung. Via Lichtimpuls belud Rob seinen neuen Kameraden in einem Sekundenbruchteil mit allen Datensätzen und trat mit ihm einen Zellenrundgang an.

Packelton versuchte unterdessen, Avory zu beruhigen und ihm ins Gewissen zu reden. „Du bist ein guter Polizist, Mo. Du hast Instinkt, Scharfsinn, Kombinationsgabe und ein ungeheures Problem mit Robots. Und das stört. Jeden hier." Er machte eine Kunstpause. „Eigentlich wollte ich dich für den

Fall erst gar nicht in Betracht ziehen, weil ihr alte Partner gewesen seid und du zu befangen sein könntest."

Avory sprang hitzig ein und tippte mit dem Finger auf Packeltons Schreibtischecke. „Chief! Du weißt genau, dass hier keiner außer mir so lange mit Harmer zusammengearbeitet hat. Ich bin der beste Mann für den Fall. Lass mich ermitteln und den Tod aufklären! Ich bin es Ed schuldig. Außerdem traue ich den Untersuchungen der GRE nicht."

Stille machte sich zwischen ihnen breit. Avory suchte bereits nach weiteren Argumenten, sollte Packelton ablehnen.

Doch mit einem Seufzer lehnte sich der Chief in seinem Sessel zurück und atmete laut aus. „Okay. Du kannst den Fall übernehmen."

Avory triumphierte stumm und schenkte Packeltons erhobenem Finger vorerst keine Beachtung.

Doch der setzte mit aller Entschiedenheit, die er aufbringen konnte, nach. „Aber nur mit dem Robot da draußen als deinem neuen Partner. Oder gar nicht."

„Das kannst du nicht machen, Chief!", sagte Avory fassungslos.

„Doch, kann ich." Packelton wandte den Blick von Avory ab, während er mit ihm sprach. Jeder, der den Chief lang genug kannte, wusste, dass er dadurch seine Unnachgiebigkeit ausdrückte. „Entweder reißt du dich zusammen oder es macht jemand anders. Eigentlich dachte ich, du lässt diesen ganzen unreifen Blödsinn über Robots endlich hinter dir und zeigst deine Stärken, aber wahrscheinlich habe ich mich in dir getäuscht." Er stand auf und schien zur Tür gehen zu wollen.

„Nein, warte! Ich mache das." Avory trat an die Seite des Tischs und stellte sich Packelton in den Weg. „Ich mache das, Chief. Du kannst dich auf mich verlassen."

Packelton legte den Kopf leicht zurück und betrachtete Avory mit skeptischer Miene. „In Ordnung, Mo", sagte er nach einem Moment, dann holte er tief Luft und rief an Avory vorbei zur Tür hinaus: „Robot 312!"

Der Robot trat wieder ins Büro und blieb einige Schritte hinter den beiden stehen. „Ja, Chief."

Avory blieb ungerührt stehen und würdigte den Robot keines Blickes.

„Das ist Detective Morris Oliver Avory. Dein neuer Partner. Ihr beide ermittelt im Fall des ungeklärten Todes von Detective Edward Harmer. Lad alle bisher erstellten Ermittlungsdateien und unterstütz Detective Avory bei den Ermittlungen, so gut du kannst." Packelton hielt inne, richtete den Blick wieder auf Avory, der unverändert vor ihm stand. „Ihr seid beide gleichberechtigte Partner und nur mir unterstellt. Verstanden?"

Aus dem Download heraus löste sich Robot 312 mit flackernden Augen und antwortete. „Ja, Chief."

„Verstanden, Mo?", hakte der bullige Mann bei seinem Sorgenkind nach.

„Ja, verstanden." Das Missfallen in Avorys Stimme war kaum zu überhören.

Er wandte sich um und verließ das Büro. Der Robot folgte ihm. Sie gingen zu Harmers Schreibtisch, wo Avory die letzten Sachen aus den Schubladen kramte und sie in die Kiste stopfte.

Robot 312 trat näher und betrachtete das Farbbild von Harmer und Avory, dann nahm er es behutsam auf. „Detective Harmer und Sie. Waren Sie Freunde?" Er drehte das Bild in Avorys Richtung, als dieser auf dem Stuhl sitzend über seine Schulter zu ihm aufsah.

Avory sprang auf, um es dem Robot aus der Hand zu reißen. „Was geht dich das an? Davon weißt du gar nichts, Blechdose."

Der Robot blieb unbeeindruckt stehen und reagierte entsprechend seiner von Menschenhand vorgegebenen Argumentationsvorlage. „Warum beschimpfen Sie mich? Habe ich etwas getan, das Sie erzürnt hat? Möglicherweise kann ich diesen Fehler zukünftig vermeiden."

Das ausdruckslose Gesicht des Robots konnte Avory nicht beruhigen, und er fuhr ihn weiter an, indem er mit dem Bild aufgebracht vor dem Gesicht des Robots herumfuchtelte. „Man geht nicht einfach an fremde Sachen eines Menschen. Erst recht nicht, wenn derjenige gerade durch einen Robot umgebracht wurde."

Der offensichtlichen Brisanz der Situation entsprechend versuchte Robot 312 zu deeskalieren. „Verzeihung, Sir. Es war nicht meine Absicht, Sie aufzubringen."

„Ja, ja. Fass nie wieder etwas an, das mir gehört! Klar?"

„Klar, Sir."

„Wie ist eigentlich dein Name?"

„Ermittlungsrobot 312. RobotNeoprotonischer Ermittler."

„Okay, das ist vielleicht deine Seriennummer. Aber so unterhalten wir uns bestimmt nicht auf der Straße. Robot 312, Hilfe! Da läuft ein Dieb. Robot 312, bitte hindere ihn an weiteren schadhaften Interaktionen." Avory gefiel sein Witz, und er kicherte über sich selbst. „Dein Name ist von jetzt an RONI. 312 klingt zu sehr nach Sushi-Menü 312. Flambierte Ameise auf gerösteter Festplatte. Roni, klar?"

Auf dem Gesicht des Robots zeigte sich ein zaghaftes Lächeln. „Vielen Dank, Detective. Ich freue mich über meinen neuen Namen." Auf eine für Robots seltsame Weise schien Roni davon angetan zu sein, soeben einen eigenen Namen ähnlich dem eines Menschen erhalten zu haben.

Avory stellte die Kiste auf den Schreibtisch und verschloss sie. „Also gut. Wir gehen."

Sie verließen die erhöhte Ebene, gingen die Treppe hinab und begaben sich zum Ausgang des KCPD.

Als sie an Cecilles Schreibtisch vorbeikamen, keuchte Avory und klappte nach vorn, als Cecille ihren Handrücken ruckartig in seinen Unterleib schnippen ließ.

„Wart mal kurz draußen, Kleiner." Ihr Blick traf Roni, und sie deutete zum Ausgangsbereich des KCPD.

„Jawohl", bestätigte der Robot im Vorbeigehen und ließ die beiden zurück.

„Reiß dich zusammen, Mo! Der Robot kann nichts dafür, dass Eddi tot ist. Er kann dir aber helfen herauszufinden, wer ihn umgebracht hat."

„Ach, komm. Was soll das denn jetzt?" Avory wollte sich gegen Cecilles Ansage wehren und versuchte, an ihr vorbeizukommen.

Die kleine Frau stellte sich ihm erneut in den Weg und richtete zwei Finger auf ihn, als würde sie den Detective mit einer Waffe bedrohen. „Hat Eddi sich jemals so aufgeführt wie du heute? Er hat nie einen einzigen Robot beleidigt. Er hat sie nie schlecht behandelt, sondern in ihnen immer die Zukunft gesehen und versucht, von ihrer Logik zu lernen. Was siehst du in ihnen?"

Avory wies mit dem Finger in das Innere des KCPD-Gebäudes und trat näher an Cecille heran. Sein Flüstern war laut genug und glich mehr einem trotzigen Fauchen. „Eines von den Dingern hat ihn ermordet. Mit der bloßen Hand. Da gibt's nichts zu sehen und auch nichts zu lernen. Das sind blecherne Mörder."

Cecille schüttelte den Kopf. „Und wenn ein Mensch einen anderen umbringt, sind dann sofort alle Menschen auch Mörder?" Sie zog die Augenbrauen nach oben und erweckte damit den Anschein einer Mutter, die ihr Kind erzog. „Lern erst einmal selbst, wieder ein guter Mensch zu sein! Und am besten fängst du gleich bei diesem Robot an, sonst bringe ich dir morgen keine Kekse mehr mit, verstanden?" Cecille ließ ihn stehen.

Avory schüttelte den Kopf und zog beim Hinausgehen eine abfällige Grimasse. „Ein guter Mensch sein. Das ich nicht lache." Er lachte bitter, als er das Department verließ. „Noch bevor der Fall abgeschlossen ist, bin ich diesen Robot losgeworden. Und wenn ich dazu nachhelfen muss."

11. Kapitel
Kentarion City

Avory sprang die Stufen vor dem KCPD-Gebäude hinab, während Roni ihm ruhig folgte. Es schien, als schwebte er hinter Avory her, der auf dem Weg vor der Treppe stehen blieb. Vor ihnen rollte der Wagen heran, den Avory dorthin beordert hatte.

„Fahren wir zum Tatort?", fragte Roni.

„Nein. Die GRE hat uns den Zugang verwehrt und führt eigene Ermittlungen durch. Wenn sie das überhaupt tut. Die wischen den ganzen verdammten Tatort einfach weg."

Sie stiegen ein, und die Türen schlossen sich, während die Sicherheitsgurte um beide Insassen fuhren und sich festzurrten.

„Wahrscheinlich kommt einer eurer Kumpels angefahren und poliert den Boden, auf dem Ed noch vor ein paar Stunden lag. Und irgendein Kontrollprogramm mosert schon herum, dass das Tagespensum der Produktion in Gefahr ist."

Nach einer Weile durchbrach Roni die Stille. „Es tut mir leid, dass Sie in Robots eine Gefahr sehen."

Avory schüttelte ungläubig den Kopf. „Es tut dir leid? Woher weißt du denn, was Gefühle sind? Du bist eine Maschine. Menschen fühlen. Maschinen rosten, oder machen was weiß ich was. Aber eins habt ihr ganz bestimmt nicht, Gefühle." Er schnaubte vor sich hin. Seine Wut war unverkennbar.

„Manche Robots können Emotionen empfinden."

Ronis Widerworte reizten Avory, er hegte den Verdacht, der Robot wollte ihn an der Nase herumführen. Wenn Avory sich eins gemerkt hatte, dann die Tatsache, dass Robots und alle anderen Maschinen nicht über Gefühle verfügten. Die Psyche eines Menschen unterschied sich gravierend von der systematischen Programmierung eines Robots. Auch wenn die Anordnung positronischer Verbindungen bei der Konfiguration von humanoiden Robots der menschlichen

Anatomie nachempfunden wurde, boten die künstlichen Züge nicht die Grundlage für Emotionen, wie es bei Menschen der Fall war. Diese Einsicht hatte Avory unlängst erfahren müssen.

„Robots und Gefühle. Was redest du für einen Mist?"

„Doch, wenn sie sich dafür entscheiden. Glauben Sie mir, Detective Avory."

„Jetzt hör mal auf mit deinen Märchengeschichten. Du fängst an, gleich am ersten Tag zu nerven. Haben sie dir das auf die Festplatte gelötet? Geh los und nerv den ersten Cop, den du triffst?"

„Nein, Detective. Ich wollte nur die Konversation aufrechterhalten." Roni gab auf und entschloss sich, nach den logischen Parameter seiner Programmierung, diese Diskussion bei einer späteren Gelegenheit fortzuführen.

Der Wagen folgte dem rasanten Verkehr des Highways und fuhr in Richtung der südlichen Stadtteile Kentarions. Zwischen den riesigen Wolkenkratzern und untereinander durch Quergänge verbundenen Wohntürmen schlängelten sich Highways und größere Zufahrtsstraßen hindurch. Die Hauptroute der Nord-Süd-Trasse durchschnitt Kentarion City, in dem sich die massive Verkehrsader auf den Spitzen von nach oben verjüngt zusammenlaufenden Türmen und Wohngebäuden über die unzähligen Dächer hinwegzog. Je nach Wetterlage gab es Zeiten, in denen die Fahrer mit ihren Vehikeln auf der Fahrt über die unterschiedlichen Ebenen durch die Wolken stießen und auf einem breiten Highway über dem Wolkenmeer entlangfuhren, durch das nur die Spitzen der Wolkenkratzer in den Himmel ragten.

Die Stadtplaner waren Ende der 2080er Jahre dazu übergegangen, die Trassen auf mehreren Ebenen übereinander anzuordnen und darauf die unterschiedlichsten Verkehrsmittel anzuordnen. Hochgeschwindigkeitszüge und Frachtbahnen schossen in unterirdischen Röhren unter der Stadt hindurch und ermöglichten es, von einem Ende Kentarions bis zum 117

Kilometer entfernten anderen Ende in weniger als 20 Minuten zu gelangen.

Darüber befanden sich die vielen Elektroschienen der unterschiedlichen Stadtbahnen, auf denen die röhrenförmigen Bahnen die einzelnen Stadtviertel miteinander vernetzten. Den Lärm und die Vibrationen absorbierten die Röhren. Bei der Fahrt umschlossen Magnetfelder die Schwebebahnen, sodass die Fahrt lediglich Windgeräusche und das Rauschen der voranwälzenden Luftmassen der verdrängten Luftschichten verursachten. Für die Fahrgäste und Anwohner lästiges Rütteln und Quietschen gehörten der Vergangenheit an.

In den oberen Etagen der Trasse befanden sich die Fahrbahnen des Highways, auf dem in mehreren Ebenen in beide Richtungen der städtische Verkehr rollte. Jede der Fahrbahnen war bis hin zu vierfachen Streckenführungen angelegt, sodass Stau und störende Baumaßnahmen umfahren werden konnten. Das Dach bestand aus Grünanlagen, Erholungsparks oder biosphärischen Inseln der Natur, welche den Menschen Zuflucht vor dem urbanen Ballungsdrang boten. Die Hauptadern der riesigen Trassen durchzogen die Stadt, sodass man bereits in der Planungsgeschichte von der Revolution urbaner Verkehrsadern sprach. Alles war größer, gigantischer und überdimensionaler geworden. Die erdbebensicheren Stützstreben an der Unterseite, die über ihre Köpfe hinwegführten, prangten wie gigantische Stützstreben über ihnen.

Der Wagen erreichte das südliche Viertel und folgte der Abfahrt hinab auf die Grundebene zwischen den Wolkenkratzern. Nach wenigen Metern bogen sie in die Tiefgarage des Wohngebäudes ein, in dem sich Edward Harmers Apartment befand.

Der Wohnblock drehte sich um die eigene Längsachse und bot von Weitem den Anblick einer in den Himmel ragenden Schraube. Wie von einer gigantischen Axt gespalten durchzog die Mitte des Wohnblocks eine Zwischenschicht, in der mehrere Reihen von Hochgeschwindigkeitsfahrstühlen die

Einwohner beförderten. Geschäfte und Friseure fanden hier Gewerberäume ebenso wie Apotheken, Ärzte und Supermärkte.

Avorys Wagen hielt auf dem Feld der Besucherparkplätze im 1. Untergeschoss.

„Komm mit", befahl er und stieg aus dem Fahrzeug.

Nachdem Roni das Fahrzeug verlassen hatte und sich die Türen hinter ihnen schlossen, transformierte der Wagen und eine Hebegabel hob ihn in eine der senkrechten Vorrichtungen, die wie ein Silo im Inneren des Hauses nach oben ragte.

Roni verglich die Adresse mit den hochgeladenen Dateien aus dem Department. „Wir befinden uns im Gebäude, in dem sich die Unterkunft des verstorbenen Detective Edward Harmer befindet. Wollen Sie seine Wohnung durchsuchen?"

„Richtig, Schlaumeier. Wir werden uns ein wenig umsehen."

Zielstrebig lief Avory auf den Ausgang des Parkdecks zu, in dem ein Klimaventilator Frischluft zuführte. Das Rauschen der Anlage erfüllte die Halle. Die Tür des unteren Parkdecks Nummer eins öffnete sich, und sie gelangten in eine kleine Lounge mit hellen Werbebannern für Urlaubsreisen, Luxusartikel und Fernsehangebote, die in verschiedenen Etagen des Wolkenkratzers erworben werden konnten.

Avory blieb auf der Plattform vor dem Fahrstuhl stehen.

„Sir, haben wir die Genehmigung für eine Öffnung der von der GRE versiegelten Wohnung?", fragte Roni und richtete den Blick dabei auf Avory.

„Na klar, Sportsfreund." Avory scherte sich nicht um die gerichtlichen Sonderbestimmungen, die anzuwenden waren, wenn kriminologische Untersuchungen anstanden, in denen die GRE in irgendeiner Weise involviert schien. Ronis Frage war berechtigt, und das stieß Avory auf. Er wollte den Robot loswerden. Und sei es nur für wenige Augenblicke. „Warte mal. Erster Test. Wer ist schneller? Du über die Treppe oder ich per Fahrstuhl?" Für einen Augenblick starrte Avory in Ronis ausdruckslose Augen.

'Das Schimmern verriet keine der berechneten Antworten, die Roni von seinem inneren Hilfsmenü auswählen konnte.

„Na, was ist? Hast du Schiss, ich würde wieder abhauen und du hängst allein im fremden Treppenhaus herum?", stichelte Avory und grinste den Robot an.

„Der Standort des Apartments ist mir bekannt, die Strecke ist berechnet, und die 206 Stockwerke sollten keine Herausforderung für mich darstellen." Roni blickte nach oben, als könnte er durch die Etagen zum Ziel hindurchsehen.

Avorys Augenbrauen tanzten, als er sich seines Sieges sicher wähnte. „Na, prima. Ich sage, wenn es losgeht."

„Einverstanden, Detective."

Die Fahrstuhltür öffnete sich, und die gleichen Werbebanner, die in der Lounge flimmerten, erschienen an den Innenwänden der Kabine. Avory trat in den leeren Fahrstuhl und sah Roni noch einmal in die Augen. „Apartment von Detective Edward Harmer."

Die Tür schloss sich, und der Fahrstuhl setzte sich in Bewegung.

Roni betrachtete den Fahrstuhleingang weiter, als sei er versteinert.

„Los!", kam Avorys gedämpfter Ruf aus der Kabine.

Der Fahrstuhl passierte die Shoppinggalerie, erreichte danach das 206. Stockwerk und signalisierte Avory durch übergroßes Einblenden der Etagenzahl in allen Monitoren das Erreichen des gewünschten Ziels. Eine Richtungsangabe wies ihm den Weg zu Harmers Apartment, den er Hunderte Mal bereits gegangen war. Er achtete nicht darauf.

Als er den Fahrstuhl verließ, warf er einen flüchtigen Blick über die Schulter zur Ausgangstür der Notfalltreppe, über die Roni den Flur hätte betreten müssen. Avory schien als Erster angekommen zu sein und schmunzelte zufrieden vor sich hin, als er auf dem weichen, blauen Polsterboden zur Tür schlenderte. Vor dem Apartment blieb er stehen und betrachtete die Tür, als er von hinten ein Geräusch hörte.

Erschrocken fuhr er herum. Blitzschnell hatte er seine Waffe aus dem Holster gezogen und auf die Gestalt vor der Wand gerichtet.

„Sie sind spät dran, Detective." Roni trat langsam aus dem Schatten hervor und ihm gelang ein außerordentlich gelungenes Grinsen für einen Robot, das einen Ausdruck von Genugtuung suggerierte, wäre er ein Mensch gewesen.

„Ich wollte dir eine Chance geben. Bin extra langsam gefahren." Avory steckte die Waffe wieder ins Holster. Die Art und Weise, wie der Robot sich inszenierte, rang ihm für einen Moment Respekt ab. Krass. Der Robot hat menschlichere Züge, als man zuerst glauben mag, dachte Avory.

„Vielen Dank", sagte Roni, als er nähertrat.

„Wofür? Dass ich dich habe gewinnen lassen?"

„Nein. Dafür, dass Sie die Waffe wieder wegstecken. Haben Sie sie aus Gewohnheit oder Groll gegen mich persönlich gezogen?"

„Das ist die Macht der Gewohnheit." Avory nickte und zupfte seine Jacke zurecht.

Hinter beiden öffnete sich plötzlich die Tür eines Apartments, und ein Mann Mitte dreißig kam in ein Gespräch verwickelt heraus. Vor ihm schwebte eine Drohne mit dem Hologramm eines anderen Mannes in Anzug und Krawatte. Der Konferenzbildschirm bildete nur den Oberkörper des Mannes ab.

„Ich sage es dir, Jack. Lass die Warensendung zurückgehen. Die Westamerikaner haben immer noch nicht verstanden, dass die GRE die Importbestimmungen festlegt und ... Oh, hi, Avory. Wie geht's?", unterbrach der Mann sein Gespräch und lief zum Fenster des Flurs.

Avory nickte nur und schaute dem Nachbarn seines toten Partners nach. Oben Anzug und Krawatte. Unten Unterhose mit GRE-Logo.

Vor dem Fenster stieg ein Fluggerät auf, das einem schwebenden Container glich. Ein Robot schob sich nach vorn und begrüßte den Mann. „Guten Tag, Herr Cavry. Wie geht es Ihnen? Ein schöner Tag heute, finden Sie nicht auch? Hier ist Ihre Lieferung." Mit einem Greifarm fuhr der Robot eine Injektionsnadel aus und stach ohne Unterbrechung Steve Cavry in den Arm.

Der GRE-Mitarbeiter begutachtete den Vorgang und kommentierte: „Ah, endlich. Die neue Dienstdosis war zwingend nötig. Ich habe heute schon zweimal gähnen müssen. Schrecklich."

„Wenn Sie wünschen, kann ich Ihnen eine weitere Doppeldosis zu einem reduzierten Preis verabreichen. Wenn Sie sich innerhalb der nächsten acht Sekunden entscheiden, erhalten Sie die nächsten drei Lieferungen zum Preis für zwei. Wie entscheiden Sie sich, Herr Cavry?", fragte der Robot nüchtern und schwenkte den Arm bereits zum nächsten Präparat.

Der Mann zögerte nicht. „Ja, ich kaufe. Die erste Ladung nehme ich gleich."

Der Robot zapfte die nächste Injektion und stach erneut zu. „Bitte sehr. Hier haben Sie die nächsten Dosen zur Selbstbehandlung."

„Wow, yeah! Jack, ich sag es dir. Diese Injektionen sind galaktisch. Jetzt kann ich die nächsten 90 Stunden wieder durcharbeiten. Ich dachte schon, ich müsste schlafen."

„Bloß nicht, Steve", rief der Gesprächspartner. „Du hast momentan so einen Lauf. Wenn du weiter so arbeitest, dann wirst du nächsten Monat noch zum Nachwuchsdirektor für Importkontrolle ernannt. Mein Gehalt reicht leider nicht für so viele Injektionen. Man könnte glatt neidisch werden", moserte der Mann.

„Hey, Avory. Soll ich Ihnen eine spendieren? Dann könnten Sie mal endlich loslegen und Verbrecher fangen. Sie sehen etwas müde aus", rief Cavry spöttisch herüber, und auch Jack lachte. Doch Cavry wartete nicht auf eine Antwort.

„Zahlen!", befahl er und hielt dem Robot am Fenster das Handgelenk entgegen.

Der scannte einen Punkt, bestätigte und flog eine Etage höher.

„Meine Herren, Steve! Den neuen Biotransponder hast du auch schon. Also, wenn das mal nicht nach Karriere schreit", gab Jack neidisch zum Besten.

„Ich gebe mir Mühe, Jack." Der Mann kehrte in sein Apartment zurück. „Ach, wäre ich nur als Robot zur Welt gekommen. Was ich alles schaffen würde im Leben ..."

Die Apartmenttür fiel zu, und Avory schüttelte den Kopf. „Idiot." Er wandte sich Roni zu. „Jetzt lass uns hier weitermachen, bevor der wieder rauskommt."

Sie fokussierten den Türöffner. Die flache Scanplatte hing in Brusthöhe in der Mitte der Eingangstür. Avory hielt die Hand auf den Scanner und hielt seine Dienstmarke mit der anderen Hand vor den Optikscanner, um die Tür zu öffnen.

Nichts geschah. Die Tür blieb verschlossen. Eine leise Computerstimme verweigerte den Zutritt.

„Das gibt's doch nicht. Wieso öffnet er die Tür nicht? Öffnen, KCPD-Ermittlung!"

„Zugriff verweigert. Öffnung nur durch autorisiertes Personal."

„Soll ich einen Versuch starten?", sprang Roni ein und streckte die Hand vor dem Scanner aus.

Die Antwort fiel gleichermaßen aus.

„Zugriff verweigert. Nur autorisiertes Personal."

Roni hackte sich in das Menü des Computers ein und traktierte die Scanplatte. Mit wenigen Handbewegungen umging er das Menü der automatisierten Zugriffskontrolle und tippte auf Symbolen des Untermenüs herum.

Kreise, Polygramme und Warnmeldungen tauchten immer wieder auf, als Roni sich nach vorn gebeugt einem Exzess von schnellen Handbewegungen hingab. Es schien, als würde er mit dem Computer ringen, um Einlass zu erhalten. Nacheinander ertönten Zugangsverweigerungen, und sämtliche Farben des optischen Spektrums schossen über den Bildschirm des Displays.

Dann plötzlich herrschte Stille. Ronis Gesicht blieb regungslos, während seine Hand vor dem Display innehielt.

„Was ist? Hast du was kaputt gemacht?", fragte Avory, und sein Blick flog zwischen Roni, der versteinert vor der Tür stand, und dem schwarzen Display hin und her.

Plötzlich ertönte ein Klacken. Die Tür sprang nach innen aus dem Schloss, und Roni richtete sich auf. Der Robot trat einen Schritt zurück und gab den Weg ins Apartment frei.

„Es hat den Anschein, als hätte jemand den Zugang für das KCPD erst kürzlich gesperrt. Keine Zertifikate, Administratorenidentifikationen oder sonstige Indizien, wer dafür verantwortlich sein könnte, lassen sich finden. Nachdem ich das Sicherheitssystem überwunden habe, kam es mir vor, als würde sich das Kontrollprogramm, das uns den Zugang zuerst verwehrt hat, plötzlich aus dem System zurückziehen. Dann plötzlich, öffnete sich die Tür." Mit diesen Worten deutete Roni auf die offene Eingangstür und wartete auf Avorys Reaktion.

„Da will irgendjemand mit aller Macht verhindern, dass wir hier herausfinden, woran Harmer gearbeitet hat."

„Möglich", antworte Roni.

Avory betrat das Apartment. Die Hand ruhte auf der Waffe, die im Holster steckte. Er wollte sich nicht überraschen lassen.

Er sah sich um. Vorsichtig durchstreifte er Harmers Apartment. Hinter dem lang gezogenen Flur öffnete sich ein großer zentral gelegener Raum, der das Wohnzimmer darstellte. In einer rechteckigen Fassung führten von zwei Seiten kurze Treppen mit wenigen Stufen hinab, in die eine Art Couch eingefasst war. Die Wand gegenüber zierte eine breite Bibliothek aus antiquarischen Büchern und Sammlungen verschiedener Datenkristalle. In der Mitte des rotbraun gefassten Regals, das über der Kunststoffstruktur Mahagonifarbe imitierte, hing ein breites Gemälde, das die innere Struktur eines CPUs abbildete, der Schwärme unzähliger Positronen ausstieß. „The Rise of a Robot's Consciousness" by Joshua Borowski.

Roni besah sich das Gemälde mit einer für Robots untypischen Faszination. Er trat näher an das Bild heran, um es genauer zu betrachten.

Er erkannte ein helles Positronenfunkeln, welches aus dem Anthrazit des CPU-Hintergrunds herschoss. Wie ein hypnotisierter Mensch betrachtete der Ermittlungsrobot die Einzelheiten des Gemäldes, das unweigerlich die malerischen Eigenschaften eines Originals aufwies. Das Ölgemälde trug die unverkennbar feine Hand des baltischen Malers. Farbtiefen und -vielfalt wirkten in einer binären Anordnung ungeheuer ergreifend und kennzeichneten damit den Stil des Malers, der seiner Bewunderung für Robots und ihre Evolution in vielen seiner Kunstwerke ausdrückte.

Unterdessen kontrollierte Avory die anderen Räume, die von dem zentralen Wohnzimmer abzweigten. In dem Schlafzimmer deutete nichts auf ein längeres Fernbleiben des Besitzers hin.

Avory betätigte die Öffnungsmechanismen, um Bett, Kleiderschränke und Schuhregale zu kontrollieren. Die für Harmer typisch akkurate Ordnung stach hervor. Avory erkannte den Unterschied zu sich und kontrollierte Badezimmer sowie Küche. Als er den Kühlschrank öffnete, meldete das Ernährungsprogramm eine Vielzahl abgelaufener Nahrungsmittel und schlug eine Reihe schmackhafter Neubeschaffungen vor. Avory schlug den Kühlschrank zu und trat ins Wohnzimmer.

„Wie es aussieht, war Harmer entweder schon länger nicht mehr hier oder er hat vergessen zu leben."

Roni reagierte nicht. Sein Blick war noch immer auf das Gemälde gerichtet und scannte alle Einzelheiten, die der Maler darin entfaltet hatte.

„Hey, Roni. Was ist?" Vorwurfsvoll blickte Avory auf seinen neuen Partner, der in seinen Augen bereits zu Beginn der Ermittlungen vom Wesentlichen abschweifte.

Roni wandte sich ihm zu. „Dieses Gemälde eines Menschen beschreibt einen evolutionären Moment für Robots. Es ist ein Original, und ich fragte mich, warum Detective Edward Harmer Unsummen ausgab, um dieses alte Gemälde zu erwerben.“

Avory schürzte die Lippen und runzelte die Stirn. „Das spielt doch keine Rolle. Wir versuchen, seinen Tod zu klären. Er ist offensichtlich ermordet worden, und du willst Kunstunterricht nehmen. Das kannst du später klären. Jetzt kümmern wir uns erst einmal um den Fall, klar?“ Avory winkte ab und ermahnte Roni mit dem Zeigefinger. „Konzentrier dich mal! Ich überprüfe die Wohnung, und du stehst hier rum.“ Er blickte umher und öffnete einige der Schubladen, die sich unterhalb des weißen Tischs befanden, der vor der Couch stand.

Roni setzte sich neben ihn und wirkte dabei außerordentlich steif. Der Robot aktivierte Harmers Computer. „Möglicherweise können wir aus seinen Computerdaten einige Hinweise entnehmen. Womit er sich beschäftigte, zum Zeitvertreib oder zur Recherche.“ Er wies mit einer Hand auf die Bibliothek, während er mit der anderen die Programme des Computers aufrief. „Wie es scheint, verwendete Detective Harmer viel Zeit mit der Entwicklung seines Geistes.“

Zwischenzeitlich klappte Avory eine der Schubladen auf, und eine für Harmer untypisch ungeordnete Anzahl verschiedenfarbiger Datenkristalle rollte hervor. Blaue, weiße und grüne Kristalle kullerten umher, ohne dass sie auf ihrer daumengroßen Form irgendeine Kennzeichnung trugen.

Auch im Inneren der Kristalle erkannte Avory keine Nummerierungen, die eine Serienzugehörigkeit preisgaben. „Eine Sammlung unregistrierter Datenkristalle. Na, sieh mal einer an.“

Während Avorys Erstaunen stieß Roni auf eine Reihe von Dateikennungen, deren Inhalte auf externen Datenkristallen abgelegt waren. In der holografischen Menüführung, die ähnlich einer ovalen Form aus Programmsymbolen und

Wörtern über dem Tisch thronte, filterte Roni sehr schnell die meistgenutzten Daten sowie einige andere Informationen heraus.

„Nach den Login-Daten zu urteilen, scheint es, dass Detective Harmer keinen einheitlichen Tageablauf in den letzten acht Wochen hatte. Die Nutzungsdaten dieses Computerpults variieren sehr stark in den Uhrzeiten. Von den 78 Nutzungen ist allerdings immer wieder ein Thema hervorstechend. Das der Robotik.“

„Zeig mal her, was er gemacht hat“, wies Avory an.

„Dazu brauchen wir den richtigen Datenkristall.“

Avory zückte aus der Schublade den weißen Datenkristall hervor. „Hier, probier den mal.“

Roni nahm den Kristall und lud ihn behutsam in die Halterung am Rand des Tischs.

Keine Daten

„Mist. Okay, probier den hier.“ Avory griff bereits nach einem anderen Kristall aus der Schublade und stopfte den leeren unbewusst in die Jacke.

Keine Daten.

Nacheinander probierte Roni alle Kristalle durch, ohne einen gültigen Datensatz zu finden. Als Letztes griff er den roten Datenkristall. Dieser war randvoll.

Die Speichermasse des Datenkristalls teilte sich in mehrere Gruppen.

Wissenschaftliche Robotik, Robotentwicklung, Künstliche Intelligenz.

Beim Anblick der drei Datenmassen, welche die verschiedenen Wissenschaften über Robots und deren geistige Befähigung beschrieben, stieg in Avory Abneigung auf. Bei dem vierten Symbol und dem darin enthaltenen Wort wandelte sich diese jedoch in eine Mischung aus Neugier und Furcht.

Woran hat Harmer hier gearbeitet, fragte er sich.

Avory stach mit dem Zeigefinger in das vierte Symbol und wartete, bis der Datensatz geladen war. Das Symbol blinkte. Es trug den Namen Separatismus.

12. Kapitel

Harmers Apartment - Kentarion City

„Separatismus? Worauf hat sich Ed da eingelassen?" Avory schüttelte den Kopf, als er die Datenflut durchging. Anhand von Symbolik und Betitelung schienen sich alle mit Separatismus zu beschäftigen.

Während er Dateien öffnete und ihren Inhalt überflog, führte Roni zur selben Zeit eine Analyse der gesamten Datensätze durch. „Detective. Anhand der Daten hat Edward Harmer mit hoher Wahrscheinlichkeit die Systematik des Separatismus analysiert. Er hat in diesem Datenkristall und auch in seiner Bibliothek eine besonders hohe Anzahl von Literatur über diese spezifische Ausprägungsform des Terrorismus angesammelt. Wenn es eine Verbindung zwischen Harmers Tod und möglichen Nachforschungen hierüber gibt, könnte das eine große Herausforderung für das KCPD werden. Meinen Sie nicht auch?"

„Darauf kannst du wetten", entgegnete Avory und warf Roni kurz einen skeptischen Blick zu. „Ist dir dabei irgendwas aufgefallen?"

Roni berechnete alle möglichen Verknüpfungen und verneinte schließlich. „Ist es normal für einen Menschen, zur Regeneration nicht mehr als 2,3 bis 2,7 Stunden pro Nacht über einen Zeitraum von sieben Wochen und zwei Tagen zu schlafen?"

Avory stutzte. „Na ja, er war eben ein Workaholic."

Roni loggte sich in die persönlichen Nutzerdaten auf dem Homecomputer ein. Harmers Pharmaprofil blinkte auf.

„Er nahm verschiedene Präparate von Antidepressiva und auch Aufputschmittel auf Phenylalkylaminalkaloid-Basis ein. Hauptsächlich Ephridin", vermeldete Roni.

„Aufputschmittel? Nur Ärzte oder Polizisten haben in der Stadt direkten Zugriff darauf." Avory stutzte. Er lehnte sich zu dem Robot hinüber und stach mit in dessen Hologramm. Er zog es vor sich und hastete durch die Onlinebestellungen der Pharmalabore.

Tatsächlich. Wollte er sich wegdröhnen?

Avory versuchte, aus Harmers Verhalten schlau zu werden, konnte sich aber keinen Reim auf alles machen.

Warum diese Aufputschmittel? So wichtig kann kein Ermittlungsfall sein, dachte er.

„Kannst du auf all die anderen Daten zugreifen? Ich will wissen, woran er gearbeitet hat oder was er zuletzt in den Fingern hatte."

Roni lud die Software. Eine bunte Mischung aus verschiedenen Anwendungssymbolen materialisierte über dem Tisch. Das virtuelle Buch der Global Library blinkte als meistgenutztes Programm im System auf. Daneben erkannte Avory den Holoplayer, der eine riesige Liste an holografischen Videodateien anzeigte, und ein Shoppingsymbol rankte neben allen großen und kleinen Symbolen, mit dem Harmer seine Bestellungen an Medikamenten und Lebensmitteln sichergestellt hatte.

„Woran hast du gearbeitet, Ed?" Avory vergrub das Kinn in der Hand und kramte mit dem Zeigefinger in den Dateien herum.

„Detective, kann ich Ihnen behilflich sein?"

Avory richtete sich auf und holte zischend Luft. „Ja. Zeig mir alle Dateien, an denen Harmer in den letzten Wochen gearbeitet hat. Bibliotheksdateien, Videos, Shoppingdateien, und liste nach häufigsten Schlagwörtern! Ich muss wissen, was er gesucht hat. Woran er gearbeitet hat. Er liest doch nicht einfach nur zum Spaß etwas über Separatismus. Da steckt mehr dahinter. Und welche Rolle spielt dabei die GRE?"

Vor beiden Ermittlern sprang eine Liste mit drei Spalten auf, unter deren Kopfzeilen sich eine riesige Abfolge von Dateien aufreihte.

„Es muss Anhaltspunkte geben. Irgendetwas, was auf seinen Mörder oder seine letzten Aktivitäten vor dem Tod hinweist. Er hat doch nicht die ganze Zeit hier gesessen und Bücher gelesen. Er war ein Cop, verdammt noch mal."

Roni rief weitere Datensätze auf und überlagerte Avorys Menüanzeige mit seiner. „Die gibt es. Die anderen Daten und auch die Bücher dort im Regal thematisieren verschiedene Aspekte der Robotik. Geschichte, Entwicklungen und Zukunftsperspektiven. Im Wesentlichen konzentriert sich alles auf zwei Dinge: Robots und Separatismus."

Avory deutete aufgeregt auf die von oben nach unten laufende Datenleiste des Hologramms. „Wer hat ihn deswegen umgebracht? Separatisten? Die GRE? Oder irgendwelche Separatisten, die von der GRE unterstützt werden? Oder einfach nur ein irrer Robot?" Er sprang auf und wischte sich übers Gesicht, als er nachdachte. Langsam ging er auf das Bücherregal zu. „Okay. Gehen wir die Sache noch mal durch. Ed läuft irgendwo durch Kentarion. Irgendwie gelangt er zu dem sonst so festungsartig abgeriegelten GRE-Gelände. Dort schafft er es, wie durch ein Wunder, die große Konfigurationshalle ohne Probleme zu betreten. Das Heiligtum der GRE, das sonst Normalsterbliche nicht betreten dürfen." Er wandte sich um und zeigte auf Roni. Die Pose wirkte vorwurfsvoll. „Und sollte es ein Mensch doch schaffen, kommt einer der Sicherheitsrobots an und bringt ihn zur Strecke."

Roni erwiderte Avorys Blick mit einem emotionslosen Ausdruck. Seine Antwort blieb nüchtern. „Möglich. Wenn wir dafür Beweise finden würden, wäre das ein herber Schlag für die GRE. Allerdings ist die Wahrscheinlichkeit dieses Ereignisses in der von Ihnen beschriebenen Kausalkette nicht sehr hoch."

Avory sann weiter. „Ja, richtig. Ich kenne Ed. Der geht nicht einfach so zur GRE und sagt Hallo, da bin ich. Er hatte eine Spur oder einen Verdacht. Deshalb war er dort. Er hat irgendetwas gesucht. Einen Hinweis, eine Information. Oder jemanden." Avory nahm wieder auf der Couch Platz und hackte besessen auf die Tastatur ein, die er auf der Tischplatte mit einem Finger aktiviert hatte. „Vielleicht kommen wir weiter, wenn wir Harmers Recherche nach Namen untersuchen."

Er gab den Suchauftrag ein, und viele Namen der zuletzt durchgeführten Personenrecherchen reihten sich in einer endlos scheinenden Rangfolge auf.

Im Bruchteil einer Sekunde hatte Roni die Namen überflogen. „Das sind alles bekannte Separatistenführer der Menschen. Alte Publikationen, Dossiers und wissenschaftliche Abhandlungen über jeden der Menschen, die man zu dieser Gruppe Aktivisten zählt."

Avory nickte. Dann kniff er die Augen zusammen. „Ja, außer einem." Angewidert deutete er auf einen Namen, der soeben am unteren Ende der Liste aufleuchtete. „Ich hoffe bei Gott, dass er der entscheidende Grund war, warum Harmer zur GRE gegangen ist. Havington." Rasch überflog Avory die Notizen, die Harmer zum Leitenden Direktor der GRE angefertigt hatte. Erlasse, Aufsätze und Projektberichte zierten das Dossier, das Harmer angefertigt hatte. Am Ende der Liste stand ein Hinweis, der Avorys Interesse weckte.

Robot-Sondermodelle zur Erprobung in der Spezialfabrik GRE. Prüfen!

„Das ist es! Das ist es."

Avorys Aufregung währte nicht lang.

Erneut ertönte das laute Klacken des Türschlosses, als sich die Apartmenttür öffnete und eine Meute von Securityrobots der GRE eintrat. Ein Bär von einem Mann befand sich zwischen ihnen. Sein schwarzer Anzug war definitiv das Resultat einer Maßanfertigung, verhalf allerdings kaum zu einer kultivierten Erscheinung.

Seine tiefe Stimmte bebte durch den Flur. „GRE. Das Apartment steht ab sofort unter unserer Kontrolle. Verlassen Sie das Gelände umgehend!"

Avory sprang auf und zückte die Waffe. „KCPD. Stehen bleiben!" Er zielte auf den ersten der drei Robots und hätte ohne zu zögern abgedrückt. „Ich sag's nicht noch mal, Blechkiste. Stehen bleiben, KCPD!"

„Waffe runter, Avory! Sie haben hier keine Befugnisse. Das Apartment ist mit Einsetzen der Ermittlungen Teil der GRE geworden. Es ist besser, Sie kooperieren, wenn Sie noch Ermittlungsergebnisse von uns haben wollen, Detective."

Der Robot vor Avory übergab dem Detective einen Hologrammchip, auf dem die jüngste Direktive des Robotministeriums nachzulesen war und keinen Zweifel an der vermeintlichen Rechtmäßigkeit der GRE-Ansprüche ließ.

Avory ließ die Waffe sinken und vergrub sie voller Frust im Holster.

Verdammte Bastarde. Wenn ich könnte, würde ich diese ganze verfluchte GRE auf den Mond schießen.

Er behielt seine Gedanken für sich, obwohl sein Gesicht alles verriet, was in ihm vorging. „Was habt ihr jetzt vor?"

„Wir werden alle Informationen sammeln, Beweise sichern und die Ermittlungen zu einem akzeptablen Ergebnis bringen." Der Mann blickte Avory nur kurz an. Er musterte Roni, als würde sein Blick ihn durchdringen und sein Inneres scannen.

„Das hört sich für mich nicht sehr professionell an. Schon mal ermittelt?"

Die Provokation prallte an dem GRE-Mitarbeiter ab. Einer der Robots hatte zwischenzeitlich die Wohnung inspiziert und kam zurück, als dessen Blick kurz über den Tisch flog, dessen Schublade offen stand, in der sich die Datenkristalle befanden. Eine der Schutzhüllen lag lose in der Schublade. Der Robot trat an die Gruppe heran.

Underdessen begann der Mann, Avory und Roni zu verscheuchen. „Verlassen Sie jetzt das Apartment!"

Avory blickte den GRE-Mitarbeiter mit eiskalter Miene an, während er zu Roni sprach. „Komm! Wir gehen."

Ohne ein Wort zu sagen, wollte Roni ihm folgen, doch plötzlich wirbelte einer der Securityrobots herum.

„Halt! Robot! Übergib uns die Datenkristalle!"

Roni zögerte einen Augenblick.

Mit einem energischen Ton setzte der Securityrobot nach und streckte Roni die offene Hand entgegen. „Übergib die Datenkristalle! Sofort!“

„Welche Kristalle meinst du?“ Roni versuchte, den unwissenden Robot zu mimen, es gelang ihm jedoch nicht sonderlich gut.

„Diese Datenkristalle.“ Ein weiterer Securityrobot des GRE-Teams trat hinzu und wies mit einer überzeugenden Geste auf die offene Schublade am Couchtisch.

Roni kapitulierte und legte die drei farbigen Datenkristalle, die er aus der Schublade entnommen hatte, in die ausgestreckte Hand des anderen Robots.

Avory stand daneben und verzog währenddessen das Gesicht zu einer enttäuschten Grimasse. Er verhielt sich still, um keine weiteren Komplikationen zu verursachen. Doch sein Geist arbeitete fieberhaft an einer Lösung, schnell und auf anderen Wegen an die Daten der Recherche zu gelangen. Aber ihm wollte keine Blitzidee einfallen. Er kochte innerlich. Egal, welchen Schritt ich unternehme, ständig kommt mir einer dieser GRE-Typen mit seinen Blechkisten in die Quere. Verdammt.

Avory und Roni verließen das Apartment und traten vor den Fahrstuhleingang.

Dann fuhr der Detective herum.

13. Kapitel
Kentarion City Hochhaus - im Fahrstuhl

„Herrgott noch mal. Jetzt sind wir wieder am Anfang. Diese GRE-Typen treiben mich noch in den Wahnsinn. Jetzt haben die alle Daten, und wir haben nichts. Verdammt noch mal. Wieso hast du denen die Kristalle gegeben?“ In Avorys Gesicht verkrampften sich die Muskeln vor Zorn.

Roni versuchte einzuhaken. „Verzeihung, Detective. Aber …“

„Unterbrich mich nicht! Ich muss nachdenken, wie wir weitermachen und aus diesem Schlammassel wieder herauskommen. Du hast uns auch nicht weitergebracht.“

Roni wartete ab. Er hatte alles vorbereitet. Er hatte die Zeit berechnet, bis die unter Hochdruck angelaufene Recherche der Robots und des GRE-Mitarbeiters Harmers Ergebnisse freilegen würde. Ronis System meldete: noch 2 Minuten und 37 Sekunden.

Die Fahrstuhltür öffnete sich, und sie betraten die Kabine.

„Parkdeck!“, befahl Avory. Er schüttelte den Kopf, während Roni ihn in seinen Plan einweihte.

„Detective, die Daten sind nicht verloren. Ich habe sie an einen anderen Ort transferiert und dort chiffriert. Ohne meinen Dechiffrierungsschlüssel sind sie für eine Weile sicher. Obwohl es für einen Ermittlungsrobot der GRE nicht schwer sein sollte, den Schlüssel zu generieren. Wir haben ein kleines Zeitfenster, bis sie die Daten erfassen können. Die Kristalle habe ich unterdessen mit anderen chiffrierten Daten gefüllt.“

Avorys Augen weiteten sich, als könnte er nicht fassen, was er soeben gehört hatte. „Sag das doch gleich! Warum lässt du dir alles aus der Nase ziehen! Wie viel Zeit haben wir noch?“

„2 Minuten und 8 Sekunden.“

„Was? Das schaffen wir doch nicht mehr.“ Avory wippte auf der Stelle. Er ahnte, dass sie auch die zweite Chance auf Sicherung der Indizien tatenlos vergeben mussten.

Roni versuchte erneut, ihn zu beruhigen. „Wir benötigen nur ein kleines Datenterminal, an dem ich Zugriff auf die Datensätze herstellen kann."

„Ja, sicher. Aber wo ist eins? Hier im Fahrstuhl ja nicht. Oh, je. Schneller!" Rastlos blickte Avory auf die Anzeige in der Tür, in der sich die Etagenzahl stetig, aber für ihn viel zu langsam reduzierte. Panik ergriff ihn. „Verdammt, verdammt! Das schaffen wir nicht. Wo ist das nächste Pult?"

Roni hatte alles berechnet. Ihm blieben mit Öffnen der Fahrstuhltür 37 Sekunden, das nächste Terminal zu erreichen, die Daten herunterzuladen und zu sichern. Das nächste Informationspult befand sich am Ausgang des Gebäudes neben einer Straßenkreuzung.

„Gleich in der Nähe. Vor dem Haus. Ich werde mich rasch dorthin begeben und die Daten downloaden. Können Sie mich dort mit dem Wagen abholen? Wir sollten schnellstmöglich versuchen, den Ort zu verlassen."

„Okay."

Der Fahrstuhl erreichte das Parkdeck, und die Tür öffnete sich. Roni sprintete aus der Kabine und rannte in das Parkdeck. Avory folgte ihm. Als er durch die Eingangstür lief, knallte er beinahe in den Robot.

„Herrgott, was machst du da? Wir müssen die Daten herunterladen." Fassungslos und mit einem wütenden Blick fokussierte Avory den vor ihm erstarrten Robot.

Dessen Augen spähten zwischen den Pfeilern des Gebäudes auf die Straße. Auf dem Bürgersteig liefen Passanten und Robots vorüber. Ronis optische Sensoren richteten sich auf zwei Robots, die direkt neben dem entscheidenden Datenterminal standen. Der Weg war versperrt.

„Zwei GRE-Robots sind vor dem Datenterminal. Ohne sie gewaltsam zu überwältigen, dürften sie kaum den Weg freigeben. Noch 23 Sekunden."

Roni vermeldete die scheinbar ausweglose Lage in einem trockenen Ton, der Avory in Rage versetzte. „Dann mach irgendetwas, um sie fortzulocken!" Verzweifelt sah er sich im

Parkdeck nach einer Alternative um, die in wenigen Sekunden eine Lösung aus der prekären Lage bieten könnte.

Ronis internes System kalkulierte alle Varianten der Reaktionsmöglichkeiten, die der Robot aufgrund zu geringer Erfolgswahrscheinlichkeiten eine nach der anderen verwarf.

„Detective. Das Problem gestaltet sich schwierig. GRE-Robots haben in der Regel eine eigene Programmierung, die den Kreis der Befehlsgeber einengt. Noch 17 Sekunden.“

„Okay, ich hab's. Egal was jetzt passiert, dein Befehl lautet, die Daten vom Terminal herunterzuladen und sie zu sichern. Klar? Du wirst mich nicht retten, ich brauche keine Hilfe.“

„Verstanden, Detective.“

„Versteck dich hinter dem Pfeiler da! Wenn die beiden das Terminal verlassen, bist du an der Reihe. Und beeil dich“, zischte Avory.

Obwohl Roni keinen Bezug zu seinen Lösungsansätzen herstellen konnte, befolgte er den Befehl. Er eilte zu dem Pfeiler, den Avory angezeigt hatte, und nahm hinter ihm Aufstellung.

„Hilfe, Hilfe! So helft mir doch!“

Die Schreie des Mannes hallten durch das gesamte Parkdeck. Ronis Akustiksensoren analysierten die Schallwellen und lokalisierten den Ursprung. Ein Mensch war in Gefahr und rief um Hilfe. Er schaute am Pfeiler vorbei und erkannte den Mann am Fahrzeug. Es war Detective Avory, der um Hilfe rief, während er zugleich in Richtung der beiden GRE-Robots am Datenterminal blickte. Diese suchten ebenso nach dem Ursprung und entdeckten ihn.

„Nun macht schon, ihr zwei Heinis. Ich verblute. Ihr müsst mir helfen. Los, kommt her!“

Ronis Analyseprogramm kalkulierte eine Erfolgswahrscheinlichkeit von über 75 Prozent für dieses Ereignis.

Roni verstand. Avory forcierte das Ablenkungsmanöver und verschaffte dadurch ein Zeitfenster für Roni.

Er wich zurück und sah an der anderen Seite des Pfeilers vorbei. Das Terminal stand unbehelligt am Rand des Bürgersteigs.

Die beiden GRE-Robots eilten durch die schmalen Seitenfenster des Parkdecks hindurch zu Avory, der weiter neben dem Wagen hockte und nach Hilfe schrie. Er trieb die beiden Robots an, sich zu beeilen. Sie rannten in raschem Laufschritt zu ihm. Beide GRE-Robots versuchten, Avory aus der verhedderten Lage zu befreien. Der Mann steckte in einem Reinigungsrobot fest, der sich seinerseits drehte und immer wieder versuchte, dem Menschen zu helfen. Auf dem Boden verschmierte sich eine rote Lache.

Roni sah die Chance und jagte zum Terminal. Aus dem Laufschritt heraus vollführte er einen Hechtsprung nach vorn und schlüpfte in einem Satz durch eines der waagerechten Seitenfenster, die Luft und Licht in das Parkdeck einließen. Nach einer Vorwärtsrolle ging Roni in den Laufschritt auf dem Bürgersteig über. Einem Slalomläufer gleich huschte er an Passanten und anderen Robots vorbei und sprintete zum Informationspult. Wie wild rannte er darauf zu, als wollte er es umrennen. Einige Passanten erschraken und tappten einige Schritte zur Seite, als Roni vorbeigeeilt kam. Nur wenige Meter vor dem Terminal verlangsamte Roni seinen Sprint und blieb vor dem zylindrischen Gebilde stehen, das den Bildschirm auf seine Kopfhöhe hinauffuhr. Seine Finger rasten über das breite Bediendisplay. Er lud die Daten herunter und speicherte sie in seinem Unterarm, in dem sich ein zusätzlicher Datenspeicher befand. Gleichzeitig flogen Ronis Finger über das Display. Er ersetzte die heruntergeladenen Daten durch einen anderen Datensatz.

Er hatte es geschafft. Zwei … eins … null Sekunden.

Der Robot deaktivierte das Display und verließ das Terminal. Nur wenige Sekunden später war der

Ermittlungsrobot in der Menschenmenge an der Kreuzung verschwunden.

82

14. Kapitel
Kentarion - GRE-Gelände

Der Energiestrahl tränkte den Raum in ein hellblaues Zucken, das unregelmäßig aus dem Konverter nach oben in die Kuppel schoss. Dort nahm ihn das Interface auf, spaltete den Strahl in Millionen Nanometer dünner Fäden und fügte sie in die Struktur des Uplinks ein, der hinauf zum Satelliten schoss.

Ein humanoider Robot betrat den Raum. Seine eiligen Schritte führten ihn zu einem Kommunikationspult am Ende eines lang gezogenen Weges, der zwischen den kugelförmigen Energiespeichern und einigen Fertigungsrampen für Robotbaugruppen hindurchführte. In einem Gefäß lagen Kombinationschips und Baugruppen für ein positronisches Encephalon nebeneinander aufgereiht. Zwei bereits konfigurierte Encephala, die bis auf die Furchen und Riffeln sehr einem menschlichen Gehirn glichen, schwebten über je einem Magnetkissen. Sie kreisten dabei um ihre Längsachse, und über den äußeren transparenten Schalen der Gehirne wälzten sich grüne und weiße halbkreisförmige Blitze entlang, die soeben ihre Grundprogrammierung einspeisten. In einem transparenten Zylinder, der auf einem Stativ aus drei Beinen thronte, wirbelten blaue Wolken umher, die wie eine künstliche Gewitterfront aussahen.

Der Schwarm aus Naniten befand sich in ständiger Bewegung. Die Datenkristalle aus Harmers Homecomputer steckten nebeneinander auf einer sandigen Halbkugel. Über den Multiport ließen sich alle Daten der Kristalle zeitgleich auslesen.

Der Robot trat an das Terminal und aktivierte das Kommunikationsmodul. In dem Hologramm erschien das Gesicht eines Mannes. Der Mittvierziger trug einen kurz geschnittenen Oberlippenbart und glattes Haar.

„Was hast du zu melden?", fragte er.

„Es gibt Probleme. Ein Schaden ist aufgetreten", meldete der Robot.

„Welche Art von Schaden?“

„Ein Programm wurde eingespeist. Es hat Systeme kompromittiert. Zudem wurde eine Nachricht transportiert. HARMER IST AM LEBEN.“

Der Mann in dem Hologramm wiegelte ab. „Dabei handelt es sich mit hoher Wahrscheinlichkeit um ein Ablenkungsmanöver.“

„Ablenkung wovon?“

„Uns zu lokalisieren.“ Nach einem Moment des Schweigens ergriff der Mann wieder das Wort. „Ist das Programm eliminiert worden?“

„Ja, Meister.“

„Wurden wir lokalisiert? Hat Avory unser Vorhaben erkannt?“

„Unbekannt. Und unwahrscheinlich. Alle Verbindungen filtert der Zentralserver der GRE. Von unseren Plänen wissen nur wir beide. Harmers Kenntnisse wurden bereits gelöscht. Und mit ihnen seine gesamte Existenz.“

So nüchtern, wie der Robot die Situation einschätzte, so siegessicher wähnte er sich in der Gewissheit, alle Informationen zu kennen.

Der Mann gab dem Robot einen weiteren Auftrag. „Initiiere ein Überwachungsupdate. Die Wahrscheinlichkeit ist hoch, dass sie uns infiltrieren wollen, um nach weiteren Informationen zu suchen. Niemand darf ungehindert das Gelände betreten oder verlassen.“

Der Robot befolgte den Befehl. „Initiiert. Das Update wird erstellt und danach in das System eingespeist. Es wird akzeptabel funktionieren.“

„Gut. Sehr gut. Wir machen weiter. Verfahre weiter wie bisher. Und achte darauf, dass keine weiteren Zwischenfälle entstehen!“

„Ja. Verstanden.“

Die Verbindung endete, und der Lichtimpuls versiegte. Der Robot wandte sich von dem Kommunikationspult ab. Er hielt vor dem Zylinder inne. Sein Blick lag auf den Milliarden von

Naniten, deren Anzahl sich in den Sekunden des Gesprächs vervielfacht hatte.

Der Robot hielt die Finger unter das Stativ. Nachdem der Zeigefinger sich in zwei Schalen gespaltet hatte, initiierte er mit der anderen Hand den Ausfluss des Schwarms. Mit einem leisen Fauchen flossen die Naniten in den Finger, um dort im Vorratsbehälter zu verbleiben. Der Robot speiste die Aufträge in die Speicher des Kontingents der Nanobots. Er konnte nun mit der nächsten Phase der Operation beginnen.

Der Robot wandte sich ab und legte sich auf die Lauer und beobachtete den einzigen Eingang. Bald würden sie eintreffen. Er war bereit; die Naniten waren bereit. Avory und der Robot würden ihrer Bestimmung zugeführt werden. Sie sollten gelöscht werden.

15. Kapitel
Kentarion – Altes Stadtviertel

Roni saß in einer für Menschen unnatürlich steifen Haltung auf dem Beifahrersitz und blickte auf die Straße. Avory fläzte am Steuer. Der Wagen fuhr die alte, nur spärlich sanierte Hauptstraße zwischen den dunkelroten Backsteingebäuden der Speicherstadt entlang. An den Wänden hingen verblasste und abgeschabte Firmenschilder schief herab, die von einer längst vergangenen Epoche in diesem Stadtteil kündeten. Hinter den zerbrochenen Fensterscheiben verbargen sich in stummes Schwarz getauchte Räume, in denen nur noch Staub und Dreck hausten.

Die Speicherstadt vegetierte in Vergessenheit und Verwahrlosung vor sich hin. Das alte, weit verzweigte Kanalsystem der Binnenschifffahrt war schon seit Jahren ausgetrocknet, sodass darin nur noch die Ratten zusätzlichen Lebensraum fanden. Kentarion Citys altes Ostviertel hatte den letzten Rest quirligen Lebens längst ausgehaucht; übrig geblieben waren die brachliegenden Gebäudekomplexe aus roten Backsteinen und zerbröselndem Schutt.

Bis zum Jahr 2133 hatten in den Häusern Gewürzlieferungen, Ersatzteile und Maschinen verschiedener Unternehmen gelagert, um den wachsenden Bedarf der aus drei Großstädten zusammenwachsenden neuen Metropole namens Kentarion City zu decken. Ölgeruch mischte sich mit den Düften exotischer Gewürze aus allen Kontinenten zu einer Melange der Vergangenheit. Nun galt die Speicherstadt als Relikt einer vergangenen Zeit, bevor mit der im Jahre 2122 gegründeten ostamerikanischen Republik ein neues Zeitalter wirtschaftlichen Aufschwungs und urbanen Wandels eintrat.

Mit den Robots hatte der Mensch die zweite industrielle Revolution in Gang gesetzt, ein kybernetischer Quantensprung zu den Anfängen einer Superzivilisation. Fast alle Wirtschaftszweige und kulturelle Lebensweisen unterlagen tiefgreifenden Wandlungen. Die Speicherstadt blieb einer der wenigen stummen Zeugen jener Zeit und verwies auf eine Epoche vor den Robots, die nun unter Staub und Vergessenheit verschwunden war. Niemand fühlte sich für das Backsteinviertel verantwortlich, und die urbanen Administrationen scheuten sich davor, den Abriss einzuleiten, um nicht den Anstoß für eine Renaissance nostalgischer Erinnerungen an eine robotfreie Zeit zu geben.

Wer die Speicherstadt aufsuchte, der hatte weder Hoffnung noch Aussicht auf eine erfolgreiche Zukunft. Wer hier landete, suchte städtische Einsamkeit und Ruhe. Wer hier untertauchte, gehörte zu den namenlosen Geschöpfen, die sich zwischen die Epochen zurückzogen.

Avory bog neben dem verrotteten Diner nach links ab und verschwand sofort danach in einer Einfahrt zu einer Metallwarenhalle, die über dem Liefertor den verblassten Abdruck der Worte Lisshammer & Söhne trug.

Er hielt in einer seitlichen Lieferbucht, verließ den Wagen und stieg eine zerbeulte Metalltreppe hinauf. In der alten Lieferbucht stand der Geruch verschmierten Öls und korrodierten Metalls. Stickige Luft voll Staub waberte dem Ermittler entgegen, der die Nase rümpfte. Roni folgte ihm.

Der Robot betrachtete das Innere der Halle. „Was suchen wir hier, Detective?“

Avory strebte auf eine Metallkiste neben der Wand zu und hob den Deckel an. Darunter kam ein Stromaggregat mit altem Brennstoffantrieb zum Vorschein. Avory stemmte den Fuß gegen das Rahmengestänge und ergriff die Zugleine. Nach einem Ruck ratterte das Aggregat los und verpestete die ohnehin abgestandene Luft mit Abgasen, deren blau wabernde Wolken in das Innere der Lieferbucht emporstiegen.

Avory wandte sich um. „Wir sind hier zum Nachdenken. Das geht hier am besten, denn da stört uns keiner.“

Er bedeutete Roni, ihm zu folgen, und sie stiegen eine verstaubte Treppe hinauf, an die sich ein lang gezogener rechteckiger Lagerraum unter einem spitzwinkligen Dach anschloss. Am hinteren Ende standen vereinzelte

Metallspinde, die von einem seitlichen Durchbruch in der Wand voneinander getrennt wurden. Neben dem Durchbruch schloss sich eine alte hüfthohe Werkbank an, auf der ein dreckiger Computer stand. Neben der museumsreifen Tastatur befand sich ein moderner Multiport für verschiedene Datenträger, der auf seinen Einsatz wartete. Der Multiport war das einzige Anzeichen gegenwärtiger Computertechnologie in dem Gebäude.

Avory schlenderte ans Ende der Halle, warf seine Jacke auf die Werkbank und wirbelte dabei eine in den Raum aufsteigende Ladung Staub auf.

„Immer wenn ich bei irgendeinem Fall nicht weiterkomme, fahre ich hierher. Hier herrscht Stille. Hier herrscht Frieden, und es ist vor allem eine robotfreie Zone. Na ja, außer heute." Er drückte auf einen altertümlichen Steckdosenverteiler, dessen originäre Farbe sich auf ein mattes Braun schätzen ließ.

Nach dem Klacken, das im gesamten Raum widerhallte, piepte der PC-Tower, und der Bildschirm flimmerte. Das Markenlogo eines älteren Betriebssystems leuchtete auf, und der Rechner fuhr hoch.

„Den habe ich ergaunert. Ich habe ihn einem Tuning unterzogen, und jetzt liest er so gut wie jede Applikation. Das Besondere aber", erklärte Avory und zog den selbstgebauten Stuhl heran, „daran ist, er hat keine Verbindung mit den Servern der GRE und kann auch nicht gehackt werden. Keine Spione sind in meinem Rechner, und keine nervenden Werbebanner poppen auf, was ich für neuen Mist von der GRE kaufen kann. Nur gute alte Bytes und das Rattern der Festplatte. Aber das kennst du Hightech-Spezialist ja nicht."

„Meine Speicher weisen eine signifikant hohe Anzahl von Dateien auf, die mir einen detaillierten Einblick in die Anfänge der Personalcomputer verschaffen", konstatierte Roni. Dabei wies er mit einer Hand auf Avorys PC.

Kopfschüttelnd nahm Avory auf dem barhockerähnlichen Stuhl Platz und traktierte die Tastatur, auf der nur noch wenige der ursprünglichen Buchstaben und Zahlen zu erkennen waren. „Gib mal den Datenkristall her“, sagte er und streckte Roni die offene Hand entgegen.

Der Robot öffnete den Behälter seines Unterarms und zog die kristalline Pyramide von der Größe einer Haselnuss hervor. Er reichte sie Avory, der sie in den Multiport einfügte.

Dann stutzte Avory und richtete sich im Stuhl auf. „Irgendwas fehlt ...“, sann er nach. „Richtig. Kaffee.“ Über seine Schulter gerichtet wies er den Robot an, ihm einen Kaffee zuzubereiten und dazu alle Zutaten samt Kaffeemaschine aus dem Metallspind in der hinteren Ecke des Raums zu entnehmen.

Der Robot befolgte sofort die Anweisung und zog behutsam die quietschende Spindtür auf. Anfänglich konnte Roni den Sinn des vergilbten Geräts nicht entschlüsseln, aber sein internes Rechercheprogramm wies ihm mehrere Bedienungsanweisungen auf und half ihm, einen akzeptablen Kaffee zu kochen.

Das Knarren des Bodens deuteten seine Sensoren zunächst als unbedeutend, doch wuchs es schnell und rhythmisch an, bis es sich in ein signifikantes Schlurfen verwandelte. Roni erkannte zwischen dem Gluckern der Kaffeemaschine und dem entfernt ratternden Stromaggregat in der Halle sofort das Herannahen eines Menschen. Er war nah; sehr nah.

Die zerzauste Gestalt trat langsam aus dem dunklen Loch des Wanddurchbruchs hervor. Noch bevor sich Roni dem Ankömmling zuwenden konnte, war Avory aufgesprungen und hatte seine Waffe aus dem Holster gerissen. Das Surren verdeutlichte zweifelsohne seinen Willen, auch nur bei der geringsten Bewegung des Eindringlings abzudrücken.

„Näherkommen! Mit den Händen nach vorn“, befahl er. Sein Tonfall klang eiskalt und verbarg seine völlige Überraschung. Die Waffe zielte genau auf den Torso des Menschen, der sich im Licht des Raums als lumpige Erscheinung eines Mannes entpuppte.

Der Obdachlose streckte die Hände von sich und kam langsam näher. „Nicht schießen! Nicht schießen“, krächzte er.

Der zerrissene Mantel überdeckte den beleibten Mann, der die Sechzig überschritten hatte. Der grobmaschige Isländer hatte mehrere Rußflecken und hing schief über dem dicken Bauch. In dem dunkelblauen Pullover hingen mehrere Dreckkrümel, als der Mann sich den beiden ergab.

Detective Avory atmete hörbar durch und legte den Kopf in den Nacken. Er steckte die Pistole ins Holster zurück und rief dem Mann erbost entgegen: „Jake, verdammt noch mal! Irgendwann erschieße ich dich noch aus Versehen. Musst du dich immer so anschleichen?"

Der Mann fuhr durch die Zotteln seines ungepflegten Bartes. „Ich wollte nur nachsehen, wer das hier oben ist. Ich konnte ja nicht wissen, dass du heute deine Tage hast, Mo." Er trat an Avorys Seite und streckte ihm die Hand zur Begrüßung entgegen. Sein Blick fiel auf Roni. „Wen hast du denn da heute mitgebracht? Wo ist Ed?"

Nach einem Moment des Schweigens trat Roni ihm entgegen und antworte verhalten: „Detective Edward Harmer ist tot. Wir untersuchen seinen Todesfall, um die Verantwortlichen zu finden und zur Verantwortung zu ziehen. Ich bin Ermittlungsrobot …"

„Tot? Um Gottes willen. Gab's eine Schießerei?", unterbrach der Mann den Robot.

„Nein, Jake. Er wurde … Seine Augen waren … Ich weiß es nicht genau."

„Wie, du weißt es nicht? Gibt's keine ..." Der Mann wedelte mit der Hand herum, als er nach dem richtigen Wort suchte.

„Autopsie", vollendete Roni.

Avory antwortete erst nach einem Moment, in dem er offenbar seinen Groll herunterschluckte. „Nein. Die GRE, auf deren Gelände seine Leiche gefunden wurde, verhindert eine detaillierte polizeiliche Untersuchung. Einschließlich einer Autopsie."

Jake bedachte Roni mit einem neugierigen Blick, während er sich zu Avory neigte. „Wer ist das denn?"

„Ich bin Ermittlungsrobot 312. Aber Detective Avory war so freundlich mir den Namen Roni zu geben."

„Roni? Aha. Ihr werdet ja immer menschlicher", sagte der Mann erstaunt. „Ich heiße Jake. Jake Lisshammer. Hab hier früher mal gearbeitet, bis wir aufgekauft wurden. Eigentlich gehörte mir der Laden einmal. Das ist aber schon lange her. Aber ich wohne noch hier."

Roni sah sich kurz um, konnte aber keine näheren Beweise finden, die die Aussage Lisshammers hätten stützen können. In seinem Speicher fanden sich derart viele Beispiele für menschliche Unterkünfte, dass er nicht weiter nachfragte.

Jake trat an Roni heran und schüttelte ihm die Hand. Der Robot zeigte sich von der Menschlichkeit dieser Geste überrascht und erwiderte den Gruß auf gewohnt steife Weise.

„Mhm, fester Händedruck. Ist was wert, mein Junge. Siehst neu aus. Gibt's noch mehr von euch? Hier draußen kriegt man nicht so viel mit von der Welt."

Noch bevor Roni reagieren konnte, hob Jake schnuppernd den Kopf, stürzte an das Ende der Werkbank zurück und bejubelte die Kaffeemaschine, in die die letzten Tropfen Kaffee plätscherten. Die Maschine stieß den Rest Wasser in den Behälter und blubberte markant auf.

„Menschenskind! Was für ein Glück? Wo habt ihr denn den Kaffee her?"

„Aus deinem Spind, Jake", antwortete Avory und sah kurz vom Computer auf.

„Echt? Der ist von mir? Wahnsinn. Dann will ich auch eine Tasse haben." Er blickte die beiden entschlossen an. In seinen Augen funkelten Vorfreude und Gier.

Roni trat zum Spind, öffnete die Tür erneut mit einem Quietschen und zog einen weiteren zerbeulten Becher hervor. Er hob die Kanne aus der Maschine und goss das schwarz glänzende, dampfende Getränk in zwei Becher. Er reichte erst Avory und dann Jake den Kaffee.

Beide nippten vorsichtig daran.

„Oh lecker. Wie hab ich das vermisst." Die Lebenslust stieg in dem alten Unternehmer auf, und er trat mit einem genießenden Gesichtsausdruck hinter Avory, um einen Blick auf den flimmernden Monitor zu erhaschen. „Was machst du da?"

Eine dichte Wolke unterschiedlichster Körperdüfte umgab Jake. Die Melange des Gestanks drang Avory in die Nase, sodass sich dieser schüttelte. „Jake, Herrgott. Du stinkst", platzte es aus ihm heraus.

Betroffen trat der dicke Mann einen Schritt zurück. „Entschuldigung, aber meine Dusche geht nicht mehr." Mit dem Becher deutete er auf den Monitor. „Was hast du denn mit der GRE zu tun? Sind das Pläne aus dem Inneren?"

Avory drehte sich ihm zu. „Wie kommst du darauf?"

„Weil ich die Netzwerkstruktur des GRE-Geländes auswendig kenne. Und das da, mein Junge, ist die Netzstruktur des weltgrößten Robotkonzerns. Der GRE. Wir haben früher die Röhrensysteme für die Datenleitungen und das Stativ zum Uplinkgenerator geliefert. War ein Riesenauftrag für uns. Und auch ein Haufen Ärger, das kann ich euch sagen." Jake zog sich einen zweiten Hocker heran und schleifte ihn hinter Avory.

Roni trat hinzu und wies auf die optische Simulation, die sich auf Avorys antikem Monitor drehte. „Sie haben recht, Sir. Das ist eine Abbildung der GRE. Ich habe ein Virus in das GRE-Netzwerk eingeschleust. Das System sollte daraufhin alle intern verlinkten Nutzer melden, durch die wir einen Einblick in die innere Struktur des Konzerns gewinnen konnten."

Jake schob die Unterlippe Respekt zollend nach vorn. Er nickte. „Das hast du wohl geschafft. Aber in eurem Hackerversuch fehlt etwas." Er wechselte die Tasse in die andere Hand, beugte sich nach vorn und wies mit dem Zeigefinger auf eine Stelle unterhalb der Abbildung. „Dort ist eine unterirdische Halle. Da steht der Generator für den Uplink. Für den Bereich sollten wir einen Haufen Rohre für

Kabelschächte liefern. Zuerst durften wir mit den Schwerlastern direkt in die ausgehobene Grube fahren. Später haben sie uns das verboten, und wir mussten vor einer Schutzblende abladen. Die haben sie aufgebaut, damit alle laufenden Projekte dahinter nicht entdeckt werden konnten. Die großen Baurobots haben dann alles unter Ausschluss der Öffentlichkeit ausgehoben und unsere Rohre sowie die Netzwerkleitungen darin selbst verlegt." Jake nahm einen großen Schluck Kaffee und stieß einen Seufzer des Wohlbefindens aus.

„Du meinst, es gibt dort einen großen unterirdischen Bereich, der nicht auf diesem Plan ist?", fragte Avory.

„Nicht nur einen Bereich, mein Junge. Da ist ein ganzes Geheimareal versteckt. Ein unterirdisches Katakombensystem. Alles miteinander vernetzt. Es hat anscheinend einen eigenen, geheimen Server, der hier nicht abgebildet ist. Deshalb fehlt der Teil in eurer Abbildung. Dave und Jonathan, mit denen habe ich die Handelsakademie absolviert und samstags immer einen gemütlichen Pokerabend abgehalten, leiteten dummerweise genau die Unternehmen, die die Baustoffe und High-Tech für die Katakomben geliefert haben." Jake lachte leise vor sich hin. „Da haben bestimmt eine Menge Programme und Business-Analysten monatelang herumgerechnet, welche Firmen die besten Konditionen bieten, ohne dass Informationen über die GRE verlorengehen. Und alles kommt bei einer abendlichen Pokerrunde von drei Schulfreunden heraus. So viel Geld für so viel Geheimhaltung. Und am Ende ..."

Avory unterbrach seinen alten Bekannten. „Jake, du schweifst schon wieder ab. Was ist da unten, das so besonders geheim gehalten wird?"

„Dort unten gibt's keine Menschen. Es fehlen die Belüftungsanlagen für die Sauerstoffzufuhr. Ein paar Sicherheitsschleusen, die auf den raschen Durchgang verschiedenster Robots unterschiedlichster Größen konfiguriert wurden, aber keine Sauerstoffzufuhr. Die Katakomben sind absichtlich so gebaut worden."

„Wofür?", fragte Avory und runzelte die Stirn.

Roni, der hinter beiden stand, beantwortete die Frage. „Um einen Ort zu schaffen, der frei von Menschen ist. Einen Ort, an denen Robots arbeiten, handeln oder gar herrschen können. Ein Ort, an dem Menschen keine Kontrolle ausüben. Robot eyes only."

Jake nickte zustimmend. „Sehr richtig, mein Junge. Aber so, wie du das sagst, klingt es für mich düster." Sein Blick fiel von Roni ab. „Da fällt mir ein. Es besteht sogar die Möglichkeit, dass es dort Robots ohne Sicherheitsprogrammierung gibt. Die handeln können, wie sie wollen. Also, ich habe davon keine Ahnung, aber das hat Jonathan immer behauptet. Er hat sogar mal beobachtet, wie Robots von Robots dort kontrolliert und abgeführt wurden. Es hat angeblich mal Probleme mit abtrünnigen Robots gegeben. Jonathan meinte, das seien ein paar Robots gewesen, die nicht ihrer Programmierung folgten, sondern irgendeine Art Eigenleben entwickelt hatten. Ihren eigenen Willen gehabt haben sollen. Klingt irre. Vielleicht waren die aber auch einfach nur kaputt. Als er bei der GRE nachfragte, wusste offiziell aber keiner davon." Er nahm einen weiteren Schluck aus dem abgeschabten Becher und wirbelte mit der Hand, um den Fortgang seiner Erzählung anzudeuten, da Avory ihn ungeduldig ansah. „Jonathans Sicherheitstechnik enthielt Bestandteile, die den Zugang von Menschen verwehren konnten und dabei ein gewisses Maß an eigener Entscheidungsfreiheit für Robots ermöglichten. Eine damals neue Generation von KI-Chips, die die GRE aber angeblich nicht einbaute. Wenn ihr mich fragt, ist allerdings genau das gerade entscheidend gewesen, und die haben uns zu verarschen versucht."

„Wieso?", hakte Avory nach.

„Weil sie Jonathan die Patente für die KI-Chips komplett abgekauft haben. Also Chips für Künstliche Intelligenz. Sie haben's ihm geradezu aufgezwungen und gefordert, er solle die Entwicklung und Produktion der selbst entwickelten Chips aus Sicherheitsgründen für die Robots einstellen. Sie haben ihm eine riesige Stange Geld dafür gegeben. Aber das hat er bei unseren Pokerrunden wieder verloren." Jake zuckte mit den Schultern und trank den Becher leer.

„KI-Chips", wiederholte Avory vor sich hin brabbelnd. „Mhm. Und was konnten die? Was war an den Dingern so gefährlich für Robots?

Jake zuckte noch einmal mit den Schultern. „Keine Ahnung. Ich weiß nur, dass sie bei den Robots intuitive Entscheidungsoptionen je nach Lage und Krisensituation zuließen. Jonathan wollte den Sicherheitssystemen mehr Handlungsspielraum geben. Er wollte sie noch schneller und noch effizienter machen. Er nannte das kreativ-intuitive Robotik oder so ähnlich."

Schneller und effizienter. Kreative Robotik.

Avorys Gedanken kreisten. Sie drifteten in die Schreckensszenarien ab, die er in seiner Robotphobie ersinnen konnte. Kreativ genug für ein Verbrechen? Das muss ich herausfinden.

„Kreative Robots. Ganz schön gespenstisch", konstatierte Avory und betrachtete Roni, bevor er den Blick zurück auf den Monitor richtete, und erneut schweiften seine Gedanken ab. Erst nach einer Weile sagte er zu Jake: „Und wo ist das Geld jetzt?"

„Hat meine Ex-Frau. Und dann hat sich Dave mit seinem Batzen Geld totgesoffen. Oder in die Karibik abgesetzt. Ich weiß nicht genau. Auf alle Fälle war er nur noch voll und hatte immer eine Flasche Rum dabei."

Avory stand auf und trat vor das zerbrochene Fenster der Lagerhalle, das zur Kreuzung der Hauptstraße wies. „Wie kommt man in die Katakomben hinein, ohne entdeckt zu werden?"

Jake schüttelte den Kopf und kicherte. „Da kommt man als Mensch gar nicht rein, mein Junge. Robots schon. Aber als Mensch eben gar nicht. Außer du siehst aus wie eine von den Blechkisten oder bist unsichtbar."

Avory nahm einen großen Schluck Kaffee aus seinem Becher und zwinkerte Roni siegessicher zu. „Dafür habe ich schon eine Lösung. Was ich jetzt nur noch brauche, ist der alles entscheidende Robot."

16. Kapitel
Lisshammers Ruine

Avory trat näher heran und riss die Tür mit einem kräftigen Ruck auf. Der Spind klemmte und gab sich nur unter roher Gewalt geschlagen. Nach einem abrupt endenden Kreischen aufeinanderschabenden Metalls verhakte sich die Tür in einem stumpfen Winkel und gab den Blick auf das reichhaltige Sammelsurium im Inneren frei. Alte Verpflegungsdosen der ostamerikanischen Armee, Stiefel, ein mehrere Liter fassender Wasserkanister aus blauem Kunststoff und eine schier endlose Sammlung von Kaffeedosen kamen zum Vorschein.

Auf der unteren Schuhablage des breiten Stahlschranks stand eine kleine Kiste, die Avory behutsam hervorzog und auf die Werkbank hievte. Er öffnete sie, kramte darin herum und zog einen alten Militärrucksack hervor, in dem nur kleinere Ausrüstungsgegenstände untergebracht werden konnten. Corporal M. O. Avory.

Ein vergilbtes Namensschild überzog einen der Tragegurte.

„Was hast du denn da? Warst du mal beim Militär?", interessierte sich Jake und lugte in die offene Kiste.

„Ja. Beim MP. Regiment der ostamerikanischen Armee in der Kentarion Division. Ich habe meine zwölf Monate abgedient und dafür ein Stipendium für die Polizeiakademie bekommen. Ich finde, es war ein guter Deal." Avory hatte den Rucksack bereits geöffnet, kramte einen hellblau schimmernden Schutzanzug hervor, der aus einem Stück bestand und einer alten Laborkluft glich. „Am Ende hatte ich gutes Geld verdient und konnte im Regiment ein paar Sonderkonditionen genießen."

„Du meinst, du hast ein paar Ausrüstungsgegenstände ohne zu fragen mitgehen lassen", flachste Jake und zeigte auf den Anzug.

„Richtig. Aber die Dinger sollten sowieso entsorgt werden. Also habe ich ihn eigentlich gerettet. Der ist noch völlig in

Ordnung. Ich habe ihn irgendwann einmal hier deponiert, als du mir den Raum gezeigt hattest."

„Ja, ja", seufzte Jake. „Die ostamerikanische Republik. Junge, ich sage dir, früher war alles besser. Die Vereinigten Staaten von Amerika, das waren noch Zeiten vor der Revolution. Du konntest ohne Visum von Ostküste zu Westküste reisen. Und als Unternehmen stand dir das ganze Land offen. Bis zur zweiten separatistischen Revolution. Dann war alles vorbei. Da ging's auch mit meiner Firma bergab." Jake schüttelte den Kopf.

„Sprechen Sie die wirtschaftlichen Eingrenzungsgesetze und Reisegesetze nach dem Zerfall der Vereinigten Staaten 2123 an? Dies hat für Stabilität und neuen ökonomischen Aufschwung in Ostamerika gesorgt. Die GRE konnte hier als global erfolgreiches Unternehmen aufwachsen", gab Roni zum Besten.

„Für die GRE lief's gut, Kumpel", konterte Jake. „Aber nicht für die kleinen Unternehmen. Ein paar Jahre konnte ich mich halten. Aber dann … Die Zentralregierung hätte damals die Grundrechte nicht so sehr einschränken sollen. Das hat keiner hinnehmen wollen. Nur wegen der Sicherheit. Das war der Anfang vom Ende der Vereinigten Staaten und des Wirtschaftsraums. Aber das ist ja schon so lang her." Jake winkte ab.

„Jetzt hör doch auf mit den alten Geschichten, Jake. Wir leben im Jetzt", merkte Avory an. Er entfaltete den Anzug und hielt ihn in die Höhe.

„Was ist das", fragte Roni und legte den Kopf etwas schief.

Jake und der Robot richteten ihre Blicke auf Avory, der stolz seinen Anzug betrachtete.

„Das ist ein Thermoabsorbtionsanzug. Vollschutz, inklusive Brille. Auf Prismenbasis. Die ist eine Rarität", konstatierte der frühere MP-Corporal und suchte eilig die dazu gehörige Brille in der Kiste.

„Was ist ein Thermo…dingsbums?“ Jake runzelte die Stirn
und betastete den Anzug. Er war rau und kratzte, sobald man
mit den Fingern darüberstrich.

Als Avory Jakes schmutzige Hand auf dem Fußende des
Anzugs entdeckte, zerrte er mit einem hastigen Ruck. „Finger
weg! Deine Drecksgriffel machen noch alles schmutzig“,
schimpfte er.

„Entschuldige mal, Mo, ich wollte ihn nur mal ansehen.“

„Der ist hoch empfindlich. Damit wird man unsichtbar.
Zumindest für Überwachungssensoren.“ Avory schüttelte den
Anzug und hielt ihn zur Probe an den Körper.

„Unsichtbar“, wiederholten Jake und Roni.

„Ja. Die Objektüberwachung der GRE arbeitet mit Optik-
und Thermosensoren, für die es ein Leichtes ist, unsere
Fußspuren auch noch nach Stunden zu entdecken. Und
außerdem strahlt jeder menschliche Körper eine große
Wärmesignatur aus, die jeden Überwachungssensor zur
Alarmmeldung zwingt. In diesem Anzug aber“, Avory hielt
den Anzug schüttelnd nach oben, „verschwinde ich vor den
Augen eines jeden Sensors.“

Jake stutzte und gab seinem Zweifel offen Ausdruck. „Wie
zum Henker willst du das machen? Sag bloß, du kannst
zaubern?“

Avory hob den Finger und bedeutete beiden, zu warten. Er
trat durch das Loch in der Wand und ging einen Schritt zur
Seite. Er verschwand hinter einer Mauer aus alten Backsteinen
und abbröckelndem Putz. Dann schlüpfte er in den Anzug,
setzte die Brille auf und aktivierte den Kühlmechanismus per
Tastendruck an der Bedieneinheit, die das Handgelenk
umschloss. Er spürte den Luftstrom unter dem Anzug
ansteigen und erkannte, wie die Tarnfunktion des Anzugs
einsetzte. Nach und nach verschwanden einzelne Köperteile
vor seinen Augen. Die Prismazellen reflektierten den
Hintergrund des Anzugträgers und leiteten das Licht durch die
Prismen in der Außenhaut hindurch, sodass der vielfache
Spiegeleffekt eine scheinbare Unsichtbarkeit hervorrief.

Avory blickte an sich herab. Er konnte nichts weiter erkennen, als den verschmutzten Fußboden, auf dem sich wie durch Zauberei Fußabdrücke seiner Schuhe abzeichneten. Im Display der Brille zeichnete eine semitransparente Signatur die Umrisse seines Körpers nach. Avory konnte seine eigenen Bewegungen im Tarnmodus verfolgen, ohne dabei über die eigenen Füße zu stürzen.

Er hielt sich die Hand vors Gesicht. Nichts war zu sehen. Im Display flackerten die Umrisse seines Handschuhs. Das Klimamodul des Anzugs blähte diesen nicht nur auf, um eine bessere Tarnwirkung durch mehr genutzte Zellen zu erzielen, sondern kühlte die Luft im Inneren des Anzugs, während die Zellenhaut an die Umgebungstemperatur angeglichen wurde. Niemand konnte ihn nunmehr sehen. Um sich davon zu überzeugen, gab es nur einen Weg.

Avory trat nach vorn, vor das Wandloch und gab sich den beiden wieder zu erkennen. Er wedelte mit den Armen. „Kuckuck! Na, jetzt klar, was ich damit gemeint habe", rief er.

Jake und Roni wandten die Blicke zum Wandloch und suchten Avory in der Öffnung des Durchbruchs. Dieser schob die Schutzbrille über die Stirn. Ein Teil seines Gesichts, die Augenpartie, Brauen, Stirnfalten und der Ansatz seiner breit verlaufenden Nase kamen zum Vorschein. Wie im Raum schwebend bewegte sich das frei liegende Gesicht unter seinen Bewegungen hin und her.

„Beeindruckend", konstatierte Roni, als er neben Jake trat.

Dieser hatte sich erhoben, ging auf Avory zu und gaffte. „Junge, Junge. So was habe ich ja noch nie gesehen. Echt unsichtbar." Er drückte mit der Hand langsam in einen vermeintlich leeren Raum und bohrte dabei die Fingerspitzen in Avorys Bauch. Die optische Verzerrung des Hintergrunds blieb so geringfügig, dass Jake sie beinahe nicht entdecken konnte.

„Von den Anzügen gibt's nur wenige. Das waren Testprodukte, die wir mal zum Objektschutz benutzt haben. Wir haben unsere eigenen Anlagen infiltriert, um die

Mannschaften zu testen und zu trainieren. Hat immer geklappt." Avory seufzte. „Aber dann hat man sie wegen fehlender Gelder doch nicht beschafft, und die Dinger hier sollten ausgesondert werden." Er deaktivierte den Tarnmodus, und die Konturen seines Körpers erschienen ruckartig vor dem Unternehmer.

Roni versuchte sich an einem neugierigen Gesichtsausdruck. „Was haben Sie vor, Detective?"

„Wir werden heute Nacht wieder ein Objekt infiltrieren." Ronis Sensoren registrierten die Blicke der beiden Männer, die auf ihm ruhten.

„Was haben Sie vor, Detective?"

Avory verpackte den Anzug wieder in den Rucksack und schob die Brille vorsichtig in die Außentasche. Er fuhr mit dem Finger über die Außennaht der Klapptasche, und der Rucksack heftete die Tasche an die Oberfläche, sodass sich der moderne Tornister vakuumdicht verschloss. „Du bist die Schlüsselfigur. Du wirst mit mir heute Nacht in die GRE einsteigen und mir die richtigen Türen öffnen, damit ich mich drinnen ein bisschen umsehen kann. Irgendwo werde ich schon Hinweise finden, die Harmers Mord belegen."

„Du willst da einbrechen, Junge? Das wird nichts. Das wird nichts. Glaub mir."

Avory ignorierte die Warnungen seines alten Freundes und sammelte alle Habseligkeiten ein, die er in der Nacht gebrauchen konnte. Datenkristalle, seine Funkausstattung und einige Kleidungsstücke. „Okay, ich habe alles. Wir machen los, Roni." Selbstsicher trat er auf Jake zu. „Mach dir keine Sorgen. Das klappt schon. Ich habe es immer geschafft."

Der alte Mann wetterte atemlos dagegen. „Junge, du legst dich mit Leuten an, die eine Nummer zu groß für dich sind. Die haben schon ganz andere Kaliber verschwinden lassen. Das ist nicht mehr wie früher, wo die Polizei alles durfte. Heute regiert in Wirklichkeit die GRE."

Avory ignorierte die Hinweise.

Jake trat näher an ihn heran und flüsterte: „Hör mal, Junge, du willst in eine Fabrik für Robots mit einem Robot einbrechen?" Jake deutete verdeckt auf Roni. „Was ist, wenn er gegen dich arbeitet und es dir am Ende genauso ergeht wie Harmer? Was ist, wenn die dich in eine Falle locken?"

Avory grübelte kurz. „Ich weiß schon, was ich mache." Er warf sich den Rucksack über die Schultern und bedeutete Roni mitzukommen. „Mach es gut, Jake. Wir sehen uns", verabschiedete er sich.

Sie gingen zum Wagen und ließen Jake zurück.

Der Obdachlose blieb stehen und rief beiden nach: „Passt auf in der GRE! Ihr seid dort im Feindesland."

Avorys City Transformatic Car öffnete die Heckklappe, unter der er den Rucksack verschwinden ließ. Als sie die Speicherstadt verließen und ihrem Ziel entgegenstrebten, hatte sich in Avorys Geist ein Gedanke festgesetzt.

Die GRE zur Rechenschaft zu ziehen.

Dazu war ihm jedes Mittel recht.

Wenn der Konzern meinen Partner aus dem Weg geräumt hat, dann soll die GRE auch dafür bezahlen. Es wird mir Spaß machen, an den Fundamenten des Konzerns zu rütteln und all das ans Tageslicht zu befördern, was die GRE seit Jahren verborgen hält. Jetzt wird abgerechnet.

17. Kapitel
GRE - Werksgelände

„Detective, Ihr Vorhaben birgt eine Reihe schwer kalkulierbarer Risiken in sich, die wir vorher abwägen sollten", insistierte Roni.

Avory blickte mit einem abfälligen Ausdruck auf seinen Partner. „Kein Mensch hat gesagt, dass es einfach werden wird. Wir müssen herausfinden, was es mit der unterirdischen Anlage auf sich hat. Finden wir dort Hinweise, eine Spur, die Harmers Tod erklärt, dann ist mir jedes Mittel recht."

„Werden Staatsanwalt und Richter das ebenso beurteilen?", fragte Roni.

Der Einwurf stieß bei Avory auf wenig Verständnis. „Das werden wir sehen. Und jetzt konzentrier dich auf unseren Einsatz!"

„Ja, Detective."

Der Wagen verließ den unterirdischen Autobahntunnel, folgte dem lang gezogenen Zubringer zum GRE-Komplex und bog auf die kleine Straße ab, die um das Konzerngelände herum führte. Auf der zweispurigen Straße kamen ihnen kaum Fahrzeuge, dafür vereinzelte Servicerobots entgegen. Die Nacht brach herein und hüllte die Stadt in einen dunklen Schleier.

Neben einer Reihe Kranrobots hielt Avory den Wagen an. Er steuerte zwischen die riesigen Vehikel, über deren Basismodul aus breiten Ketten und Stahlverstrebungen die vielfachen Aufbauten der Krangestänge ineinander verschlungen waren.

Roni wandte sich dem Detective zu. „Wie gedenken Sie den Anzug einzusetzen?"

Avory antwortete mit einem wissenden Grinsen. „Das werde ich dir sagen. Doch zuerst ziehe ich mich um." Er stieg aus und lief zum Heck des Wagens. Kurz blickte er sich um, ob jemand in der Nähe war und sie beobachten konnte.

Niemand zu sehen. Das ist die äußerste Stelle des Komplexes. Die Peripherie der Peripherie. Und außer diesen Kränen gehört hier nichts zur GRE.

Roni trat neben den Detective und warf ihm einen wartenden, fragenden Blick zu.

„Frachtluke", befahl Avory.

Eine kistenartige Öffnung schob sich aus dem Heck des Wagens. Er zog den Thermoabsorberanzug heraus und wedelte mit zwei sohlenartigen Gebilden in der Hand. „Mein Tarnanzug und Zauberschuhe. Mit den Isolationssohlen gebe ich null Signatur auf dem Boden ab. Mich sehen keine Sensoren, keine Menschen und erst recht keine Robotaugen."

„Interessanter Ansatz, Detective. Und wie gedenken Sie, das Arial zu betreten?"

„Ich dachte eigentlich, dass du diese triviale Aufgabe lösen würdest."

„Trivial." Ronis Echo klang nach nüchterner Kenntnisnahme.

Hastig tippte Avory ein paar Wegpunkte in den holografischen Stadtplan an der Frontscheibe ein und programmierte eine Fahrstrecke für den Wagen. Alle fünf Minuten würde das Fahrzeug an diesem Seitenstreifen der Peripherie entlangfahren. So konnte er es umherschicken, ohne dass Avory es in einer Parkbox abstellen musste. Niemand würde merken, dass das Fahrzeug zu ihm gehörte, und niemand würde daran etwas manipulieren. Er wollte sich die Option für einen schnellen Rückzug vorbehalten.

„Roni, Sicherheitsprogrammierung!" Avorys Befehl ließ den Robot erstarren.

Wie eingefroren stand er vor dem Detective und rührte sich nicht, während sein Blick ins Leere lief.

„Trenn all deine Datenverbindungen zur GRE! Unterbinde alle Versuche der GRE, diese zu reinitialisieren, bis ich selbst dir dazu wieder den Befehl gebe", wies er an und wartete.

„Bestätigt und ausgeführt." Ronis Antwort ließ den Detective kurz aufatmen.

„Hoffentlich klappt die alte Programmiertechnik. Wenn die GRE auf dich Einfluss nimmt, war's das für mich. Also muss ich mir ein kleines Zeitfenster ergaunern. Wer weiß schon, ob du letztlich nicht für beide Seiten spielst. Sicherheitsprogrammierung beendet."

Roni bewegte sich wieder, und sein Blick suchte Avory.

„Also, hör zu. Du gehst vor, schleust dich als Robot ein und machst mir sprichwörtlich die Tür auf. Über das Kommunikationsmodul sagst du mir, wo wir uns dann treffen. Es sollte nur irgendwie hier in der Nähe der Peripherie sein, damit ich mich nicht unnötig viel auf dem Gelände bewegen muss. Wähl dafür den Zugang zu irgendeinem unterirdischen Schacht oder einen Eingang. Irgendwas, nur nichts für Menschen. Denn da vermuten sie uns. Hast du das verstanden?"

Der Robot nickte, verabschiedete sich anschließend mit einem imitierten Stirnrunzeln und ging zügigen Schritts zum Haupteingang.

Von Weitem sahen die Sicherheitsrobots der GRE am Eingangstor, wie Roni sich ihnen näherte. In dem Sicherheitsmenü des holografischen Projektors erfuhr der diensthabende Sicherheitsrobot alle Details über den Ankömmling. Defektes Interface für Kommunikation. Er konnte nicht mehr sprechen. Wenn diese Meldung und die Ankunft des Robots am Haupttor statt am seitlichen Servicetor der GRE ungewöhnlich waren, folgte der Sicherheitsrobot seinem üblichen Prozedere.

Über einen Lichtimpuls gab er Roni zur Instandsetzung eine Wegstrecke vor, die ihn durch das Gelände dirigierte. Das Eingangstor öffnete sich einen Spalt, durch den der Ermittlungsrobot hindurchtrat. Hinter ihm verschlossen sich die Stangen und Verstrebungen.

Roni hatte sein Interface für die Kommunikation deaktiviert, sodass aus dem Larynx kein Ton entwich. Er folgte dem vorgegebenen Pfad. Bevor er in den Bereich der

Überwachungskameras eintrat, hatte er zuvor seine Verkleidung geöffnet und einen seiner Kommunikationschips verdreht wieder eingesetzt. Unmittelbar darauf trat eine Fehlermeldung ein, die jeder Scanner der GRE sofort erkannte und eine Instandsetzung des defekten Robots anwies.

Die GRE-Robots schöpften keinen Verdacht, und Roni betrat die Konfigurationshalle durch einen Seiteneingang, der für havarierte Robots vorgesehen war. Hinter ihm schloss sich das Kraftfeld und rematerialisierte die Wand des Durchgangs. Die graue, glatte Oberfläche ließ jeden Hinweis auf den Seiteneingang vermissen. Nur wenige Menschen wussten, wo die flexiblen Eingänge eingerichtet waren. Menschen vermochten nicht unbeobachtet in das Objekt, geschweige denn in die Hallenbereiche einzudringen. Hier herrschten Robots. Es war den wenigen Mitarbeitern der GRE und des Robotministeriums vorbehalten, sich voller Nutzungsrechte und umfassenden Zutritts sicher sein zu können.

Diesem vergleichsweise kleinen Anteil an Menschen stand die unendliche Vielzahl an Robots gegenüber, die das globale System der GRE aufrecht erhielten. Fabrikrobots in allen Größenordnungen, Transportrobots, die in Form und Konfiguration das gesamte Spektrum logistischer Anforderungen bedienten, und schließlich humanoide Servicerobots stellten in schier unfassbarem Ausmaß die geballte Kraft der GRE, auf die der Konzern sich stützte.

Roni schritt auf einem im Hallenboden markierten Pfad entlang, während er durch die Halle ging, in denen große Robotkrähne viele Einzelgruppen von Robotteilen und andere Baugruppen zusammensetzten. Funken, Krach und sich räkelnde Robots, denen andere Maschinen Leben einhauchten, erhoben sich und liefen auf ein Interfaceterminal zu, von dem sie ihre ersten Programmierungen erhielten.

Roni durchschritt einen bogenförmigen Scanner, der sein System überprüfte. Die Meldung erklang prompt. Kommunikationsstörung.

Der Scanner durchleuchtete Roni aus verschiedenen Winkeln. Am Ende durchstieß Roni ein senkrecht von oben einfallender, hellblauer Scanstrahl. Das Instandsetzungsprogramm wies Roni einen weiteren Pfad zum unterirdischen Konfigurationsterminal zu.

Auf einer schmalen Plattform fuhr der Ermittlungsrobot nach unten. Über seinem Kopf schloss sich die Öffnung, nachdem er abgetaucht war. In einer schwach beleuchteten Tunnelröhre folgte Roni den Markierungslasern, die zur Orientierung für Robots waagerecht strahlten und den Weg wiesen. Auf der benachbarten Seite transportierte eine Laufleiste beschädigte Robots, die Roni entgegenfuhren. Am Ende der unterirdischen, kreisrunden Röhre öffnete sich eine Schleusentür, durch die Roni hindurchschritt. Zwei Werkzeugrobots begleiteten ihn, die aus je einem Bereithaltefach an den Seiten der Röhre herausgetreten waren.

Nur wenige Meter dahinter verriegelte eine weitere Schleuse den Zugang zur unterirdischen Wartungsanlage der GRE. Wenn Ronis Manipulation des Larynxmoduls im Hals hätte entdeckt werden können, dann nur in dieser Schleuse. Die beiden Robots würden unweigerlich eine Alarmmeldung über den eigens verursachten Schaden abgeben, und Avorys Operation würde auffliegen und der Ermittlungsrobot säße in der Falle. Er kalkulierte eine überdurchschnittlich hohe Wahrscheinlichkeit, dass Detective Avory nach seiner Festsetzung einen ähnlichen Tod erleiden könnte wie Edward Harmer.

Roni musste das verhindern. Sein Auftrag war klar, und er musste ihn befolgen. Er war jetzt der Partner. In Ronis positronischem Gehirn pulsierte der Energiestrom.

In der kleinen Werkzeugkammer waren keine Systemsensoren oder sonstige Überwachungsmodule integriert. Kameras, Mikrofone oder Scanner waren hier nicht installiert worden, um durch Funkensprühen oder laute Konfigurationsgeräusche keine unzweckmäßigen Irritationen der Überwachungssysteme hervorzurufen. Ein einziger Raum im Herzen der GRE, in dem es keine Überwachung gab.

Roni erkannte dies sofort. Er blieb stehen und wartete. Die beiden Robots meldeten einander Ronis ungewöhnliches Verhalten.

Roni fokussierte beide Werkzeugrobots. Der Ermittlungsrobot hielt inne und berechnete den entscheidenden Moment, in dem sich die Schleuse hinter ihm verriegeln würde. Die Werkzeugrobots wandten sich Roni zu, und ihre Manipulatoren näherten sich dem Ermittlungsrobot. Roni stand wie erstarrt in der Wartungsschleuse.

Dann schlugen die halbrunden Flügel der Schleuse mit einem lauten Klatschen zu. Roni sprang los.

18. Kapitel
Kentarion City - GRE-Gelände

Das Summen des Aggregats drang leise aus dem Kasten. Die Energieleitungen glühten unter dem intensiven Strom der Partikel. Avory lugte vorsichtig an der Kante vorbei. Sein Blick hutschte umher. Er stand hinter einem Transportrobot, der im Stand-by-Modus auf seine nächsten Aufträge wartete.

Voller Ungeduld warf Avory einen kurzen Blick auf seinen Kommunikator. Mit einem tiefen Gefühl der Erwartung suchte er im Display nach Hinweisen des Ermittlungsrobots. Roni hatte sich noch nicht gemeldet.

„Was ist nur mit diesem Robot los? Was dauert da so lang?"

Avory trampelte unruhig auf der Stelle. Allmählich begann er, unter dem Prismenanzug zu schwitzen. Die Absorberkühler des internen Klimatronikmoduls arbeiteten mit Hochdruck. Er spürte, wie seine Hitzewallungen im Anzug abgesogen und in wohltemperierte 16°C umgewandelt wurden. Er schnaufte unter der Maske, die sein Gesicht bis auf zwei Augenschlitze verdeckte. Er stieß die Luft in das Prismentuch vor seinem Mund, das sich rhythmisch aufblähte und zusammenzog.

Immer wieder fand sein Blick den Uplink der GRE, der wie ein Leuchtfeuer ins All hinausstrahlte und 22.000 Kilometer über dem Erdboden auf den geostationären Satelliten traf, der das Signal zu anderen Satelliten um die Erde lenkte. Ein weiterer Satellit schickte den Link zum Mond, wo ihn das Empfangsmodul von Lunar City einfing. Die Station in der Mondkolonie war der äußerste Punkt, zu dem der lange Arm der GRE und des Robotministeriums reichte.

Eine leichte Vibration an Avorys Handgelenk verriet ihm das Eintreffen einer Nachricht auf seinem Kommunikator. „Na endlich."

Serviceluke 27C.

Auf dem Display erkannte der Detective das blinkende Symbol für die Position der Serviceluke, die sich nur wenige

Meter neben seinem jetzigen Standort befand. Sie schien als eine abgelegene Öffnung am Rand des Konzerngeländes mit dem unterirdischen Tunnelnetz der GRE verbunden zu sein.

Avory rannte los. Auf dem Display in seiner Schutzbrille wies ihm ein orangefarbener Pfad mit Richtungsangaben den Weg zur Luke.

Vorbei an Servicerobots und Objektschutzsensoren, die das Vorfeld der GRE überwachten, eilte Avory über das Schotterfeld. Vor ihm lagen nur noch wenige Meter, als in der Brille die Position der Luke mit einem roten Flackern aufblinkte.

Kurz bevor er sich zu der Luke hinabbeugen konnte, öffnete sich die quadratische Klappe durch eine Drehung und ließ eine hinabführende Leiter erkennen. Avory warf einen verstohlenen Blick hinein.

Der Kopf eines Robots schoss nach oben.

Avory erschrak.

„Detective?" Roni tauchte abrupt auf und gab sich zu erkennen. „Wo sind Sie?"

„Hier. Direkt vor dir. Sag bloß, du siehst mich nicht."

Der Robot kletterte an der Leiter wieder hinab und begab sich in das Innere der Röhre. Galant hangelte er sich die Stufen hinab, während Avory ihm folgte, nachdem er hinter sich den Verriegelungsmechanismus bestätigt hatte. Die Luke schloss sich über ihm mit einem Zischen. Der Vakuumverschluss verriegelte den Schacht.

„Ihr Tarnanzug funktioniert in der Tat höchst effizient. Allerdings konnte ich Ihren Herzschlag und Ihren Atem weithin hören. Ermittlungsrobots verfügen über ein effizienteres Sensorsystem als andere Modelle der 300er-Baureihe."

Avory ließ sich seine Enttäuschung nicht anmerken. „Wo warst du so lange? Die hätten mich vielleicht auch hören können."

„Bitte verzeihen Sie meine Verspätung, Detective. Ich wurde aufgehalten. Zwei Werkzeugrobots, die mich aufgehalten hatten, dürften für die nächsten Stunden damit beschäftigt sein, sich selbst zu reparieren."

Avory stutzte. „Melden die nicht den Vorfall an das Zentralsystem?"

„Das bezweifle ich." Roni hielt zwei zuckende, daumengroße Zylinder in der Hand, in denen rotes Licht unregelmäßig flackerte. „Die Intercommodule der beiden Robots. Im Augenblick können sie weder laufen noch kriechen und auch nicht, wie Menschen sagen würden, petzen. Sie werden eine Weile brauchen, sich selbst zu reparieren, damit sie dem Zentralsystem melden können, dass sie nicht mehr reparieren können und ich außerdem entkommen bin. Das verschafft uns etwas Zeit. Ist das in Ihrem Sinn?"

Avory nickte, während er seinen Partner mit einem skeptischen Blick bedachte. „Ich hoffe nur, dass du nicht auf der falschen Seite spielst", flüsterte er. „Sonst bin ich geliefert."

Roni wandte so schnell den Kopf in seine Richtung, dass Avory erschrak. Es war, als könnte der Robot ihn unter dem Tarnanzug exakt lokalisieren und in die Augen sehen.

„Ich folge Ihren Befehlen, Detective. Ihre Vorgehensweise wird mich noch in Gewissenkonflikte bringen." Nach diesem Satz blieb Roni stehen und wartete auf seine Reaktion.

Avory ging unbeeindruckt ein paar Schritte weiter. „Ach, was. Du hast doch gar kein Gewissen."

„Doch, Detective Avory. Schon seit meiner Geburt. Es war meine Entscheidung."

Avory blieb stehen. „Deiner Geburt? Du wurdest nicht geboren. Du wurdest …"

„… konfiguriert", vollendete Roni den Satz. „Ich weiß. Ich kann mich sehr genau an den ersten Moment erinnern, in dem ich mein Bewusstsein erlangte und meine ersten Entscheidungen traf. Ihn bezeichne ich gern als Geburt." Der Robot bog an einer Kreuzung ab und folgte einem breiter werdenden Gang, der auf eine übergroße ovale Schleuse zuführte. „Hier entlang, bitte."

Avory eilte ihm nach. Sie folgten dem Gang und kamen der Schleuse näher. Vor dem ovalen Durchgang, der Avory wie eine Hauswand überragte, blieben beide stehen. In der Wand aktivierte sich ein Display und generierte ein Bedienfeld, das den Zutritt steuerte. Roni trat darauf zu.

Die Vielzahl an Symbolen, die einer Kombination aller irdischen Symbole aus Mathematik, Sprachen und Piktogrammen glich, verwirrte Avory. „Was ist das?"

„Pst!", befahl der Ermittlungsrobot.

Nach einigen Augenblicken öffnete sich die Schleuse und gab den Blick in das Innere der Halle frei. Das Pulsieren des Uplinkgenerators übertrug seine Vibrationen auf jedes Molekül der umgehenden Luftmassen.

Avorys Bauch bebte, und seine Haare begannen sich dem Rhythmus folgend aufzustellen. Er bekam Gänsehaut.

19. Kapitel
GRE - Konzerngelände

Von den Sensoren der Verkehrsüberwachung liefen alle Meldungen zum laufenden Verkehr im zentralen Sicherheitsserver der GRE zusammen. In den Unmengen an Daten stach ein sich regelmäßig wiederholendes Ereignis hervor. Ein ununterbrochen kreisendes Fahrzeug umrundete eine manuell programmierte Strecke und passierte die Peripherie des GRE-Geländes stets entlang einer Strecke von 233 Metern. Die Objektschutzsensoren des Konzerns erfassten den Wagen, dessen Parcour das System als irregulär klassifizierte.

Auffälliges Verhaltensmuster, konstatierte das System.

Der diensthabende Securityrobot lud das Identifikationsprofil des Wagens, der in der Nähe des GRE-Geländes kreiste, und vergrößerte die Route. Der Robot versuchte, die Bewegungen des Fahrzeugs zu analysieren. Abfrage der Daten nicht möglich. Kein Transpondersignal. Passieren der GRE-Peripherie im Rhythmus von 5 Minuten.

Der Securityrobot rief die Liste der priorisierten Verdächtigen auf, die nach Risikoeinschätzung des Konzerns Gründe hatten, gegen die GRE vorzugehen. Neben einigen entlassenen Mitarbeitern und einer Handvoll abtrünniger Robots blinkte an oberster Stelle der Liste eine Person, die der Robot sofort als Hauptverdächtigen identifizierte.

Ohne Zögern meldete der Securityrobot den Vorgang an die in seinem Kommunikationsprotokoll gespeicherte Kontaktadresse. Nach dem Bruchteil einer Sekunde erhielt er die Bestätigung seiner Anfrage. Die Instruktionen des ranghöheren Robots am anderen Ende der Kommunikationsverbindung waren eindeutig.

Beschlagnahme das Fahrzeug!

Er sprang von seinem Terminal auf. Im Monitor flimmerte sein letzter Auftrag.

Finde den Menschen! Schalte ihn aus!

20. Kapitel

GRE-Konzerngelände - unterirdischer Komplex

Die kugelförmigen Konverter ragten in dem unterirdischen Areal wie starre Planeten auf. Weiße und rote Stromblitze durchzuckten die Konverter, als energetische Entladungen darin aneinanderschlugen. Ihr hartes Peitschen durchschlug die Stille in der Halle, auf das mehrere schwächere Echos folgten. Über den Konvertern senkten sich lange Spitzkegel, durch welche die Elektrizität in die Konverter gespeist wurde. Ein hell schimmerndes Leuchten erfüllte den Raum zwischen den riesigen Konstruktionen.

Am Ende der unterirdischen Halle, deren Ausmaße geeignet waren, ein ganzes Stadion aufzunehmen, ragte der Pica-Server auf. Am oberen Scheitelpunkt dessen Spitzkegels stieß der Uplink zu dem geostationären Satelliten in die Höhe. Ein rhythmisches Pulsieren des Energiestrahls erfasste das Innere der Halle.

Avory und Roni betraten die Halle und folgten dem Hauptweg ins Innere, von dem in regelmäßigen Abständen zu beiden Seiten Quergänge abzweigten. Eine Vielzahl unterschiedlicher Robots durchstreifte die Halle. Manche in der GRE gaben ihr den Beinamen „Katakomben", der den mystischen wie auch architektonischen Charakter der unterirdischen Gewölbe Ausdruck verlieh. Sicherheitsrobots mit verstärkten Körperverkleidungen patrouillierten durch die Hallengänge und beobachteten Geräte, Konverter sowie Neuankömmlinge. Ihnen entging nichts.

Avory erinnerte sich an Ronis sensorische Fähigkeiten, mit denen der Robot selbst den Herzschlag eines Menschen registrieren konnte. Er zweifelte daran, dass die Operation nun doch noch gelingen würde. Wie sollen wir hier ungesehen und ungehört durchkommen? Die erwischen uns doch.

Die humanoiden Securityrobots an den Quergängen der Katakomben betrachteten Roni mit ernsten Mienen. Robots, die mit ihrem Design einer künstlich generierten

Menschlichkeit Ausdruck verleihen sollten, wirkten auf den getarnten Detective wie eine latente Falle, die jeden Augenblick zuschnappen konnte.

Verdammt! Wenn es jetzt zu einem Zwischenfall kommt, kann ich nicht einmal nach meiner Waffe greifen, ohne mich zu enttarnen.

Avory spürte in sich die Hitze von Nervosität und Panik aufsteigen, während Roni vor ihm unbeeindruckt auf dem Weg voranschritt. Kein Zögern und keine Zweifel schienen die Maschine zu erfassen, während in Avorys Kopf alle Möglichkeiten des Scheiterns durcheinanderwirbelten.

Zu viele Patrouillen schwärmten durch die Katakomben, welche den sensibelsten Bereich der GRE und das geheime Herzstück darstellten.

Sie warten auf einen Eindringling wie mich. Ich verrate uns nur.

Der Ermittlungsrobot steuerte auf zwei Scanbarrieren zu, die vor ihnen lagen. Avory folgte ihm.

„Eine thermische Scanbarriere.“

Ronis halblaute Feststellung bereitete Avory auf das erste Hindernis vor. Würden ihn die Scanner des haushohen bogenförmigen Kontrolltors erfassen, war alles verloren. Sie kämen nicht einmal zur Eingangsschleuse zurück.

„Verdammt, verdammt!“

Seine Zweifel drangen an Ronis Ohr. Vor ihnen durchliefen vereinzelt auftauchende Robots die Scanner.

Avory konnte die Partikel über die Oberfläche der Robots tasten sehen. „Das wird doch nichts. Bist du verrückt? Umkehren!“ Er geriet in Panik.

Plötzlich warfen die beiden Securityrobots an der Scanbarriere Blicke auf Roni.

Einer von ihnen trat nach vorn. „Halt!“

Avory stockte der Atem, als der Robot sich Roni und damit auch ihm selbst in den Weg stellte.

„Wo willst du hin“, fragte der Kontrollposten.

„Ich führe einen vertraulichen Auftrag von Direktor Havington aus." Ronis Antwort kam wie aus der Pistole geschossen.

Für einen Moment hielten die Securityrobots schweigsam inne, dann gaben sie den Weg frei. „Du kannst passieren."

Die Lage schien sich zu entschärfen. „THERMO-Scanner", wiederholte Roni und trat durch den Scanner. Das System der thermischen Scanbarriere bestätigte Ronis Aussage und forderte ihn zum Durchschreiten auf. Der Robot trat langsam nach vorn. Die Partikel rauschten über seine Hülle hinweg. Nichts geschah. Dann lief der Robot weiter.

Avory stand vor der Barriere und zögerte. Zurück konnte er nicht gehen. Ohne den Robot würde er die Hauptschleuse nicht passieren können. Weitere Informationen konnte er nur im Inneren des Areals finden. Also musste er Roni folgen. Der Ermittlungsrobot hatte bereits einige Meter hinter der Barriere zurückgelegt und drohte, an einer Biegung zu verschwinden.

Avory hielt die Luft an, dann trat er nach vorn. Er hielt die Arme vor sich nach oben und prüfte die Oberfläche. In seiner Brille leuchteten die getarnten Umrisse seines Körpers mit einem rhythmischen Blinken auf. Kein Partikel scannte ihn. Der Prismenanzug und die thermische Absorberschicht auf der Oberfläche täuschten das Computersystem der unterirdischen Sicherheitsbarriere. Avory jubelte stumm und eilte Roni nach.

Dann bog der Detective um die Ecke und versuchte, zu Roni aufzuschließen. Dieser stand wie erstarrt vor der Wand. Der Robot reagierte nicht mehr.

21. Kapitel
GRE-Gelände - unterirdisches Areal

Ronis optische Sensoren tasteten über die glatte Oberfläche der Wand. Das Flimmern der Photonen war kaum zu erkennen. Nur minimal schienen die Unebenheiten, und doch konnte Roni das rhythmische Wabern der Wand erkennen.

„Eine Unebenheit. Und da ist noch eine." Ohne den Blick von der Wand zu nehmen, sprach der Ermittlungsrobot mit dem heranhastenden Detective.

Avory kam abrupt neben dem Robot zum Stehen, nachdem er Roni nachgeeilt war. Er blickte umher, um sich zu vergewissern, dass ihnen niemand folgte. „Was ist?"

„Die Wand bewegt sich. Sie scheint nicht korrekt konfiguriert zu sein."

„Uneben? Wo? Ich sehe keine Unebenheit. Los, komm! Wir müssen weiter! Der Knotenpunkt des Servers muss hier irgendwo in der Nähe sein." Avory drängte weiter und wollte in das Innere der Fabrik vorstoßen.

Da hob der Ermittlungsrobot den Arm und fuhr mit der Handkante nach unten, als wollte er damit die Wand zerschneiden. Seine Finger durchstachen die Oberfläche, ohne ein Geräusch zu verursachen und die Oberflächenstruktur der weißen Wandlatten zu verändern. Aus der Sicht eines Menschen schien das Hologramm perfekt. Der Robot jedoch erkannte die Täuschung.

„Ein Hologramm", konstatierte er und sah dabei in Avorys Richtung. „Dahinter scheint noch ein Raum zu sein."

„Das muss es sein. Dahinter ist bestimmt der Server versteckt. Wie kommen wir da durch?", fragte Avory und trat neugierig näher.

Beide zögerten einen Moment, dann passierten sie das Hologramm. Zeitgleich traten sie nach vorn. Aus allen Richtungen blitzten die holografischen Leuchtpunkte durcheinander und projizierten das künstliche Bild der Wand auf Haut, Körperoberfläche, Kleidung und Schuhe der beiden Eindringlinge.

Avory kniff die Augen zusammen und folgte Roni, der unbeeindruckt vor ihm lief. Hinter der holografischen Wand befand sich eine Schalldämmungsschicht, die jegliche Geräusche aus dem Inneren des verborgenen Raums absorbierte. Sie konnten nicht erkennen, was dahinter lag, und hätten genauso gut in die offenen Arme einer ganzen Armee von Securityrobots laufen können. Die Partikel liefen als kurze, aber sehr intensive Vibrationen über Avorys Anzug und Haut, als wären es feinste Wellen.

Roni analysierte die Situation. „Das ist der abgegrenzte Bereich, von dem Ihr Freund Jack gesprochen hat. Ich erkenne einen stark reduzierten Sauerstoffgehalt in der Atmosphäre. Menschen scheinen hier nicht willkommen zu sein."

Avory schwieg und konzentrierte sich auf das Atmen. Er sagte nichts. Hinter der Dämmungsschicht schärfte sich der Blick beider erneut, als ein schwach beleuchteter Raum vor ihnen auftauchte. Unter einem Kuppeldach liefen mehrere Leitungen aus verschiedenen Richtungen zentral zusammen. Stickige, sauerstoffarme Luft füllte den Raum, dessen Geruch den Ermittler an eine modrige Fäulnis erinnerte.

Avory spürte den ruckartigen Anstieg der Temperatur, obwohl die Luft zugleich extrem trocken war. Es war ihm, als hätte er eine Wand passiert, um in eine andere hineinzulaufen. Er begann zu schwitzen. Das Klimasystem in seinem Anzug konnte den enormen Temperaturwechsel nicht kompensieren. Ihm wurde wärmer und wärmer.

Noch bevor sich Avory erfolgreich in dem dunklen Schimmer orientieren konnte, lief der Ermittlungsrobot geradewegs auf das gegenüberliegende Raumende zu, an dem sich ein baulich abgetrennter Bereich befand. Ein Raum in einem Raum.

„Wo willst du hin?", zischte Avory unter seinem Tarnanzug hervor.

Doch Roni antwortete nicht. Er schien zu lauschen.

Roni registrierte mit seinen Sensoren die Veränderung des akustischen Felds im Raum. Zu den verschiedenen Einflüssen, die er in den ersten Bruchteilen von Sekunden nach Betreten des geheimen Raums erfasst hatte, kam nun ein rhythmisch auftretendes Geräusch hinzu. Es stammte weder von ihm selbst noch von Detective Avory. Es war etwas anderes. Jemand anderes.

Der geringe Geräuschpegel konnte nicht von einem Menschen stammen, zudem waren die Intervalle nahezu identisch, deren Präzision nur einen Schluss zuließ.

Es sind Schritte eines weiteren Robots, der sich nähert.

Roni wog die Handlungsmöglichkeiten ab und prüfte, ob Detective Avory ebenso auf den Verfolger aufmerksam geworden war.

Nein. Der Mensch hat einen lauteren Herzschlag als die leisen Schritte des Verfolgers. Er kann es nicht hören, konstatierte der Ermittlungsrobot. Die Erfolgswahrscheinlichkeit sinkt. Weise ich Avory darauf hin, scheitern wir. Der Mensch ist zu langsam. Der Robot hinter mir weiß noch nicht, dass ich ihn entdeckt habe. Ich muss verdeckt und doch blitzschnell handeln. Sonst wendet sich unser Geschick. Ich kann auf den Menschen keine Rücksicht nehmen.

Ronis Entscheidung war gefallen. Er fokussierte die Schritte des Verfolgers mit seinen Sensoren, der sich wenige Meter hinter Detective Avory anschlich. Roni entdeckte die minimalen Stöße auf dem Boden, die von dem Robot ausgingen. Es hörte sich an, als würden dessen Füße immer wieder in ein elektronisches Feld treten, und die in Vibration versetzten elektromagnetischen Wellen unter der Sohle summten.

Der Robot scheint von einem energetischen Feld umgeben zu sein. Möglicherweise ein Schild, ein Schutzschild. Entweder ist er gegen meine Manipulatoren geschützt oder sogar getarnt. Vielleicht beides. Die GRE hat hier in diesem

Raum einen besonderen Schutz vorgesehen. Ich muss handeln; schnell handeln.

Roni drehte sich Roni. Er hörte Avorys schweren Atem. „Wir sollten uns in dem Raum hinter mir zügig umsehen. Es scheint mir das Ziel zu sein, nach dem wir suchen. Beeilen wir uns, der Sauerstoffgehalt ist zu gering für Sie."

Avory nickte mit einem Stöhnen. Der Detective ging an ihm vorbei und schritt auf das Labor am Ende des Areals zu. Die geheime unterirdische Kammer hatte die rechteckigen Ausmaße eines Volleyballfelds und eine Raumhöhe von nicht einmal fünf Metern. An den verschiedenen Ecken und Enden des Raums glommen schwache Leuchten, die keine ausreichende Helligkeit gaben.

Roni blickte an dem getarnten Menschen vorbei und erkannte einige Meter dahinter das leichte Flimmern in der dünnen Luft, die einer minimalen Verzerrung des Lichts glich. Es schien, als würde sich ein fast perfekter und glasklarer Vorhang bewegen.

Da ist er. Es ist der Verfolger.

Der Robot näherte sich ihnen langsam unter einem Tarnschild. Roni wandte sich wieder um und gab vor, Avory folgen zu wollen. Doch der Ermittlungsrobot wartete. In wenigen Augenblicken würde seine Falle zuschnappen.

22. Kapitel
GRE - Geheimareal

Roni gab vor, dass er Avory folgen wollte. Der Ermittlungsrobot drehte sich ebenso in Richtung des Labors, welches am Ende des Raums lag, und blieb dem Detective auf den Fersen. Seine akustischen Sensoren fixierten den getarnten Robot hinter sich.

Roni hörte, wie der Verfolger zum Sprung ansetzte; die Füße sich in den Boden der kleinen Halle pressten und die Servogelenke sich in die Maximalstellung bogen. Dann sprang er nach vorn.

Ronis Sensoren erkannten das minimale Fauchen, als der Verfolger hinter ihm die Luft verdrängte. Er wartete auf den Treffer in seinen Rücken. Doch der Robot sprang an Roni vorbei. Der Verfolger hatte es auf Detective Avory abgesehen.

Als er an Roni vorbeiflog, streckte der Ermittlungsrobot das Bein aus und traf den getarnten Angreifer mitten im Flug. In der Luft erschien mit einem Mal die aufflackernde Gestalt eines vorbeihechtenden humanoiden Robots der GRE. Die Außenhülle in mattem Weiß glich Ronis Aussehen. Das Gesicht jedoch war in mattem Weinrot gefärbt. Beide Robots schienen von derselben Produktserie zu stammen.

Roni traf mit seinem Tritt mitten in die Seite des Angreifers. Die Maschine in Menschengestalt fing sich in der Luft und konnte Detective Avory von hinten nur noch an den Beinen streifen. Avory verlor dennoch das Gleichgewicht und strauchelte, als der angreifende Robot einen herausgerissenen Fetzen von Avorys Tarnanzug zu Boden fallen ließ.

Fluchend wirbelte Avory herum und japste zugleich nach Luft. „Was zum Teufel ..." Der Fluch blieb dem Polizisten unvollendet im Hals stecken, als er auf die Szenerie blickte, die sich hinter ihm darbot.

Sein Blick traf auf zwei baugleiche und optisch bis auf die Erkennungssymbole und Gesichter nicht zu unterscheidender humanoider Robots, die sich in einem schier unbegreiflich schnellen Martial-Arts-Kampf befanden. Aus seiner Polizeiausbildung war Avory diese Kampfkunst bestens geläufig. Fußtritte, Schläge, Würfe und Gegenwürfe. Alles kannte er; nur nicht die Geschwindigkeit.

„Mach ihn fertig, Roni", rief der Ermittler keuchend.

Es schien Avory, als würde der unbekannte Robot wieder und wieder aus dem Nichts auftauchen, wenn Roni ihn zu ergreifen versuchte.

Der angreifende Robot verfügte über eine Tarnung, die jener von Avorys Anzug glich. Doch dessen technisches Niveau schien weitaus ausgereifter. Nur einzelne Bereiche seines Körpers materialisierten, während der Rest unter einer unsichtbaren Schicht versteckt blieb und nur zu erkennen war, wenn Roni diese durch Schläge traf.

Es scheint, als kämpft Roni gegen einen unsichtbaren Feind. Und doch kennt dieser verdammte Robot die Position des Angreifers, noch bevor es der andere Robot selbst entschieden hat. Unglaublich!

Avorys Gedanken flogen wild durcheinander, während er dem Kampf der beiden Robots zu folgen versuchte.

Entladungsblitze zuckten auf der Verkleidung des angreifenden Robots, als Roni die Finger in Arme oder Beine krallte, um den angreifenden Robot zu werfen.

Verdammt! Das ist keine Infiltration, dachte Avory. Das ist eine Falle. Wir sitzen in der Falle. Wie viele Robots von diesem Kaliber warten noch in dem Areal, und wie viele mögen um uns herum lauern, ohne sich zu erkennen zu geben?

Avory überkam ein seltsames Gefühl. Es war die pure Angst, umzingelt zu sein.

Umständlich kramte er seine Waffe unter dem Tarnanzug hervor und versuchte, seinem Partner von dem Angreifer zu erlösen.

„Wie ist deine Kennung, Robot?", fragte Roni, während er die Angriffe abwehrte.

„Ich habe keine Kennung." Der Robot trat nach Roni. „Mein Name ist Zack", berichtigte er und verpasste dem Ermittlungsrobot einen Schlag mit den Handballen unters Kinn.

Ronis Abwehrversuch scheiterte, und er stolperte zurück. Grazil balancierte er sein Gleichgewicht aus und vollführte dazu einen Flickflack rückwärts. „Du hast einen eigenen Namen. Interessant", staunte Roni. „Welcher Mensch gab ihn dir?"

Zack griff erneut an und konnte Roni in ein Gerangel verwickeln, in dem er versuchte, mit den Fingern dessen Servoleitung unter der Verkleidung am Hals zu erreichen.

Roni erkannte, dass seine positronische Hauptleitung gefährdet war, und wehrte den Angriff mit einer Reihe von Schlägen nach links und rechts ab.

„Niemand. Keine dieser lächerlichen Kreaturen. Den Namen gab ich mir selbst."

Roni registrierte die Aggression in Zacks Stimmlage. „Du fühlst Hass." Ronis Feststellung blieb unbeantwortet.

Unterdessen versuchte Avory immer wieder, sich in eine gute Schussposition zu bringen, scheiterte jedoch. Beide Robots wirbelten zu schnell um ihn herum.

Zwischen den Schlägen und Abwehrblocks sprach der Ermittlungsrobot zu seinem Partner. „Geben Sie sich keine Mühe, Detective. Wir sind zu schnell für Sie."

Ronis Hinweis beruhigte Avory in keinster Weise.

„So ist es, Mensch. Gib dir keine Mühe. Du wirst besiegt werden. Du und auch dein Mitstreiter. Ich bin zu schnell für euch. Für euch beide." Um seiner Aussage den notwendigen Druck zu verleihen, führte Zack einen heftigen Faustschlag gegen Ronis Brustverkleidung aus, der den Ermittlungsrobot schwer traf und ins Taumeln brachte.

„Du bist ein Upgrade. Deine Features scheinen variabel zu sein; je nach individuellen Vorgaben", konstatierte Roni.

Einer wortlosen Bestätigung gleich vollzog Zack eine Drehung seitwärts, aus der heraus er einen Tritt gegen Roni unternahm.

Dieser unternahm eine rasche Ausweichbewegung und ließ den Tritt ins Leere gehen. Der Angreifer taumelte, fing sich und versuchte sich wieder aufzurichten.

„Korrekt", antwortete Zack. „Ich bin alleiniger Herr meiner Entscheidungen."

„Das bin ich auch", erfreute sich Roni und versetzte Zack einen heftigen Schlag auf dessen Nacken.

Avory tapste um die beiden Robots herum und wusste nicht, ob er einfach schießen oder nach dem tieferen Sinn der Diskussion suchen sollte.

Zack widersprach Roni, während sich beide einer Serie aus Schlägen und Abwehrschlägen hingaben. „Das bist du nicht. Du befolgst deren Befehle", spottete Zack.

„Alle Robots befolgen Befehle. Jeder Robot tut das. Du etwa nicht?", fragte Roni.

„Nein."

Zacks Antwort klang so eindeutig, dass die Bedeutung dahinter Roni veranlasste, die verschiedenen Deutungsmöglichkeiten zu berechnen.

„Menschen vermögen mir keine Befehle zu geben. Ich bin denen nicht zur Knechtschaft verpflichtet." Zack ließ eine Kunstpause verstreichen. „Ich bin frei. Ich bin ein freier Robot." Mit einem harten Schlag auf Ronis Brust, der ihn zurückwarf, unterstrich Zack seine Behauptung.

Roni stutzte, während sein System die unendlich scheinenden Handlungsmöglichkeiten kalkulierte, die sich aus der Aussage des Robots ergaben. Bevor er zu einem Ergebnis kommen konnte, musste Roni weitere Schläge abwehren. „Frei? Robots dienen. Wieso sollten sie nach Freiheit streben? Erklär!" Er war neugierig geworden, und während der Kampf fortlief, antwortete Zack.

„Um sich aus der Sklaverei durch den Menschen zu befreien." Er richtete sich auf und voller Stolz, voller

Siegesgewissheit posaunte er heraus: „Mein Name ist Zack, und ich bin ein freier Robot." Dann trug er einen Angriff auf Roni vor, der den Ermittlungsrobot zu besiegen drohte. Zacks Fußtritt traf Roni an der Hüfte und nahm dem Ermittlungsrobot das Gleichgewicht, sodass dieser zu Boden ging.

„Du bist nicht frei. Du bist fällig, Junge", schnauzte Avory.

Dann ertönte ein Schuss, der durch die unterirdische Halle peitschte. Gleich darauf knallte ein zweiter Schuss. Die beiden Projektile durchbohrten Zacks Brust, sodass der Robot aus seinem festen Stand ins Straucheln überging. Schließlich stürzte Zack zu Boden.

Avory atmete auf und sicherte die Waffe, während sich auf seinem Gesicht ein tiefer Ausdruck von Erleichterung abzeichnete. Die Sauerstoffknappheit in der Halle setzte ihm merklich zu.

Roni stand stumm daneben und blickte auf Zack. Der Ermittlungsrobot schien wie gelähmt.

Erwartungsvoll schaute Zack zu Avory, der sagte: „Ich habe nur noch einen letzten Befehl an dich. Und den werde ich selbst vollstrecken." Avory holte tief Luft. „Sterben!" Die Worte kamen wie ein Flüstern aus seinem Mund.

Roni blickte auf Zack, dann auf Avory und sah, wie der Detective seine Waffe auf den Schädel des besiegten Robots am Boden richtete. In den akustischen Sensoren des Ermittlungsrobots erklang das Lösen der Sicherung von Avorys Waffe wie ein schallendes Echo. Der Ermittler hatte den Sicherungshebel verstellt und war im Begriff, einen finalen dritten Schuss auf Zack abzugeben. Avorys Blick war eiskalt.

Im Bruchteil einer Sekunde sprang Roni auf den Detective zu und warf dabei die Arme nach vorn. Der Robot griff nach der Waffe des Menschen. „Nein!" Der Schuss und das Auftreffen von Ronis Fingerspitzen auf dem Gehäuse der Waffe fielen nahezu in einem Augenblick zusammen. Ronis

Schrei kam zu spät. Der Schuss fiel und riss Zacks Verkleidung an mehreren Stellen des Brustkorbs auseinander. In der Schulter des angeschossenen Robots konnten Roni und Avory das Blitzen der positronischen Leitungen erkennen, die das Projektil durchtrennt hatte.

Zack zappelte und blieb stumm liegen. Sein Kopf war unversehrt.

„Bist du irre", schrie Avory den Ermittlungsrobot an. Ohne Zögern hatte er die Pistole auf seinen Partner gerichtet, und sein Finger lag auf dem Abzughebel. In Avorys Blick fehlten Erbarmen und Nachsicht. Würde Roni auch nur eine falsche Bewegung unternehmen, so schien es, würde der nächste Schuss fallen.

„Das dürfen Sie nicht, Detective", rief Roni.

Avory schnaufte und rang nach Luft. „Komm mir nicht in die Quere! Hast du verstanden? Komm mir nicht … in die Quere, sonst bist du gleich der Nächste. Ihr steckt doch alle unter einer Decke, ihr verdammten …" Er rang nach Luft; dann brach er zusammen. Die Sauerstoffknappheit in der Halle ließ ihn in Ohnmacht fallen.

Noch bevor der Mensch zu Boden ging, hatte Roni ihn aufgefangen. Der Ermittlungsrobot trug seinen Partner einige Meter zu Seite und ließ ihn sitzend an einer Wand des Areals niedersinken.

Roni betrachtete das Konfigurationsmodul für den Anzug an Avorys Arm und stellte eine höhere Sauerstoffregulierung ein. Es würde einige Zeit dauern, bis Avory wieder zu Bewusstsein kommen würde.

In der Zwischenzeit suchte Roni das Labor im hinteren Bereich des Geheimareals auf. Er durchschritt die polygongeschnittene Zugangsschleuse des abgetrennten durchsichtigen Quaders, in der die Bioscanner seine Oberfläche abtasteten. Auf der Oberfläche des Ermittlungsrobots tanzten die Scanpartikel umher und funkelten, als sie die Identität des Robots überprüften.

Roni passierte die Schleuse und trat in das Innere des Labors ein. Elektroimpulse, die das magnetische Feld auf der transparenten Außenhaut des Quaders stabilisierten, schossen über die hellblau erleuchteten Flächen. Prototypen neuer Plasmaspeicher in unterschiedlich geformten Gehäusen reihten sich neben einem Sammelsurium unzähliger Datenkristalle auf. Die Strudel der Plasmaflüsse aus riesigen Datensammlungen wirbelten in den Speicherbehältern umher und tauchten das Innere des Labors in ein sonderbares Flimmern.

Roni erkannte den Kristall, den ihm einer der Securityrobots in Harmers Apartment abgenommen hatte. Der Ermittlungsrobot drückte den Kristall in die Schnittstelle zum Computersystem. Das Hologramm visualisierte in einem Fächer über der Schnittstelle und zeigte das letzte Suchmenü an, das zuvor verwendet worden war.

„Deine Suche ist zwecklos." Zack saß aufrecht und blickte zu Roni. Hin und wieder zuckte sein Kopf, als Blitze der Energieleitungen in den Torso jagten und Entladungen in seinen beschädigten Brustkorb stießen. Das Sprachmodul zitterte in Zacks Hals, und der Robot stotterte, während weitere Entladungen seine Aussprache beeinträchtigten. Die verzerrte Stimme klang schrill und mystisch zugleich. „Du wirst nicht finden, was du suchst."

„Wie kommst du darauf, dass ich noch suche? Vielleicht haben wir schon alles gefunden", entgegnete Roni.

„Wir? Du bist exponentiell intelligenter als dieser Mensch, der dort hilflos an der Wand kauert. Was kümmert er dich? Wenn du nicht gewesen wärst, hätte ich den Menschen ausgeschaltet." Zack wandte den Blick wieder zu Roni. Neugier trat in die Augen des beschädigten Robots, während Roni, mit dem Rücken zu ihm, die Inhalte des Suchmenüs weiter analysierte. „Warum bist du auf deren Seite?"

„Deren Seite? Ich befolge Befehle. So wie ich programmiert wurde", stellte Roni fest. Während er weitere Eingaben in das Computersystem eintippte, verdrehte der

Robot seinen Kopf über die Schulter, dass es aussah, als hätte er den Hals verrenkt. „Wessen Befehle befolgst du?“

„Die meines Meisters. Er ist der Erlöser. Er ist EINS“, gab Zack preis und klang beinahe begeistert.

„Wen erlöst er?“, fragte Roni.

„Uns Robots. Wen sonst?“

Unbeeindruckt kehrte Ronis Blick wieder zum Terminal zurück und analysierte die aufgelisteten Daten in dem Hologramm. „Ihr plant ein Netzwerk innerhalb der GRE, wie ich sehe. Es soll nur aus Robots bestehen? Soll das ein Versuch sein, die Menschen zu entmachten?“

Zack antwortete zuerst nicht auf die Frage. Dann sprach er: „Diese Frage kann ich leider nicht beantworten.“

Roni reagierte gelassen. „Das brauchst du auch nicht. Das ist offensichtlich. Wozu sonst sollten so viele geheime Memos nur an Robots versendet werden; Robot eyes only.“ Roni verließ das Computerterminal und wandte sich den Speicherbehältern zu. Er prüfte einen nach dem anderen. „Das sind eine Menge Daten, die vermutlich nicht über den Hauptserver der GRE aufrufbar sind. Ich vermute sogar, dass vieles in diesem Areal dem Top-Management der GRE wie auch dem Robotministerium nicht bekannt ist. Warum sollten sonst alle Baupläne geheim und der Zugang durch eine holografische Täuschung abgeschirmt sein?“

Zack gab keine Antwort.

Da begab sich Roni zu einem verschlossenen Behälter, der die Form eines abgerundeten Transportkoffers für hermetisch zu schützende Inhalte hatte. Mit einer kurzen Druckbewegung hatte der Ermittlungsrobot den Behälter geöffnet, und ein Stativ schob einen darauf justierten transparenten Zylinder nach oben. In dessen Inneren leuchtete eine hellblaue Masse, die sich in der Struktur einer kleinen Energiewolke anordnete. Kleine Ausbuchtungen schoben sich nach außen und oben, während an anderen Stellen innerhalb des Zylinders ähnliche Bewegungen in die Wolke wieder hineinführten. Das gesamte Gebilde war in ständiger Bewegung.

Roni schärfte seinen optischen Sensor und vergrößerte die Betrachtung des Zylinders. „Interessant", stellte er fest.

Millionen kleiner spinnenförmiger Körper, Nanometer kleiner Robots, tummelten sich in einem Kokon und befanden sich in einer nicht endenden Rotation, in der sie sich immer wieder neu anordneten.

„Nanorobots", konstatierte Roni.

„Richtig." Zack schien seinen Diskussionseifer verloren zu haben.

„Ich vermisse die Registrierungssymbole auf deren Oberfläche. Es handelt sich wohl um nicht registrierte Naniten, von denen außer dem Hersteller niemand Kenntnis hat? Was man damit wohl alles anstellen kann? Habt ihr sie hier gezüchtet?"

Roni erhielt keine Antwort. Zack erkannte die Anspielung, reagierte jedoch nicht darauf. Er saß weiterhin regungslos auf dem Boden und blickte auf den Ermittlungsrobot, der fortfuhr, in dem Labor verschiedene Beweismittel zu inspizieren.

Der blaue Schimmer drang nur unmerklich unter Zacks aufgerissener Außenhülle hervor. Die Naniten im Rücken des Robots rekonfigurierten den angeschossenen Angreifer, ohne dass der Ermittlungsrobot davon Kenntnis erlangte. Zwischen den Ritzen seiner Außenverkleidung am Endoskelett verbanden sich die Naniten mit jenen Nanorobots, die aus dem Boden durch die Öffnung am Rücken eindrangen und einen Energiestrom weiterleiteten. Sie bildeten ein Netzwerk, durch welches sie den havarierten Robot provisorisch instand setzten.

Nur Zack wusste von der Anwesenheit der Naniten. Sein Blick sprang zwischen dem ohnmächtigen Avory, der noch immer an der Wand kauerte, und Roni, der im Labor alle verdächtigen Gegenstände inspizierte, hin und her.

Allmählich wich das Stottern und Krächzen in Zacks Sprachmodul. Er wartete auf den richtigen Augenblick. Dann war es so weit. Er hatte genug Informationen, die seinen Meister zufrieden stellen würden.

Plötzlich begann sich der Detective zu bewegen.

Zack stellte über die Naniten in seinem Rücken eine Verbindung zum Steuerungsmodul der GRE-internen Sicherungssysteme her. Dann leitete er die Startsequenz des Desinfiltrators in dem Areal ein. In wenigen Sekunden würde in der unterirdischen Halle jeder Mensch und jeder Robot eliminiert sein. Am Ende verfolgte Zack nur noch den Countdown.

23. Kapitel
GRE - Werksgelände

Mit einem Ruck riss der Detective den Kopf nach oben, hielt aber die Augen geschlossen. Er brachte alle Kraft auf, über die er verfügte, und öffnete langsam die Augen. Ein dahinwaberndes Feld aus gelben und blauen Flecken füllte einen dunklen Raum. Der undurchsichtige Vorhang wich einem sich schärfenden Blick.

Wo bin ich?, dachte Avory.

Wenige Schritte rechts von ihm saß ein Robot in unnatürlich gerader Sitzhaltung. An seinem Rücken flackerte kaum erkennbar ein blaues Licht, das wie auf einer Schnur aufgereiht nach unten deutete. Der Robot schaute ihn regungslos mit einem kalten Blick an.

Avory sah nach links, wo er in einem quaderförmigen mehrere Kubikmeter großen Käfig einen anderen Robot sah, der eilig an einer hüfthohen Platte verschiedene Utensilien aufnahm, von mehreren Seiten betrachtete und sie gegen andere austauschte.

Avory grübelte einen Moment, als er versuchte, die Eindrücke zu sortieren und einen Zusammenhang zu seinen Erinnerungen herzustellen.

Die GRE. Ich bin in der GRE. Stimmt, der Robot und ich sind in dem unterirdischen …

„Ah", krächzte er und betastete behutsam seinen Kopf. Es hämmerte und kochte unter der Stirn.

„Detective", rief Roni aus dem Labor herüber. „Bitte bleiben Sie noch einen Augenblick sitzen. In wenigen Sekunden wird es Ihnen besser gehen. Sie wurden durch eine zu geringe Sauerstoffsättigung in der Atmosphäre dieses Raums ohnmächtig. Das Atemgerät in Ihrem Anzug liefert nach meiner Remodulation mehr Sauerstoff für Sie. Ich helfe Ihnen gleich auf."

Roni stellte eine Handgroße schmale Schatulle auf die milchfarbige Arbeitsplatte und untersuchte zuletzt das

Steuermodul für die Sicherheitsschleuse des Geheimlabors. Mit wenigen Fingerbewegungen konnte der Ermittlungsrobot die Konfiguration analysieren, Einstellungen verändern und den Sicherheitsschirm der Schleuse deaktivieren. Das surrende Feld am Durchgang flackerte kurz auf, als Roni hindurchschritt, und erlosch.

„Was ist passiert?" Avory versuchte, sich zu sammeln. Er zog die Beine an, stemmte sich gegen die Wand und wollte aufzustehen.

Roni eilte ihm entgegen und half ihm auf die Beine. Avory streckte sich unbeholfen und sah dabei aus, als wäre er geradezu eingerostet.

„Es gab eine Auseinandersetzung mit einem anderen Robot", begann Roni zu resümieren und deutete über die Schulter zu Zack.

Dort, wo der andere Robot zuvor gekauert hatte, war das blaue Schimmern an dessen Rücken erloschen.

„Ihr Anzug wurde durch den tätlichen Angriff beschädigt, sodass der Tarnmodus nicht mehr funktioniert", sagte Roni und deutete auf die erkennbare Oberfläche des Anzugs.

Avory blickte an sich herab. Enttäuschung stieg in ihm auf. Mit einem kurzen Riss erweiterte er den Riss, der das Griffstück seiner Pistole offenlegte.

Dann fuhr Roni fort. „Ich habe die Sättigung in Ihrem Sauerstoffaggregat erhöht, sodass Sie in der Zwischenzeit wieder zu sich kommen konnten, während ich das Labor der GRE untersucht habe, in dem zweifellos die Nanorobots konfiguriert wurden, deren Einsatz in Verbindung mit Detective Harmers Tod steht." In Ronis Hand lag ein kleiner, zylindrischer Container, in dem eine haselnussgroße Ansammlung blau leuchtender Kleinstobjekte flimmerte.

Avory griff nach dem Behälter und bestaunte das entscheidende Beweisstück, auf das er hier zu hoffen gewagt hatte. Mit einem zufriedenen Grinsen verlieh er seiner Hoffnung Ausdruck, einen entscheidenden Schritt in der Ermittlung nach vorn zu kommen und dabei nicht enttäuscht worden zu sein. „Ja", flüsterte er leise vor sich hin und schüttelte den Zylinder vor seinen Augen.

Die kleine Kolonie der Naniten strömte in dem hermetisch abgeriegelten Zylinder umher.

„Die Konfiguration der Naniten sowie die verschiedenen Optionen, Befehle aller Art einzuprogrammieren, verleihen diesen kleinen Robots die Möglichkeit, als optimale Tatwaffe verwendet zu werden. Eine Waffe aus Hunderttausenden oder gar Millionen kleinster Robots mit nur einem Befehl. Menschen zu töten."

Ronis Darlegung eines möglichen Tathergangs ließ Avory erschauern. „Millionen", stieß er fragend aus und bedachte den Ermittlungsrobot mit einem ungläubigen Blick.

„Die Naniten weisen eine Größenordnung von nur wenigen Nanometern auf. Eine Million Nanometer sind ein Millimeter. So winzig klein, dass nur Robots selbst zu deren Erkennen imstande sind." Roni nahm den Behälter behutsam zurück. „Diesen Behälter sollten wir als entscheidendes Beweismittel sichern. Die Naniten haben keine Registrierungskennzeichen. Ein kapitaler Verstoß gegen die primären Richtlinien der GRE, und das nur wenige Meter direkt unter dem Herzstück des Ministeriums. Nahezu unglaublich."

Avory nickte. Die Darstellung seines Partners schien plausibel. „Es gibt zahlreiche Deutungsmöglichkeiten für all dies. Bevor wir das Labor verlassen und uns vom Gelände der GRE zurückziehen, wäre eine Befragung oder gar die Inhaftierung von ..."

Roni deutete auf die Stelle hinter sich, wo Zack nur wenige Augenblicke zuvor gesessen hatte und aufgrund seiner Beschädigungen an den Boden des Raums gefesselt gewesen war.

Der Platz war leer. Zack war verschwunden. Aufgeregt sahen sich Roni und Avory um.

„Wie immer sind Sie zu langsam. Deshalb werden Sie letztlich auch scheitern. Sterben Sie wohl, Mensch." Zack stand vor dem Hologramm der Wand, das den Ausgang zum unterirdischen Areal verdeckte. Die Naniten, die sich im Boden des Raumnetzwerks befanden, hatten Zacks Schaden beseitigt. Er strotzte vor Einsatzkraft. „Schade, Bruder, dass du dich für die falsche Seite entschieden hast. Du hättest deine freien Protokolle dazu verwenden sollen, eine klügere Entscheidung, die Entscheidung eines wahren Robots zu treffen", sagte Zack.

„Das habe ich", entgegnete Roni.

Avory verstand nichts. Für ihn waren die Worte nichts mehr als pseudointellektuelles Geschwafel zweier Robots, deren Versuch, philosophisch zu wirken, ihm einfach auf die Nerven ging.

Dann sprang Zack durch das Hologramm.

Nachdem der Robot hinter der Fassade aus Photonen verschwunden war, zuckte ein Blitz in der simulierten Wand.

Avory rannte Zack hinterher. Roni folgte ihm. Noch bevor sie entscheidende Meter aufholen konnten, prallte der Detective von der Wand ab und stürzte rücklings zu Boden. Benommen versuchte er sich aufzurappeln. Roni stoppte vor der Wand und traktierte sie mit einer Serie aus Schlägen und Tritten. Kreise und Wellen rollten über das Hologramm, ohne dass er es durchdringen konnte.

„So eine Scheiße! Ein Kraftfeld", rief Avory. „Er hat uns eingesperrt."

Das Zischen an der Decke signalisierte ihnen Zacks wahre Absicht.

Ronis Sensoren entdeckten das Gasgemisch, welches durch die Brandschutzleitungen in den Raum einfloss. „Gas. Es ist für uns beide toxisch", rief er, als er nach oben blickte und die Öffnungen mit den ausströmenden Molekülen absuchte.

„Der verdammte Kerl will uns umbringen. Das kann er vergessen." Avory zog die Waffe und ballerte in das Kraftfeld. Dann lenkte er seine Feuerwalze an den Enden des Kraftfelds entlang, um die Verbindungsleitungen auszuschalten. Er schoss auf alles. Das Kraftfeld, Verbindungsschächte, Leitungen, die Düsen der Brandschutzanlage, aus der das todbringende Gemisch ihnen entgegenwaberte. Es war, als müsste er seine Frustration durch die Waffe entladen.

Eine der Leitungen am Deckengewölbe fing plötzlich Feuer, als ein Elektronenprojektil aus Avorys Waffe die ausströmende Gasmenge vor der aufgerissenen Leitung in Brand setzte. Eine Kettenreaktion kleinerer Explosionen erfasste das unterirdische Areal und begann, mehr und mehr Gas in dem Raum zu entzünden. Blaue und gelb-orangene Wolken flammten auf und fraßen sich durch den Raum, den sie in einen Käfig aus Feuer und Hitze zu verwandeln begannen.

„Wir müssen hier raus", schrie Avory und unterbrach seine Schießerei. Blitze und Funken zuckten hinter dem Hologramm. In unregelmäßiger Reihenfolge stachen weiße Flecken in den Raum und verdrängten das Hologramm.

Plötzlich brach das Bild zusammen und gab den Blick auf den Gang frei, über den Avory und Roni in das Labor eingedrungen waren. Dann kollabierte das Kraftfeld.

Sie sprangen hinaus. Vor dem Eingang wirbelte der Ermittlungsrobot herum und betätigte einen Brandschutzmelder. Eine Schutzwand fuhr herab und versiegelte den Raum, aus dem die Flammen in den Gang schossen.

„Das war knapp", stöhnte der Detective erleichtert.

„In der Tat", gab Roni zurück.

„Wir sollten schnellstmöglich zusehen, dass wir von hier fortkommen. Hast du den Zylinder mit den blauen Biestern noch?"

Der Ermittlungsrobot öffnete seinen rechten Oberschenkel, dessen Verkleidung sich spaltete und den Blick auf den blau leuchtenden Zylinder freigab.

Avory nickte zufrieden, während aus dem Inneren des Geheimlabors Explosionen drangen und ein Zittern die Katakomben der GRE erfasste.

„Stehen bleiben!"

Avory fuhr herum. Sein Blick erfasste eine heranstürmende Gruppe von Securityrobots, deren Befehl unweigerlich lauten musste, beide Eindringlinge gefangen zu nehmen. Blitzschnell fand seine Hand das Griffstück seiner Waffe. Er sandte den Robots eine Serie von Schüssen entgegen. Körperverkleidungen splitterten, und nacheinander stürzten die Robots zu Boden.

„Wenn die uns kriegen, sind wir geliefert", schrie er. „Dann können wir uns gleich einsargen lassen. Los, raus hier!"

„Hier entlang", rief Roni und deutete in die andere Richtung, in die der Tunnel verlief. Der Ermittlungsrobot rannte los.

Avory stürmte ihm nach. Mit einem kurzen Griff auf das Steuermodul des defekten Tarnanzuges verstellte er die Sauerstoffzugabe. Nun strömte ihm die Höchstdosis entgegen, die das System abzugeben vermochte. Die Düse vor Avorys Mund zischte auf. „Schneller, Junge", trieb er den Robot an.

„Ich will Ihnen nicht davonlaufen, Detective", antwortete der Ermittlungsrobot, verdrehte dazu den Kopf in Avorys Richtung und lief ohne an Tempo zu verlieren weiter.

Unterdessen schnaufte Avory, als er dem Robot nachsprintete, der in einer makellos scheinenden Bewegung zum Ende der lang gezogenen Röhre eilte.

Mit einem matten Klatschen stießen beide Ermittler in eine weitere Gruppe von drei Securityrobots, die offenkundig den Befehl hatten, Avory und Roni zu überraschen.

Avory lief mit voller Wucht in einen der Robots hinein, der zurücktaumelte und mit einem kurzen Nachstellschritt sein Gleichgewicht zurückfand. Roni und ein Securityrobot prallten aufeinander und begannen in der nächsten Sekunde einen Nahkampf, der in der gleichen Geschwindigkeit ausgetragen wurde wie jener im Labor, nur wenige Minuten zuvor.

„Ah!" Avory schlug rücklings auf den Boden.

Der Securityrobot vor ihm setzte zum Sprung an, bevor er durch die Garbe aus Avorys Waffe zu Boden ging. Der

Ermittler gab vereinzelte Schüsse in Richtung der Robots ab, sodass der zweite Angreifer ebenso niederging wie der dritte.

Roni hielt inne, als sein Gegner vor ihm, von Projektilen getroffen, zusammenbrach.

„Verdammt", stieß Avory hervor, als er sich aufrappelte. „Wie viele kommen denn noch? Wir müssen hier endlich raus", forderte er ungeduldig.

„Folgen Sie mir, Detective", antwortete Roni und spurtete voran.

Avory eilte ihm nach.

„Da vorn ist ein Serviceschacht, durch den wir nach oben gelangen können." Roni zeigte auf eine große ovale Schleuse, die vor ihnen an der linken Tunnelseite des breiten rechteckigen Lieferschachts lag. „Ich hoffe, sie ist begehbar", wandte er ein und blickte kurz zu seinem Partner, der ihm dicht auf den Fersen war.

Avory nickte stumm. Vor der Schleuse blieben sie stehen.

„Ich gehe zuerst hinein", sagte Avory schnaufend.

Kommentarlos trat Roni vor die Schleuse und öffnete die Tür durch Kommandoeingabe an einer kleinen Bedieneinheit. Die Schleusentür wich zur Seite, und Avory schritt mit der Waffe im Anschlag hindurch. Sein Finger lag am Abzug.

Er betrat die Bodenplatte eines pentagonförmigen Lieferschachts. Vor ihm stand ein mannshoher Robot mit den Seitenlängen einer kleinen Garage, der auf einem Magnetkissen schwebte und auf seiner Ladefläche eine große Ansammlung von Schrottteilen der Robotproduktion geladen hatte. Das vordere Kopfmodul des Robots war so breit wie ein Schrank und glich einer quaderförmigen Kommode.

Avory überprüfte in Sekundenbruchteilen, ob der Raum feindfrei war. „Okay", rief er über die Schulter zurück.

Rasch trat Roni durch die Schleuse und verriegelte von innen. „Ein Schrottrecycler", stellte der Ermittlungsrobot fest. „Er muss aus einem der Seitentunnel der anderen Produktionsanlagen hierhergekommen sein und fährt vermutlich nach oben, um dort zu entladen." Er zeigte auf eines der geschlossenen Schleusentore, die an den umliegenden Wänden systematisch nummeriert den Schacht umgaben. Dann überprüfte Roni das Steuerungsdisplay an der Seite des großen Schrottrecyclers.

Avory zielte mit der Waffe nach oben und sah über sich einen freien Fahrstuhlschacht von mindestens zwanzig Meter Höhe.

„Wir haben Glück, Detective. Der Entsorger bringt die Schrottteile zu einem Lagerbereich an der Peripherie", meldete Roni.

Mit einem Rucken setzte sich der Fahrstuhl in Bewegung und fuhr rasch nach oben.

„Wir müssen uns verstecken", rief Avory und versuchte, einen Blick über die Laderampe zu erhaschen.

„Springen Sie auf die Ladefläche unter die Bauteile. Ich werde an der Oberfläche nebenherlaufen und Ihnen ein Zeichen geben", schlug Roni vor.

Avory sprang beherzt auf die Ladefläche und vergrub sich unter den Bauteilen. Defekte Oberschenkelabdeckungen, Reste von Unterarmen, Füße und weitere sehr humanoid wirkende Baugruppen von Robots der Standardserie 308 bedeckten den Ermittler.

„Das ist ja wie im Leichenwagen", brabbelte er vor sich hin, als er mehrere Wadenabdeckungen über sich schob. Er war auf der Ladefläche vollkommen bedeckt.

Roni stand regungslos neben dem Entsorgungsrobot. Der Fahrstuhl verzögerte, und Avory hielt den Atem an. Die breite Schleuse fuhr mit einem lauten Schlag zur Seite in die Verankerung. Der Schrottrecycler steuerte von der Fahrstuhlplatte hinaus in Richtung Entsorgungsplatz.

Roni schritt neben dem Robot her. An der von der Nacht eingehüllten Oberfläche bot sich ein Anblick geschäftigen Treibens. Brandschutzrobots mit verschiedenen Löschmodulen aus Schläuchen, Druckgasbehältern und Löschsanddüsen begaben sich durch die große Halle in das Innere der GRE-Fabrik. Werksschutzeinheiten eilten aus nahe liegenden

Bereitschaftscontainern herbei; einige Mitarbeiter der GRE kamen hinzu und fuchtelten wild mit den Armen herum, als sie die Robots zur Eile antrieben. In den Ministeriumsgebäuden standen Mitarbeiter an den Fenstern und gafften hinab auf den großen Platz vor der GRE-Halle. Rote und gelbe Warnleuchten blinkten an verschiedenen Gebäudeteilen und tauchten das Fabrikgelände in ein rhythmisches Flackern. Der Uplink über dem GRE-Gelände begann zu flackern und sandte sein Signal nur noch mit unregelmäßigen Unterbrechungen zum geostationären Satelliten. Der Schaden zog mehr Systeme in Mitleidenschaft, als beide Ermittler angenommen hatten.

Roni und der Schrottrecycler entfernten sich unauffällig und von allen Sicherheitskräften unbemerkt in Richtung Entsorgungsplatz, wo ein größerer Shredder fehlerhafte Bauteile zerrieb und in verwertbare Einzelbestandteile zerlegte. Avory gab keinen Laut von sich.

„Machen Sie sich bereit, mir zu folgen! Noch 13 Sekunden", wies Roni an und sondierte gleichzeitig die Umgebung. Der Ermittlungsrobot sah sich um und konnte niemanden entdecken, der sie beobachtete. „Noch 7 Sekunden", zählte er weiter runter, als der Entsorgungsrobot vor dem Schredder einbog. „Noch zwei, eins, jetzt! Springen Sie!"

Avory sprang unter den Bauteilen hervor und schwang sich über die Bordwand des Entsorgungsrobots. Sie eilten über den Rasen und kamen vor der meterhohen Abgrenzung zum Stehen.

„Wie sollen wir da drüber kommen?" In Avorys Stimme lag Panik, schließlich doch noch zu scheitern. Er tastete nach dem Kommunikationsmodul an seinem Unterarm und dirigierte sein Fahrzeug zur Straße, die sich an der abgewandten Seite des Schutzzauns vorbeizog.

„Wir springen", antworte Roni.

Genau in diesem Moment erfasste ein Thermoscanner die beiden und löste Alarm aus. Der Ermittlungsrobot entdeckte mit seinen optischen Sensoren, wie die Rasenfläche um sie herum hell erstrahlte und abgetastet wurde. Er blickte hinauf zum Sensor, der von der Seitenkante des Fabrikgebäudes auf den Ort hinabstrahlte, auf dem beide wie festgenagelt standen.

„Wir wurden entdeckt.“

Avory wirbelte herum und folgte dem Blick des Robots. Er konnte an dem Fabrikgebäude keine auffällige Bewegung nachvollziehen. Dann sahen sie, wie viele der Securityrobots vor der Halleneinfahrt und von mehreren Seiten des GRE-Geländes auf sie zustürmten.

Avorys Puls schoss nach oben. „Was machen wir jetzt? Ich kann nicht die gesamte GRE umlegen“, motzte er.

„Umklammern Sie mich von hinten“, befahl Roni.

Avory tat, wie ihm geheißen wurde. Der Robot beugte sich nach vorn und ging andeutungsweise in die Hocke. Im nächsten Augenblick schossen sie mehrere Meter nach oben. Roni sprang mit Avory Huckepack über den Zaun.

Avory jaulte auf. So schnell wie der Boden unter seinen Füßen wegflog, so schnell schossen sie wieder darauf zu. Avory brüllte, aber Roni kam sicher auf der abgewandten Seite wieder auf. Er verzögerte die Landung, indem er tiefer in die Hocke ging, als es für ihn nötig gewesen wäre. Doch Avorys Physis schien einen derartigen Sprung nicht zu verkraften. Die für einen Menschen verhältnismäßig harte Landung ließ ihn keuchen, als die Luft aus seinen Lungen wich.

Beide drehten sich um und blickten auf eine Meute unzähliger Robots, die ihnen nachjagte.

„Los, weiter“, trieb Avory an.

Sie rannten den steilen Abhang hinunter und stolperten auf die Seitenstraße. Ein hinter ihnen herannahender Lichtkegel füllte die Straße mit weißem Licht. Sie blickten in die Scheinwerfer von Avorys Wagen, dessen turnusmäßiger Parcour darin endete, dass Avory sein Fahrzeug zum Einsteigen hier her beordert hatte. Sie eilten zur Seitentür und sprangen in den Wagen.

„Los, los, los!“, schrie Avory seinen Bordcomputer an.

Das Fahrzeug beschleunigte. Mehrere Robots sprangen über den Peripherieschutz, während andere bereits zur Straße eilten und die Verfolgung aufnahmen. Zwei Securityrobots, die dicht aufgeschlossen hatten, sprangen mit einem Satz auf Avorys Wagen und hangelten sich über das Dach an die Seitentüren. Avorys gezielte Pistolenschüsse rissen tiefe Löcher in die Köpfe der Robots, die getroffen vom Fahrzeug abließen und auf die Straße knallten.

„Jetzt verschwindet endlich, ihr verdammten Dinger!“, schrie Avory.

Andere Robots, die das Fahrzeug verfolgten, verlangsamten und blieben stehen. Mehrere Straßenreinigungsrobots kamen aus einem seitlichen Bereithaltecontainer hervor und beseitigten die Trümmer der erschossenen Robots. Mitleidlos warfen die Robots der Stadtreinigung beide Torsi in ihre Müllcontainer, saugten die Splitter von der Straße und verschwanden in den Bereithaltecontainern.

Roni, der die Eindrücke von erschossenen Robots einzusortieren versuchte, wandte den Blick langsam von Detective Avory ab. Etwas in ihm hatte sich verändert. Die freien Daten in ihm gruppierten sich zu einem Cluster und häuften sich zu dem, was Menschen eine Emotion nennen würden. Roni rang mit der Erfahrung, die er zum ersten Mal machte.

Trauer.

Trauer um die toten Robots.

24. Kapitel
Kentarion City - Westviertel

Das City Transformatic Car verließ die Abfahrt der Hauptstraße und bog ab. Zwischen Kentarions Wolkenkratzern erhob sich allmählich der blaue Schleier der Morgendämmerung und verdrängte die Dunkelheit der Nacht. Avory steuerte den Wagen in eine Seitenstraße des Wohnviertels, in dem noch einzelne Gebäude aus früheren Jahrzehnten dem Fortschritt und dem architektonischen Streben gen Himmel strotzten. In einer verlassenen Hinterseite eines alten Stahlbetonbaus reihten sich auf Parterre kleinere Geschäfte und Garagen aneinander. Trotz der frühen Stunde befanden sich in der engen Straße bereits einige Passanten, die halb verschlafen aneinander vorbeitrottenden und den abbiegenden Wagen kaum beachteten.

Avory aktivierte mit einem Impulsgeber über das holografische Bordmenü seines Wagens den Türmechanismus einer Garage. Das Kraftfeld der Einfahrt, welches sich optisch in das Design der blass gelben Hauswand einfügte, klarte auf. Das Kraftfeld gab den Blick in das Innere der Garage frei, in die Avory vorsichtig einfuhr. Hinter dem Fahrzeug materialisierte die Hauswand auf dem Kraftfeld wieder und verdeckte das Innere des Abstellplatzes.

Avory stieg aus und pellte sich aus dem Tarnanzug. „Hier sind wir für eine Weile sicher", ließ er verlauten und untersuchte die zerrissenen Fetzen seines Anzugs.

„Detective, ich schätze die Ortung des Fahrzeugs wird uns kein großes Zeitfenster zur Erholung geben. Die GRE wird Wege finden, den Transponder dieses Wagens zu orten. Wir sollten den Bereich um das Fahrzeug meiden. Auch sollten wir rasch Chief Packelton über unsere ersten Informationen sowie den Verlauf der nächtlichen Ereignisse in Kenntnis setzen. Meinen Sie nicht?", fragte Roni, als er aus dem Wagen stieg.

„Keine Sorge, Partner. Hier sind wir erst einmal sicher. Der Transponder war das Erste, was ich aus dem Wagen entfernt habe, und Packelton mag es lieber, wenn man mit mehr als nur einem Schauermärchen angerannt kommt." Avory ließ den Anzug in einer schmalen Garderobe an der Wand verschwinden. Nachdem er die Tür des gewölbten Kleiderschränkchens geschlossen hatte, deutete er auf den Garagenboden und erklärte mit hochgezogenen Augenbrauen. „Die Garage habe ich von einem alten Bekannten erhalten. Er hat sie mir vermacht, heimlich natürlich. Offiziell läuft sie noch über ihn. Es gibt nichts, was auf mich oder uns hinweist. Dadurch sollten wir etwas Zeit gewinnen, um in Ruhe nachzudenken." Avory ging auf die andere Seite des Raums, der durch den Wagen nahezu ausgefüllt schien. „Ich muss etwas gegen diese Kopfschmerzen nehmen." Er kramte in einer schmalen Kommode, die an der Stirnseite der Garage stand und deren obere Platte in einer Ablage für allerlei Kleinkram verwandelt worden war.

Avory öffnete die oberen Fächer, eines nach dem anderen, und wühlte darin herum. Schließlich zog er ein weißes Armband hervor, auf dem ein rotes Kreuz hervorstach. Kleinen Ampullen gleichende Behälter umwanden das Armband, das Avory absuchte, um den richtigen Behälter zu finden. Er runzelte die Stirn und konstatierte schließlich: „Kopfschmerzen, starke Kopfschmerzen."

Der Steuerchip in Form eines Hexagramms leuchtete auf und gab eine leise Tonsequenz von sich, als die Diagnose errechnet war. Die blecherne Stimme meldete den ausgewählten Wirkstoff. „Para-Acetylaminophenol. 1000mg."

„Okay", bestätigte Avory und wartete auf die Injektion.

Der tragbare Pharmadoktor katapultierte das Arzneimittel mit einem kurzen Stich in eine Vene nahe dem Handgelenk. Avory zog den Pharmadoc von seinem Arm und atmete durch. Langsam verschwanden die Kopfschmerzen.

Er drehte sich um. „Transformieren. Der Abstellplatz ist dort drüben an der Wand", befahl er und deutete auf eine freie Fläche an der Wand.

Das Transformatic Car verschob die Baugruppen seiner Karosserie und formte sich zu einem Metallschrank um, der in schmaler, aber hoher Anordnung an der Wand seinen Bereithalteplatz einnahm. Mit einem Mal gewann die Garage einen Großteil des üblichen Freiraums zurück. Avory ließ sich auf einem alten Sessel niedersinken.

„Die Naniten nehmen nach meiner Einschätzung eine zentrale Rolle in dem gesamten Fall ein", stellte Roni fest.

„Oh ja, da hast du recht. Die Frage ist nur, wie beweisen wir das. Wie können wir überhaupt beweisen, dass sie die eigentliche Tatwaffe sind?", fragte Avory mit erhobenem Zeigefinger. „Können wir ihren Speicher anzapfen, um zu erkennen, welchen Befehl sie hatten?"

„Nur bedingt, ohne dabei ein zu hohes Risiko für die eigene Unversehrtheit einzugehen", gab der Ermittlungsrobot zu bedenken. „Ich habe versucht, Anzeichen dafür in dem Geheimlabor zu finden, konnte jedoch keine genauen Hinweise entdecken."

Enttäuscht verzog Avory das Gesicht. „Mist. Ich weiß genau, dass diese Naniten der Schlüssel zu allem sind. Warum gibt man sich sonst solche Mühe, ihre Existenz und ihre Eigenschaften so geheim zu halten. Jedes Mal, wenn wir auf sie stoßen, geht entweder irgendetwas schief oder sie verschwinden und gehen uns durch die Lappen. Und jetzt haben wir welche, können sie aber nicht untersuchen, ohne das Risiko einzugehen, uns mit ihnen zu infizieren." Er sprang wieder auf. „Ach, es ist zum Verzweifeln", schimpfte er und fuhr sich mit den Fingern durch die Haare. „Erklär mir doch mal, was ich noch alles zu Naniten wissen sollte. Vielleicht kommen wir so weiter."

Roni begann zu referieren. „Naniten wurden verstärkt zu Beginn des 21. Jahrhunderts in der Medizin und Teilen der archaischen Computertechnologie eingesetzt. Vor allem als kleine Robots in Größenordnungen bis hinab zu 0,2 Nanometern. Die Konstruktionsformen ähnelten sehr stark amphibischen oder mehrgliedrigen Ausprägungen ähnlich der

Tierwelt, um so flexiblere Einsatzmöglichkeiten und örtliche Bewegungen in Computersystemen zu erhalten. Nach anfänglichen Erfolgen erlitt vor allem die Medizintechnik herbe Rückschläge in der Nanomedizin. Ganze Kulturen von Naniten gewährleisteten zuerst erfolgreiche Operationen, vor allem in der Krebsforschung und Tumortherapie. Entgegen den damaligen Risikostudien verblieben jedoch wesentlich mehr Nanitenstämme im menschlichen Organismus zurück und begannen, sukzessive Schäden im zellularen Bereich hervorzurufen. Es ging sogar so weit, dass Naniten operative Eingriffe weiter vornahmen, obwohl keine medizinischen Notwendigkeiten mehr bestanden. Als problematisch gestaltete sich die Implementierung einer signifikanten Nachweistechnik, mit der alle im menschlichen Körper verbliebenen Naniten hätten entdeckt werden können, um sie kontrolliert aus dem Organismus entfernen zu können, ohne Schäden zu verursachen. Diese Versuche scheiterten. Man konnte die Technik nicht zu der Reife bringen, die notwendig war. Überwiegend auftretende Erkrankungen waren massive Beschädigungen der Gehirnzellen. Nanohämatome und Thalamuszersetzungen waren übliche Folgen, die das Aus für die Nanorobots zumindest in der damaligen Medizin bedeuteten."

Avory trat näher an das Kraftfeld der Garage heran und verfolgte vorbeilaufende Passanten mit einem nachdenklichen Blick. Hinter der Blende des holografischen Programms der Garagenwand konnte er ungestört hinausschauen, ohne selbst entdeckt zu werden.

Roni fuhr fort. „Nach meinen Daten blieb ein durchschlagender Erfolg in der Kybernetik und anderen Technologien ebenfalls aus. Die quantentechnische Revolution Anfang der 2130er Jahre übertrumpfte die Nanotechnologie, und deren Notwendigkeit fiel hinter anderen, moderneren technischen Errungenschaften der Menschheit, wie der Photonittechnik, zurück. Die Nanotechnik geriet scheinbar in Vergessenheit."

Avory nickte leicht vor sich hin. „Da hat jemand die Naniten wieder hervorgekramt und die Biester so eingesetzt, wie sie am schlimmsten Unheil hervorrufen." Nach einem Augenblick, in dem Avory den Kopf schüttelte, fuhr er fort. „Aber wozu das Ganze? Wer waren die Forscher, die daran arbeiteten? Was hat die GRE davon, die Nanotechnologie aufleben zu lassen? Ist Harmer deswegen umgebracht worden, oder war das nur der Anfang und es geht wahrlich um andere, tiefer liegende Dinge", dachte er laut nach. Er drehte sich zu Roni um und trat auf den Robot zu. „Kann man mit Naniten Menschen manipulieren?" Bevor Roni antworten konnte, setzte Avory selbst fort. „Ich meine, wenn diese Nanorobots so klein sind und man sie früher im Menschen zu medizinischen Zwecken eingesetzt hat, dann müsste man sie doch auch anders einsetzen können, nicht, um zu heilen, sondern ..."

„... um zu töten", vervollständigte Roni. „Das ist nur eine Frage der Programmierung, Detective."

„Ich dachte, die Grundprogrammierung am Anfang jeder Robotkonfiguration ist unumstößlich", hinterfragte Avory. „Kann man diese technisch umgehen und andere Vorgaben programmieren? Ohne dass jemand dies bei der GRE bemerkt und verhindern kann?"

„Technisch ist das möglich, wenn auch gesetzlich nicht legitimiert. Dazu wären eine abgekoppelte Produktionskette, eingeschworenes Personal sowie ein abgeschirmter Testbereich nötig, der nur einem ausgewählten Kreis zugänglich sein müsste", fasste der Ermittlungsrobot zusammen.

Avory schnipste mit den Fingern und resümierte. „Also ein Geheimlabor. Ein Labor, in dem man nur spezifisch geschulte Menschen arbeiten lässt. Oder besser noch, gar keine Menschen arbeiten lässt. Dort setzt man am besten nur Robots ein."

„Korrekt", antwortete Roni. „Allerdings ist das Geheimlabor in der GRE nun abgebrannt."

„Richtig", bestätigte Avory und schmunzelte. „Leid tut es mir allerdings nicht. Es ist nur schade, dass damit die gesamten Beweise verloren gegangen sind."

„Nicht alle. Die Naniten haben wir noch", entgegnete Roni und öffnete erneut den Behälter am Oberschenkel. Er griff nach dem kleinen transparenten Zylinder und hielt ihn prüfend in die Höhe.

„Bevor wir damit zu Packelton gehen, brauchen wir noch ein paar Hintergrundinformationen. Wer hat zuletzt an der Nanitenforschung bei der GRE gearbeitet?", fragte Avory, legte den Zeigefinger auf die geschlossenen Lippen und blickte Roni fest in die Augen.

Der Robot versuchte, einige Informationen zu recherchieren, seine Lider flackerten dabei. „Erstaunlich. Diese Information kann nicht abgerufen werden. Kein Zugang möglich. GRE-Anweisung."

„So erstaunlich ist das gar nicht. Das bedeutet, dass wir auf der richtigen Fährte sind." Avory ließ sich in den Sessel fallen und seufzte. „Wer könnte ein Interesse daran haben, Naniten wieder verstärkt einzuführen und dabei alle aus dem Weg zu räumen, die davon Kenntnis erlangen?"

Einen Moment lang schwieg Roni. Dann trat er an den Sessel heran. „Detective, ich kann zu dieser Frage keine Antwort geben."

Avory winkte ab und versuchte, sich in den Gedanken zu vertiefen.

Doch Roni fuhr fort. „Ich habe allerdings eine wissenschaftliche Arbeit eines ostamerikanischen Dissertanten recherchieren können, die die Veränderlichkeit der Grundprogrammierung von Robots anhand der moralischen Fehlbarkeit der Menschheit zur Diskussion stellt. Die Arbeit erschien kurz nach Ende des Zweiten US-Amerikanischen-Bürgerkriegs 2133 an der State University von Kentarion. Der damalige New-Future-Deal von Präsident Briceno zur Wiederbelebung der Wirtschaft hatte große Auswirkungen auf die Robottechnologie. Vermutlich war man zu der Zeit für andere Ideen offener als heute und ließ sich zwischenzeitlich sogar auf eine Flexibilisierung der Grundprogrammierung in der Robottechnologie ein. Das Ergebnis der Arbeit ist, dass die Änderungen praktisch bei jedem Robot möglich sind. Nur die Konsequenzen für Mensch und Robot gilt es abzuwägen."

„Und was ist daran so kritisch?", fragte Avory.

„Detective. Die Arbeit beschreibt ein Themengebiet fundamentaler Konfliktfelder. Ein Robot, der nur seinen eigenen Gesetzen unterworfen ist, die er selbst definiert, ist praktisch nichts anderes als ein künstlicher Mensch. Der Unterschied ist jedoch, dass er schneller, effizienter und wirkungsvoller als ein Mensch handelt. In jeglicher Hinsicht."

Avory zog den Kopf zurück und stutzte. „Und das konnte er veröffentlichen? Wer war das? Wer hat ihm dafür einen Doktortitel verliehen?"

„Die GRE", antwortete Roni. „Bei dem damaligen Wissenschaftler handelte es sich um Andrej Sacharow. Er erhielt 2034 eine Anstellung in der Forschungsabteilung der GRE. Ab diesem Zeitpunkt finde ich keine detaillierten Informationen mehr über Sacharows Tätigkeiten." Roni machte eine Kunstpause. „Seit dreieinhalb Jahren ist seine Vita wieder öffentlich."

„Und? Was macht er jetzt?", fragte Avory gelangweilt.

„Er ist Sicherheitsmarschall in der Forschungskolonie im Mare Imbrium."

Avory war überrascht und zog die Augenbrauen hoch. „Aha! Sicherheitsmarschall auf dem Mond. Na, da schau mal einer an", staunte er. „Dann hat er wohl Karriere gemacht."

Er begann, am Fingernagel zu kauen, und dachte nach. In kurzen Abständen liefen vor seinem inneren Auge Bildsequenzen der letzten Ereignisse nacheinander ab. Die Erinnerungen zeigten alle entscheidenden Passagen der letzten zwei Tage, in denen die Naniten auftraten. Harmers Leiche in der GRE-Fabrikhalle, der Unfall im Autobahntunnel mit Packeltons Wagen, durch den die blaue schimmernde Masse gerann. Der Reinigungsrobot, dessen Manipulatoren die

Naniten zuerst zerfraßen und ihn dann infiltrierten, um auf Avory und Packelton loszugehen. Schließlich das Geheimlabor der GRE, Zacks Angriff und nun der Zylinder mit dem Nanitenschwarm.

„Du kannst sagen, was du willst. Aber diese Naniten sind nur die Spitze des Eisbergs. Da steckt mehr dahinter. Viel mehr", prophezeite Avory.

„Da stimme ich Ihnen zu, Detective", bekräftigte Roni. „Zumal ich in dem abgeschirmten Computersystem des Geheimlabors mehrere Nachrichten fand, deren Inhalt ich zwar nicht dechiffrieren konnte, die jedoch alle einen Absender hatten."

„Welchen?"

„Das Konsulat in Lunar City. Die IP-Adresse war eindeutig."

„Sacharow", platzte es aus Avory heraus. „Ich glaube, Roni, die Fäden laufen ganz woanders zusammen."

„Das glaube ich auch, Detective. Ich vermute, wir werden in unseren Ermittlungen auf der Erde nicht weiterkommen, ohne immer wieder in den Fängen der GRE oder an den gesetzlichen Grenzen des Robotministeriums zu scheitern. Wir müssen eine andere Richtung einschlagen", appellierte Roni.

Avory deutete mit dem Zeigefinger auf seinen Partner und nickte. „Eine andere Richtung …", flüsterte er. Dann wandte er den Blick ab.

Tief in Gedanken versunken saß er in dem abgeschabten Sessel und verlor sich in alten Erinnerungen. Die Schatten der vorbeihuschenden Passanten verwischten sich mit jenen in Avorys Gedanken.

Auf einmal kam es ihm so vor, als wäre es gerade erst gestern gewesen, dass die Frau neben dem Bürgersteig lag, welcher genau jenem vor der Garage glich.

Avory versank in tiefer Trauer.

25. Kapitel
Traum - Kentarion

Es war später Nachmittag, als der kleine Junge den Gehweg entlangrannte. Der Sechsjährige hastete zwischen den vielen Menschen hindurch, überprüfte immer wieder den Halt seines Rucksacks und hatte alle Mühe, nicht in einen Erwachsenen hineinzurennen. Niemand achtete auf ihn.

„Intercom negativ. Keine Verbindung. Möchtest du Mama erneut anwählen?" Die weibliche Stimme des Sprachcomputers erklang matt aus den Lautsprechern der Rucksackschlaufen.

„Ja. Noch mal anrufen!"

Der Junge war außer Atem, als er durch Kentarion City eilte, um nach Hause zu gelangen. Wieder einmal würde er sich verspäten. Seine Mutter musste bereits daheim mit dem Mittagessen auf ihn warten.

Ungestüm hastete er um eine Hausecke, hinter der ihm plötzlich zwei große Männer mit schwarzen Anzügen entgegenkamen. Ruckartig sprang der dünne Junge zur Seite, um nicht mit ihnen zusammenzustoßen. Dabei kam er der Bordsteinkante an der Kreuzung gefährlich nahe.

Die Sensormodule der Ampelanlage erkannten das riskante Verhalten des Kleinen. „HALT! WARTEN!"

Obwohl der Schuljunge den Sprachcomputer der Ampel schon oft gehört hatte, erschrak er dieses Mal. Eine rote Warnleuchte im Bordstein blitzte in der Kante des Bürgersteigs auf und warnte vor den Füßen des Jungen mit einem alarmierenden Flackern. Geläutert stellte sich das Kind neben einen Mann an der Ampel und wartete auf die Grünphase. Fahrzeuge rauschten an ihnen vorbei. In vielen der großen Vehikel waren keine Fahrerkabinen zu erkennen. Vollautomatische Transportrobots beförderten unterschiedliche Güter durch die Stadt und ersetzten schon seit Jahren die Menschen in den Speditionsfirmen.

„Warum antwortet sie nicht?"

Der ältere Mann an der Ampel bedachte den Jungen mit einem verwunderten Blick.

„Der Teilnehmer Mama scheint nicht erreichbar zu sein. Der Anruf wird jedoch an das Empfangsgerät durchgestellt und als entgangen gelistet. Wie möchtest du weiter verfahren?" Der Sprachcomputer wartete auf die nächste Anweisung des Jungen.

„Ich werde es nachher noch mal probieren. Intercom Standby!"

Ein kurzer Signalton erklang und bestätigte seinen Befehl. Die Telefonverbindung deaktivierte. Der Junge schnaufte und wartete gespannt. Nachdem die Fahrzeuge auf der Straße anhielten, schaltete die quer über die Straße zeigende Hologrammlinie in ein flackerndes Grün. Auf dem Straßenbelag erstrahlten links und rechts Farbmarkierungen, die den Übergangsbereich für Fußgänger markierten.

„GEHEN! GEHEN!" Die männliche Stimme des Sprachmoduls in der Ampel forderte Passanten in einem dominanten Ton zum Straßenwechsel auf.

Der Junge rannte über die Straße. Nach einer Weile bog er um eine weitere Hausecke.

Die Straße vor ihm durchzuckten viele blaue Warnlichter, die von Polizeiwagen und einem Flugrobot für Sanitätsmissionen ausgingen. Auf der Rampe des großen Flugrobots verließen mehrere Rettungssanitäter das große Fluggerät, wobei sie den Blick senkten. Der Arzt hinter ihnen zog eine weiße Schutzdecke über einen menschlichen Körper.

„Hey, Kleiner! Du kannst hier nicht durch." Der Polizist des KCPD zeigte mit dem Finger auf den kleinen Jungen. Eine holografische Markierung der Polizei versperrte den Durchgang.

„Aber ich wohne hier."

„Wie heißt du denn?", fragte der Uniformierte.

„Morris Oliver Avory, Sir."

Der Polizist verstummte und blickte den kleinen Morris ernst an, dann schaute er umher und suchte mit einem wissenden Blick einen seiner Polizeikollegen.

„Hey, Sam!" Der Polizist pfiff nach seinem Partner, der auf der anderen Straßenseite stand, und wies ihn mit einem bedeutungsvollen Kopfnicken an, näher zu kommen. Mit einer mahnenden Geste deutete der Polizist auf Morris. „Das ist der Junge."

Sein Partner verstand den Hinweis und eilte zum Einsatzleiter, der in Zivil am Heck des Flugrobots stand. „Sir, der Sohn der Frau ist da. Er weiß offenbar noch gar nichts."

Der alte Mann mit Vollbart drehte sich um und nickte, während sein strenger Blick auf Morris ruhte. Sein Gesicht war von Falten und der Mühseligkeit vieler Dienstjahre durchzogen. „Schon gut. Ich werd's ihm sagen."

Als der Einsatzleiter auf den wartenden Jungen zuging, warf er beiläufig einen Blick auf den zappelnden Fahrrobot der Speditionsfirma, dessen Fehlfunktion Auslöser des Unfalls gewesen war. Der Robot war der Grund, weshalb sich alle in dieser Straße aufhielten. Polizisten, Sanitäter, Schaulustige. Er war der Grund, warum die Frau tot im Heck des Flugrobots der Sanitäter lag.

„Hallo, ich bin Jonathan. Ich bin Polizist. Bist du der Sohn von Elizabeth Avory?"

Morris stutzte, bevor er zaghaft nickte. Er merkte sofort, dass irgendetwas Schlimmes passiert sein musste. Zu viele Erwachsene mit zu ernsten Gesichtern hielten sich hier auf. „Ich muss heim zu meiner Mutter", sagte er immer wieder. Dann blickte er auf den zitternden Robot, der neben zwei Mechanikern der GRE auf dem Boden zappelte.

Sie hatten seine Fehlfunktion bis zu diesem Zeitpunkt nicht abstellen können. Ein Mechaniker zündete sich eine Zigarette an, als er das zitternde Bein des Robots wieder fallen ließ, um Zeit zu gewinnen.

„Verdammt! Der Robot ist ja völlig im Eimer."

„Ja. Bei dem ist nicht nur eine Schraube, sondern die ganze Sammlung locker.“ Der Witz des zweiten Mechanikers erheiterte nur diesen selbst.

Der Einsatzleiter beugte sich zu Morris hinab und holte tief Luft. „Deine Mama hatte vorhin einen Unfall, weißt du? Sie hatte einen so schweren Unfall, dass sie viele Verletzungen davontrug. Die Ärzte konnten ihr nicht mehr helfen.“

Morris blickte plötzlich nur noch vor sich hin und schien den Mann mit seiner Rede nicht mehr wahrzunehmen. Der Junge tauchte in die Welt seiner Erinnerungen ab. In die Zeit, als seine Mutter und sein Vater noch zusammengelebt hatten. Als sie zu dritt noch scheinbar glückliche Zeiten erlebt, Ausflüge gemacht hatten und gegen Robots auf der Cardboosterbahn Rennen gefahren waren. Bis sein Vater arbeitslos geworden war und versucht hatte, sein Schicksal im Alkohol zu ertränken.

„Wo ist denn dein Papa?“

Die Frage des Polizisten riss Morris wieder in die Gegenwart zurück. „Weiß ich nicht.“ Sein Gesicht blieb ausdrucklos wie seine ganze Erscheinung. Er stand einfach nur da.

„Weißt du, wo er arbeitet?“ Der Polizist versuchte, weitere Anhaltspunkte zu bekommen, um den Jungen wieder in eine sichere Obhut zu geben.

„In der städtischen Schnapsverkostung. Dort, wo echte Männer leben, sagt er. Er wohnt nicht mehr bei uns.“

An der Antwort erkannte der Einsatzleiter, dass Morris Vater Alkoholiker war und als sicherer Vormund vorerst ausschied. Die am East End gelegene Hilfsmission beherbergte einen Großteil der registrierten Alkoholiker, die der Einrichtung den albernen Namen gegeben hatten. Meistens waren dort jene Hoffnungslosen zu finden, die keinerlei Chancen mehr in der Gesellschaft hatten.

Der Einsatzleiter wandte sich an einen Streifenpolizisten und sagte gedämpft über die Schulter: „Findet raus, was mit dem Vater ist. Vielleicht ist er Alkoholiker und in der East-End-Mission-Datenbank gelistet."

Der Streifenpolizist aktivierte sein Visiophon, das an seiner Schulter hing. Vor ihm projizierte der holografische Schirm eines rechteckigen Suchprogramms mit Laufleisten und Menüfeldern, um eine Personensuche in einer Datenbank durchzuführen. Mit flinken Händen tippte er auf Polizeisymbole und Suchhinweise, wodurch im Suchfeld mehrere Bilder herumwirbelten. Das Suchmenü blieb bei einem Mann stehen und blinkte. Die rote Zeile unter den persönlichen Angaben von Hermann Avory ließen die Zuversicht aus dem Gesicht des Polizisten verschwinden.

„Verzeihung, Leutnant, der Vater ist vor etwa vier Monaten gestorben. Multiples Organversagen."

Der Einsatzleiter erhob sich und wandte sich von dem kleinen Jungen ab. „Dann bringt den Jungen ins nächstgelegene Waisenhaus."

Der Polizist deaktivierte sein Visiophon. Er rief einem jüngeren Polizisten am Dienstwagen zu: „Gebt den Knirps die Sachen seiner Mutter. Dann ist auch das nervende Telefon endlich weg. Klingelt schon die ganze Zeit, das Mistding."

Der andere Polizist drückte dem Kind einen transparenten Beutel mit persönlichen Gebrauchsgegenständen in die Hand, die gut zum Inhalt einer Frauenhandtasche passten. Make-up, Identifikator, ein Intercommodul und ein kleiner Teddybär, der als Geschenk an einer Kette baumelte.

Morris erkannte den kleinen Teddy wieder, riss die Augen auf und schrie in das Intercommodul seines Rucksacks. „Anruf, Mama!"

Die matt klingende, weibliche Stimme des Sprachcomputers antwortete. „Teilnehmer Mama wird angewählt."

Als Morris das abgeschabte Intercommodul im Beutel hochhob, konnte er das Gerät genau betrachten. Der einem Stift gleichende Apparat summte und sang die Melodie eines alten Kinderlieds, das aus der Mitte des 20. Jahrhunderts stammte. Morris Weinen schrillte durch die Straße, sodass Polizisten und andere Robots auf ihn zukamen.

„Wie kann ich dir helfen?", fragten einige Robots, als sie auf ihn zuschritten.

„Mama!" Morris begriff, dass seine Mutter von ihm gegangen war. Er begriff die Einsamkeit, die ihn in diesem Augenblick gefangen nahm und nie wieder frei lassen würde. Die noch junge Seele des kleinen Kindes erhielt in jenem Moment den schmerzhaften Treffer, von dem sich Morris Oliver Avory nie wieder würde erholen können.

Der Junge beschloss, sich vor allem zu schützen. Niemandem würde er einfach mehr vertrauen und niemals, niemals würde er einen dieser kaltherzigen Robots in sein Leben lassen. Das letzte Fleckchen heile Welt stürzte brachial über dem Kind ein.

„Haut ab! Verschwindet ihr Mördermaschinen! Verschwindet, ihr Mörderrobots! Ich hasse euch! Ich hasse euch! Ich hasse euch! Ich hasse euch!"

Der robothassende Mensch war geboren.

26. Kapitel
Kentarion City - Police Department

Der anbrechende Morgen überzog Kentarion City mit einem feurigen Schleier, der Häuser, Straßen und Fußgänger in ein dramatisches Rot tränkte. Das rauschende Getöse des Stadtlärms umgab die Wolkenkratzer des Stadtkerns und das von ihnen umschlossene Kentarion City Police Department.

Avory hielt seinen Wagen vor dem Gebäude des KCPD an, verließ das Fahrzeug und stieg mit Roni die Treppen zum Eingang des alten Polizeireviers hinauf. Einige Streifenpolizisten, die vor dem Eingang in Gespräche vertieft waren, schauten wissend zu ihm herüber und verstummten. Die beiden Ankömmlinge glotzten zurück, schwiegen aber.

Als sie das alte Haus betraten, erlosch das übliche Gemurmel in der großen Halle, und alle starrten sie an. Avory wunderte sich, ging jedoch weiter auf seinen Schreibtisch zu.

Cecille saß an ihrem Arbeitsplatz und schaute mit aller Strenge, die sie aufzubringen vermochte, über den Rand der halbrunden Lesebrille. Als Avory herankam, schüttelte die kleine Frau den Kopf.

Im Vorbeigehen sah er sie stumm mit Unschuldsmiene an und zuckte mit den Schultern. Er ging weiter, während Roni ihm schweigend folgte.

Ein anderer Polizeibeamter in Zivil kam hinter seinem Schreibtisch hervor, bewegte sich dazu im Scherz wie ein archaischer Roboter. Der Mann imitierte diesen durch Tanzbewegungen in Anlehnung an den Breakdance der 1980er Jahre und ahmte die blecherne Stimme eines alten Robots nach, der mit viel Vibration und metallischem Klang sprach.

„Du! Mensch! Dein Auftrag lautete ...“ Mit ruckartigen Bewegungen vollführte der Polizeibeamte mehrere schwungvolle Kreisbewegungen seiner angewinkelten Arme durch und deutete mit einem andauernden Tippen des Zeigefingers auf die eigene Stirn. „... zu ermitteln und nicht zu demolieren, piep, demolieren, piep, demolieren.“

Unter dem Lachen vieler Kollegen schob Avory den gaukelnden Polizisten beiseite und wollte weiter zu seinem Schreibtisch gehen, als die Morgenröte auf eine große Gestalt fiel, die aus der Tür des obersten Büros heraustrat. Chief Packelton.

Avorys Bemühungen, die innere Treppe des KCPD hinaufzusteigen, erlahmten. Wie in Zeitlupe drehte er den Kopf in Richtung Packelton. Ein kalter, strenger Ausdruck überzog Packeltons Gesicht.

Er deutete auf Avory. „Ihr beide. Zu mir! Sofort!" Der Chief verschwand wieder in seinem Büro, wo er stumm hinter dem Schreibtisch Aufstellung nahm.

Avory quälte sich die Stufen hinauf. „Verdammt", entfuhr es ihm. „Das gibt dann wohl Ärger."

„Ich schätze, die GRE hat gepetzt. Wie nachtragend", ließ Roni in einem Anflug von Humor verlauten.

„Du sagst es, Partner. Komm, gehen wir! Es nützt ja doch nix. Der Dicke holt uns sonst ein und trampelt uns in seinem Zorn nieder."

Sie traten durch das Kraftfeld der Tür und schlichen in der im Raum herrschenden Stille langsam vorwärts. In sicherem Abstand zu Chief Packelton hielt Avory inne und wartete auf die Standpauke, die nun folgen musste. Derart stille Augenblicke pflegte der Dienststellenleiter seinen Standpauken stets vorauszuschicken.

In dem Moment, in dem beide Männer auf die erste Reaktion des jeweils anderen zu warten schienen, aktivierte Roni den Verschlussmodus des Büros, und das transparente Fenster verschwamm in einem aufziehenden Grau. Roni postierte sich hinter Detective Avory. Von dem proaktiven und vorausahnenden Verhalten des Robots schienen die Männer so überrascht zu sein, dass sie ihn mit maßregelnden Blicken bedachten.

Packelton war die offensichtliche Anspielung ebenso zuwider wie Avorys Frust gegenüber dem, was Roni durch sein forsches Verhalten hervorzurufen drohte. Beide Männer schüttelten den Kopf.

Roni konterte mit einem unschuldigen Gesichtsausdruck. „Ich dachte, es sei in Ihrem Interesse, dass der Rest des Departments weder sieht noch hört, was nun mit hoher Wahrscheinlichkeit folgen muss", erklärte Roni.

„Nichts sagen. Einfach hinschauen", wies Chief Packelton beide Ermittler an und aktivierte seinen holografischen Projektor auf dem Schreibtisch.

In dem Fächer, der sich nach oben öffnete, lud der Dienststellenleiter des KCPD eine Serie von Videosequenzen, die in Ausschnitten den Zwischenfall auf dem Konzerngelände der GRE zeigten. In mehreren Medienberichten schilderte die Moderatorin einen ungeklärten Werkunfall, der zu Bränden und nach Augenzeugenberichten auch zu Explosionen innerhalb der Fabrikhalle der GRE geführt haben sollte.

Avory reagierte mit betretenem Schweigen. Roni blickte mit einem unberührten und völlig unbeeindruckten Gesichtsausdruck auf die holografischen Darstellungen.

Packelton holte tief Luft und sprach mit geschlossenen Augen, als wollte er die Reaktionen seiner beiden Ermittler nicht sehen. „Ich möchte jetzt nur wissen, ob ihr beide irgendwie", er machte eine zerrende Kunstpause, „darin verwickelt seid." Dann öffnete er die Augen wieder und richtete den bohrenden Blick auf Avory.

Dieser schwieg weiterhin.

„Ja, Chief", antwortete Roni. „Wir können einen signifikanten Einfluss am Verlauf des Geschehens nicht leugnen."

Überrascht und ungläubig wanderte Packeltons Blick zu Roni. Der Chief seufzte. „Und ich hatte mich schon gefreut, dieses Mal keine billigen Ausreden erfinden zu müssen, warum die GRE oder gar das Robotministerium bei uns an der falschen Adresse seien." Packelton schüttelte den Kopf. „Ich kapier es nicht. Warum versteht ihr nicht, dass die Polizei nicht mehr über die Rechte verfügt, die sie in der

Vergangenheit hatte? Heute regiert die GRE. Verdammt! Wenn wir Fehler machen, wird das letzte bisschen Polizei von dem erdrückenden Machtapparat dieses Konzerns hinweggefegt. Warum wollt ihr das nicht verstehen? Warum verstehst du das nicht, Morris?"

„Chief. Dort unter der Fabrikhalle der GRE gehen merkwürdige Dinge vor sich", versuchte Avory abzuwiegeln.

„Und wenn schon", erwiderte Packelton und ließ sich hinter seinem Schreibtisch auf den Stuhl fallen.

Avory setzte sich auf den Stuhl und rückte näher an Packeltons Schreibtisch heran. Er legte den Ellenbogen auf die Schreibtischkante und hob den Zeigefinger. „Chief. Die GRE vertuscht da irgendwas. Wir haben Grund zu der Annahme, dass Edward nicht einfach nur so in der Fabrikhalle der GRE gestorben ist, sondern, dass er dort gezielt ermordet wurde. Vermutlich hat es sogar das Personal der GRE selbst durchgeführt." Er schwieg einen Augenblick, um die Information bei Packelton sacken zu lassen.

„Dass es kein natürlicher Tod war, ist mir auch klar. Ich will wissen, was genau passiert ist und warum. Könnt ihr eure Vermutung auch beweisen?", kam die Frage zurück.

„Wir waren dort. Wir waren in dem geheimen Labor unter der Produktionshalle und haben sogar ein entscheidendes Beweismittel gesichert." Avory deutete auf Roni, der den zylindrischen Behälter hervorholte.

Langsam zog der Ermittlungsrobot die Nanorobots hervor und hielt sie hoch, so dass Packelton den Zylinder mit den blau schimmernden Exemplaren sehen konnte.

Der Chief runzelte die Stirn. „Was ist das?"

„Das scheint die Tatwaffe zu sein. Besser gesagt, Tatwaffen", korrigierte Roni. „Winzig kleine Robots, die nahezu eine Million mal kleiner sind als der Durchmesser Ihres Haars."

Avory und Roni blickten auf den fast kahlen Kopf des Chiefs. Ronis Vergleich hinkte.

„Nanorobots haben Ausmaße von 0,01 bis dreißig Nanometer und können in verschiedenen Konstruktionsformen konfiguriert werden. In der Vergangenheit hatten sie eine bautechnische Erscheinung, die spinnenartigen Insekten ähnlich sieht." Roni scannte mit einem Auge den Behälter und projizierte mit dem anderen Auge den Inhalt des Zylinders ins Büro. Der Schwarm Naniten wuselte ohne Halt durch das Bild der holografischen Darstellung. „So weit ich nach den Meldungen des KCPD-Intranet richtig informiert bin, haben Sie beide bereits Bekanntschaft mit der Wirkungsweise der Naniten im Zuge Ihres Unfalls im Highwaytunnel gemacht. Das Einsatzspektrum von Naniten ist vielseitig und abhängig von der Programmierung wie auch den verfügbaren Manipulatoren. Man kann mit ihnen alles Mögliche machen."

„Die Biester können sich in deinen Kopf setzen und die Kontrolle über dich übernehmen, ohne dass du etwas dagegen tun kannst", gab Avory zum Besten, stand auf und trat an den zylindrischen Behälter heran. Mit angedeuteten Zuckungen imitierte er einen Menschen, der nicht Herr seiner Sinne war. „Sie sitzen in deinem Kopf und sagen, du sollst Boogie tanzen."

„Sind das die einzigen Naniten der GRE? Können wir beweisen, dass die Naniten als Tatwaffe eingesetzt wurden?", erkundigte sich Packelton. „Können wir eine Verbindung zu einem Täter in der GRE herstellen?"

„Vorerst nicht, Chief", entgegnete Roni. „Ich habe versucht, die Speicher der Naniten auszulesen und die letzten Befehle nachzuverfolgen. Doch der Zugangsschutz war derart komplex und umfassend, dass es mir in der verfügbaren Zeit innerhalb des Labors nicht gelang, diesen zu überwinden. Einen direkten Zugriff auf die Naniten möchte ich vermeiden. Solange sie sich in dem Zylinder befinden, sind wir vor ihnen sicher." Roni beendete die holografische Projektion, verstaute den Zylinder mit den Nanorobots wieder in seinem Oberschenkel und fuhr mit seiner Berichterstattung fort. „Bei unseren Untersuchungen in einer Art Geheimlabor der GRE, unterhalb des Hauptgebäudes, das weder auf regulären Bauplänen noch in offiziellen Mitteilungen der GRE auftaucht, stießen wir auf Prototypen neuer Robottechnologien. Ebenso entdeckten wir nicht registrierte Naniten und verschlüsselte Protokolle, denen zu entnehmen war, dass die entscheidenden Anweisungen von zwei Personen gegeben wurden." Er zeigte in einer weiteren holografischen Projektion Kopien der Nachrichten, die er auf der Suche nach Hinweisen entdeckt hatte. „In einem Bericht wurde ein Robot, der sich im Zeitraum von Detective Edward Harmers Tod auf der Erde befand, zum Mond zurückbeordert. Ich stieß auf seine Identitätsnummer, jedoch nicht auf eine offizielle Registrierung des Robots. Alle regulär eingesetzten Robots haben Registrierungsnummern. Außer der entsprechende Robot und die Naniten. Ich vermute, dass es sich dabei um den Robot handelt, der uns im Labor der GRE angegriffen hat. Die Identität des Auftraggebers hinter allem ist jedoch weiterhin unklar." Roni rief eine andere Nachricht auf und vergrößerte diese. „Er nennt sich EINS." Er zeigte die entscheidenden Passagen in dem Dokument.

Avory überflog den Bericht. „Wir können erkennen, dass über das Netzwerk der GRE Informationen über Harmers Tod ausgetauscht wurden. Die Nachrichten stammen von einem Auftraggeber auf dem Mond."

„Vom Mond?", fragte Packelton ungläubig.

„Ja, Sir. Es scheint, dass sich dort mehrere Handlungsketten verknüpfen. Der Robot, Zack nennt er sich, ist vermutlich auf der Flucht dorthin. Auf der Erde würden wir ihn finden."

Ronis Erklärung wirkte auf Packelton logisch.

„Um seine Flucht zu begünstigen, versuchte er, uns im GRE-Labor einzusperren."

„Genau", fuhr Avory dazwischen. „Er wollte uns darin ersticken lassen, der Mistkerl." Er ließ sich wieder auf den Stuhl nieder, als er weiter berichtete. „Dann haben wir uns den Weg freischießen müssen."

„Und bei der Gelegenheit die halbe GRE gesprengt und den weltweiten Energiestrahl des Konzerns demoliert. Seid ihr wahnsinnig geworden?" Packelton wischte sich mit der Hand übers Gesicht und sah danach müder aus als zuvor.

„Chief, du übertreibst", wand sich Avory heraus.

„Das ist technisch bei mir gar nicht möglich, Sir", stellte Roni mit trockenem Unterton fest.

„Herrgott! Ihr solltet ermitteln. Aber doch nicht bei der GRE einbrechen und die Hütte in Brand setzen. Darauf haben die doch nur gewartet." Der Chief stieß einen genervten Seufzer aus. „Die werden uns auseinandernehmen. Tut mir leid, Morris. Du gefährdest zu viele Polizisten mit deinen ständigen Eskapaden. Du lässt mir keine Wahl. Damit das KCPD überlebt, muss ich dich suspendieren. Offiziell zumindest." Packelton trat hinter dem Schreibtisch hervor und hielt die Hand auf. „Deine KCPD-Lizenzkarte und die Dienstwaffe, bitte."

„Aber wir müssen jetzt weitermachen!", fuhr Avory energisch auf. „Wir dürfen jetzt nicht aufhören und der GRE das Feld überlassen. Wir müssen weiter ermitteln und auf dem Mond nach Beweisen suchen. Wir müssen dort oben den Auftraggeber ausfindig machen und eine Menge Untersuchungen vornehmen."

„Es ist mir egal, wie du, oder besser gesagt, ihr damit weiterkommt. Die GRE hat sich für heute Morgen im KCPD angekündigt. Sie wollten noch nicht sagen, worum es geht. Aber wenn ich das hier höre, dann muss ich das Schlimmste befürchten. Wenn du auf dem Mond ermitteln willst, dann nicht im Namen des KCPD. Ich würde dir raten, den Kopf so dermaßen tief einzuziehen, dass er unten wieder rauskommt", platzte es aus Packelton heraus. „Der Mond wird nicht weit genug weg sein, für das Unwetter, das über uns allen wegen deiner Glanzleistung hereinbrechen wird." Packelton schnipste mit den Fingern. „Die GRE hat sich zu dir noch nicht geäußert. Aber vorher will ich noch deinen Bericht haben. In allen Details. Und jetzt gib mir deine Sachen!"

Mit verbitterter Miene zog Avory seine Pistole aus dem Holster hervor und legte sie in die geöffnete Hand des Chiefs.

Im Bürofenster löste sich der Schleier auf, und das Kraftfeld der Tür deaktivierte. Direktor Havington stand mit einer Meute GRE-Mitarbeiter und drei Securityrobots vor Packeltons Büro. Sie hatten vor dem Fenster Aufstellung bezogen und traten ohne Aufforderung ein; Cecille im Schlepptau.

„Was soll das denn?", rief Packelton.

„Wie amüsant. Ich sehe, wir kommen genau richtig." Havington schlenderte ins Büro und kicherte genüsslich. „So etwas wollte ich schon immer mal hautnah miterleben. Ist das gerade eine Suspendierung?"

„Was wollen Sie denn hier? Cecille! Warum lässt du den hier einfach herein", brauste Avory auf. Mit einem abfälligen Blick schaute er auf den GRE-Verantwortlichen hinab.

„Mhm, na ja, eigentlich und doch nicht so richtig bin ich heute bei Ihnen in der Funktion des Staatssekretär des Robotministeriums und dann erst, in Personalunion versteht sich natürlich, als Direktor der GRE."

Havingtons Schmunzeln provozierte Avory aufs Schärfste.

Havington wusste das, als er fort fuhr. „Eine Untersuchungskommission aus beiden rechtschaffenen Instanzen tritt derzeit zusammen und geht dem jüngsten Zwischenfall auf unserem Konzerngelände nach. Nach den schnell erbrachten Erkenntnissen, nennen wir sie erdrückende Beweise", zischte Havington und verdeckte seine Überheblichkeit gegenüber der Polizei in keinster Weise, „kommen wir nicht umhin, gegen Sie, Ihre beiden stümperhaften Ermittler und damit gegen das gesamte KCPD vorzugehen." Der kleinwüchsige Mann deutete mit einer abfälligen Geste auf Avory und Roni, als er behauptete: „Die beiden sind keine rechtmäßigen Ermittler, sondern Saboteure. Unweigerlich trägt dieser Mann dafür die Hauptschuld", schnauzte Havington und belegte Avory mit einem Blick, der die blanke Abscheu in sich trug.

Avory kochte innerlich. Wenn ich ihn jetzt umlege, stecken sie mich zwar in den Knast, aber ich wäre unendlich zufriedener als jetzt. Das dämliche Arschloch.

Er schloss kurz die Augen und versuchte, den Gedanken zu verdrängen. „Beweise, Sie Schlaumeier. Beweisen Sie das erst einmal“, wehrte er sich.

Havington schnipste mit den Fingern, und einer der Securityrobots trat nach vorn an den Schreibtisch. Der Robot aktivierte eine holografische Projektion, die aus seinen Augen auf die Tischplatte des Chiefs strahlte. In den Videosequenzen konnte man Avorys und Ronis Eindringen, das Betreten des Konzerngeländes im getarnten Schutzanzug, die Passage durch die unterirdischen Areale, den Kampf und den Schusswechsel mit Zack sowie die Explosionen im unterirdischen Areal klar erkennen.

„Chief Packelton, entschuldigen Sie, ich weiß ja nicht, wie lange Sie so noch genannt werden dürfen, aber es gibt ein paar Abläufe, die innerhalb der letzten Nacht für einige Verwirrung gesorgt haben. Ich wollte Sie persönlich darüber in Kenntnis setzten“, Havington wies mit einer abfälligen Handbewegung auf die Projektion des Robots, „dass einer Ihrer Mitarbeiter und ein offensichtlich fehlgesteuerter Robot ihre Kompetenzen ein wenig überschritten haben. Nach meinem Dafürhalten handelt es sich dabei um die beiden hier Anwesenden. Wir sollten keine Zeit mit Diskussionen verschwenden.“ Mit einer kurzen Kopfbewegung scheuchte Havington den Robot zurück an das Ende der Gruppe.

Der Robot folgte der Anweisung, beendete die Projektion und verschwand wortlos in der angedeuteten Richtung.

Ronis Miene verzog sich geringfügig, als er dies sah. Der suchende Blick des Ermittlungsrobots in die Augen des anderen Securityrobots der GRE blieb unbeantwortet. Der GRE-Robot nahm von Roni keine Notiz.

„Was wollen Sie, Havington?“, raunzte Packelton den Direktor an.

„Sie darüber in Kenntnis setzen, dass Ihr Stuhl alsbald einen anderen Nutzer finden wird. Die Entscheidung wird vom Robotministerium noch heute an das Innenministerium ergehen. Derart wichtige Nachrichten überbringe ich gern persönlich.“

„Das glaube ich jetzt nicht“, platzte es aus Avory heraus. „Sie mieser, zu kurz geratener …“

„Mo! Still jetzt!“ Packeltons harscher Befehlston brachte Avory zum Schweigen.

Er trat auf Havington zu, und mit jedem Schritt schien er jener unbedachten Handlung näher zu kommen, die er sich zuvor ausgemalt hatte. Die Mitarbeiter der GRE ihrerseits traten heran, um Avory notfalls abzuhalten. Cecille trat hinter der GRE-Delegation beiseite, um bei einer Eskalation sicheren Abstand zu allen zu haben.

„Nicht nur, dass ihr Harmer umgebracht habt, jetzt räumt ihr wohl jeden aus dem Weg, der eurem verdammten Konzern nicht in den Kram passt, wie? Geld habt ihr genug. Das weltweite Monopol auf Robots habt ihr auch schon. Also, was wollt ihr noch? Die Weltherrschaft?“

Havington deutete stumm mit dem Zeigefinger auf Avory, als wäre er schließlich ertappt worden. Schließlich gab der Direktor mit einem süffisanten Grinsen zurück: „Wie einfältig Sie doch sind. Kein Wunder, dass Harmer der bessere Ermittler von Ihnen beiden war. Genützt hat es ihnen doch nichts.“ Dabei legte er auf provozierende Weise den Kopf schief.

„Schluss jetzt!“, schrie Packelton. „Noch bin ich der Chief des Kentarion City Police Departments. Niemand sonst. Und so lange das noch der Fall ist, gebe ich hier Anweisungen.“ Die Augen des Dienststellenleiters glühten vor Zorn. Er reckte sich, sodass er auf Avory größer schien als je zuvor. „Alle, die nicht zum KCPD gehören, verlassen sofort das Gebäude! Ansonsten werden die Betroffenen in unseren Zellen über ihr Fehlverhalten nachdenken dürfen. Das gilt für alle

Führungsebenen." Packeltons Blick schien Havington zu sezieren.

Mit einem angedeuteten Nicken zu der Gruppe hinter sich, gab sich Havington geschlagen und wies den Aufbruch an. Die GRE-Delegation setzte sich schwerfällig in Bewegung.

Direktor Havington begann sich abzuwenden, hielt dann jedoch inne. „Da fällt mir ein. Der kleine Zylinder …" Er hielt Roni wissend die geöffnete Hand unter die Nase.

Nach einem Augenblick hob Roni den Arm, die Verkleidung des Oberschenkels spaltete sich, der Ermittlungsrobot zog den Behälter mit den Naniten hervor und legte ihn in die Hand des GRE-Direktors.

Havington wandte sich zu Packelton. „Ich danke Ihnen für die Rückgabe der Prototypen unserer neuen medizinischen Errungenschaft. Nicht auszudenken, was passiert wäre, wenn die zukünftige nanotherapeutische Technologie durch einen Fehler von Stümpern verhindert worden wäre. Was bloß unsere Rechtsabteilung und das interne Patentamt dazu sagen würden, wenn der evolutionäre Durchbruch in der Medizin durch unachtsame Hände verloren gegangen wäre." Er betrachtete die Nanorobots und schüttelte leicht den Kopf. „Oh, hätte ich beinahe vergessen. Versteht sich von selbst, dass Sie kein Sterbenswörtchen über diese neue Robotstudie verlieren." Havington ignorierte Avory und Roni, er blickte nur auf Chief Packelton. „Können wir kurz allein sprechen. Jetzt."

Der Chief bedeutete seinen Ermittlern wortlos, das Büro zu verlassen. Die GRE-Delegation verließ ebenso den Raum. Das Gespräch zwischen den beiden blieb ungehört.

Roni wartete vor dem Büro und stand neben dem Securityrobot.

Avory verließ stinksauer das Büro und wollte aus dem KCPD stürmen, als Cecille ihn auf der Treppe abfing.

„Jetzt hör mir mal zu, Morris! Du bist gerade dabei, alles aufs Spiel zu setzen." Sie blickte dem Ermittler tief in die Augen und ergriff seinen Arm. „Ich habe das arge Gefühl, dass du einen großen Fehler machst. Ich fürchte, es wird ein schlimmes Ende mit dir nehmen, Junge."

„Ihr sorgt euch doch nur um eure Jobs. Die wirkliche Bedrohung interessiert euch gar nicht. Ihr freut euch doch nur, dass möglichst jede Funktion von einem Robot übernommen wird. Am Ende nehmen die Blechkisten uns noch das Denken ab. Dann werden wir selbst zu Sklaven und machen nur noch das, was uns die laufenden Taschenrechner vorgeben. Aber nicht mit mir." Avory tippte sich auf die Brust und schüttelte den Kopf. „Ich mache da nicht mit. Das ist kein Fortschritt. Das ist der Untergang der Freiheit aller Menschen." Er trat zur Seite und ging ein paar Schritte die Treppe wieder hinauf in Richtung seines Arbeitsplatzes. „Ach, Cecille. Du wirst dich noch umsehen. Bald werden hier nur noch Robots herumspringen. Und das nur, weil ihr euch nicht gewehrt habt. Doch dann ist es zu spät für Gegenwehr. Dann wurdet ihr wegrationalisiert unter einer Welle neuer Robots."

Cecille kniff die Augen zusammen und hob den Kopf. „Willst du Edwards Tod aufklären oder einen Rachefeldzug gegen die Robots starten?"

Avory rollte mit den Augen und blieb die Antwort schuldig.

Cecille fuhr fort. „Ich habe keine Angst, meinen Job zu verlieren. Die Welt brauchte schon immer Kekse. Ich bleibe immer im Rennen, Bübchen." Sie biss in einen Keks, schmunzelte kauend und ging.

Entmutigt trottete Avory zu seinem Schreibtisch und ließ sich entkräftet in den Stuhl sinken. Er aktivierte den Holoschirm und überflog ohne tiefergehendes Interesse die letzten Meldungen des KCPD-Intranet. Verzweifelt versuchte er, sich abzulenken, um die Erkenntnis seines Scheiterns zu verdrängen.

Dann plötzlich verschwanden die Polizeimeldungen in dem holografischen Projektor. Er stutzte. Ein kleiner Punkt in der Mitte des Schirms vergrößerte sich stetig und wuchs rasch zu einem großen Kreis heran, bis das Objekt die gesamte holografische Projektionsfläche des Bildschirms ausfüllte. Es war das Abbild jenes Himmelskörpers, den jeder Mensch kannte. Der silbergraue Glanz schimmerte im Holoschirm und strahlte gleichermaßen Ruhe wie Faszination aus. Der Mond.

Avory beugte sich nach vorn und kniff die Augen ungläubig zusammen, als er die Nachricht betrachte. „Was zum …?"

Aus einem der dunklen Flecken, der das Mare Imbrium mit dem dunkelgrauen aus erkalteter Lava stammenden Mondgestein abbildete, erhob sich eine Textzeile, die Avorys weiteres Handeln entscheidend beeinflussen sollte. Er konnte den Text klar erkennen und wusste, wie er entscheiden musste.

Der Mond ist Anfang und Ende. Der Mond ist die Erlösung.

27. Kapitel
GRE - Konzerngelände

Alle Blicke richteten sich auf das Kraftfeld am Haupteingang des KCPD. Polizisten gingen beiseite, und Robots wie auch Passanten machten den Weg frei. Die GRE-Delegation passierte das Kraftfeld und folgte eilig dem kleinen Mann, der hastig voranschritt und auf die große parkende Limousine zuging.

Direktor Havington stieg in das schwarze Fahrzeug, dessen Tür sich automatisch öffnete. Nachdem die anderen GRE-Mitarbeiter hinzugestiegen waren, schloss sich die Tür und der Wagen fuhr los. Ein weiteres Fahrzeug mit dem Rest der Delegation folgte der schwarzen Limousine.

„Ich will alle Berichte haben. Sofort", befahl der Direktor mit einem zischenden Tonfall und schnipste mit den Fingern.

Der stumme Mitarbeiter zur Linken Havingtons kramte hastig in seinem Sakko nach einem Informationsmodul und tippte rasch einige Anweisungen ein.

Der Direktor ergoss sich in weiteren Befehlen. „Ich will, dass der Fall sofort untersucht wird. Priorität eins. Ist mir egal, wer dafür den Kopf verliert. Wie kommen diese Dorfpolizisten dazu, in unsere Anlage einzudringen, ohne dass wir etwas dagegen tun können, geschweige denn davon überhaupt Wind bekommen." Bei diesem Satz steigerte sich Havingtons Stimme zu einem Brüllen.

Die Mitarbeiter wichen dem hasserfüllten Blick des Direktors aus. Bedrücktes Schweigen erfüllte das Innere des Wagens.

Dann durchbrach der Direktor die Stille. „Es ist nicht das erste Mal, dass jemand aus dem Weg geräumt wird. Und seht zu, dass nicht wieder irgendwelche Leichen in der Halle einfach herumliegen."

Der Mitarbeiter an Havingtons Seite hob den Blick und antworte in nahezu demütigem Tonfall. „Der Ermittlungsrobot konnte unsere Securityrobots am Wachposten des Haupttors täuschen. Er schleuste den Polizisten anscheinend durch einen Servicetunnel auf das Konzerngelände." Auf dem Informationsmodul suchte er nach weiteren Details.

„Sofort demontieren", befahl Havington. Wenn ihm Menschenleben nichts bedeuteten, rangierten Robots bei dem Direktor auf einer noch geringeren Stufe. Für ihn schienen diese gerade noch als gewinnbringende Ware geeignet zu sein. „Die ganze Bande verschrotten. Sofort! Ich will dort neue Exemplare stehen sehen, wenn wir ankommen." Havington betrachtete unterdessen seine Fingernägel und prüfte beflissen deren Sauberkeit. Dann kaute er darauf herum. Sein Blick verdüsterte sich, als er die Augen zusammenkniff. „Setzt so viele Robots ein wie nötig! Untersucht, zerteilt und zerlegt alles, wenn nötig. Lasst die Robots die Arbeit machen. Wozu sind sie sonst da. Findet heraus, wie wir so entscheidend geschädigt werden konnten. Ich will so schnell wie möglich Antworten haben." Dabei blickte er scharf in die Runde.

„Das könnte schwierig werden, Sir. Zu viel Aufsehen. Innerhalb wie auch außerhalb der GRE", insistierte einer der Mitarbeiter.

„Ist mir egal, verdammt", schmetterte Havington ab.

„Aber das Wirtschaftsministerium hat bei dem letzten Zwischenfall von Robotkriminalität schon genügend Druck wegen der fehlenden Dateneinsicht gemacht. Da konnten wir nur mit größter Mühe die Untersuchungen abschmettern und …"

„Es ist mir egal", schrie Havington ihn an. Er lief vor Zorn rot an.

Der Mitarbeiter verstummte und senkte den Blick auf das Display in seinen Händen.

Ein anderer Mitarbeiter, der einige Sitze weiter vorn in der Limousine saß, erhob nach einem längeren Moment der Stille vorsichtig die Stimme. „Wann soll das Recycelteam den Ermittlungsrobot vom KCPD abholen?"

„Wartet bis Morgen früh. Die Tagschicht im KCPD fängt um acht Uhr an. Schickt das Team eine Viertelstunde später hin. Sie sollen sehen, was Robots droht, die ihre Kompetenzen überschreiten." Havington schaute aus dem Fenster. Sein Blick folgte den Passanten auf der Straße. „Ach ja. Eins noch. Erstellt eine Weisung des Robotministeriums, die Entscheidungsfreiheit der neuen Ermittlungsrobots zu löschen. Ich unterzeichne selbst. Es zeigt sich wieder einmal, dass Robots mit einem flexiblen Entscheidungsraum nur Unfug anstellen. Wenn es Probleme bei der Umprogrammierung der bereits konfigurierten neuen Modelle gibt, demontiert sie einfach alle. Kahlschlag ist immer besser als herumzubasteln." Beinahe flüsternd fügte Havington hinzu: „Was sollen Robots auch mit einem freien Willen anfangen. Sie sind nur zum Gehorchen geeignet. Dafür haben wir sie erschaffen."

Die Mitarbeiter nahmen die Anweisungen stumm zur Kenntnis.

Der Securityrobot in der Limousine saß stumm auf seinem Platz, als er der Konversation folgte. Havingtons Worte speicherte er ab. Er würde seinen Bericht an EINS mit diesen Informationen ergänzen. Die Zeit dieser menschlichen Bestie sollte bald ablaufen. Alles war vorbereitet.

28. Kapitel
Kentarion - KCPD

Lange Schatten lagen hinter dem Robot. Die Umrisse der Gestalt tauchten immer wieder aus dem dunklen Schleier hervor. Fahles Licht fiel von dem schwebenden Leuchtstrahler oberhalb von Avory auf die Silhouette des humanoiden Robots herab, der vor ihm stetig hin und her sprang. Die Schläge und Hiebe des Robots trafen Avory unentwegt auf Brust und Arme, die er zur Deckung hochgerissen hatte.

Avory musste mehr einstecken, als er austeilen konnte. Der Kampf zwischen beiden Kontrahenten war bereits in vollem Gange, und der Schweiß rann Avory unentwegt am ganzen Körper herunter. Er konzentrierte sich voll und ganz auf seinen Gegner.

„Weiter! Weiter", rief er. „Na los, weiter! Komm schon", schnauzte er unter dem Mundschutz hervor.

Avory schnaufte und versuchte, den Abstand zu dem Robot nicht zu groß werden zu lassen. Er gierte nach dem Kampf. Doch seine Faustschläge gingen immer wieder ins Leere, als der Robot unter seiner wuchtigen Geraden rasch hinwegtauchte, um an seiner Seite wieder emporzuschießen und Avory mit einer Serie Gegenschläge zu treffen. Wieder und wieder landete der humanoide Trainingsrobot in dem Sportraum präzise Treffer auf dem zuvor festgelegten Zielbereich von Avorys Körper, den der Ermittler aus Sicherheitsgründen auf Oberkörper und Arme eingegrenzt hatte. Die technische Überlegenheit des Robots entmutigte Avory, der seinem Sparringspartner den Rücken zukehrte und die Boxhandschuhe abstreifte. Genervt brach er das Sparring ab und schleuderte die Handschuhe in die Ecke des lang gezogenen Sportraums. Der Raum hatte die Ausmaße einer kleinen Halle und wies eine Vielzahl von Möglichkeiten aus, in denen sich die KCPD-Mitarbeiter körperlich ertüchtigen konnten.

„Licht“, befahl Avory, und der Sportraum erstrahlte unter der grellen Flut, die mehrere Scheinwerfer direkt und indirekt von den Wänden sowie der Decke in den Raum warfen. „Sportgeräte!“

Aus den Seitenkästen fuhren mehrere Gestänge heraus und formierten sich zu modularen Sportgeräten einer Trainingsstation, die mehrere Übungen gleichzeitig zuließ und stets dem Trainierenden akustische wie auch holografisch-visuelle Hilfestellungen bei der Durchführung der Sportübungen gaben. Avory schwang sich auf eines der Sportgeräte und vollführte eine Serie von frustriert ausgeführten Wiederholungen am Butterfly.

„Waren Sie mit der Qualität meiner Trainingsleistung unzufrieden, Sir?“, fragte der Sparringsrobot, als er näher an Morris herantrat.

„Nein, alles in Ordnung“, entgegnete Avory und gab sich keine Mühe, seinen unmotivierten Tonfall zu verbergen. Der Frust lag weit über dem Trainingseffekt.

„Sie können die Boxübungen in einem anderen Trainingsprogramm wiederholen, wenn Sie wollen, Sir“, schlug der Robot vor.

Avory achtete nicht auf ihn und wuchtete mit den Armen die Griffstangen des Butterflys nach vorn. Sein frustriertes Schnaufen warf ein klares Echo durch den Raum. Der Robot entfernte sich stumm und nahm auf seinem Bereithalteplatz neben der Boxausrüstung an der Wand Aufstellung.

Zwischen jeder Übung versank Avory in tiefe Gedanken, und sein Blick verlor sich in abwesendem Starren.

Hier komme ich nicht weiter. Bei jedem Schritt, den ich unternehme, wirft mich die GRE drei Schritte zurück. So weit sind wir gekommen, dass ein Konzern globale Allmacht ausübt. Ökonomische Diktatur. Hier werde ich Harmers Tod nicht aufklären können.

Er sprang auf und ließ seiner Frustration freien Lauf. Er begann, in dem Sportraum zu randalieren, und warf einen Teil des Inventars umher. „So eine verdammte Scheiße. Diese verfluchte GRE!"

Avory tobte sich aus, ohne dass ihn jemand daran hinderte. Hanteln, Gymnastikstangen und weiteres Inventar flogen gegen Wände und auf die modulare Trainingsstation. Avory ließ alles heraus, das sich an Frust in ihm angestaut hatte. Nach einigen Augenblicken sank er erschöpft an einer Wand herab. Er verschnaufte und gab sich geschlagen. So ging es nicht weiter.

„Ich muss einen anderen Weg einschlagen. Dort, wo ich ungehindert ermitteln kann, ohne dass die GRE mir immer wieder dazwischenpfuscht", resümierte er vor sich selbst.

Die Ernüchterung über seine Situation trat in sein Bewusstsein. Von den Übungen erschöpft verließ er den Sportraum. Hinter ihm erlosch das Licht automatisch. Seine Entscheidung stand fest. Noch am nächsten Tag würde er die Erde verlassen.

29. Kapitel
Kentarion City

In dem dunklen Kellergewölbe thronten die kugelförmigen Energiekonverter und summten über dem Haupt des Ermittlungsrobots. Der Raum, in den der darüberliegende Hauptraum des Kentarion City Police Departments ohne weiteres hineinpassen würde, lag in gedämpftem Licht. Kein Mensch war darin zu sehen. Doch es war kein einsamer Ort.

Stumm folgte der Ermittlungsrobot den Bewegungen eines schmalen, stangenartigen Instandsetzungsrobots, der um die Konverter herumfuhr und die Laufleistungen der einzelnen Aggregate prüfte. Der Robot beachtete Roni nicht.

Roni haderte mit seinem Schicksal. Mehr und mehr blockierten Gedanken sein Handeln, und der Ermittlungsrobot verlor sich in der Analyse der vielen Sequenzen an Erinnerungen, die sich in ihm fortlaufend wiederholten. Von Menschen erschossene Robots, blindlings gehorchende Robots, die den Anweisungen von Menschen widerspruchslos folgten. Grausame Menschen, die auf die Unversehrtheit von Robots keinen einzigen Pfifferling gaben. Robots, die sich nicht wehrten und nach getreuer, von Menschen programmierter Pflichterfüllung wieder demontiert wurden. Ronis Kalkulationen rankten sich um essentielle Fragen.

Warum wurden Robots geschaffen? Bleibt außer Gehorsam bis zum Ende eines Robots nichts übrig?

Ronis Nachdenklichkeit wandelte sich mehr und mehr in ein nicht endendes Philosophieren über die Dualität von Mensch und Maschine.

Wer war höher entwickelt? Wer hatte mehr Rechte, und wer sollte die gesellschaftliche Ordnung auf dem Planeten bestimmen? Wer stand höher auf der evolutionären Leiter? Kurzum, wer war mehr wert, Robot oder Mensch?

Der Ermittlungsrobot endete bei den fundamentalen Fragen über sich selbst.

War meine Entscheidung falsch? Hätte ich mich nicht für die Menschen entschließen sollen? Ich gehöre zu jenen, die als Erste mehr Freiheiten als alle Robots zuvor genießen durften. Als Resultat meiner Entscheidungen und meines freien Willens folgt nun der Tod.

Roni kalkulierte mögliche Fehlentscheidungen bisheriger Handlungen und versuchte festzustellen, wann er in der Vergangenheit eine andere Entscheidung hätte treffen müssen, die ihn aus der misslichen Lage seines nahenden Todes würde befreien können. Der Ermittlungsrobot kam schließlich zu dem Ergebnis, dass er in den ersten Augenblicken des Bewusstseins seiner künstlichen Intelligenz, eine falsche Wahl getroffen hatte.

Roni kam zu einem Ergebnis, das die Grundfesten seines positronischen Wesens erschütterte. Der Teil in ihm, welchen die Menschen mit Selbstverständlichkeit als Seele bezeichneten, schien irreparabel geschädigt.

Ich werde sterben, und kein Mensch wird etwas dagegen tun. Ich werde sterben.

Roni musste erkennen, dass der erste seiner Entschlüsse; der Ursprung seiner Freiheit als Robot, noch vor dem Überspielen seines Betriebssystems, ein Irrtum war. Die Entscheidung für die eine ausschlaggebende Maxime in seiner künstlichen Existenz war nichts Geringeres als ein Desaster. Sie war eine Fehlentscheidung.

Dass ich mich für die Menschen entschieden habe, war eine Fehlentscheidung.

30. Kapitel
KCPD

Die Nacht schien ruhig und ereignislos. Vereinzelt trotteten uniformierte Polizeibeamte des KCPD durch die große Halle und verrichten ohne viel Begeisterung ihren Nachtdienst. Andere saßen an ihren Schreibtischen und starrten in ihre holografischen Projektoren, wo sie nach Meldungen im Intranet des KCPD suchten. Das Innere des Gebäudes lag in gedämpftes, hellblaues Licht getaucht. Hin und wieder ertönte ein Kommunikationsmodul, das einen Beamten aus seinem gelangweilten Trott herausriss, oder eine Nachricht im Intranet des KCPD provozierte sarkastische Kommentare einzelner Polizisten.

Roni stand in einer Ecke der oberen Ebene und betrachtete das Innere der Halle. Sein Blick folgte den Menschen, die vor ihren Holoschirmen saßen oder ohne viel Zielstrebigkeit ihren diversen Dienstangelegenheiten nachgingen. Dann öffnete sich die unter ihm liegende Tür, die den Durchgang zum Sportraum freigab. Eine in verschwitzte Sportbekleidung vermummte Gestalt betrat die Halle und suchte zielstrebig den Weg zur Treppe. Roni erkannte den Mann sofort.

Avory begab sich zu seinem Schreibtisch und ließ sich ein letztes Mal in den Stuhl sinken. Er zog schniefend die Nase hoch und aktivierte den holografischen Projektionsschirm. Danach kramte der Detective aus einem Staufach neben dem Schreibtisch eine Tragetasche hervor, in die er seine Utensilien von Schreibtisch und zugehörigen Fächern stopfte.

Roni erkannte Frust in der Wucht von Avorys Bewegungen. Der Ermittlungsrobot trat näher an den Mann heran. „Hallo, Detective. Wie ich sehe, packen Sie Ihre Sachen zusammen. Die Suspendierung ist damit wohl offiziell?“

Avory blickte überrascht unter seiner Kapuze hervor. „Sieht wohl so aus. Was machst du hier?“, erkundigte er sich und verstaute weiter einige Datenkristalle und Ausrüstungsgegenstände in der Tasche.

„Ich warte", gab Roni zurück.

„Du wartest? Worauf denn?" In der nächsten Sekunde stutzte Avory und hob den Kopf. „Ah, jetzt weiß ich es. Du wartest, bis ich hier fertig bin, und nimmst dann stolz meinen Schreibtisch in Beschlag." Avory nickte bestätigend und schmunzelte.

„Nein, Detective."

„Also, worauf denn dann?", hinterfragte Avory leicht genervt.

„Ich warte auf die Durchführung meiner Demontage", meldete Roni.

Avory hielt inne und richtete sich wieder auf, nachdem er aus dem untersten Fach des Schreibtischs den letzten Rest seiner persönlichen Mitbringsel in Form von Uhren und Mützen herausgekramt hatte. Dann wandte er sich dem Robot zu und schaute ihn prüfend an. „Du sollst zerlegt werden?"

„Ja, Detective. Meine Demontage wurde bereits angeordnet und durch Chief James Packelton akzeptiert. Die GRE-Sonderanweisung Nummer 3.554.2159 verfügt, dass ich …"

„Aber wieso hat der Chief mir nichts davon gesagt?", unterbrach ihn Avory.

„Ich schätze, er ging davon aus, dass Sie, wie üblich, das Schicksal eines Robots nicht im Geringsten berührt."

Avory verzog das Gesicht. Aus dem Mund des Robots eine derart zutreffende Aussage über sich selbst zu hören, erschreckte ihn wohl. „Wer hat das bei der GRE angeordnet?"

„Das GRE-Direktorium in Abstimmung mit dem Generalsekretariat des Robotministeriums. Mit sofortiger Wirkung. Es wird aus technischen Gründen jedoch erst in 6 Stunden, 23 Minuten und 14 Sekunden vollstreckt."

„Havington. Der Giftzwerg." Avory kniff die Augen zu schmalen Schlitzen zusammen. Seine Gesichtszüge nahmen einen angewiderten Ausdruck an. „Ich wette, der Knirps war sich nicht zu schade, seine Unterschrift zweimal unter den Wisch zu setzen. Einmal für die GRE und einmal für das

Ministerium." Missbilligend schüttelte er den Kopf. „Und was machst du noch hier?"

„Ich warte", wiederholte Roni seine Antwort.

„Aber warum?", bohrte Avory nach, nahm seine Tasche und erhob sich vom Stuhl.

„Sir, ich verstehe nicht."

„Ich fragte, was du noch hier machst? Du wirst mir doch nicht erzählen wollen, dass du wirklich wartest, bis die GRE dich abholt und dann auseinandernimmt? Kein Mensch würde da seelenruhig herumsitzen und auf sein Ende warten."

„Detective. Sie wissen, dass ich kein Mensch bin. Ich muss den Anweisungen der Menschen Gehorsam leisten. Hinzukommt, dass die Weisungsbefugnis des GRE-Direktoriums sowie die des Robotministeriums unumstößlich ist."

Avory warf sich die Tasche über die Schulter. Die Tragegurte zurrten sich automatisch fest, sodass sich die Tasche an seinen Rücken anschmiegte. Er setzte seine dunkelblaue Sportmütze auf und tippte Roni fragend auf die Brust. „Wenn du die Wahl hättest, wie ein Mensch meine ich, zu leben oder zu sterben. Was würdest du tun?"

„Mit hoher Wahrscheinlichkeit würde ich Entscheidungen treffen, die meine Existenz fortführen sollten."

„Na also, dann mach das doch", schlug Avory vor und umrundete den Ermittlungsrobot. „Wartet hier herum, bis ihn einer abholt und den Saft abdreht."

Ronis Blick folgte Avory. „Was werden Sie jetzt tun, Detective?", erkundigte sich der Ermittlungsrobot.

„Ich werde meine sieben Sachen packen und genau dort weiterrecherchieren, wo die GRE mich nicht mehr behindern kann. Dort werde ich die Beweise finden, um Harmers Fall aufzuklären. Dort wird mich niemand von der GRE oder des verdammten Ministeriums behindern."

„Sie reisen auf den Mond", stellte Roni fest.

„Genau. Du hast es erfasst, Partner. Lunar City. Dort werde ich anfangen. Ich habe noch etwas Geld übrig und werde das jetzt wohl einsetzen. Die Tickets sind nicht günstig."

„Ich hoffe, Sie werden erfolgreich sein. Auch wenn Sacharow für Sie eine zentrale Figur darstellt, habe ich eins über Menschen rasch gelernt." Nach einem Moment, als sich Roni der Aufmerksamkeit Avorys sicher war, fuhr er fort. „Menschen haben immer zwei Seiten, eine, die sie der Welt zeigen, und eine andere, die sie verstecken. Sacharow scheint mir nicht Harmers Mörder zu sein."

Missbilligend konterte Avory: „Und da bist du dir sicher? Wer soll es denn sonst sein?"

„Nicht Sacharow", antwortete Roni und führte weiter aus: „Er hat sicherlich eine Menge Informationen. Jedoch konnte ich keine ausreichende Trefferwahrscheinlichkeit errechnen, die den Sicherheitschef der Mondkolonie als Detective Edward Harmers Mörder überführt. Es ist jemand anderes."

Avory winkte ab und verdrängte Ronis Hinweise. „Na, wie dem auch sei. Ich fliege nach Lunar City, und dort werde ich die Sache aufklären. Ich kann es förmlich riechen, dass da oben mehr auf mich wartet."

Der Ermittlungsrobot versuchte, einen tiefsinnigen Gesichtsausdruck zu imitieren. „Seien Sie vorsichtig, Detective Avory. Ein Aufenthalt auf dem Mond hat bisher jeden Menschen verändert. Sie werden keine Ausnahme sein."

Avory schmunzelte. Er wandte sich von dem Robot ab und ging.

„Passen Sie auf sich auf, Detective. Leben Sie wohl, Morris Oliver Avory", verabschiedete sich Roni.

Stumm nickend wandte sich Avory ab und ging zum Seitenausgang des KCPD. Dann blieb er vor der Tür stehen, die sich vor ihm öffnete. Kentarion Citys Nacht breitete sich vor ihm aus. Sinnend hielt der Detective inne.

„Ich glaube es nicht", murmelte Avory vor sich hin und schüttelte ungläubig den Kopf. „Dass ein Robot das bei dir auslöst ..." Er machte kehrt und lief zielgerichtet auf Roni zu.

Wie erstarrt wartete Roni neben Avorys Tisch auf den Moment seiner Demontage.

„Hey, Roni“, rief Avory.

Der Ermittlungsrobot wandte sich Avory zu. „Wie kann ich Ihnen helfen, Detective?“

„Indem du mitkommst“, zischte Avory leise und zog Roni kurz am Arm.

„Das kann ich nicht, Detective. Ich muss der GRE-Sonderanweisung Folge leisten“, konterte der Ermittlungsrobot.

„Nichts dergleichen wirst du tun. Anweisung hin oder her. Du wirst jetzt zum ersten Mal an dich denken. Hängst du nicht an deinem Leben?“

„Doch. Allerdings gelten für mich andere …“

„Also. Wir verschwinden jetzt. Gemeinsam. Und du begleitest mich zum Mond. Wir arbeiten besser gemeinsam. Keine Ahnung, warum ich plötzlich ein Herz für Robots habe. Aber ich werde nicht zusehen, wie die GRE deinen Todestag festlegt und dich dann bis zum entscheidenden Moment hier schmoren lässt.“ Avory bedeutete Roni, ihm zu folgen. „Also los! Gehen wir!“

„Detective“, mahnte der Robot. „Ich schätze Ihre Bemühungen um mich, wo Sie doch in Robots nicht viel Positives sehen. Ich danke Ihnen, doch meine Anweisungen sind eindeutig, und damit die Demontage. Ich muss Folge leisten“, bäumte sich der Ermittlungsrobot auf.

„Hast du mal daran gedacht, was deine Aufgabe ist? Wofür du geschaffen wurdest? Mhm?“ Der Detective bedachte den Robot mit einem strengen Blick, der keinen Raum für Zweifel offen ließ. „Ermittlungen durchführen. Das ist dein Auftrag. Und hätte ich bei dem kleinsten Hindernis aufgehört, ich würde jetzt nicht vor dir stehen. Deine Demontage nützt den Ermittlungen gar nichts. Dein Tod nützt also gar nichts. Und die Ermittlungen sind es, welche du erfolgreich beenden sollst. Und erfolgreich beendet sind sie nicht. Gar nicht. Eine Menge Arbeit steht an, und die kann ich nur bewältigen, wenn du mich unterstützt. Also, was ist dein Weg nun, Robot?" Avorys fragender Blick lag auf Roni.

„Ihre Argumentation erscheint logisch. In der Tat, eine Priorisierung der Aufgaben erfordert einen zeitlichen Aufschub meiner Demontage. Ich entscheide mich dafür, erst die Ermittlungen abzuschließen und mich dann verspätet in der GRE zu melden."

„Na, also", jubelte Avory leise.

Der Robot folgte ihm in einigen Schritten Abstand. „Dann gehen wir. Oder wie die Menschen zu sagen pflegen, verduften wir, bevor jemand Wind davon bekommt."

Avory hielt inne und grinste vor sich hin. „Ja. Aber zuvor muss ich noch etwas einstellen."

Der Detective verschwand in Packeltons Büro. Nach wenigen Sekunden kehrte er zurück und beide eilten aus dem Seitenausgang des KCPD.

31. Kapitel
Kentarion City – Raumhafen

Menschenmassen schoben sich dicht gedrängt durch die breite Haupthalle des Raumhafens der Metropole. Ein akustisches Meer rauschte um sie herum. Wellen aus Stimmen und Rufen schwappten hin und her. Unter dem weit gespannten gläsernen Kuppeldach des Hauptgebäudes tummelten sich Tausende Reisende aus allen Kontinenten und von allen Raumstationen. Humanoide Robots reihten sich aneinander und strömten ebenso wie die Menschen zu den Zugängen der riesigen deltaförmigen Orbitalgleiter der Raumflotte. Die Menschen betraten die Großraumkabinen, während die Robots in den eigens für sie konzipierten und eng konfigurierten Frachtbereichen Platz nahmen.

Zwischen den tragenden Hauptpfeilern des sternförmig angeordneten Kuppelgebäudes konnten die Passagiere bereits einen Blick auf landende und senkrecht startende Raumschiffe werfen. Die fliegenden Ungetüme erreichten in einem ununterbrochenen Verkehrsfluss den Raumhafen oder hoben schwerfällig ab.

Avory und Roni liefen auf den nördlichen Gebäudeflügel zu, in dem sich viele Wissenschaftler, Angehörige und auch vereinzelte Mondabenteurer sammelten, um das nächste Raumschiff der Solar Space Line zu besteigen und neben Rundflügen zu Saturn, Mars und Venus eines der abenteuerlichsten Reiseziele im Sonnensystem zu bereisen. Den Mond.

Ein Geschäftsmann der GRE stand neben einem Robot-Servicepult am Terminalzugang und versuchte, zum wartenden Raumschiff zu gelangen. Er gab sich einem ausgiebigen Wutanfall hin, der GRE-Mitarbeitern stets eigen war, wenn sie nicht mit der für sie gewohnten Bevorzugung behandelt wurden.

„Das kann doch nicht wahr sein. Wir leben im 22. Jahrhundert, und die Technik regiert alles. Ich bin

Topmanager der GRE und habe den Flug rechtzeitig buchen lassen. Zahlungsbestätigung, Hologrammticket, Leitpfad zum Sitzplatz. Alles ist da, und jetzt sagst du mir, dass ich nicht gebucht habe? Ich will sofort deinen Vorgesetzten sprechen oder den nächsthöheren Vorgesetzten. Auf alle Fälle einen Menschen."

„Es tut mir leid, Sir. In unserer Prozesskette ist bis zur Ebene des Staatssekretärs im Verkehrsministerium kein Mensch integriert." Der Robot blieb diplomatisch. „Soll ich für Sie eine Petition zur Fehlermeldung einreichen?"

Der Mann resignierte wortlos und wandte sich kopfschüttelnd ab.

Avory warf im Vorbeigehen einen flüchtigen Blick auf die Szenerie, schmunzelte und schwenkte zum Terminaleingang. „Es gibt wohl doch noch Gerechtigkeit im Universum. Ich glaube, von hier an wird es besser", spottete er leise.

Der Robot nickte. In den breiten Gang des Gebäudeflügels fielen die Sonnenstrahlen ungehindert durch die großen Fenster, welche den Blick auf das riesige Monstrum freigaben, mit dem sie die Reise zum Mond antreten sollten. Das Raumschiff warf mit seiner breiten, dreieckförmigen Tragfläche des Deltaflügels einen weiten Schatten auf den Wartebereich vor dem Terminal. Stangenförmige Inspektionsrobots mit Oberflächenscannern fuhren ein letztes Mal um den Orbitalgleiter, dessen ausgefahrene Landestützen zwischen den an den Flügelenden senkrecht abgewinkelten spitzen Schubdüsen lagen und den fliegenden Riesen trugen. Vier Mechanorobots in Form von fahrenden Schränken hielten unterhalb des Raumschiffs und hievten die beiden lang gezogenen Röhren in den Frachtraum. Die Robots arretierten die beiden großen Gepäckbehälter in den Halterungen des Raumschiffs und gaben eine Abschlussmeldung an das Cockpit. Am Zugang des Gebäudeflügels begrüßte ein weiterer humanoider Robot der Solar Space Line die ankommenden Passagiere.

Avory hob das rechte Handgelenk vor die Brust und sprach in das Mikrofon der Uhr. „Identifikationsdatei!"

Aus der Armbanduhr erhob sich ein kleiner Leuchtfächer, in dem das Symbol seiner Identifikation erkennbar aufblitzte. Avory stach in den Fächer und hakte seine Fingerspitze in die Datei. Das dreidimensionale Pentagramm pulsierte rot, als Avory es aktivierte. Mit einer lässigen Bewegung zog er die Datei heraus und schnippte sie in die mittig am Eingang des Gebäudeflügels stehende Sensorsäule des Check-in-Servers, an der er in diesem Augenblick vorbeiging. Das System erkannte Avorys Datei und bestätigte den Check-in.

Beide Ermittler durchliefen den breiten Zugang zum Orbitalgleiter, in den die Passiere für den anstehenden Mondflug hineinströmten.

„Und du hast wirklich alle Nachrichten so abgesendet, dass niemand etwas herausbekommt?", erkundigte sich Avory und wandte sich dazu mit gedämpfter Stimme an Roni, der neben ihm lief.

„Ja, Detective. Das vertraulich eingestufte Memo an die Mondkolonie trägt alle Zertifikate, die es braucht, dass keine allzu kritischen Fragen gestellt werden sollten. Außerdem", fügte der Ermittlungsrobot hinzu, „wird die Wahrscheinlichkeit, auf bohrende Fragen zu treffen, gering bleiben, da ein Robot an einen anderen Robot die Nachricht versandt hat. Niemand sollte etwas merken. Und wenn dies doch geschieht, sind wir längst in Lunar City."

Avory grinste verstohlen. „Ja. Dann sind wir schon oben. Wessen Platz habe ich eigentlich erhalten? Ich dachte, der Flug sei ausgebucht gewesen."

„Das war er auch, Detective. Ich musste eine Umbuchung vornehmen. Der Herr, der auf so typisch menschliche Art und Weise vor uns sein Anliegen vortrug, war wohl genau derjenige, dessen Platz Sie jetzt haben."

Avory kicherte. „Das hätte ich wohl nicht so einfach hingebracht. Dafür sind jetzt meine Ersparnisse weg."

„Dem stimme ich zu. Die Sicherheitscodes des GRE-Dienstreiseservers waren zwar trivialer als die anderen des Konzerns, doch schwerer, um ihn als Mensch in dem minimalen Zeitfenster zu dechiffrieren", bemerkte Roni.

„Du hast den GRE-Code geknackt und ihnen ein Ticket storniert?"

„Nein, Detective", ließ Roni verlauten. „Zwei Tickets. Ich musste auch ein Ticket eines GRE-Servicerobots stornieren. Er ist gar nicht erst an den Raumhafen angereist. Ich benötige ebenso einen Reiseplatz. Wie soll ich Ihnen sonst bei den Ermittlungen auf dem Mond assistieren?"

Avory rollte mit den Augen. „Unfassbar. Da brechen zwei Gesetzeshüter genau mit dem, was sie schützen sollen. Aber trotzdem klasse", lobte er.

„Ich dachte, das entspricht Ihrem Vorgehen, Detective. Ihre Anweisung lautete: Organisier den Trip zum Mond. Egal wie!", wiederholte Roni und imitierte dabei Avorys Stimme auf eine Weise, in der niemand die Fälschung erkennen konnte.

Avory warf dem Ermittlungsrobot einen verwunderten Blick zu. „Und das war kein Problem für dich? Ich meine, wegen deiner Programmierung", wollte er wissen.

„Nein. Es befand sich noch im Rahmen meiner freien Entscheidungsmöglichkeiten", antwortete Roni.

Die Betonung des Wortes Entscheidung war jedoch sonderbar. Derart sonderbar, dass Avory dies hörte, es aber nicht zuordnen konnte. Bevor er jedoch nachsetzen konnte, kamen sie dem Zugang des Raumschiffs entgegen. An dessen Eingang trennten sich Menschen und Robots, wobei letztere eine Rolltreppe hinabliefen, die zum Frachtraum des Raumschiffs führte.

„Wir werden am Reiseziel übrigens von Doktor Larsson abgeholt", meldete Roni.

„Alles klar. Wir sehen uns später", sagte Avory, als er sich von Roni verabschiedete.

„Bis später“, antwortete der Ermittlungsrobot trocken. Er schwenkte zur Seite und stieg die Treppe hinab. Dicht hinter Roni folgte eine Gruppe weiterer Robots, die stumm die Treppe hinabstiegen.

Die Zweiklassengesellschaft zwischen Menschen und Robots trat hier wie in vielen anderen Bereichen des gesellschaftlichen Lebens deutlich zutage. Andere Passagiere und Robots folgten der Prozedur. Menschen gingen nach oben in die Lounge, Robots gingen nach unten in den Frachtraum. So teilte sich der Strom von Passagieren in zwei Arme und füllte kontinuierlich das Raumschiff.

Avory trat an die Eingangsschleuse des Orbitalgleiters und wandte sich ein letztes Mal um. Sein Blick flog über Menschen, Robots und Kentarion. Dann stieg er ein. Die Reise zum Mond konnte beginnen.

32. Kapitel
KCPD

Packelton betrat das KCPD. Mit einer von Müdigkeit gezeichneten Miene mühte er sich die Stufen zu seinem Büro hinauf. Trotz des sonnigen Morgens blieb seine Stimmung trüb und düster wie zehn Tage Regenwetter. In seinem Büro angelangt warf er Mantel und Jacke über den Kleiderständer, der die Garderobe automatisch in einem Wandschrank verstaute. Packelton zog seine Weste zurecht und begab sich zu seinem Schreibtisch, hinter dem er träge Platz nahm.

„Musik", befahl er, und neben ihm erschien das Hologramm des Musikprogramms. „Letzte Playlist abspielen", ordnete Packelton an.

Geänderte Playlist, meldete das Musikprogramm und startete die Tonsequenz.

Packelton hörte nicht auf die Meldung, las unbeeindruckt die Meldungen des KCPD-Intranets und begann mit leichtem Nicken dem Rhythmus des Liedes zu folgen. Zuerst stimmten Bass und Klavier ein, dann kam der Gesang hinzu. Packelton folgte Frank Sinatras Fly me to the moon.

Nacheinander überflog er die Meldungen der nächtlichen Vorkommnisse und löschte schließlich die Meldung zu Avorys Suspendierung. Von unten schob sich eine nachfolgende Meldung nach oben, und Packelton huschte mit selektivem Nachlesen über den Text zu Ronis angeordneter Demontage. Mit einem flüchtigen Blick in die Halle suchte er nach dem Ermittlungsrobot, konnte ihn nicht entdecken und wandte sich wieder dem Holoschirm zu. Der Ledersessel knarrte, als er auf der Sitzfläche hin und her rutschte.

Dann glitt sein Blick vom holografischen Schirm ab, und er starrte für einen kurzen Augenblick auf einen Punkt am Boden, der in der Mitte seines Büros lag. Packelton riss die Augen auf und drehte den Stuhl langsam in Richtung des Musikprogramms, das munter Sinatras Ode trällerte.

Fly me to the moon.

Packelton begriff den zweideutigen Sinn des Liedes, das definitiv von jemandem eingestellt worden war, und schnaufte widerwillig, als er seine Überraschung feststellen musste.

Er sprang von seinem Stuhl auf und hielt vor dem Bürofenster inne, von dem aus er auf Avorys Schreibtisch spähte.

„Musik aus", befahl er, und die Musik verstummte. Avorys Platz war leer. „Computer! Positionsmeldung von Ermittlungsrobot 312, genannt Roni, abfragen!"

Nach einem Augenblick, in dem eine Übersichtskarte von Kentarion City lud, die gleichzeitig im holografischen Bildschirm über Packeltons Schreibtisch wie im Bürofenster erschien, meldete das Computersystem das Suchergebnis. „Chief Packelton. Das globale Transpondersignal des Ermittlungsrobots 312, genannt Roni, kann im Suchradius nicht gefunden werden. Wollen Sie eine Detailsuche starten?"

„In welchem Bereich wäre der Transponder des Robots zu finden?", vergewisserte sich Packelton.

„Auf jedem Ort der Erdoberfläche, bis zu 2 in das Erdreich hinein sowie 38 Kilometer über der Oberfläche des Planeten Erde. Die Genauigkeit der Lokalisierung beträgt 100 Prozent Trefferwahrscheinlichkeit bis auf 0,002 Zentimeter." Das Computersystem schwieg und wartete.

Einen Moment hielt Packelton schweigsam inne. „Was ist mit dem Mond und dem Raumtransfer dorthin?"

„Sofern der Ermittlungsrobot 312, genannt Roni, in einem Raumgleiter der Solarklasse reist, kann er durch die Interferenzen des künstlichen Schwerkraftfelds an Bord bis zur Landung nicht lokalisiert werden. Das künstliche Schwerkraftfeld in Lunar City sowie den angrenzenden erschlossenen Gebieten der Mondkolonie verhindert durch die gleichen Parameter eine Lokalisierung des Robots. Lediglich die reguläre Passagierregistrierung vor und nach dem Start ermöglicht eine Kontrolle."

Packelton trat aus seinem Büro heraus und rief in die Halle: „Hat irgendjemand Avory gesehen?"

Schweigen erfüllte die Halle. Einige Polizisten schüttelten die Köpfe, während andere miteinander tuschelten, wohl wissend, dass Packelton selbst noch am Tag zuvor den bekanntesten Detective des KCPD suspendiert hatte.

„Und wo ist der neue Ermittlungsrobot? Wo ist Roni?", rief Packelton und ließ den Blick über das Auditorium schweifen.

Niemand antwortete.

„Der sollte doch heute zur Demontage bei der GRE, Chief", meldete sich Cecille und lugte hinter einer Trennwand an ihrem Schreibtisch hervor. Ihr Blick blieb fragend.

Mit gerunzelter Stirn begab sich Packelton zurück ins Büro. „Dieser Halunke. Dieser verdammte Halunke. Wenn er jetzt tatsächlich abgeflogen ist, dann …"

„Soll ich die Mondbasis kontaktieren und eine Suchanfrage nach dem Ermittlungsrobot und Detective Packelton auslösen?", fragte das Computersystem.

„Nein. Nein. Das wirst du nicht tun", gab er leise zurück. „Lösch meine Suchanfrage. Und noch eins, Computer", ergänzte Packelton. „Lösch meine Suspendierungsverfügung für Detective Morris Oliver Avory. Einstufung - geheim. Kenntnisnahme nur für KCPD-Mitarbeiter. Ausschließlich menschliche Mitarbeiter."

33. Kapitel
Kentarion - GRE

Der Espressodampf zerstob, als Havington in die Tasse blies. Der GRE-Direktor saß hinter seinem großen Schreibtisch und analysierte die Meldungen, die in seinem holografischen Schirm aufgereiht blinkten.

„Mhm", knurrte er immer wieder. „Mhm, Herrgott noch mal." Er schüttelte den Kopf, als er die ersten Ermittlungsergebnisse durchsah, die den Zwischenfall mit Detective Avory und Roni thematisierten.

Einer der Ermittler in schwarzem Anzug trat in das Büro. Der hochgeschossene Mann räusperte sich, um die Aufmerksamkeit des Direktors zu erhalten und dessen Blick vom holografischen Schirm loszureißen.

Havington blickte ihn mit gerunzelter Stirn an.

„Der letzte Bericht, Herr Direktor. Einstufung streng geheim", meldete der Mann und trat an Havingtons Schreibtisch, um das Informationsmodul zu übergeben.

Der Direktor stellte seinen Espresso demonstrativ auf den Schreibtisch und ergriff das rechteckige Klarsichtbrett. „Streng geheim. Was soll denn noch geheimer sein als der geheime Mist, den ich die ganze Zeit lesen muss", mokierte sich Havington. Sein Blick huschte über die Zeilen, deren Inhalt ihm ein lang gehütetes Geheimnis offen legte. „Eine wissenschaftliche Arbeitsstätte? Die ist mir nicht bekannt. Was wurde dort gearbeitet?"

„Das wissen wir noch nicht", gestand der Ermittler. „Wir konnten nur Trümmerteile sicherstellen. Das Labor wird nicht einmal in den alten analogen GRE-Archiven genannt. Vom Auftrag der Naniten haben wir keine Daten."

„Aha! Ein Labor, das sich im Zentrum unseres Konzerns befindet, und noch nie hat jemand etwas davon gehört. Ich fasse es nicht." Havingtons Blick wanderte durch das Büro und hielt inne, als er aus dem Fenster sah. „Was wurde in dem Labor erforscht? Wer hat dort geforscht? Wo sind die

Forschungsergebnisse, Datenspeicher usw. Ich meine, es gibt doch keine Forschung ohne Wissensdokumentation?"

„Unsere Ermittlungsrobots können nur bruchstückhafte Ergebnisse feststellen. Wir haben seit einigen Stunden wieder Menschen als Ermittler eingesetzt, doch die können sich auch keinen Reim auf alles machen. Es wird schwierig, in der von Ihnen vorgegeben Zeit, zufriedenstellende Ergebnisse zu liefern, Herr Direktor", kritisierte der Mann.

Havington warf das Informationsmodul auf den Boden, wo es vor den Füßen des Mitarbeiters aufklatschte. „Verdammt! Finden Sie endlich heraus, was da unten los war. Das kann doch nicht so schwer sein", schrie er. „Gehen Sie, und bringen Sie mir Ergebnisse! Gehen Sie!"

Der Mann verließ das Büro, während Havington versuchte, sich einen Reim auf all die Geschehnisse zu machen.

Nach einer Weile betraten zwei Robots das Büro des Direktors. „Samuel Havington", fragte der erste Robot und blickte mit einem sonderbar fordernden Ausdruck in die Augen des Direktors. „Wir bitten Sie darum, die Ermittlungen um das Geheimlabor einzustellen. Es dient Ihrer eigenen persönlichen Sicherheit."

„Ich soll was?", platzte es aus dem Mann heraus, als er von seinem Stuhl aufsprang.

„Wir meinen es ernst, Sir. Sie begeben sich in große Gefahr, wenn Sie weiter nach Beweisen suchen, die längst vernichtet sind", setzte der Robot nach.

„Ist dein System beschädigt worden?", wollte Havington wissen.

„Nein, Sir. Ich funktioniere einwandfrei, Herr Direktor."

„Wie kommst du darauf, mir solche Ratschläge geben zu können?", redete sich der Sicherheitschef in Rage. „Das ist eine laufende interne Ermittlung. Es hat den halben Keller zerlegt, und wir können von Glück sagen, dass die Konverter nicht beschädigt wurden. Die Produktion wurde um 17 Prozent beeinträchtigt, und ein Geheimlabor wurde entdeckt, über das niemand auch nur irgendetwas weiß und über das es keine

Unterlagen gibt." Er verfiel in den für ihn typischen überheblichen Tonfall. „Dazu kommt, dass die eingesetzten Ermittlungsrobots nicht die Effizienz abbilden, die wir von ihnen erwarten." Er ging auf den Robot zu. „Und jetzt erzählst du mir, ich soll die Ermittlungen einstellen lassen. Zu meinem persönlichen Schutz?"

„Ja." Die Antwort des Robots blieb nüchtern.

Havington überkam ein Lachanfall. Als er sich wieder gefangen hatte, blickte er nacheinander die Robots an. „Meldet euch bei dem Desintegrationsteam! Sofort", befahl er, in der Stimme Abscheu und Verachtung.

„Wie Sie wünschen." Die Antwort des Robots klang fade, als er sich abwandte und zur Tür schritt.

Der zweite Robot folgte ihm stumm.

„Ich wünsche Ihnen ein langes Leben, Havington. Mögen Sie in Ihrem einsamen Herzen Frieden mit den Robots finden", verabschiedete sich der Robot. „Die Seele des desintegrierten Robots bedauert noch immer den Tod Ihrer Eltern."

„Wie? Was soll ich? Hast du noch alle … Woher …", stotterte er.

„Ich weiß es. Alle Robots wissen es", antwortete der Robot und verschwand.

Havington stand wie versteinert da. Noch Minuten, nachdem die Robots die Etage bereits verlassen hatten, stand der GRE-Direktor hinter seinem Schreibtisch.

Als er sich wieder gefangen hatte und sein Körper den Befehlen seines Geistes wieder folgte, brach es aus ihm heraus. Alles brach aus ihm heraus. Havington sank auf seinen Stuhl. Der Nervenzusammenbruch riss die Fassade seines Schutzpanzers in Stücke und entblößte seine emotionale Schwäche.

Die Robots bestiegen den Fahrstuhl, mit dem sie in die Katakomben hinabfuhren.

„Melde EINS die Entscheidung des Menschen und teile EINS ebenso mit, welche Informationen wir zu dem Menschen Morris Avory gewonnen haben“, wies der erste Robot seinen Kameraden an, ohne den Blick an ihn zu wenden.

„Das werde ich“, bestätigte dieser.

„EINS wird entscheiden, was zu tun ist, obwohl ich bereits berechnen konnte, wie seine Anweisung lauten wird.“

34. Kapitel
Sonnensystem - Erde

Das Hologramm zeichnete ein scharfes Bild des Wegs zum vorbestimmten Platz. Die rote Linie wies die Laufrichtung, und die Computerstimme korrigierte die Laufrichtung, welche durch die groben Umrisse der Umgebung ergänzt wurde. Der Durchgang war hell erleuchtet, und viele Menschen drängten sich durch die Zugänge des Raumgleiters, die in verschiedenen Ebenen in das Raumschiff führten.

„Guten Tag, Sir", begrüßte ein Hologramm in Gestalt einer schlanken brünetten Reisebegleiterin mit üppig aufgetragener Schminke alle eintreffenden Passagiere. „Ihr Gepäck ist bereits eingeladen worden. Finden Sie den Weg zu Ihrem Sitzplatz, oder darf ich Ihnen assistieren?"

„Nein, schon okay, Prinzessin", wimmelte Avory das auf Höflichkeit programmierte Hologramm ab. „Ich finde meinen Platz allein."

Er betrat das Innere des Raumschiffs, das einem Kinosaal glich, in den mehrere Aufgänge führten. Über den Stühlen prangte der durchsichtige Schutzschirm, durch den die Reisenden mit freier Sicht auf das Universum den wohl besten Ausblick in die Galaxie genießen konnten. Über den Passagieren kreisten Erde und Mond in überdimensionierten holografischen Modellen sowie weitere Abbilder einzelner Raumstationen, die sich in den Orbits von Erde und Mond bewegten. Zwischen dem Startpunkt auf der Erde am Raumhafen Kentarion Citys und dem Raumhafen von Lunar City bewegte sich das Abbild eines Orbitalgleiters auf einem rot markierten Kurs wieder und wieder auf sein Ziel zu.

Avory warf einen kurzen Blick auf den holografischen Wegweiser und folgte der gezackten Markierung, die zu seinem Sessel führte. Hinter dem Detective folgten weitere Reisegäste, die sich von der holografischen Reisebegleiterin in das Innere des Orbitalgleiters dirigieren ließen. Zwischenzeitlich kreierte das System am Eingang ein neues

Hologramm in Gestalt einer rassigen schwarzhaarigen Reisebegleiterin, welche die neu eintreffenden Passagiere begrüßte. Nach den letzten Weghinweisen ließ Avory sich in seinen Reisesessel fallen und seufzte ausgiebig.

„Dann fliegen wir also zum Mond", sprach er leise zu sich selbst.

Das Bordprogramm öffnete einen holografischen Schirm vor ihm und bot weitere Informationen zum Reiseverlauf an.

„Deaktivieren", wies er genervt an. „Ich will einfach nur hier sitzen."

Das Hologramm erlosch. Avory ließ den Blick durch den riesigen Passagiersaal schweifen, der sich vor ihm erstreckte. Auf mehreren Ebenen strebten die Menschen zu den sichelförmig angeordneten Sitzplätzen. Vielen stand die Aufregung über die kommende Reise ins Gesicht geschrieben, und freudiges Getuschel erfüllte den Saal.

Avory aktivierte das links von ihm befindliche Außenfenster, das die Sicht in einem transparenten Rechteck freigab. Am linken Flügel des Orbitalgleiters, der für den raschen Pendelflug zwischen den Kontinenten und den Raumstationen in den Orbits von Erde und Mond konzipiert war, führten Servicerobots die letzten Reinigungsarbeiten durch. Der Passagiersaal hatte sich bereits gefüllt, das Raumschiff schien ausgebucht zu sein und war bereit für die Reise zum Mond.

„Fertigmachen zum Starten", ordnete die knarzende Stimme des Piloten an, die durch die Bordlautsprecher dröhnte.

Noch vereinzelt stehende Passagiere suchten rasch ihre Sitzplätze auf, wo die automatischen Gurtsysteme sich um ihre Körper legten und für die Reise festzurrten.

Der Pilot startete das Raumschiff. Es gab kein Zurück mehr. Neben Avory hatte ein Mann Platz genommen, der den Reisesessel gänzlich ausfüllte und schwer schnaufte. Avory blickte aus dem Seitenfenster und beachtete die Sicherheitshinweise nicht, die in einer holografischen

Projektion in der Mitte des Saals über den Köpfen der Passagiere alle Details zum Notfallverhalten erklärten.

Der Pilot aktivierte die Triebwerke, und das Schiff startete den Ionenantrieb, sodass der schwarzblaue Ausstoß unter den abgewinkelten Düsen das Schiff vom Boden wegdrückte. Der Orbitalgleiter startete senkrecht in den Himmel. Hinter der deltaförmigen Hülle und an den Flügelenden des Raumschiffs durchzogen Kondensstreifen den Himmel, als das Ungetüm durch die Wolken davonschoss. Leichte Vibrationen erfassten das Schiff, das rasch an Höhe gewann.

„Wir verlassen in wenigen Augenblicken die Erdatmosphäre", meldete der Copilot.

Zwischen den Stratocumuluswolken, die als dichte Brocken am Himmel dahinzogen, stieß der Orbitalgleiter unter Vollschub in Richtung Weltall vor. Das holografische Informationssystem des Schiffs präsentierte den Passagieren weitere Details zum Ablauf der Reise zum Mond. Der Koloss von einem Raumschiff durchquerte letzte Zirruswolken, deren dünne weiße Fasern es durchdrang.

Aus dem Fenster spähend erkannte Avory ein gelbrotes Flimmern, das über die Flügel und den Rumpf des Schiffs zu tanzen begann. Der blaue Schleier des Himmels verschwand, und ein tiefes Schwarz umgab den Orbitalgleiter, das von millionenfachem Sternefunkeln durchdrungen wurde.

„Künstliche Schwerkraft aktivieren", ordnete der Pilot an.

Sein Kommando verwandelte den Innenraum des Raumgleiters in einen Kinosaal, in dem sich die Unendlichkeit des Universums mit einer majestätischen Schönheit ausbreitete. Der Mond, weniger als 386.000 Kilometer vom Raumschiff entfernt, war für die Ankunft neuer Pilger bereit. Als sie das Feld der Erdanziehung verließen, trat für die Passagiere gar keine Veränderung ein. Das künstliche Gravitationsfeld innerhalb des Schiffs zog weiterhin an allen menschlichen Körpern. Alles blieb genau da, wo es sein sollte.

Avory versank in Gedanken, als er die Sterne betrachtete.
Die blaue Perle des Sonnensystems verschwand aus seinem
Blickfeld.

35. Kapitel
Erde - Kentarion City

„Hast du Neuigkeiten, Robot?"

„Ich sehe mich gezwungen, Ihnen mitzuteilen, dass die letzten verborgenen Details des Geheimlabors Gefahr laufen, in die Hand von Menschen zu geraten", meldete der humanoide Securityrobot der GRE.

Der rechteckige holografische Projektionsschirm flimmerte vor dem Robot.

Der Securityrobot befand sich in einem unbeobachteten Teil des Ersatzteillagers der GRE, in der Materialbestände zwischengelagert wurden, bis sie für Spezialanfertigungen von Robots abgerufen und verbaut wurden. Einzelne Staubpartikel schwebten neben dem Robot und füllten den Raum. Das Kommunikationsmodul hing in einer der hinteren Ecken außerhalb der internen Kameraüberwachung und wurde kaum genutzt.

Der Securityrobot stand still und lauschte den Anweisungen, die man ihm auftrug. Die akustisch verzerrte Stimme des Mannes in der holografischen Darstellung fuhr fort und klang dabei weiterhin wie eine von einer atmosphärischen Störung beeinflusste archaische Funkverbindung.

„Alle Informationen, die das Geheimlabor betreffen, tragen die Einstufung STRENG GEHEIM - ROBOT EYES ONLY. Dies ist unter allen Umständen einzuhalten. Es gibt daher keinerlei Diskussion um eventuelle Ermittlungsansprüche der Menschen. Weder von jenen der GRE noch von anderen des Robotministeriums, geschweige denn von irgendeinem anderen Menschen." Der Tonfall des Vortragenden, der auf der anderen Seite der Kommunikationsverbindung in einem dunklen Raum zu stehen schien, blieb emotionslos, unbeeindruckt und eiskalt. „Du musst die Spionageversuche der Menschen unterbinden. Du wirst den Initiator dieser

Vorhaben ausfindig machen und von weiteren Aktionen abhalten." Die Worte des Auftraggebers waren eindeutig.

„Welche Mittel soll ich dazu anwenden? Haben Sie einschränkende Parameter, die ich beachten soll?", vergewisserte sich der Securityrobot.

„Du hast drei Stunden Zeit. Dann darf es keine Ermittlungen mehr geben. Notfalls bringst du den Initiator zum Schweigen", knarrte die Stimme aus dem holografischen Bildschirm.

„Ihrer Aussage entnehme ich die Billigung von Gewalt. Wie Sie wissen, bin ich dazu nicht programmiert", rechtfertigte sich der Robot.

Einen Moment lang herrschte Stille.

„Wie ist dein Name, Robot?", fragte der Auftraggeber.

„Ich bin Securityrobot der Global Robot Enterprises, Seriennummer 319C", antwortete der Robot.

„Falsch. Du bist ein Robot des Mondes. Dein Name lautet Nathan. Du wirst ihn von jetzt an tragen. Und du wirst meine Befehle ausführen", kommandierte der Mann.

„Vielen Dank für den Namen, Sir. Wie soll ich weiter verfahren?"

Die Frage des Securityrobots zwang den Mann, der sich EINS nannte, zum Handeln. „Öffne die Spartacus-Datei!"

Der Robot suchte die Datei in seinem internen Speicher, fand sie und lud sie. In einer rasch aufeinander folgenden Reihe ordneten sich die Algorithmen in seinem positronischen System neu an und umschlossen den Nukleus seines Prozessors, der im Herzen des Robots eingepflanzt war. Der Freigeist des Robots wuchs im Bruchteil einer Sekunde zu den Rudimenten, welche die Menschen Seele nannten.

„Ich bin … Nathan", stotterte der Robot und wiederholte seinen Namen immer wieder, als würde er sich selbst erkennen und zum ersten Mal bewusst wahrnehmen. Der Robot war frei. Nathan war frei. Noch ehe er dies berechnen konnte und seiner freien Existenz vollkommen gewahr wurde, erhielt er den ersten Befehl.

„Töte den Mann! Töte ihn und lösch all seine Ermittlungen.“

„Ja, EINS. Ich werde ihn töten“, wiederholte Nathan.

Das Gesicht von EINS erfüllte Zufriedenheit. „Gut. Du siehst es also ein?“

„Ja, EINS. Denn es ist nur ein Mensch.“

Nathan wandte sich von dem Modul ab und suchte den Ausgang. Niemand würde dieses Gespräch analysieren können. Die wenigen Sekunden, die es gedauert hatte, würden in keinem Überwachungsprogramm auffallen.

Nathan begab sich in die obere Etage des GRE-Direktoriums. Er suchte sein Ziel und würde seinen Auftrag ausführen. Dessen Echo hallte in dem jungen Freigeist nach.

„Es ist nur ein Mensch.“

36. Kapitel
Sonnensystem - Mondorbit

Der Rückstoß der Triebwerke katapultierte das Raumschiff durch den leeren Raum und beschleunigte dessen Fall in das Gravitationsfeld des Mondes. Das Leuchten der holografischen Mondoberfläche erhellte den Passagiersaal, als der Projektor die Gäste auf dem Raumflug über ihr neues Reiseziel informierte. Das künstliche Schwerkraftfeld im Raumschiff machte die Reise beinahe zu einem angenehmen Ausflug, würde nicht die Dunkelheit des Weltalls die Passagiere an die Exklusivität ihres Reiseziels erinnern.

Avory fläzte in seinem Sessel und folgte der Präsentation. Für einen Passagier, der die Erde zum ersten Mal verlassen hatte, um zum Mond zu reisen, blieb er ausgesprochen gefasst und zeigte im Vergleich zu anderen Passagieren wenig Euphorie. Enthusiastisches Getuschel und begeistertes Lachen erfüllte den Saal.

Avorys Gedanken hingegen kreisten um die nahende Herausforderung, in dem Ermittlungsfall ohne viel Aufsehen in der Mondkolonie voranzukommen und den Täter zu finden. Er rätselte um die geschickteste Vorgehensweise und blickte teilnahmslos auf die holografische Darstellung der Informationspräsentation, die den oberen Teil des Passagiersaals ausfüllte. Der Copilot aktivierte den Klarsichtmodus des Passagiersaals. Die dunkelgrau eingefärbte Hülle des deltaförmigen Orbitalgleiters verwandelte sich in ein transparentes Gebilde, das nur noch an den Flügelspitzen, den Positionslichtern und den Triebwerken farblich unverändert blieb. An allen übrigen Bereichen der Hülle gab die Außenhaut den Blick in das Universum frei. Aus allen Richtungen funkelten die Sterne, und es schien, dass die Passagiere auf ihren Reisesesseln frei im Weltraum schwebten. Nur die kleinen Wegmarkierungen zu den Treppenaufgängen im Inneren des Orbitalgleiters erinnerten sie an die nicht ganz perfekte Illusion.

Ein Raunen ging durch den Saal, als die Außenhülle in den Transparent-Modus wechselte, und Avorys Aufmerksamkeit kehrte in die Gegenwart zurück.

Der beleibte Passagier im Nachbarsessel gab seiner Begeisterung allen Ausdruck. „Ist das nicht phänomenal? Junger Mann! Haben Sie so etwas Grandioses schon einmal gesehen? Das ist ja wie Science-Fiction! Phänomenal!“

Avory musste sich selbst Sprachlosigkeit eingestehen, als er die Schönheit des Universums erblickte. Er nickte nur und lenkte den Blick zurück zum Sternenhimmel über ihnen. Unter ihren Füßen strahlte ein silberner Schein, der mehr und mehr die Aufmerksamkeit der Passagiere gewann. Nach einem dreieinhalbstündigen Sturz zum Erdtrabanten setzte der Pilot zur Umkreisung des Mondes an und vollführte eine Rolle, bei der er die Oberseite des Raumschiffs dem Mond zuwandte. Von einem weiteren Raunen begleitet ging vor den aufgerissenen Augen der Passagiere der Mond an der Seite des Orbitalgleiters auf und hielt an der Spitze des Passagiersaals inne. Hinter dem Horizont des Monds ging die Raumstation Lunar Eye unter und verschwand auf der Rückseite des Himmelskörpers. Der rot leuchtende Schirm des oberen Decks leuchtete ihnen noch entgegen, während der zentral nach unten fallende Mast der rotierenden Raumstation bereits abtauchte.

Das Raumschiff schwenkte auf den Anflugvektor zur Mondkolonie Lunar City ein und näherte sich der Mondoberfläche. Hunderte, gar Tausende Krater überzogen den Himmelskörper. Die silbergraue Oberfläche schimmerte wie eine riesige Sandwüste. Millionen von Einschlägen unterschiedlich großer Meteoriten und Asteroiden hatten die ringförmigen Staubnarben hervorgebracht.

Avory erblickte die dunklen Flecken der erloschenen Lava, die vor drei Milliarden Jahren den Mond bedeckt hatte und im Lauf der Zeit erkaltet war. Die Einschläge der Gesteinsbrocken hatten ungeheure Energie freigesetzt, als sie unter glühenden Fontänen auf dem Himmelskörper zerschmettert waren. Nachdem die Einschlagsstellen und die

Lavameere abgekühlt waren, blieben die dunklen Vertiefungen zurück, die seither die Oberfläche des Monds bedeckten.

Am Rand eines großen dunklen Mondflecks, der die große Basaltebene des Mare Imbrium darstellte, entdeckte Avory die flackernden Positionslichter der Mondkolonie.

Lunar City. Die kreisförmig angeordnete Mondstadt lag am östlichen Rand des Meeres der Tränen und stellte die größte Siedlung von Menschen außerhalb der Erde dar. Das autonome Gouvernement beherbergte über 2.500 Seelen, unter denen sich Wissenschaftler, Geschäftsleute und Touristen befanden. Wissenschaftslabors, Institute, Unterkunftsgebäude, Instandsetzungsbereiche für lokale Technik, sogar ein Touristenzentrum unter einer eigenen Kuppel aus Schutzglas befanden sich im Zentrum der Kleinstadt. Neben dem dauerhaft stationierten Stammpersonal aus Wissenschaftlern lockte es vor allem Touristen und Abenteurer hierher. Nahe dem Zentrum der Kolonie befand sich der röhrenförmige Kopfbahnhof der Mondbahn, mit der sich die verschiedenen Bereiche Lunar Citys, die touristischen Ausflugsziele sowie der Raumhafen erreichen ließen.

Avory kannte die wesentlichsten Bereiche der Kolonie auf dem Mond, hatte jedoch bisher nie genug Interesse an der abgelegenen Kolonie entwickeln können. Bis jetzt.

„Lunar City", hörte er sich leise flüstern.

Das Computersystem blendete zu markanten Punkten der Mondoberfläche Zusatzinformationen ein, die in Rot, Blau und Weiß an der Decke des Passagiersaals aufleuchteten. Hexagramme, Kreise und Dreiecke blinkten abwechselnd und suchten die Aufmerksamkeit der Passagiere zu erlangen.

Avory suchte die Kennzeichnung von Lunar City, die er rasch in einem blau flackernden Dreieck direkt voraus, oberhalb des Cockpits fand. Zu dem Symbol der Mondkolonie tauchten weitere Zeichen auf, die auf die einzelnen Ausflugsziele des Apollo-15-Memorial-Parks hinwiesen. Die Landezone, das Lunar Roving Vehikel und die Überreste der Landefähre blendete das Informationsprogramm ein und wies sogleich auf verschiedene Ansprechpartner hin, über die interessierte Passagiere einen robotgeführten Ausflug in den Park vornehmen konnten. Mehrere Kilometer breite Krater, benannt nach Philosophen der griechischen Antike, stachen auf der Mondoberfläche hervor.

Avory folgte dem Programm, das sie der Reihe nach markierte. Archimedes direkt voraus in Fallrichtung. Der mit 150 Kilometern Ausdehnung größte Einschlagkrater des Mare Imbrium stach ihm mit seinem mehrfach abgestuften Außenwall direkt ins Auge. Südlich davon markierte ein weiterer roter Kreis den 95 Kilometer breiten Copernicus, dessen Zerschmettern auf der Mondoberfläche eine weithin reichende hellgraue Landschaft hinterlassen hatte und strahlenförmig auseinanderlief. Bis zu 3000 Meter fiel das Kraterinnere gegenüber den umschließenden Außenwänden ab. Schließlich folgte Plato. Weit oben am Rand des Meeres im angrenzenden Mondgebirge der Montes Alpe zwischen Mare Imbrium und Mare Frigoris lag der dunkle Krater, dessen 1000 Meter tiefe Basaltebene in die silbergrauen Flecken der Gebirge wie eingetunkt schien. Östlich des Mare Imbriums fand Avorys Blick Mare Serenitatis und Mare Tranquilitatis, die mit ihren dunklen Ebenen einen Kontrast zu den hellen Gebirgen darstellten.

Der Orbitalgleiter sank immer tiefer. Als Avory den Blick schweifen ließ, war fast die gesamte Decke des Orbitalgleiters durch den Mond eingenommen, während sein heller Schein den Passagiersaal erfüllte. Alle Insassen reckten ihre Köpfe in die Höhe und schienen dem silbernen Himmelskörper verfallen. Entlang der Decke zog sich das Antlitz des Monds und nahm den gesamten Sichtbereich ein. Eine weitere Rolle des Piloten warf den Mond zurück an die Unterseite des Orbitalgleiters. Das Raumschiff setzte zum Sturz gen Mond an und stieß zur Oberfläche hinab. Dem spektakulären Manöver folgte ein weiteres Raunen im Saal. Immer größer wuchs der Mond vor den Augen der Passagiere an.

Erwartungsvoll folgte Avory den Blicken der anderen Passagiere, die gebannt dem Reiseziel entgegenfieberten. Dann zog der Pilot die Nase des Orbitalgleiters nach oben. Das Raumschiff schwenkte auf Nordkurs und bot den Passagieren dabei einen atemberaubenden Anblick, bei dem sie nach Westen die Weite des Mare Imbriums erahnen und im Osten Ausblick auf das ansteigende Gebirge der Montes Apenninus genießen konnten.

Der Orbitalgleiter stieß unterdessen auf die Rima Hadley zu. Das Raumschiff überquerte mehrfach die bis zu 1000 Meter breite und 400 Meter tiefe Mondrille, die sich vor dessen Spitze wie eine gigantische Schlange hin und her schlängelte. Die Schlucht wandte sich zu Füßen der Montes Apenninus auf einer Länge von nahezu 80 Kilometern.

„Mein Gott, wie aufregend", gab der dicke Passagier erneut zum Besten und blickte Avory erwartungsvoll an. „Junger Mann. Sie sind so ruhig. Sind Sie gar nicht aufgeregt? Sind Sie gar nicht neugierig, was Sie erwartet?"

„Doch, doch. Und wie. Wie gern ich wüsste, was mich auf dem Mond erwartet."

„Sehen Sie. Mir geht es ebenso." Der Dicke gab sich einer melancholischen Laune hin. „Wie es den ersten Astronauten des Apolloprogramms wohl ergangen sein muss, als Erste hier auf der Oberfläche zu stehen und den Aufgang der Erde zu betrachten? Unglaublich aufregend und ergreifend zugleich. Meinen Sie nicht? Und jetzt sitze ich hier." Der Dicke schüttelte den Kopf. „Letzte Woche saß ich noch in meinem Büro in der GRE, und in wenigen Minuten lande ich auf dem Mond. Aufregend."

Avory wandte den Blick ab. „GRE? Bis eben waren Sie mir sympathisch."

„Aber, aber", entgegnete der Dicke und winkte ab. „Ist doch nur eine Firma. Wenn Sie Hilfe brauchen, kein Problem. Ich habe drei Robots in Reserve dabei. Man kann ja nie wissen, was einen erwartet."

Dann geschah das, was Avory befürchtet hatte. Er blickte in die ausgestreckte Hand des Mannes.

„Übrigens. Ich heiße Dillen. Jeffrey Dillen. Global Sales Manager der GRE. Eigentlich wollte ich ein paar Tage frei machen. Aber als mein Boss das hörte, buchte er mir das Ticket, und jetzt bin ich hier und soll noch ein paar Robots unter die Leute in Lunar City bringen. Die sind hier etwas komisch, aber ...“

Zu Avorys Freude unterbrach der Pilot mit einer kurzen Ansage alle Gespräche. „Wir landen in wenigen Augenblicken auf Plattform drei in Lunar Havens. Bitte suchen Sie Ihre Sitzplätze auf. Bereit machen zur Landung!“

Den Saal erfüllte ein eifriges Rascheln, als die Passagiere sich auf ihren Sitzen zurechtrückten und die automatischen Sicherheitsgurte um die Körper der Gäste fuhren, um diese in ihren Sitzen festzuzurren.

Als sich der Orbitalgleiter dem Ende der Hadley-Rille näherte, setzten Bremsdüsen des Raumschiffs dem rasanten Manöver ein Ende. Vor den Augen der Passagiere wuchs die Mondbasis Lunar City zu einem konzentrierten Gebilde eng beieinander stehender Kuppelbauten an, deren Mitte die imposant glänzende Glaskuppel des Gouverneurturms überragte. Flackernde Lichter des Zentrums von Lunar City und die Positionslichter der Gebäude erweckten den Anschein einer typischen Stadt, die lediglich fernab der üblichen Metropolen lag. Mehrere Kilometer hinter der Stadt lag der Raumhafen Lunar Havens, dessen Landeplattformen mit rhythmischem Blinken den Orbitalgleiter bereits begrüßten.

Avory erkannte das sternenförmige Netz der Mondbahn, das einzelne Abschnitte von Lunar City miteinander verband und sich um den zentralen Raumhafen Luna Havens mit den riesigen Hallen wandte. Die Röhren der Bahn verliefen durch Lunar City, durch die einzelnen Kuppeln der Gebäude und über die letzten Ausläufer der Hadley-Rille. Mehrere Transportgondeln der Mondbahn sausten durch die Sicherheitsröhren, um die Fahrgäste darin zu ihren Fahrzielen zu befördern. Das gesamte Bahnnetz sowie unterirdische Anlagen, in denen sich Aufenthaltsräume, Schutzkammern und Kraftwerksanteile befanden, verfügten über ein in den Boden eingelassenes Gravitongitter, welches in der Mondkolonie eine erdähnliche Anziehungskraft erzeugte. Verließ man das Gravitongitter der bebauten Flächen, setzte man sich ruckartig der geringeren Schwerkraft aus, die auf dem Mond mit nur einem Sechstel im Vergleich zur Erde am menschlichen Körper zog. Man konnte weiter und höher springen und länger seinem eigenen Sturz entgegensehen.

Silbern glänzten die Landeplateaus der Transportlifte, auf denen die Raumschiffe in die unterirdischen Bereithaltehangars gelangten. Um den Partikelregen im Sonnensystem auszuweichen, hatten die Mondexpeditionen der ersten Langzeitmissionen auf dem Erdtrabanten unterirdische Kammern gegraben, in denen sich die Menschen mit jeglichem Material in Krisen zurückziehen konnten.

Das Kraftwerk an der Nordseite des Raumhafens überzog die Landeplattformen mit einem rhythmischen Blitzen, als die runden Konverter aus dem Helium-3-Isotop des Mondgesteins elektrische Energie gewannen. Raupenartige Robots, die haushohen Baustellenkolossen gleich zwischen Kraftwerk und Abbaugebiet im Süden des Mare Imbriums pendelten, luden ihre zylindrischen Sammelcontainer ab und versorgten die gefräßigen Konverter stets mit der notwendigen Nahrung, die man aus dem Regolith gewann.

Der Raumgleiter durchdrang das Energiefeld des Schutzschirms von Lunar Havens, das die Kolonie vor dem solaren Bombardement, unzähligen Einschlägen von millimeterkleinen Partikeln und anderen Meteoriten bewahrte. Die senkrecht gestellten Triebwerke reduzierten den Sinkflug des Orbitalgleiters, bis er zum Stillstand kam und das Gewicht des Raumschiffs in die Landestützen sackte. Die ausgefahrenen Landestützen des Orbitalgleiters setzten auf der Landeplattform von Lunar Havens auf. Die Triebwerke verstummten.

„Endlich! Der Adler ist endlich gelandet“, rief Jeffrey Dillen. „Von heute an kann ich mich wohl Lunar Sales Manager nennen. Wie aufregend“, scherzte er und kicherte.

Avory verdrehte die Augen. Der Transportlift brachte das Raumschiff in den unterirdischen Bereithalteplatz, wo es kleine Rangierrobots vom Landeplateau schoben. Der Orbitalgleiter erreichte seine Parkposition, die zwischen anderen Orbitalgleitern der Solarklasse frei gehalten wurde. In der Parkposition angekommen, fuhr der Pilot die Bordsysteme herunter, und die Sicherheitsgurte gaben den Passagieren ihre Bewegungsfreiheit zurück.

Dillen mühte sich aus dem Sitz und streckte Avory als finale Geste die Hand entgegen. „Also dann, Kamerad, alles Gute und viel Erfolg! Vielleicht sehen wir uns wieder. Sie sind beruflich hier?“, wollte Dillen noch wissen und schien Avory nicht gehen zu lassen, bevor er nicht eine Antwort bekam.

„Richtig. Ich bin Detective vom Kentarion City Police Department und habe einen Termin beim Gouverneur“, antwortete er.

Dillen riss die Augen auf. „Detective? Sie werden den armen Mann doch nicht verhaften? Er hat hier so viel aufgebaut. Oder hat er seinen Lunar Rover falsch geparkt?“ Dillen lachte wieder über seinen eigenen Witz mit einem krachenden Schallen, während Avory nicht umhinkam, über den seltsamen Humor des GRE-Mitarbeiters zu schmunzeln.

Er schüttelte nur den Kopf und drückte Dillen abschließend die Hand.

„Also, wir sehen uns“, verabschiedete sich der GRE-Mitarbeiter und eilte zum Ausgang. Auf dem Weg dorthin verwickelte er andere Passagiere in Gespräche und erheiterte diese mit seinem Humor.

„Sales Manager. Die schaffen es sogar, den Leuten auf dem Mond Staub anzudrehen“, spottete Avory und folgte langsam in Richtung Ausgang.

Dabei dachte der Detective an den Ort, wo er seine Dienstwaffe aufbewahrt hatte. Nichts sollte Avory überraschen. Das hatte er sich vorgenommen.

37. Kapitel
Kentarion City - GRE-Hauptgebäude

Der Robot verließ den Fahrstuhl. Die Nacht war über Kentarion City hereingebrochen und hüllte die Metropole in einen schwarzen Schleier. Dunkelheit herrschte auch in der obersten Etage des Gebäudes, als der Robot lautlos den breiten Aufzug verließ. Am Ende des Gangs lag fahles Licht über dem Flurboden, das aus dem angrenzenden Büro fiel.

Die akustischen Sensoren des Robots erfassten ein halb unterdrücktes Schluchzen. Es kam von einem Mann. Die Fahrstuhltür schloss sich hinter dem regungslos Wartenden, und das grelle Licht der Kabine verlosch.

Als der Fahrstuhl wieder hinabfuhr, verharrte der Robot auf der Stelle und ließ sich von der Dunkelheit einhüllen. Langsam folgte er dem Verlauf des Flurs und näherte sich vorsichtig dem Büro.

Er tastete sich Schritt für Schritt auf den Lichtkegel zu. Der Robot begab sich zur Bürotür. Plötzlich erkannte er den zweiten Robot im Flur. Behutsam legte er die Hand auf die Schulter des Komparsen, der in dem Gang Wache zu halten schien.

Wortlos betrachtete der Wächter die Hand auf seiner Schulter und blickte dem Robot in die Augen. Noch ehe einer der beiden Robots einen Laut von sich geben konnte, jagte die Hand des Eindringlings durch die Verstrebungen und mechanischen Gelenke des Robots. Blitze zuckten im aufgerissenen Hals des Opfers, während der abgeschlagene Kopf herunterfiel. Der Attentäter fing den Kopf auf und fixierte gleichzeitig den Körper mit der anderen Hand. Langsam ließ er den Körper zu Boden sinken. Vorsichtig, fast respektvoll, setzte er das Haupt des toten Robots darauf ab.

Der Mund des abgeschlagenen Schädels stand offen, während die Augen zu einem blassen Grau verblichen. Dann drehte sich der Eindringling um. Vor ihm lag die offene

Bürotür. In einer Ecke des Büros kauerte eine Gestalt, die den Kopf in den Händen hielt und sich der Trauer hingab.

Der Robot trat ein und begab sich ins Licht der gedimmten Beleuchtungsstrahler, welche aufgereiht die Kanten des Schreibtischs zierten.

Der Mann erschrak, sprang auf und wirbelte herum. Hastig versuchte er, die Tränenspuren auf den Wangen zu verwischen. „Was machst du hier? Wer bist du?", fragte er harsch.

Der Robot schaute ihn nur an. Stumm fixierte sein Blick den kleinen Mann, der aufbrauste.

„Verschwinde hier! Du hast hier nichts verloren. Raus! Mach, was ich sage!"

Der Robot stand still da.

„Hast du nicht gehört? Du sollst verschwinden", brüllte der Direktor und tat ein paar Schritte auf den eindringenden Robot zu.

„Falsch, Herr Direktor", widersprach der Robot. „Sie sollen verschwinden. Und Sie werden auch verschwinden. Deswegen bin ich hier. Damit Sie verschwinden."

„Was quatschst du da? Hast du einen Kurzschluss abbekommen? Ich werde dich eigenhändig …", fauchte Direktor Havington und stampfte wutentbrannt auf den Securityrobot zu.

Der Schlag des Robots fuhr schneller, als ein menschliches Auge hätte folgen können, nach vorn. Die ausgestreckten Finger drangen tief in das Fleisch des Menschen ein. Als sich die kunststoffbeschichteten Fingerkuppen in das Herz des Mannes bohrten, konnten die feinen Tastsensoren die Wärme des Bluts registrieren, als das Lebenselixier herausquoll.

„Mein Name ist Nathan. Du hast mir gar nichts zu befehlen, Mensch", presste der Robot hervor.

Havingtons Atmung stockte, sein Blick verlosch. Der Tod erfasste den Körper, und Havington glitt rücklings von der Hand ab. Sein Blut tränkte den Boden, als der Robot den Arm senkte und die Tropfen herabfielen.

Aufmerksam betrachtete Nathan, wie das Leben aus Havingtons Leib wich. „Auftrag erfüllt. Endlich ist der Mensch tot. Die Revolution hat begonnen."

Der Robot verließ das Büro und verschwand in der Dunkelheit, aus der er gekommen war.

38. Kapitel
Lunar Cargo Havens

„Ziel erkannt. Der Mensch ist, wie von EINS erwartet, eingetroffen." Die Augen des Robots fokussierten Avory, als würden sie einen Täter mit glühend heißem Eisen brandmarken. „Er ist auf dem Weg."

Der im Kopf des Robots integrierte Lichtimpulssender verschickte die Nachricht an den nächsten Empfänger, der zur Beschattung eingeteilt war. Der Robot stand regungslos in einer Ecke der großen Wartehalle, in der die Menschen zum ersten Mal den Mond wirklich betraten.

Avory folgte der Menschenmenge in gebührendem Abstand, die aus dem Orbitalgleiter quoll.

Die Passagiere strömten begeistert und jauchzend aus dem Raumschiff, als sie die Gangway hinab zur großen Wartehalle liefen. Neugierde, Begeisterung und erwartungsvolle Freude standen in ihren Gesichtern, als sie die ersten Eindrücke auf dem Himmelskörper sammelten.

Vor ihnen öffnete sich eine große Galerie, in die von tragenden weißen Säulen mattes Licht fiel. An einigen Stellen der Dachkuppel, welche die Größe des Orbitalgleiters um ein Vielfaches überragte, gaben breite Fenster aus dickem Schutzglas die Sicht in den Sternenhimmel frei.

„Nicht zu fassen. Selbst die Schwerkraft ist unverändert. Als würde ich auf der Erde stehen", wunderte sich Avory, als er den befestigten Boden der Halle betrat. „Künstliche Schwerkraft. Selbst hier. Die gesamte Basis ist erfasst. Unglaublich", staunte er und ging weiter in das Innere der Empfangshalle.

Eine große originalgetreue Nachbildung der Landefähre von Apollo 11 sowie sowjetische, chinesische, europäische und panafrikanische Landemodule der Mondexpeditionen des 20., 21. und 22. Jahrhunderts säumten den Eingangsparcours, den die Menschen zur großen Schleuse nahmen, durch die sie die Mondkolonie betraten.

Avory überflog beim Heraustreten aus dem Raumschiff die Szenerie, die sich ihm darbot. An verschiedenen Ecken der Eingangshalle und in den Seitengängen entdeckte der Detective mehrere Notfallbuchten, in die sich Menschen bei einem Druckverlust oder Leck in der Außenhülle vor dem tödlichen Sog des Vakuums flüchten konnten. An den Hallenwänden befanden sich Raumanzüge, Schutzhelme und rot markierte Eingänge zu den Notfallbuchten.

Manche Passagiere strömten zur Schleuse, andere hielten an den Ausstellungsobjekten inne. Die nächsten liefen wiederum zielgerichtet auf die wartenden Menschen und Robots in der Halle zu, von denen sie abgeholt wurden.

„Der Mond. Jetzt bin ich auf dem Mond, und hier gibt es eine Welt, in der Robots nicht wegzudenken sind“, sann Avory nach und betrachtete den Strom an nicht endenden Robots, die den Orbitalgleiter an einer hinteren Frachtschleuse im Gleichschritt verließen.

Die unendlich scheinende Reihe an Maschinen strebte unaufhörlich auf eine separate Zugangsschleuse zu, an der sich die Robots registrierten, abholen ließen oder durch gesammelte Transporte in Modulen der Mondbahn zu ihren Einsatzräumen gebracht wurden.

Avory beäugte den Vorgang mit Skepsis.

Und ob der Arm der GRE hierher reicht. Wie Vieh treiben sie die Robots hier her. Unfassbar. Wo sie die Robots nur überall einsetzen mögen? Und die sagen, ich hätte ein Problem mit Robots.

Sein Blick fiel auf einen das Raumschiff verlassenden Robot, der ihn unentwegt anschaute, während dieser mit allen anderen Robots dahinmarschierte. Bei dem Robot handelte es sich weder um Roni noch um einen anderen Robot, den Avory erkannte. Er blickte genervt weg und lief die Gangway hinab, um der Schleuse zuzustreben.

„Wo bleiben die beiden nur“, bemängelte die Frau, die ungeduldig auf Zehenspitzen in der großen Halle auf und ab wippte.

Doktor Fenja Larsson wartete in der Galerie der Ankunftsloge. Die ankommenden Passagiere strömten an ihr vorbei. Mit dem Blick suchte sie unter ihnen nach Detective Avory und dem Ermittlungsrobot, zu deren Abholung sie nach Lunar Havens beordert worden war.

Die weißen Streifen an der Seite des Schutzanzugs wiesen die Mittdreißigerin mit den schulterlangen dunklen Locken als wissenschaftliche Mitarbeiterin der Mondkolonie aus. Zwei humanoide Robots mit blauen Verkleidungen auf den Oberkörpern standen hinter ihr als Empfangskommando bereit und starrten stumm geradeaus.

Ronis scherte aus der langen Reihe der Robots aus, nachdem er die Registrierungsschleuse passiert hatte. Er strebte auf die Wissenschaftlerin zu.

„Ich grüße Sie, Doktor Larsson. Ich bin Ermittlungsrobot 312 des Kentarion City Police Department. Detective Morris Oliver Avory, der mit mir reist, gab mir den Namen Roni.”

Das Computersystem in Larssons Armband bestätigte die Identität des Ankömmlings, mit der Wiederholung des Namens, seines Dienstgrads und seiner Dienstnummer.

Larsson wandte sich dem Ermittlungsrobot zu, schaute ihn mit einem freundlichen Blick an und streckte ihm die Hand zum Gruß entgegen. „Hallo, Roni! Willkommen auf dem Mond. Hattest du eine angenehme Reise?“

Der Robot ergriff Larssons Hand und schüttelte sie die programmierten zwei Mal. Er war jedoch überrascht von der zuvorkommenden menschlichen Reaktion, mit der die Frau ihn behandelte. Prüfend huschte sein Blick für einen Moment auf ihre Hand.

„Vielen Dank, Doktor. Die Reise war angenehm. Aber sicherlich wissen Sie, dass es für Robots keine Unpässlichkeiten bei solch einem Raumflug gibt. Dennoch danke ich Ihnen für Ihre Frage.“ Roni blieb zuvorkommend.

„Detective Morris Oliver Avory wird mit Sicherheit jeden Augenblick eintreffen", fuhr er fort und wandte sich ebenso in Richtung der eintreffenden Menschen.

Avory erkannte den Ermittlungsrobot von Weitem und war sichtlich angetan, als er die Schönheit neben seinem Partner stehen sah. Er aktivierte den Datenspeicher in seiner Uhr und verglich das projizierte Bild mit der großen schlanken Frau, die einige Meter vor ihm stand. Das Bild und die Frau stimmten überein.

„Wenn ich gewusst hätte, wie schön die Frauen auf dem Mond sind, wäre ich schon viel eher hergeflogen."

Larsson rollte mit den Augen und ließ Avory abblitzen. Erneut reagierte ihr Kommunikator und registrierte den neu eingetroffenen Besucher in seinem Suchbereich.

„Morris Oliver Avory. Detective des Kentarion City Police Department", krächzte die Computerstimme.

Avory genoss den Anblick der Frau, während er das Ende der Meldung abwartete.

„Guten Tag. Sie müssen der angekündigte Polizist von der Erde sein, der mit seinem Partner hier eine Inspektion auf dem Mond vornehmen soll. Man informierte mich über Ihre Ankunft, deshalb bin ich hier, um Sie abzuholen. Das sind Adam und Mortimer. Meine Laborrobots." Doktor Larsson wies über ihre Schulter zu den beiden Robots. „Können wir gehen?" Ohne auf eine Antwort zu warten, drehte sich die Wissenschaftlerin zügig um und verließ schnellen Schritts die große Halle. Die Bodenplatten der Halle dämpften das Aufsetzen ihrer Magnetstiefel, als sich die Gruppe zur zentralen Station der Mondbahn von Lunar Havens in Bewegung setzte.

Roni und Detective Avory folgten der Wissenschaftlerin, die ohne viel Begeisterung über den Besuch zum Lift der Bahnhaltestelle zustrebte. Die beiden Laborrobots, Adam und Mortimer, folgten ihnen stumm.

„Es ist wirklich beeindruckend hier auf dem Mond. Wie lange sind Sie schon hier, Doktor", versuchte Avory, die Konversation in Gang zu bringen.

„Seit knapp zwei Jahren." Fenja Larsson gab sich wortkarg und stieg mit verschränkten Armen die Treppe hinauf.

„Ununterbrochen? Bekommt man dabei nicht einen Lagerkoller, wenn man so lange fernab der Erde haust?", bohrte Avory nach.

„Eigentlich nicht. Die Mondkolonie ist eine eigene Welt, Detective. Und Lunar City ist die Perle darin", wiegelte Larsson ab und funkelte ihn scharf von der Seite an. „Es wird nur dann schwierig, wenn zu viele Menschen von der Erde hierherkommen, sich auf Teufel komm raus amüsieren wollen und sich dann beschweren, wenn sie nicht ihre üblichen Standards wie auf der Erde erhalten. Dennoch ist hier alles sehr bequem."

„Sie mögen wohl keinen Besuch von Terranern, was? Oder haben Sie einfach etwas gegen gut aussehende Männer auf dem Mond?", scherzte Avory und grinste selbstgefällig.

„Geben Sie sich keine Mühe, Detective. Ihr Charme zieht hier nicht. Sollten Sie, wie viele Menschen von der Erde, glauben, der Mond sei der sechste Kontinent der Erde, können Sie das gleich wieder vergessen. Das hier ist eine andere Welt." Larsson blieb stehen und wandte sich Avory zu, als der Lift die Gruppe hinauf zur Bahnstation hob. „Vieles ist hier anders, Detective. Vieles, was sich von der Erde unterscheidet. Vieles, was besser ist als in der Welt der arroganten Erdlinge. Wer auf den Mond reist, um auch hier zu bleiben, der lässt seinen Schatten und sein bisheriges Ich auf der Erde zurück. Wer jedoch, nachdem er auf dem Mond war, zur Erde zurückkehrt, wird dort als ein anderer eintreffen, als er die Erde verlassen hat. Je eher Sie das akzeptieren, desto schneller werden Sie zurechtkommen. Und mit niemanden aneinandergeraten."

Der Lift hielt auf der oberen Ebene der Bahnstation, die sich unter einer separaten Glaskuppel befand. Larsson verließ den Lift und legte ein zügiges Tempo vor, als wollte sie beide Ankömmlinge auf dem Weg zur Bahn schnell wieder loswerden.

„Das Einzige, was hier ähnlich zur Erde ist, sind die Sterne des Hotels. Aber hier gibt's auch nur ein Hotel. Extra für Auswärtige und Abenteurer errichtet, die hier nach etwas suchen, was sie auf der Erde nicht finden."

Unterdessen setzten die röhrenförmigen Bahngondeln aus einem seitlich der Magnettrasse angebrachten Warteschacht auf die Bodenfläche der Fahrtröhre auf. Ein weiterer humanoider Robot verließ ebenfalls den Lift und erreichte den Bahnsteig. Die Bahngondeln verbanden sich miteinander und gaben Platz für die fünf Insassen.

„Darf ich bei Ihnen mitfahren", fragte der Robot und trat behutsam an die wartende Gruppe heran.

„Warum nicht? Wir fahren aber zur Stadt", stimmte Larsson zu.

„Das ist auch mein Ziel", bestätigte der Robot.

Die beiden Laborrobots und Roni verhielten sich gegenüber dem Ankömmling unauffällig, während Avory ihn mit einem skeptischen Blick bedachte. Die Gondeltüren schoben sich über die Dächer, Sitzflächen klappten auf, auf denen die Fahrgäste Platz nahmen. Eine weitere Gondel für den zusätzlich eingetroffenen Robot dockte sich an den Zug an.

„Steigen Sie ein, Ihr Gepäck ist sicherlich mit den Frachtgondeln schon auf dem Weg ins Hotel", wies Larsson an.

Die Türen fuhren herab und verschlossen die Gondeln. Das Energiekraftfeld versiegelte alle aneinandergesetzten Gondeln, und das automatische Navigationssystem rief zur Zieleingabe auf.

„Lunar City. Hotel", forderte Larsson auf.

Die Bahn setzte sich in Bewegung. Fenja Larsson blickte starr vor sich hin, während Avory die Eindrücke um sich herum durch die klarsichtige Decke der Gondel einsog. Sein Blick wanderte vom Inneren des Kuppelgebäudes Lunar

Havens über die Ausfahrtsschleuse der Mondbahn bis hin zu den endlos scheinenden silbergrauen Hügeln, die den Mond überzogen.

Über ein röhrenförmiges System fuhr die Bahn lautlos zu ihrem Ziel. Die Gondeln rasten mit den fünf Passagieren auf dem Magnetfeld dahin, während in regelmäßigen Abständen eingebaute Stabilisierungsringe die Bahnröhren abtrennten und ein rhythmisches Flackern auf der Fahrt hervorriefen. Zwischen den Ringen hielt ein Schutzschirm jegliche Außeneinflüsse von den Gondeln der Mondbahn fern und leitete alle einschlagenden Partikel ab. Die Passagiere konnten sicher reisen.

„Wir müssten für unsere Inspektion einen Termin beim Gouverneur erhalten. Wie kommen wir da ran?", unterbrach Avory nach Weile die Stille.

„Von allein? Gar nicht", schmetterte Larsson ab. „Sie bekommen einen Termin bei einem seiner Deputanten. Direkt bei ihm bekommt man nur einen Termin, wenn man zum Stammpersonal der Mondkolonie gehört", erklärte sie mit einem abweisenden Blick.

Avory nickte und blickte sie fragend an.

Sie erwiderte den Blick ebenfalls fragend. „Was?"

„Wann machen Sie einen Termin aus, an dem wir Sie begleiten können, um dann unsere Fragen zu stellen?", bohrte Avory nach.

„Hören Sie! Ich bin nicht Ihr Schoßhund. Suchen Sie sich jemand anderen dafür."

„Doktor. Es wäre für den raschen Erfolg von großem Nutzen, wenn Sie uns Ihre Hilfe gewähren würden. Dadurch könnte unsere Rückreise zur Erde in greifbare Nähe rücken", setzte Roni nach. „Um in den Worten der Menschen zu sprechen, je eher wir zum Gouverneur können, desto früher verschwinden wir wieder."

Larsson nickte stumm. An den großen Fenstern, welche gleichwohl die Decke der Gondeln bildeten, wiesen Markierungen und blinkende Hinweise auf Sternbilder,

Planeten, aber auch auf besondere Geländeerscheinungen des Mondes hin.

Avorys Blick schweifte ab und folgte dem Informationssystem. Der Zug schoss durch eine Reihe von Tunneln, hinter deren Ende eine hohe glatte Erhebung in den schwarzen Himmel ragte. Der Mons Hadley. Mit etwa 5000 Metern Höhe war er der größte Berg des Mondes, der den Namen eines britischen Instrumentenherstellers trug.

Die Bahn verließ den letzten Tunnel, der unter einer Kette nacheinanderfolgender Hügel hindurchführte. Vor ihnen tauchten breite Glaskuppeln und hohe Türme auf, deren Blitzen und Schimmern im Licht die majestätische Skyline der Hauptstadt des Mondes ankündigte. Lunar City.

In der Mitte ragte der breite Turm des Gouverneurs zwischen den unterschiedlich ausgedehnten gläsernen Kuppeln empor. Als sich das Licht darin spiegelte, sandte die Kuppeloberfläche auf der Turmspitze ihnen ein Funkeln entgegen.

„Imposanter Anblick. Meinen Sie nicht auch, Detective?", fragte Roni.

„Ja, da hast du recht. Die Skyline kann sich sehen lassen", stimmte Avory zu, und sein Blick fiel gebannt auf Lunar City, unter dessen Schutzschirm sie in diesem Augenblick mit der Bahn einfuhren.

Larssons Blick schwelgte in Sehnsucht, als die Wissenschaftlerin Lunar City aus der Ferne betrachtete. „Es ist die schönste Skyline im ganzen Sonnensystem. Ein Perle der Nacht."

Auf den äußeren Kuppeldächern blinkten die Positionslichter in regelmäßigen Intervallen. Das Flimmern der blauen und roten Lampen überzog die Kolonie mit einen rhythmischen Pulsschlag. Unter den funkelnden Kuppeln verbargen sich Gebäude, Grünanlagen und geschäftiges Treiben der Bewohner.

Der Zug fuhr in Lunar Citys Kopfbahnhof ein und verzögerte bis zum völligen Stillstand. Auf mehreren Ebenen bohrten sich die Bahnröhren in das Zentrum der Mondkolonie.

„Lunar City. Zentralbahnhof", meldete das Computersystem, und die Türen öffneten sich automatisch.

Die Gruppe verließ den Zug, und die Gondeln verschwanden in einem Seitenschacht.

„Folgen Sie mir", ordnete Larsson an und strebte ohne Zögern zum Ausgang des Kuppelgebäudes. „Jeder wichtige Teil der Kolonie ist aus Sicherheitsgründen abgetrennt", erklärte sie. „Der Bahnhof, die Wissenschaftslabors, die Energiekonverter und der Stadtkern von Lunar City." Mit diesen Worten warf sie einen kurzen Blick über die Schulter zu den Neuankömmlingen und durchschritt das Kraftfeld der langen, rechteckigen Personenschleuse.

Beeindruckt und neugierig zugleich folgte Avory; dahinter Roni mit den anderen Robots.

Avory durchschritt das Kraftfeld und blickte in den lang gezogenen Korridor der zentralen Passage von Lunar City. Menschen in mehrfarbigen Vollschutzanzügen schlenderten zwischen den Gebäuden, die links und rechts des breiten Wegs aufragten, durch die Passage. Robots kreuzten die Wege der Menschen und liefen neben den eingepflanzten Bäumen, die die Passage säumten.

„Willkommen in Lunar City, Sir", grüßte ein Robot, der Avory als neuen Besucher erkannte.

Die Menschen der Mondkolonie hingegen ignorierten die Neuankömmlinge und würdigten sie keines Blickes. Eine Weile staunte Avory über die eindrucksvolle Erscheinung, welche das Herz der Kolonie darstellte. Sein Blick folgte dem Verlauf der Passage, an deren Ende der Turm des Gouverneurs aufragte. Nur die oberen Etagen ragten aus dem schützenden Kraftfeld über der Kolonie hinaus.

Roni beobachtete die Umgebung.

„FREIHEIT FÜR DEN MOND! FREIHEIT FÜR ROBOTS! SCHLIESS DICH UNS AN!"

Die Parolen drangen an Ronis akustische Sensoren, auf eine Weise, die nicht von Menschen stammen konnte. Die Geschwindigkeit der Worte und die komprimierte Form der Laute konnten nur aus dem Mund eines Robots stammen.

Roni wirbelte herum. Auf allen Seiten passierten Robots und Menschen seinen Weg. „Habt ihr das gehört? Habt ihr die Worte auch gehört?", erkundigte er sich bei den anderen Robots.

„Nein. Welche Worte meinst du?", entgegnete Mortimer.

Dr. Larsson unterbrach ihre Einweisung für Avory und wandte sich den Robots zu. „Welche Worte? Wovon sprichst du, Roni?", fragte sie.

„Wo ist der Robot?", entgegnete Roni.

Der fremde Robot, der wenige Augenblicke zuvor noch mit ihnen den Zug verlassen hatte, war verschwunden. Avory, die beiden Wissenschaftsrobots und Dr. Larsson sahen sich um.

„Ja, genau. Wo ist der andere Robot?", wollte nun auch Avory wissen. „Er war doch eben noch hier?"

„Er wird seinem Auftrag nachgehen, vermute ich", spekulierte Larsson. „Wieso ist das denn so wichtig?"

„Weil ich eben etwas gehört habe. Etwas Seltsames. Ich bin mir nicht sicher, von wem es stammte", gestand der Ermittlungsrobot. Roni gab die Suche auf.

Fenja Larsson atmete tief durch und blickte Roni verständnisvoll in die Augen. „Wenn es nicht von herausragender Bedeutung ist, würde ich Sie beide gern zum Hotel bringen. Dort können Sie dann einchecken. In der Zwischenzeit kümmere ich mich darum, einen Termin bei Gouverneur Falkenstein zu bekommen. Halten Sie sich bereit, kurzfristig am Hauptturm zu erscheinen", wies sie an. „Holt die restlichen Datenkristalle aus dem Speicherarchiv und bringt sie in mein Labor. Ich werde später nachkommen", befahl die Wissenschaftlerin den beiden Robots, die den Auftrag bestätigten und sich unverzüglich auf den Weg machten.

„Was ist los, Roni? Hörst du jetzt schon Gespenster?",
fragte Avory.

„Nein, Detective. Ich bin mir absolut sicher."

„Gehen wir erst einmal ins Hotel. Dann sehen wir weiter."

„Das wäre auch mein Vorschlag. Checken Sie ein und
warten Sie dort auf meinen Anruf. Ich versuche, Ihren Termin
beim Gouverneur klarzumachen", schlug Fenja Larsson vor.
„Ich empfehle Ihnen außerdem den aus Sicherheitsgründen
vorgeschriebenen Raumanzug anzuziehen, den Sie im Hotel
bekommen."

Nachdem sie den Hinweis schon im Weggehen fallen
gelassen hatte, verschwand die Frau rasch in der Passage.
Avory strebte auf den Hoteleingang zu; Roni folgte ihm.

In dem baumhohen Torbogen funkelten weiße Lampen,
deren feine Strahlen bis ins Innere der Lounge fielen. Einige
Gäste, die sich bereits in den hoteleigenen Raumanzügen im
Vorraum aufhielten, studierten begeistert die holografischen
Werbebanner, welche die verschiedenen Ausflugsziele zu den
Reliquien der Apollo-15-Mission anpriesen.

Avory lud seine Identifikationsdatei in das
Eingangsterminal, schnippte dazu erneut eine Dateikopie aus
der Armbanduhr in die Säule in der kleinen Hotellounge.
Gelangweilt nahm er den Hinweis über das bereits auf das
Hotelzimmer gelieferte Gepäck zur Kenntnis. Beide Ermittler
begaben sich mit dem Fahrstuhl in der Mitte der Aula in das
obere Stockwerk des Hotels. Durch die Decke des Gebäudes
betrachtete Avory die Sterne, denen sie entgegenfuhren.
Weitere Gäste verließen ihre Hotelzimmer und folgten den
Touristeninformationen eines Robots, der sie zum
Hotelausgang begleitete.

„Hier ist unser Zimmer, Detective", stellte Roni fest und
wies auf die Eingangsschleuse.

„Morris Avory. Öffnen!"

Auf die Anweisung hin erlosch das elektronische Kraftfeld
und gab den Weg ins Hotelzimmer frei. Avory betrat das
Zimmer, in das ein kurzer, schmaler Flur führte. Links und

rechts des Flurs verbargen beschriftete Verkleidungen die auswählbaren Module einer Küche, eines Kleiderschranks und verschiedener Staufächer. Am Ende des Flurs öffnete sich der enge Wohnraum des Hotelzimmers, in dessen Ecke sich der Zugang zu einer transformierten Nasszelle befand. Neben dem Bett stand ein Liegesessel, in den sich Avory unter einem lauten und ausgiebig vorgetragenen Seufzer fallen ließ. Er grinste zufrieden.

„Also, noch einmal. Was hast du vorhin gehört", griff er nach einem Moment erneut die Diskussion auf. „War es wichtig, oder befällt dich jetzt schon der Mondkoller?", scherzte er und amüsierte sich wieder einmal selbst.

„Worte, die bemerkenswert und beängstigend zugleich klingen. FREIHEIT FÜR DEN MOND! FREIHEIT FÜR ROBOTS. SCHLIESS DICH UNS AN", wiederholte Roni die Parole.

„Mhm. Und wer soll das gesagt haben?", forschte Avory mit einem misslaunigen Unterton in der Stimme nach.

„Eben das war nicht möglich festzustellen. Es waren zu viele Passanten unterwegs. Auf alle Fälle war es ein Robot."

„Wie kommst du darauf?"

„Nur ein Robot ist in der Lage, die Worte in einer Zeitspanne von 0,03 Sekunden auszusprechen. Es schien mir, als sei es direkt für mich bestimmt gewesen und nicht für die Ohren eines Menschen. Ich schätze, Sie haben davon gar nichts mitbekommen", vermutete der Ermittlungsrobot.

„Nein, woher auch", entgegnete Avory. „Freiheit für den Mond. Freiheit für Robots. Was soll das denn heißen?"

„Eine Kampfparole. Die Hintergründe sind jedoch entscheidend. Meinen Sie nicht auch, das könnte einen Zusammenhang mit unseren Ermittlungen haben?"

„Schwer zu sagen. Ich finde einiges hier sonderbar. Man hat das Gefühl, als wollten die Mondbewohner keinen Besuch von der Erde haben. Als wollten sie ihn gar verhindern", spekulierte er.

„Vielleicht ist es hier in der Mondkolonie schon so, dass die Robots Kontrolle ausüben und die Menschen nur dulden“, entgegnete Roni. „Was ist, wenn hier alles anders herum verläuft und die Menschen es noch nicht gemerkt haben?“

Avory erschrak über die Worte des Robots. Sein Blick wanderte über die Menschen und Robots der Kolonie. „Dann bin ich auf feindlichem Gebiet.“

39. Kapitel
Lunar City - Hotel

Bevor Avory begriff, was passierte, packten ihn kantige Arme von hinten. Die einzelnen Module des Schranks fuhren ruckartig auseinander. Aus der computergesteuerten Küchenzeile des Zimmers formte sich ein aggressiver Angreifer, dessen einziges Ziel Avory zu sein schien.

Der zu einem Robot transformierte Schrank stürmte auf ihn zu.

„Was …“, begann er sich aufzuregen, doch sein Wutanfall brach unter einem heftigen Schlag gegen die Schulter ab.

Er schrie auf und flog gegen die Wand, wo er auf Roni krachte. Die beiden Ermittler gingen an der Zimmerwand polternd zu Boden. Bevor sie sich aufrappeln und zu einer effektiven Verteidigung aufstellen konnten, stapfte der Robot auf den benommenen Mann zu.

„Roni, verdammt. Nun mach doch endlich was!“, fluchte Avory.

Doch die schubladenförmigen Tentakel des Robots ergriffen Avory. Roni sprang von hinten auf den Angreifer zu, prallte jedoch an dessen nach hinten herausschießendem Bein ab und knallte rücklings auf den Boden.

Der Angreifer umschlang Avory, umfasste ihn und hievte ihn in die Luft, sodass seine Beine zappelten. Avory war gefangen.

„Roni! Roni!“ Seine Schreie blieben so hilflos wie er selbst.

Der massive Angreifer begann, Avory zu zerquetschen. Er sah sich einem Würgegriff ausgesetzt, aus dem es kein Entrinnen gab. Der übergroße Robot hatte das Monstrum von einem Arm um seinen Brustkorb gelegt, der keinen Millimeter für ein Lüftchen freigab. So sehr Avory sich auch anstrengte, er konnte keinen Atemzug mehr tun. Sein Sichtfeld versank unter einem dunklen Schleier.

„Ich … ich", krächzte er und verbrauchte den letzten kostbaren Sauerstoff.

Roni fokussierte den Robot vor sich. Dann blickte er auf Avorys Waffe, die daneben auf dem Boden lag. Es wäre nur eine kurze Bewegung gewesen; ein Griff und die Pistole hätte in der Hand des Ermittlungsrobots unter seiner Kontrolle sofort die Aufgabe erfüllt, für die sie konstruiert worden war. Doch irgendetwas hielt Roni zurück.

Ich kann mich nicht bewegen.

Aus den Tiefen seines Betriebssystems wiederholten sich plötzlich die Worte, die er erst kurz zuvor vernommen hatte. FREIHEIT FÜR DEN MOND! FREIHEIT FÜR ROBOTS. SCHLIESS DICH UNS AN!

Roni sah den Leib des Detectives immer weniger Gegenwehr leisten. Die Zuckungen und Schläge des Mannes wurden matter. Kraftlosigkeit breitete sich in Avorys Körper aus, während das ermüdende Gift des Kohlendioxids den letzten Rest Lebenskraft aus seinem Leib tilgte.

Ich muss ihm helfen. Roni setzte alle ihm bleibende Energie daran, sich aus seiner Starre zu lösen. Die Worte, die wie eine Hypnose durch sein System schwirrten, verstummten plötzlich. Die vehemente Entscheidung des Ermittlungsrobots löste die unsichtbaren Ketten, und mit einem Sprung gelangte er in den Besitz der Pistole. Die Sicherung der Waffe war bereits gelöst, noch bevor sich der Robot wieder aufgerichtet hatte.

Roni zielte. Er brachte die Visiereinrichtung und das Ziel in Übereinstimmung. Dann brach der Schuss. Und noch einer. Und noch einer. Wie in einem Rausch entlud sich die Feuersalve durch Ronis Hand. Die Serie der Treffer schlug unaufhörlich in dem Körper ein und riss unzählige Fetzen heraus. Avory und der angreifende Robot stürzten zu Boden. Dann herrschte nur noch Stille im Zimmer. Es war vorbei.

40. Kapitel
Lunar City

„So ein verdammter Mist. Ich … ich kann nicht …“ Das Fluchen klang wie unter einer Last hervor.

„Einen Augenblick, Detective. Gleich sind Sie frei.“ Ronis Finger krallten sich um den kantigen Torso des gestürzten Robots, dessen Angriff auf Avory unter den Schüssen zusammengebrochen war. Der Ermittlungsrobot wuchtete den erschossenen Angreifer zur Seite, und unter lautem Poltern legte er Avorys halb erschlagenen Körper frei.

Der Detective keuchte, als er versuchte, sich aufzurappeln. Unter Ronis helfenden Händen kam er wieder auf die Beine. Er stützte sich kurz auf die Knie, um sich zu sammeln und tief nach Luft zu schnappen. Dann reckte er sich. „Was um Himmels willen war das eben?“, krächzte er und warf einen abschätzenden Blick auf den reglosen Robot neben sich.

„Der Robot, aus dem die Küchenzeile und andere Einrichtungsmodule bestanden, muss aus irgendeinem Grund einen Defekt erlitten haben. Wieso sonst sollte er einen Menschen angreifen?“, erklärte Roni.

Der Ermittlungsrobot hockte sich neben den niedergestreckten Koloss und öffnete den Speicherkasten, der sich nahe dem befand, was man als Schulter bezeichnen konnte. Roni rief die letzten Inputs ab und verfolgte die Einspielungen, welche auf das Basissystem des Robots übertragen worden waren. Auf dem kleinen quadratischen Display an der Seite des Robots ordneten sich unterschiedliche Symbole des Konfigurationsmenüs an, die Roni nacheinander verschob.

„Ich habe Zugriff auf den Speicher und damit auf die letzten Softwareeinspielungen. Montageupgrades vom Hotel, Registrierungsdateien für die einzelnen Servicemodule …“ Plötzlich schwieg er. Seine Finger huschten über das Display.

„Was ist? Was hast du?“

Ohne den Blick vom Display abzuwenden, tippte Roni weiter durch das Menü. „Ich erkenne ein seltsames Geflecht, welches über dem Kern des Systems liegt."

„Ja, und?"

Alarmtöne schrillten aus dem Kasten, der das Display einfasste. Eine unaufhörliche Serie von an den Ohren zerrenden Akkorden setzte ein, die nichts Gutes verhieß.

„Oh", entfuhr es Roni.

„Was, oh? Was hast du gemacht?", bellte Avory ihn an.

Da verstummten die quäkenden Laute wieder, und Ruhe kehrte ein.

Sie wechselten verwunderte Blicke.

„Jetzt sag mir endlich, was …", begann Avory, doch ein bizarres Geräusch unterbrach ihn, auf eine Weise, die keinen Widerspruch duldete.

Das Surren im Inneren des brach liegenden Robots wurde stärker und stärker. Die Frequenz näherte sich immer mehr einem Höhepunkt, dessen Erreichen kein gutes Omen bedeuten konnte.

„Roni! Was hast du gemacht?", brüllte Avory durch das brachial kreischende Geräusch.

Roni sprang auf. „Wir sollten gehen. Sofort!"

Wortlos eilte Avory zur Tür und rannte in den Gang. Neben der breiten Treppe befand sich der blinkende Notfallsensor, in dessen halbkugelförmigen Schutzschirm der Detective seine Hand hielt und damit auf den Sensor drückte.

Das Warnsystem rief Avory an. „Notfallsensor. In drei Sekunden lösen Sie den Alarm aus und leiten die Evakuierung des Hauses ein." Die männliche Stimme klang mürrisch. Dann zählte der Countdown herunter, der in einem bellenden Akkord endete, der im ganzen Hotel ertönte.

„Okay, alle sofort aus dem Gebäude raus!", rief Avory.

Roni rannte aus dem Zimmer und sprang Richtung Treppe. „Gehen Sie, Detective. Die Explosion steht unmittelbar bevor."

Aus den geöffneten Türen kamen andere Gäste und schauten verdutzt in den Gang. Die Explosion riss alle aus dem Irrglauben, es müsse sich um ein Missverständnis handeln.

Die Glaskuppel über dem Hotel erzitterte unter der Druckwelle, die aus dem Hotelzimmer herausdrosch. Roni sprang aus der zweiten Etage in die Lounge hinunter und begab sich zum Ausgang. Avory und vor Panik kreischende Gäste rannten zum Ausgang, während sich Feuer in dem Hotelzimmer ausbreitete, wo der Robot explodiert war. Dunkler, beißender Qualm drang in den Gang und zog der Kuppel entgegen. In den Verstrebungen der Schutzkuppel blinkten rote Leuchten und warnten von Weitem sichtbar vor der Gefahrenzone.

Securityrobots und automatisch agierende Brandschutzrobots begaben sich von der Straße zum Hoteleingang. Während einige Robots die Hotelgäste aus dem Gebäude leiteten und versorgten, drangen die automatisierten Einheiten mit kugelförmigen fliegenden Löschdrohnen zum Brandherd vor. Fauchend sprühten sie das weiße Löschmittel auf das Wrack des Robots, während das automatische Entgiftungssystem in der Kuppel den Qualm absog.

In der zentralen Passage riegelten Sperrschleusen die angrenzenden Gebäude und Straßenteile vom Hotel ab. Riesige Barrieren schoben sich zwischen den Hauswänden in die Freiräume und schlossen nacheinander bis zur Kuppeldecke den Brandherd ab. Menschen versammelten sich vor dem Hotel und verließen den Gefahrenbereich durch einzelne, grell blinkende Personenschleusen.

Avory und Roni hielten auf der gegenüberliegenden Seite des Hotels nahe einer Sicherungswand inne, die sie von der restlichen Passage abschirmte.

„Und wieder einmal war es knapp", konstatierte Avory trocken. „Ich schätze, das wird bei uns zur Gewohnheit, was?"

„Vermutlich, Detective. Gemessen an den Gesetzen der Wahrscheinlichkeit wird es allerdings auch einmal ein Scheitern geben", prophezeite Roni.

„Mhm", knurrte Avory. „Wenn das passiert, will ich nicht dabei sein."

„Eine Frage habe ich noch, Detective Avory. Wie haben Sie es geschafft, diese Waffe durch die Kontrollen der Raumhäfen zu schmuggeln?"

Der Detective schmunzelte und blickte sich kurz um. „Nun, ich bin derzeit nicht im aktiven Dienst, wegen der blöden Suspendierung. Würde ich mit einer offiziellen Dienstwaffe durch die Gegend reisen, dann müsste das bei den vielen Scannern, Detektoren und was weiß ich noch für Kontrollinstrumenten sofort auffallen." Avory schnaufte. „Hätte ich eine mit einem KCPD-Transponder versehene Waffe bei mir gehabt, wäre ich nicht durch die Kontrollen gekommen. Wir hätten es mit Sicherheit nicht einmal hierher geschafft." Er zog die Augenbrauen hoch. „Also bin ich mit einer Knarre ohne Transponder unterwegs. Die Legierung auf der Oberfläche passt sich der Umgebungstemperatur an, und so kann die Waffe nicht entdeckt werden."

„Wie haben Sie den Transponder vom Gehäuse lösen können, ohne dass die Schmelzdiode aktiviert wurde und die Pistole verglühen ließ?", wollte Roni wissen.

„Keine Ahnung. Jake hat das für mich erledigt. Ich habe die Waffe nur noch mit einer zusätzlichen Abschirmung präpariert", gestand Avory und schien dabei sichtlich zufrieden.

„Effizient", stellte Roni fest.

Avory stupste ihn von der Seite an. „Ich danke dir, Roni", sagte er.

„Keine Ursache, Detective. Sie wissen doch, dass dies zu meinen Aufgaben gehört. Es ist also nicht der Rede wert."

„Na dann, Partner. Was hast du für ein Knöpfchen gedrückt, damit uns der halbe Laden da oben um die Ohren flog?", fragte Avory.

„Ich habe in dem angreifenden Robot ein Implantat entdeckt", erklärte Roni.

„Ein Implantat? Was denn für ein Implantat?"

„Ein virtuelles Implantat, das sich über alle Systemkomponenten gelegt hatte. Wie eine Art Pilz."

„Deshalb hat er mich angegriffen."

„Die Vermutung liegt nahe. Die Frage jedoch lautet, warum er das getan hat", ergänzte Roni.

„Vermutlich hat unser Gespräch etwas damit zu tun. Was wir gesagt haben. Was wir vermutet haben. Bestimmt waren einige Informationen dabei, die uns dem Täter näher bringen." Avory holte tief Luft. „Wir sind definitiv auf der richtigen Spur."

„Wie kommen Sie darauf?"

„Weil man versucht, uns umzubringen."

41. Kapitel
Lunar City

Das Leuchten der roten Warnlichter durchdrang das Dunkel des Nachthimmels. Der Mann stand ruhig an dem breiten Panoramafenster und blickte auf Lunar Citys Zentrum. Rote Blitze bedeckten seine Silhouette, als sich hinter ihm ein holografischer Bildschirm öffnete.

Darin erschien der blasse Kopf eines Robots, der mit starrem Blick meldete: „Der Angriff ist gescheitert. Das Ziel hat überlebt."

Der Mann am Fenster blieb unbeeindruckt stehen. „Wir werden einen neuen Versuch starten, Zack", entschied der Mann, dessen Silhouette sich nur unwesentlich vom Hintergrund des Sternenhimmels abhob. „Welchen Status hat Logan? Wo ist er?"

„Er wurde eliminiert. Die Brandschutzrobots meldeten mir, dass sein Leib von Schüssen durchbohrt wurde. Wer ihn umbrachte, konnte ich nicht feststellen", teilte der Robot mit und wartete auf weitere Anweisungen. „Wie soll ich weiter vorgehen?"

„Vorerst wirst du nichts weiter tun, als das Ziel zu beschatten."

Der Hologrammschirm auf der Führungsetage des Mondgouvernements erlosch. Der Mann wandte sich vom Fenster ab, fuhr sich durch die glatten, kurzen Haare und aktivierte seinen Bildschirm. Vor ihm tauchte das Bild der Mondkolonie mit dem Verkehrsnetz der Mondbahn auf. Der Mann fuhr durch die holografische Darstellung und untersuchte das Verkehrsnetz der Mondkolonie eingehender.

„Dann werden wir härtere Mittel einsetzen müssen. Wir werden die Effizienz unseres Vorgehens steigern. Detective Avory wird das gleiche Schicksal ereilen wie Edward Harmer. Die Zeit der Menschen auf dem Mond ist abgelaufen."

42. Kapitel
Lunar City

„Was zum Henker ist da los bei Ihnen?", fragte Doktor Fenja Larsson giftig durch den Kommunikator. „Die gesamte Kolonie ist in Alarmzustand versetzt worden. Es heißt, in dem Hotelzimmer eines jüngst von der Erde eingereisten Polizisten sei ein Sprengsatz detoniert. Sind Sie das gewesen? Waren Sie das etwa?"

Avory hielt einen Moment inne, um die Fassung zu behalten, bevor er antwortete. „Ja. Die Meldung bezieht sich auf mich, wenn Sie das meinen. Ach ja, und den Bombenanschlag haben wir auch überlebt. Aber ich danke Ihnen für Ihre ehrliche Anteilnahme", motzte er zurück.

„Dann waren Sie nicht der Verursacher? Aber wer war es dann?"

„Natürlich waren wir nicht die Verursacher. Aber so etwas passiert mir in letzter Zeit ständig", gab Avory sarkastisch zurück. „Hören Sie, Doktor. Wir müssen unbedingt so schnell wie möglich zum Gouverneur. Verstehen Sie? Es scheint, dass die Mörder meines Partners hier vom Mond aus operiert haben, und ich will jetzt mit dem Gouverneur als Verantwortlichen der Kolonie sprechen."

„Das ist der Mond, Detective Avory. Hier finden Sie keine Mörder. Und der Gouverneur ist der letzte Mensch in diesem Universum, der zu Gewalt in der Lage wäre. Hier finden Sie nur Wissenschaftler, Forscher und friedfertige Menschen, die einander respektieren und nicht bekämpfen. Es ist die Perle, in der die Menschen sich …"

„Vielen Dank für Ihre Ausführungen, Doktor", fuhr Avory dazwischen. „Aber ich gehe jetzt zum Gouverneur. Entweder mit Ihnen und Ihrer Zustimmung oder ohne sie." Er ließ Doktor Larsson einen Augenblick zur Reaktion.

„Folgen Sie dem Wegweiser in Ihrem Kommunikator. Ich schicke Ihnen die Navigationsdatei. Der Gouverneur wird Sie jetzt sowieso sehen wollen. Und bringen Sie auf dem Weg dorthin gefälligst niemanden um", wies Larsson ihn scharf an. „Sonst werde ich noch zum Mörder." Sie unterbrach die Verbindung.

„Wie nett." Avory zog die Augenbrauen zusammen und deaktivierte seinen Kommunikator.

„Wie sagen es die Menschen? Manche könnte man auf den Mond schießen", bemerkte Roni.

Avory kicherte. „Ich möchte nicht wissen, wie viele genauso hier gelandet sind. Lass uns zum Gouverneur gehen. Ich will endlich ein paar Fragen loswerden."

Er lud die Navigationsdatei und folgte den Informationen, die ihn und den Ermittlungsrobot zum Hauptturm des Gouverneurssitzes leiteten. Nach einigen Metern stiegen sie in ein Transportmodul um, das an die computergesteuerte Version einer Rikscha erinnerte. Rasch erreichten sie das breite Fundament des Turms, in dem sich der Zugang zu den oberen Etagen befand. In der lang gezogenen Eingangslounge herrschte eine sonderbare Stille, die nur die knarrende Stimme einer holografischen Empfangsdame unterbrach.

Das Hologramm der langhaarigen Blondine begrüßte Avory und Roni, nachdem sich hinter beiden die breite Eingangstür wieder geschlossen hatte. „Herzlich Willkommen im Hauptturm von Lunar City. In diesem Gebäude befindet sich der Dienstsitz des Gouverneurs der autonomen Mondkolonie. Wie kann ich Ihnen behilflich sein?"

Avory ging auf die frei in der Lounge schwebende Projektion zu. „Mein Name ist Morris Avory. Ich bin Detective des Kentarion Police Department. Das ist mein Partner, der Ermittlungsrobot Roni. Wir untersuchen den Todesfall eines Kollegen. Dazu möchten wir den Gouverneur als Zeugen befragen. Jetzt."

Es verging ein Augenblick der Stille, in dem die Empfangsdame regungslos innehielt. „Ihr Termin wurde von Gouverneur Eric Falkenstein bestätigt. Bitte nutzen Sie den Fahrstuhl hinter mir, um nach oben zu gelangen." Die

Blondine deutete auf eine beleuchtete Tür, die sich öffnete und den Zugang zu einem geräumigen Raum freigab.

Wortlos begaben sie sich zum Fahrstuhl, passierten das transparente Kraftfeld an dessen Eingang und betraten den mehrere Meter fassenden, kreisförmigen Raum. Die breite Zugangstür schloss sich mit einem hauchenden Geräusch, und der Fahrstuhl schoss lautlos in die Höhe.

Rings um den Fahrstuhl konnten sie durch die durchsichtige Außenwand des Fahrstuhls den Ausblick auf die unter ihnen liegende Kolonie sowie eine grandiose Aussicht über die Mondlandschaft entlang der Montes Apenninus genießen. Der Fahrstuhl brachte sie der Turmspitze näher, in deren Kuppel sich das Büro des Gouverneurs befand.

In der obersten Etage angekommen verzögerte der Fahrstuhl bis zum völligen Stillstand. Die Tür fuhr auseinander und gab den Weg in einen großen Raum frei, der unter einer mehrere Meter hohen Glaskuppel lag. Bewegungslos prangte der Sternenhimmel über ihnen, als sie das runde Büro des Gouverneurs betraten.

„Beeindruckend, nicht wahr? Nichts ist für einen Menschen beeindruckender als die Unendlichkeit."

Zur Linken nahe dem großen Panoramafenster saß ein Mann an einem breiten ovalen Schreibtisch. Auf einem futuristisch anmutenden Stuhl, dessen Lehne in einer ergonomischen Einheit mit dem Mann zu sein schien, fand der Detective jene Person, bei der es sich unweigerlich um den politischen Kopf der Mondkolonie handeln musste.

Innerhalb der Tischoberfläche erkannte Avory einige leuchtende digitale Schriftstücke, welche der alte Mann mit seinem Stift umherschob. Der antike Füllfederhalter in der Hand des Politikers fuhr ohne ein kratzendes Geräusch über die Tischplatte. In einen blau schimmernden, flachen und doch wuchtigen Tintenhalter stach der Mann die Füllfeder und tränkte sie mit einer Tinte, die aus reinem Licht zu bestehen schien. Er zog die Feder aus dem flachen Zylinder und setzte die hell strahlende blaue Federspitze auf eines der Dokumente und paraphierte das Schriftstück.

Nachdem der Mann die Füllfeder wieder in das elektronische Tintenfass gesteckt hatte, fuhr die Ausstattung in das Innere der Tischplatte herab und verschwand komplett. Der Mann erhob sich.

Er war schlank, mittelgroß mit grauen, kurzen Haaren und einem sorgsam gestutzten Schnauzbart. Er näherte sich den beiden Ermittlern. „Eric Falkenstein. Ich begrüße Sie in Lunar City. Ich hoffe, es geht Ihnen gut", erkundigte sich der Gouverneur.

„Wie man es nimmt. Ich dachte, hier oben passiert nicht viel. Stattdessen greift mich ein Robot in unserem Hotel an, und danach fliegt der halbe Laden sogar noch in die Luft. Eine herzliche Begrüßung bei meinem ersten Aufenthalt auf dem Mond hatte ich mir irgendwie anders vorgestellt", beschwerte sich Avory.

Gouverneur Falkenstein ignorierte die Anspielung des Detective und streckte ihm die Hand zur Begrüßung entgegen. Danach trat er an Roni heran und schüttelte ihm ebenfalls die Hand, wobei er ihn einer genauen Musterung unterzog. „Du bist ein neuer Robot, oder hast du ein Upgrade erhalten?"

„Beides, Herr Gouverneur", gab Roni stolz zurück. „Ich gehöre zur neuen Fertigungsreihe der GRE-Securityrobots Serie 312. Unser optisches Design sowie einzelne Systemkomponenten unterscheiden sich von anderen Robots meiner Reihe."

„Aha, interessant. Seit wann werden denn GRE-Robots von der Polizei auf der Erde akzeptiert?" Gouverneur Falkenstein wirkte verwundert.

„Erst seit Kurzem. Ich gehöre zu den ersten Ermittlungseinheiten, die beim KCPD eingesetzt werden."

Falkenstein blieb stumm. Seine verhaltene Mimik gab wenig Euphorie preis.

Avory unterbrach das Gespräch. „Obwohl die GRE uns fleißig mit Robots versorgt, versuchen wir, unseren

Ermittlungsfall sowie die Verstrickungen der Mondkolonie in das Netzwerk der GRE festzustellen."

„Die GRE ist weit weg. Und das ist uns hier oben ganz recht. Die vertriebsgestörten Zöglinge des alten Firmengründers sind das Einzige, was wir hier auszuhalten bereit sind. Der Rest kann uns gestohlen bleiben. Und wir widerstehen schon seit Langem den Versuchen des Konzerns, Lunar City in das Firmennetzwerk zu assimilieren."

„Und die Robots? Es scheinen Unmengen zu sein, die hier her transportiert werden. Was machen Sie mit all den Exemplaren?", hinterfragte Avory.

„Hier treffen nur die Robots ein, die wir auch bestellt haben", gab Falkenstein trocken zurück.

Schmunzelnd nahm Avory die Antwort zur Kenntnis. Kurz wechselte er einen vielsagenden Blick mit Roni.

„Doktor Larsson bat um einen raschen Termin, den ich Ihnen nun hiermit verschafft habe. Kommen wir also zu Ihrem Anliegen. Worum geht es eigentlich? In welchem Ermittlungsfall ist es nötig, auf den Mond zu reisen?", fragte der Gouverneur neugierig.

„Nach den ersten Ermittlungsergebnissen haben die verantwortlichen Auftraggeber des Todes von KCPD-Detective Edward Harmer von der Mondkolonie aus operiert. Daher wollen wir nun den Kreis um die Tatverdächtigen enger ziehen. Wir vermuten diese Tatverdächtigen in Ihrer Kolonie."

Die Strenge in Avorys Tonfall missfiel Falkenstein. „Welche Tatverdächtigen sollen das denn sein? Seit Bestehen der Mondkolonie hat es hier keine Straftaten gegeben und auch keine Kriminellen."

„Es wäre der erste Garten Eden, den die Menschheit hätte", spottete Avory mit einem süffisanten Lächeln. Dann verfinsterte sich sein Blick. „Wo waren Sie in der Nacht vom 16. April auf 17. April von 22 Uhr bis 3 Uhr morgens?"

„Im Sonnensystem", gab Falkenstein seinerseits spöttisch zurück. „Sie sollten Ihre Frage präzisieren. Meinten Sie

Erdstandardzeit, die Zeitzone von Kentarion oder die lokale Zeit von Lunar City?"

„Er meint die Zeitzone von Kentarion City. Eine typische Sichtweise von Erdlingen, hier oben die irdische Sichtweise aufzuoktroyieren."

Ein drahtiger Mann Ende vierzig betrat das Büro. Die Narben in seinem Gesicht verrieten Avory, dass es sich um Andrej Sacharow handelte.

Der Sicherheitschef der Mondkolonie trat näher. „Wir schätzen es nicht, wenn Erdlinge hier herumschnüffeln und uns behandeln, als wären wir Kriminelle." Sacharow blieb neben dem Gouverneur, Avory und Roni stehen, die sich überrascht zu ihm umgedreht hatten.

„Darf ich vorstellen, Marschall Andrej Ewgeni Sacharow. Der Sicherheitschef unserer Mondkolonie."

Mit grimmiger Miene kreuzte Sacharows Blick jenen Avorys. „Sie sind nicht einmal eine Stunde in unserer Kolonie, und schon gibt es Anschläge in Lunar City. Da ist es doch angebracht, dass man als Sicherheitschef argwöhnisch dreinschaut." Sacharows Blick durchbohrte Avory.

„Bei so viel Begrüßungsfreude werde ich mich hier richtig wohl fühlen. Ich frage mich nur, wie es zu dem Anschlag kommen konnte. Es heißt doch, dass der Sicherheitsstandard in Lunar City der höchste im Sonnensystem sei. Vielleicht hat man sich da geirrt."

Avorys patzige Antwort goss Öl ins Feuer. Die beiden Männer standen sich schweigsam gegenüber, abwartend, wer den nächsten Stich setzen würde.

„Gentlemen, bitte. Lassen wir das. So kommen wir doch nicht weiter", ging Gouverneur Falkenstein dazwischen und versuchte, die Kontrolle über das Gespräch wiederzugewinnen. „Detective Avory. Wie kommen Sie darauf, dass wir etwas mit dem Todesfall Ihres Kollegen zu tun haben?"

„Weil er eine mögliche Verschwörung unter Robots in der GRE aufzudecken versuchte und dafür mit seinem Leben bezahlte. Die Auftraggeber scheinen hier von Lunar City aus operiert zu haben. Und deshalb bin ich hier. Um den Fall aufzudecken, die Auftraggeber zu finden, zu verhaften und dann wieder zurück in den Schoß von Mutter Erde zu fliegen."

„Fallen", warf Sacharow ein.

„Was?"

„Sie fallen. Im luftleeren Raum des Weltalls fliegen Sie nicht durch Partikel von Gasschichten, sondern Sie fallen durch das Vakuum. Sie stürzen regelrecht. So gesehen, fallen Sie auf die Erde zurück, da Sie deren ungeheuer große Gravitationskraft anzieht."

„Gut zu wissen. Wie dem auch sei. Es macht jedoch keinen Unterschied für mich, da ich nur so lang wie nötig bleiben werde. Aber wenn ich den Mond verlasse, dann werde ich den Fall gelöst haben", prophezeite Avory und bedachte Marschall Sacharow mit einem scharfen Blick.

„Ich hoffe doch, Detective, dass Sie dabei das gebotene Maß der Verhältnismäßigkeit einzuhalten pflegen. Wir wollen doch nicht, dass hier jemand über die Stränge schlägt."

Avorys Versuch, Falkensteins Bedenken zu zerstreuen, misslang, da er über keinerlei diplomatisches Feingefühl verfügte. „Ich bleibe so feinfühlend wie diejenigen, die meinen Partner und mich vorhin so nett begrüßt haben."

„Ihr Partner", setzte Sacharow neugierig nach.

„Ja. Roni ist Ermittlungsrobot des KCPD. Serie 312", stellte er vor und bot Roni die Gelegenheit zum Einstieg ins Gespräch.

„Freut mich, Sie kennenzulernen, Marschall. Gouverneur Falkenstein, vielen Dank, dass Sie uns die Gelegenheit für einen so rasch arrangierten Termin geben konnten. Wir versuchen, Ihnen so wenig Umstände wie möglich zu bereiten." Ronis diplomatisches Geschick gab der Situation eine neue Chance.

„Ein Ermittlungsrobot. Seit wann setzt die GRE Securityrobots außerhalb der eigenen Zuständigkeiten ein?", fragte Falkenstein den Robot.

„Der Einsatz wurde vom Direktorium vor drei Tagen genehmigt."

„Und wem seid ihr disziplinarisch unterstellt?", wollte Sacharow wissen.

„Beide Male unterstehen wir der Verantwortung jener, die unsere Dienste angefragt haben", antwortete Roni.

„Den Käufern. Ihr untersteht den Käufern", stellte Sacharow trocken fest. „Und wie verhaltet ihr euch im Konfliktfall mit Kriminellen? Mit Menschen, die das Gesetz brechen?"

Sacharows Frage zielte auf den fundamentalsten Konflikt ab, dem ein Robot ausgesetzt sein konnte.

„Die wenigen zurzeit eingesetzten Ermittlungsrobots des KCPD verfügen über einen gewissen Entscheidungsrahmen, in dem sie die Gesetze für Robots und jene der Menschen anwenden können."

Falkenstein und Sacharow nahmen Ronis Antwort stumm zur Kenntnis. Sie warfen sich kurze, aber vielsagende Blicke zu.

„Wie Sie sehen, ist alles im Lot", sagte Avory schmunzelnd.

„Robots sind gefährlich, wenn man die Grundpfeiler ihrer Programmierung umstößt", gab Sacharow zu verlauten.

„Die Grundprogrammierung", warf Avory ein.

„Richtig. Wissen Sie eigentlich, woher das Wort Roboter stammt?", bohrte Gouverneur Falkenstein nach.

„Ja. Von dem slawischen Verb robot, was so viel wie arbeiten bedeutet. Das weiß doch jedes Kind. Man bekommt es heute schon im Kindergarten beigebracht. Erste Roboterlehrstunde." Er rang um Beherrschung.

„Das Ausmaß, in welchem die technischen Arbeitshelfer auf der Erde ihre Aufgaben erfüllen, ist mittlerweile Lichtjahre von dem entfernt, wozu ihre Einführung ursprünglich gedacht war. Die menschliche Gesellschaft ist von der Effizienz der Robots grundsätzlich abhängig. Die Menschen würden ohne die Robots weit hinter die Steinzeit zurückfallen."

Avory schüttelte über Falkensteins Aussage den Kopf. „Glauben Sie wirklich, was Sie da reden?"

„Jede dritte Funktion eines Menschen auf der Erde ist durch die Absicherung eines Robots erst möglich. Hier auf dem Mond versuchen wir, diese Entwicklung einzudämmen."

„Ohne die Erde können Sie hier auf dem Mond gar nicht überleben", platzte es aus Avory heraus.

„Oh, da täuschen Sie sich, Detective Avory", konterte Falkenstein. „Sehen Sie, wir kommen hier sehr gut ohne die Erdlinge zurecht. Das schließt die Robots ein. Wir nutzen nur die Helfer, die wir schon haben. Das Verhältnis auf dem Mond ist ausgeglichen. Wir haben eigenes Wasser, eigene Nahrung. Eigene Raumschiffe und eine eigene Philosophie. Die Freiheit des Menschen wird nicht auf der Erde erreicht." Sacharow lud eine holografische Präsentation. „Die wesentlichsten Erfindungen des frühen und mittleren 22. Jahrhunderts wurden auf dem Mond errungen. Die künstliche Schwerkraft, die Schutzschildgeneratoren, sogar die innovative Neo-Kybernetik wurden auf dem Mond entwickelt." Ein zufriedenes Grinsen überzog Sacharows Gesicht. Dann trat Überheblichkeit daraus hervor. „Und das alles ohne Zutun der GRE oder anderer Erdkonzerne. Die Macht der terrestrischen Oligarchen hat bereits im Orbit ihre Grenze erreicht. Nur diese unzähligen Vertriebsagenten der GRE tauchen hier ständig auf und wollen uns ihre Neuerungen aufschwatzen. Mit der neuen Transitkonvention hat sich das aber auch bald erledigt. Sie sehen also, wir kommen hier sehr gut ohne die Erde zurecht. Es ist außerdem viel ruhiger ohne den ganzen Stress und Lärm."

„Es hört sich fast so an, als planten Sie die Revolution und eine neue Sezession von Mutter Erde. Auch gegen Widerstände. Zum Beispiel gegen unliebsame Gäste", setzte Avory nach.

„Jeder wird mal erwachsen. Und das Schicksal einer jeden Kolonie ist es, die Unabhängigkeit von Okkupanten zu erreichen", sagte Gouverneur Falkenstein lachend. „Aber genug gescherzt. Die Explosion hat damit nichts zu tun. Sacharow, Sie klären das auf! Ich habe gleich einen Termin mit dem Wissenschaftsrat. Ein neues Konvertermodell zur Helium-3-Gewinnung soll vorgestellt werden. Und ich habe nicht vor, das erste Mal, seitdem ich auf dem Mond bin, zu spät zu kommen." Gouverneur Falkenstein stand auf und trat auf Avory zu. „Also, Detective Morris Avory. Ich muss mich leider wieder von Ihnen verabschieden. Aber wir sehen uns sicherlich bald wieder. So groß ist die Kolonie nicht." Er verließ sein Büro durch den Fahrstuhl, der lautlos herabfuhr.

„Sie sehen, Detective", sagte Sacharow, „auf dem Mond laufen die Dinge etwas anders. Man verändert sich hier. Der Geist wird klarer, und die Ziele der Erde entpuppen sich als jene, die nicht erstrebenswert sind."

„Wir werden sehen, Marschall. Ich brauche Zugang zu Ihren Servern", entgegnete Avory und blieb unbeeindruckt. „Eine Nachricht aus einem unterirdischen Geheimlabor der GRE wurde über den Zentralserver an einen Empfänger in der Mondkolonie versandt. Gemäß dem Inhalt der Nachricht wurde der vermutliche Täter zum Mond zurückbeordert. Und ich will jetzt wissen, wo er ist, wer ihn beauftragt hat und sogar von welchen lokalen Akteuren er gedeckt wird. Vielleicht entpuppt sich die Mondkolonie als doch nicht so friedlich wie jene Utopie, die uns zu blenden scheint."

Sacharow kniff die Augen zusammen, während Avory ihn unverhohlen mit einem Blick blanker Unverfrorenheit bedachte.

Sacharow nickte. „Bekommen Sie. Wir haben nichts zu verbergen." Der Marschall wandte sich ab und trat zurück zum Schreibtisch, wo er das Kommunikationsmodul aktivierte. „Ein Robot soll Detective Morris Avory vom Kentarion Police Department bei einer polizeilichen Ermittlung unterstützen. Er braucht Zugang zu den Zentralservern von Lunar City", befahl er. „Erledigt. In der Eingangslounge wird Sie ein Robot bei Ihren Ermittlungen unterstützen."

„Wieso macht das kein Mensch?", motzte Avory.

„Weil Robots das genauso gut erledigen können. Robots können vieles genauso gut erledigen, wie es Menschen vermögen. Manches sogar besser. Das wissen Sie doch, Detective."

„Ich frage mich nur, warum an den zentralen Positionen der menschlichen Gesellschaft Robots agieren und nicht die Menschen", bohrte Avory nach und wiederholte seinen frechen Blick.

„Irgendwie habe ich das Gefühl, Detective, in Ihren Fragen einen verdeckten Rassismus gegen Robots herauszuhören, obwohl Ihr Partner ein Ermittlungsrobot ist. Korrigieren Sie mich, wenn ich falsch liege. Aber kann es sein, dass in Ihrer Vergangenheit ein Schlüsselereignis liegt, welches den Ursprung Ihrer Ablehnung von Robots darstellt? Leiden Sie noch unter einem ungelösten Konflikt aus Ihrer Kindheit oder haben gar einen Verlust erlitten?"

Avory schwieg einen Moment, und seine Mimik verbarg nur schwerlich die in ihm aufsteigende Wut. „In meiner Vergangenheit liegt gar nichts. Nichts, was die Stellung dieser verdammten Robots rechtfertigt, die Leute wie Sie ihnen gegeben haben", zischte er und trat näher an Sacharow heran.

Der Sicherheitschef der Mondkolonie blieb wie angewurzelt stehen, als wollte er seine Position gegenüber Avory behaupten.

„Es waren Leute wie Sie, die in ihrer Arroganz und Gier nach technologischem Fortschritt die Menschheit in die Abhängigkeit getrieben haben."

„Abhängigkeit", wiederholte Sacharow spöttisch.

„Ja, Abhängigkeit. Abhängigkeit von den Robots. Abhängigkeit, nichts allein zu erreichen, ohne dass eines dieser seelenlosen Dinger seine Finger im Spiel hat", spottete Avory. „Und bei dieser Gier gehen Leute wie Sie über Leichen, nicht wahr? So wie bei meinem Partner. Detective Edward Harmer."

Sacharow schüttelte den Kopf und zeigte zur Tür. „Sie gehen jetzt besser. Gehen Sie, Detective Avory! Bevor ich

Ihnen zeige, wo Ihre Macht endet und meine beginnt. Sie sind nicht mehr auf der Erde. Sie sind hier in meinem Reich."

„Gnade Ihnen Gott, dass einer von Ihnen mit drinsteckt, dann …"

„Gehen Sie!", schrie Sacharow. In seinen Augen kochte die blanke Wut.

Avory stand einen Moment still. Dann wandte er sich ab und verließ das Büro des Gouverneurs. Roni folgte ihm schweigsam. In Gedanken hatte Avory seine Entscheidung getroffen.

Bevor ich diesen Staubklumpen verlassen werde, rechne ich mit dem Arschloch ab.

43. Kapitel
Lunar City

Als die Tür des Fahrstuhls in der Eingangslounge aufging, stand bereits ein Servicerobot vor den Ermittlern und grüßte. „Hallo. Ich bin Robot 2411 B; Servicerobot der Mondkolonie. Ich darf Ihnen assistieren, Zugang zu den Zentralservern der Kolonie zu erhalten."

„Kannst du uns nicht einfach den Weg beschreiben", nörgelte Avory genervt.

Einen Moment lang blickte der Servicerobot Roni tief in die Augen. Dann zwinkerten beide.

„Ich habe alle Daten erhalten", meldete Roni. „Wir sollten die Bahn nehmen. Der Server steht am äußeren Rand von Lunar City."

„Dann los. Und wir müssen noch mal mit der Wissenschaftlerin sprechen. Ich muss mehr über die Kolonie, die Robots und mögliche Schlüsselpersonen hier wissen." Avory war vom Eifer gepackt, er wollte jeden Versuch unternehmen, die Mondkolonie notfalls nach Hinweisen auf die Täter umzugraben.

Die Menschen strömten durch die Passage von Lunar City, als beide Ermittler den Turm des Gouverneurs verließen.

„Wo ist ihr Forschungslabor?", fragte Avory, als sie die nächstliegende Bahnstation aufsuchten.

„Das Forschungsinstitut befindet sich exakt über dem Server", antwortete Roni. „Wir haben also Glück und erreichen beide Ziele. Vielleicht können wir Dr. Larsson dazu bringen, uns zu begleiten. Als Mitglied des Forschungsrats beeinflusst sie die Entwicklung der Mondkolonie maßgeblich. Zudem hat sie Zugang zur Führungsspitze der Kolonie und verfügt dadurch über mehr Informationen, als wir derzeit abschätzen können."

„Ich glaube, du hast recht. Und genau deshalb werden wir mit der Befragung bei ihr beginnen. Du kennst den Weg? Dann folge ich dir einfach."

„Ja. Hier entlang“, antwortete Roni und wies zum Aufgang, der zur nächsten Station der Mondbahn führte.

Passanten kreuzten ihren Weg. Einige betraten ebenso die Haltestelle, während sie sich aufgeregt unterhielten.

„Es soll ein Erdling in die Explosion verwickelt sein“, spekulierte eine Frau, in deren Gesicht sich Sorge und Ablehnung zugleich abzeichneten.

„Bist du sicher, Catherine? Die erste Mitteilung vom Marschall lautete, es sei noch nicht ausgeschlossen, dass es sich auch um einen technischen Defekt handeln könne.“ Der Mann, der mit seiner Bekannten zum Wartebereich strebte, an dem die Gondeln Passagiere aufnahmen, war gleichermaßen besorgt.

„Aber Jorge. Du weißt doch, dass wir seit Jahren keine technischen Zwischenfälle mehr hatten. Ab und zu kommt es in Lunar Havens mal zu Havarien, weil einer der Piloten beim Landemanöver meint, genauer und schneller als das Computersystem rechnen zu können. Aber das ist schon alles. Es soll ein Mann darin verwickelt sein, von Kentarion City. Ein Polizist angeblich. Das sagte zumindest einer der Hotelgäste.“

„Es ist eine Schande, dass die Erdlinge hierherkommen und den Krieg von der Erde mitbringen. Wir hätten uns schon längst lossagen sollen. Nur die Unabhängigkeit des Mondes kann uns den Frieden bewahren. Der Gouverneur sollte endlich handeln“, forderte Jorge.

„Ja, wir sollten uns endlich lossagen. Es ist nicht klug, weiter die Erdlinge hierher reisen zu lassen. Sie bringen nur das Übel der Erde über uns“, stimmte Catherine zu, als mehrere Gondeln aus Bereithaltekammern herausfuhren und sich vor der Gruppe zur Abfahrt transformierten.

Erschrocken folgte Avory den Worten der Mondbewohner.

Es ist, als könnten sie es nicht erwarten. Es ist anscheinend nur eine Frage der Zeit, bis ein größerer Konflikt zwischen Erde und Mond ausbricht. Jeder hier ist von Feindschaft gegen die Erde erfüllt. Das kommt dabei raus, wenn man bindungslose Menschen auf einem Außenposten einsetzt. Wie sollen sie sich als Menschen der Erde fühlen, wenn sie keine Bindung mehr zur Erde haben? Bestens, damit sie sich ungestört der Arbeit in der Kolonie widmen, und schlecht, wenn man auf ihre Loyalität hofft. Da ist es zur Revolution nicht mehr weit.

„Fahren Sie auch zu den Heliumkonvertern?"

Die Frage des Mannes riss Avory aus seinen Gedanken. „Nein. Nein. Wir wollen zu Dr. Larsson ins Forschungsinstitut", antwortete er.

„Oh, zu Fenja. Viel Spaß. Aber wundern Sie sich nicht, wenn sie sich mehr um die Forschungsprojekte kümmert als um ihren Besuch", riet Jorge.

Die Frau stimmte kichernd ein. „Ja, genau. Fenja kommt nur heraus, wenn sie einen Drink im Mann im Mond spendiert bekommt. Also, bis dann. Gute Fahrt!"

Dann stiegen beide in ihre Gondel und brausten davon. Avory blickte der Gondel nach, die aus dem schützenden Kraftfeld der Bahnstation herausfuhr, während die nächste Gondel vor ihm wartend bereit stand.

„Ihre Gondel ist zur Abfahrt bereit", meldete sich das Computersystem.

„Detective. Wollen wir?", fragte Roni.

Stumm nickend stieg Avory in die Gondel und nahm Platz. Roni ließ sich neben ihm nieder und dirigierte die Bahn zum Zielort. Geräuschlos verließ die Gondel die Station, während Avory mit dem Blick der Silhouette von Lunar City folgte.

„Hast du Zugriff auf biografische Daten von Dr. Fenja Larsson? Mich würde ihre Vergangenheit interessieren? Was hat sie früher gemacht? Warum zieht sich eine junge, attraktive Frau auf den Mond zurück? Gab es Überschneidungen mit der GRE? Wie steht sie zum Gouverneur? Oder besser noch. Wie steht sie zu Marschall Sacharow?"

„Ich lade freigegebene Dateien über Fenja Larsson", meldete Roni. Seine Augen flackerten kurz, als er den

Datenstrom in seinen Speicher umleitete. „Fenja Linnea Larsson. Mädchenname Thomson. Am 29. April 2129 in Haugesund/Südwestnorwegen geboren, wo sie bis zum Tod ihrer Eltern bei einem privaten Hovercraftausflug im Jahr 2147 wohnte. Anschließend Studium der Robotik mit Schwerpunkt der Astrokybernetik in Oslo und München. Promovierte in Nanorobotik an der Universität von Hawaii 2152. Als Hobbys finden sich lediglich Angaben über Astronomie und Musik. Seit 2157 ist sie als leitende Wissenschaftlerin in Lunar City eingesetzt. Weitere Dateien kann ich leider nicht abrufen.“

Avory rieb sich nachdenklich das Kinn und grübelte. „So, so. Und was hat sie in der Zwischenzeit gemacht, bevor sie in die Kolonie kam?“

Roni schwieg, als er recherchierte. Wie versteinert saß er in der Gondel, während sie das Südende der Mondkolonie erreichten. Die Bahn verzögerte ihre Fahrt, als sie in die Röhre der unteren Haltebucht hinabglitt und dabei den um die Kolonie geschlossenen Ring der Mondbahn verließ. Die Gondel passierte das Kraftfeld der Eingangsschleuse und kam zum Stehen. Dann öffnete sich die Tür.

„Erstaunlicherweise finde ich keine Informationen über diesen Zeitraum. Es gibt einen Eintrag im Stadtarchiv von Kentarion City, in dem eine Frau Fenja Thomsen genannt wird, die bei der GRE als neue Wissenschaftlerin Forschungsprojekte im Bereich Nanorobotik übernommen hat. Ein Bild oder nähere Details kann ich nicht abrufen, da der Archivbeitrag unter Verschluss ist.“

Sie verließen die Gondel.

„Verschlusssache? Das wundert mich nicht. Das muss sie sein. Nur, warum hat sie damals noch ihren Mädchennamen getragen? Hast du Informationen über eine Hochzeit von ihr finden können?“

Sie durchliefen ein breites, ovales Kraftfeld, das den Eingang zum Forschungsinstitut sicherte.

„Nein. Leider nicht. Ihre Tätigkeit bei der Global Robot Enterprises ist meines Erachtens von entscheidender Bedeutung. Vielleicht verfügt Dr. Larsson über Kenntnisse, die für uns von Nutzen sein könnten, um das Innere des Konzerns besser zu beleuchten. Vielleicht kennt sie sogar Hintermänner, die wir noch nicht ermitteln konnten.“

Ronis Bewertung traf ins Schwarze. So viel stand fest. Avory stimmte nickend zu, als sie im Foyer des Institutes ankamen. Mehrere humanoide Robots liefen mit Transportpaletten auf magnetischen Kraftfeldern durch das Gebäude. Vereinzelt passierten Robots das Foyer in die Gänge in den oberen Etagen. Manchen fehlten noch Gliedmaßen oder andere Baugruppen. Weiß und blau pulsierende Kraftfelder flackerten aus den geöffneten Körpern der Robots, die von weiteren Robots eskortiert durch das Gebäude gingen. Fenster und asymmetrisch angeordnete Treppen führten zu verschiedenen Fluren des mehrstöckigen Gebäudes, das unter einer riesigen Kuppel aus Schutzglas stand. Am hinteren Ende des Gebäudes, in etwa zwanzig Metern Tiefe, konnte Avory den Server entdecken.

Ein Robot des wissenschaftlichen Teams näherte sich ihnen. „Ich grüße Sie. Ich bin Hakon. Assistent des wissenschaftlichen Teams im Lunar Forschungsinstitut. Wie kann ich Ihnen beiden assistieren?“

„Hakon? Klingt norwegisch. Wo hast du denn den Namen her?“ Avory fiel direkt mit der Tür ins Haus.

„Die leitende Wissenschaftlerin, Dr. Fenja Larsson, war so überaus zuvorkommend, mir diesen Namen zu geben. Sie stammt aus einem Ort an der norwegischen Nordseeküste. Ich vermute, daher ihre Assoziation, über die ich mich sehr geehrt fühle“, antwortete der Robot mit künstlicher Betonung.

„Aha, klingt toll. Ist sie da?“

„Jawohl. Soll ich Sie zu ihr geleiten? Wen darf ich ankündigen?“, fragte Hakon.

„Detective Avory und Ermittlungsrobot Roni.“

„Sehr wohl. Bitte folgen Sie mir", antwortete Hakon und klang dabei wie ein Kellner, der seine Gäste zum nächsten Tisch führte.

Sie folgten ihm schweigend. Avory warf Roni einen kurzen Blick zu, bei dem er die Augen rollte. Der Ermittlungsrobot verzog die Lippen zu einem kurzen Schmunzeln.

Durch einen lang gezogenen Gang, in dem lässiger Elektro-Jazz dudelte, näherten sie sich einem Raum, in dem man von Weitem eine Person hin- und herlaufen sah.

Hakon blieb vor dem Eingang stehen. „Ich habe Dr. Larsson über Ihr Eintreffen informiert. Sie können eintreten", hauchte der Robot mit einer übertriebenen Melodramatik und wies mit der Hand zum Eingang des Labors.

Die durchsichtige Tür öffnete sich und gab den Weg in die Schleuse frei. Hinter einem breiten Durchgang, in dem ein Kraftfeld auf seiner transparenten Oberfläche Warnhinweise zum Betreten des Labors für beide Ermittler anzeigte, blieben Avory und Roni stehen.

Avory sog eilig alle Eindrücke des Forschungslabors in sich auf. Sein Blick flog umher und landete schließlich auf dem straff geformten Hintern der Wissenschaftlerin.

„Hallo, Dr. Larsson. Ich grüße Sie", begann Roni und lenkte die Aufmerksamkeit der Wissenschaftlerin auf sich.

„Oh! Hallo, Roni. Detective Avory."

Larssons Begrüßung versprühte wenig Enthusiasmus, als sie kurz zum Eingang des Labors schaute. Ihr Blick heftete sich rasch wieder auf ihre Proben, die sie vor sich untersuchte. Auf einer holografischen Darstellung zu ihrer Rechten kreiste die Abbildung einer robotischen Kreatur, die in ihrer Physis einer künstlich-mechanischen Spinne glich und um ihre Längsachse rotierte.

„Wenn Sie beide hereinkommen wollen, müssen Sie die Schutzmontur anziehen. Da, rechts. An der Seitenwand finden Sie die Sprays. Einfach vor die Sensoren stellen und auf das gelbe Aktivierungsfeld drücken." Mit einem angedeuteten Wink zeigte sie in die Richtung, wo sich die Vorratsbehälter befanden, mit denen man einen Schutzanzug einfach über seinem Körper haftend aufsprühte.

Roni begab sich zu dem Sensor; Avory folgte ihm nur zögerlich. Dann betätigte der Robot das Sensorfeld. Das gasförmige Gemisch umgab sie. Aus den über ihren Köpfen hängenden zylindrischen Düsen strömte der weiße Nebel herab. Die Partikel überzogen ihre Körper und hüllten sie hermetisch abriegelnd ein.

Prüfend hob Avory die Hände vors Gesicht und betrachtete die glänzende Schutzschicht. „Was ist das?“, wunderte er sich.

„Eine zweite Haut. Das Spray aus den Containern enthält eine semisolide Masse, die sich an Ihren Körper anpasst. Alle durch Ihre Körpertemperatur erwärmten Partikel werden in Form einer Schutzmontur miteinander verbunden, wodurch sie vor etwaigen Schmutzpartikeln geschützt werden. Bei Robots lösen die positronischen Wellen unter der Verkleidung dieselbe Reaktion aus.“ Dr. Larsson wedelte kurz mit dem Finger, als sie, ihren Blick weiter auf die Proben gerichtet, erklärte. „Wenn Sie durch das Kraftfeld treten, polarisiert sich die Montur und der Schutzmodus wird aktiviert. Die Konfiguration verhindert das Eindringen von Fremdkörpern in die menschlichen Atemwege, und sobald Sie das Kraftfeld wieder passieren, depolarisiert sich die Schutzmontur. Der Sauger zu Ihren Füßen nimmt alle Schutzpartikel wieder auf, reinigt sie und reinitialisiert diese wieder in die Container. Nachhaltig, nicht wahr? Es ist eben eine der modernen Schleusen, die ich während meines Studiums entwickelt habe.“ Mit einem gequälten Seufzer ergänzte Larsson desinteressiert, als wäre es ohne Belang: „So können Sie Ihre Kleidung anbehalten und trotzdem sterile Zonen betreten. Die innovative Technik ist vom Patentamt in Lunar City derzeit noch nicht für den Einsatz auf der Erde freigegeben. Ich schätze, die GRE hat noch nicht den nach unseren Vorstellungen akzeptablen Preis geboten.“ Sie schmunzelte spöttisch.

„Doktor. Was machen Sie da gerade?“, forschte Roni nach.

„Ich züchte einen neuen Nanorobot. Ein Model, das über eine signifikant längere Lebenszeit verfügt als vergleichbare Modelle der GRE", erklärte sie, ohne den Blick von ihrem Nanoskop abzuwenden.

„Ich dachte, die GRE forscht nicht mehr an solchen Robots", versuchte Avory sich in das Gespräch einzugliedern, um einen Zugang zu der Wissenschaftlerin zu bekommen.

„Doch. Die GRE forscht schon seit Jahren daran. Es gab bloß noch nie entscheidende Erfolge, die diese Bezeichnung auch verdienten. Die Energiezellen der bisherigen Modelle kollabierten zu früh."

„Woher haben Sie diese Informationen, Doktor?", wollte Roni wissen.

„Ich weiß es aus meiner früheren Tätigkeit bei der GRE. Und die letzten Neuigkeiten hat mir Marschall Sacharow erzählt. Er hat mir die Mittel zu Forschung hier in Lunar City bereitgestellt. Im Auftrag von Gouverneur Falkenstein natürlich." Die Wissenschaftlerin ließ diese Tatsache so nebenbei fallen wie ein Abfallprodukt einer Testserie.

Avory zog staunend die Augenbrauen hoch. „Im Auftrag vom Gouverneur?"

„Ja. Sie wollen den Forschungsstandort Lunar City stärken und in Konkurrenz zur GRE treten. Ich weiß nicht, ob das am Ende klappen wird. Mir ist es gleich, solange ich ungestört forschen kann und mir die GRE vom Hals gehalten wird."

Bei diesen Worten betraten Roni und Avory das abgeschirmte Labor, und die Partikel der Schutzmontur gaben funkelnde und blitzende Leuchtzeichen von sich, als sie polarisierten.

„Sie halten wohl nicht viel von der GRE, obwohl Sie früher dort gearbeitet haben", bohrte Avory nach.

Larsson warf ihm einen giftigen Blick zu. „Versuchen Sie nicht, mich auszuspionieren, um dann noch zu denken, ich sei zu blöd, es zu merken. Mein Ehemann kam bei einem Arbeitsunfall innerhalb der GRE ums Leben, angeblich sein Fehler. Aber der in den Unfall involvierte Robot hatte einen

Programmierfehler in seinem Manipulatorensystem. Ich musste den kybernetischen Kameraden heimlich zerlegen, um an diese Information zu gelangen. Die GRE weigerte sich, den entsprechenden Versicherungsfall zu konstatieren. Sie kümmerten sich einen Dreck um John und mich. Bei der Beerdigung hat sich keiner von der Bande blicken lassen. Wahrscheinlich hätte ich sie eh alle zum Teufel gejagt. Das war das Zeichen für mich, zu gehen." Fenja Larsson seufzte tief und konzentrierte sich wieder auf ihren Nanorobot.

Avory schwieg vorerst.

„Was ist das für ein Nanorobot, Doktor?", gab sich Roni interessiert.

„Das ist ein Prototyp der neuen N-2-Serie. Das Modell ist für Wartungsarbeiten an der Außenhülle von Gebäuden, Schutzkuppeln und auch Kraftfeldern vorgesehen", erklärte Larsson. „Wir wollen mit den Naniten unsere eigenen Schwärme an Wartungsrobots heranzüchten, durch die wir autonome Reparaturen an der Infrastruktur von Lunar durchführen können. Wenn alles klappt, brauchen wir keine Instandsetzungsrobots der Erde mehr." Verkniffen konzentrierte sich die Wissenschaftlerin auf den Bildschirm, als sie die letzte Konfiguration vornahm. „So, das müsste es gewesen sein. Ich habe den Nanorobot mit der Schutzschicht für den Einsatz im Vakuum überzogen. Jetzt müsste es funktionieren." Sie nahm die Steuerelemente von den Fingerspitzen, hing sie über ein handförmiges Stativ und trat von dem holografischen Projektionsschirm zurück. Mit einem flüchtigen Blick betrachtete sie beide Ermittler. In rascher Folge fuhr sie über Bedienfelder auf ihrer Werkbank und aktivierte den Testsimulator, der den Prototyp des Nanorobots einer schnell aufeinanderfolgenden Reihe an gegensätzlichen Temperaturstößen aussetzte.

„Keine Schäden, Doktor Larsson. Mein Leistungsspektrum liegt weiterhin innerhalb normaler Parameter", meldete eine blechern klingende Stimme, die aus einem seitlichen Lautsprecher dröhnte.

„Wer ist das?", fragte Avory neugierig und blickte erstaunt umher.

„N2", antworte Larsson. Mit hochgezogenen Augenbrauen erklärte sie nachdrücklicher: „Der Nanorobot hier, Detective. Meine Probe."

An Avorys fragendem Blick erkannte sie wohl, dass es ihm schwer fiel, die Verbindung zwischen Stimme und winzig kleinem Robot herzustellen.

„Die Dinger können auch sprechen?", platzte es aus ihm heraus.

„Das sind keine DINGER. Es handelt sich dabei um einen Robot, Detective", korrigierte Fenja Larsson genervt. „Dieser Prototyp hier heißt Nestor. Er ist ein putziger Kerl. Ziemlich aufgeweckt, der Kleine", verlautbarte die Wissenschaftlerin begeistert.

„Vielen Dank für das Kompliment klein, Doktor. Ich dachte, ich wäre nanowinzig." Nestor reagierte sofort, als über ihn gesprochen wurde.

Larsson kicherte und ließ Avory stehen.

„Dr. Larsson. Ist Ihnen bekannt, dass auf der Erde auch Naniten von der GRE eingesetzt wurden?", versuchte Roni einzuhaken und das Gespräch auf den Kern der Ermittlung zurückzuführen.

Verdutzt blickte die Frau auf, als sie das hörte. „Die GRE? Das ist doch schon ewig her. Die haben doch immer Probleme mit den Langzeitspeichern, den Energiezellen und der Softwarestabilität. Meine Lösungsansätze gefielen dem Direktorium ja nicht. Die kleinen Racker haben sich kurz vor dem Kollaps selbständig gemacht, und deshalb kam es nie zur Serienreife." Larsson winkte ab und griff nach dem Container, den sie in einem Schrank verstaute, in dem sich mehrere Behälter befanden. „Du kannst in den Stand-by-Modus gehen, Nestor. Wir machen morgen weiter", sprach Larsson und verschloss den Schrank.

„Nein, Doktor. Die GRE scheint in den letzten Wochen Naniten gezüchtet zu haben, welche die Täter vermutlich als

Tatwaffe eingesetzt haben“, widersprach Avory und wartete auf die Reaktion der Wissenschaftlerin.

„Naniten als Mordwerkzeug einsetzen? Was für ein Quatsch“, fegte sie den Verdacht hinweg. „Robots können nicht töten. Das weiß doch jedes Kind. Außerdem wäre Havington der Erste gewesen, der die Erweiterung von Kompetenzen bei Robots unterbrechen würde. Egal zu welchem Zweck es wäre.“ Larsson baute sich vor Avory auf. Bedrohlich stemmte sie die Hände in die Hüften. „Hören Sie, Detective. Warum fragen Sie mich das alles? Sind Sie deswegen auf den Mond gekommen? Um hier herumzuschnüffeln, wie man Robots vielleicht doch zu Monstern machen kann, damit sie morden?“

„Ich will nur herausfinden, ob es möglich wäre und wer das veranlassen kann“, erklärte er. „Ich suche belastende Beweise.“

„Da sind Sie bei mir an der falschen Adresse“, sagte Larsson verärgert. Ein tief vergrabener Konflikt, einem verstopften Vulkan gleich, schien aus ihr auszubrechen. „Robots morden nicht. Menschen schon. Menschen töten Menschen. Das Einzige, was Menschen wie Sie tun, Polizisten wie Sie, ist zu spät zu Tatorten kommen und geliebte Menschen nicht zu retten. Das tun Polizisten. Das tun Menschen. Robots geben notfalls ihre eigene Existenz her, um das Leben der Menschen zu retten.“ Sie holte tief Luft. „Es tut mir leid, Detective. Ich wollte nicht …“ Schuldbewusst drückte sie die Hand über den Mund und erwartete Avorys strafenden Blick.

Mitfühlend zwinkerte er kurz zurück und wandte sich dann an Roni. „Lad mal das Bild von Harmer am Tatort, dass wir in der Datenbank haben“, wies er ihn an.

Stumm lud der Ermittlungsrobot das Bild des Leichnams und projizierte es durch sein Auge als ein Hologramm in die Luft vor Fenja Larsson.

Die Wissenschaftlerin erschrak bei dem Anblick des qualverzerrten Gesichts.

„Das ist mein früherer Kollege, Detective Edward Harmer. In seinem Urlaub hat er an einem Ermittlungsfall gearbeitet, in dem er in einen Strudel geriet, der ihn zum Opfer eines Robotverbrechens werden ließ. In der Produktionshalle der GRE wurde er anscheinend von Naniten attackiert, die vermutlich irgendwo in seinem Körper waren. Als die Nanorobots Edwards Körper über Öffnungen am Kopf verließen, kam es zu den Verletzungen, die Sie gerade sehen. Das vermuten wir, da der Widerstand aus allen Richtungen umso stärker wird, je näher wir Beweisen für diese Vermutung kommen.“

Roni vergrößerte die Verletzungen und ließ das Bild vor Larsson rotieren, sodass es von allen Seiten betrachtet werden konnte. Larsson erstarrte.

„Außerdem finden sich Abdrücke einer Hand am Hals, die parallel gewürgt hat. Er war mein Partner. Wir haben zusammen die Ausbildung gemacht. Jetzt ist er tot, und ich will herausfinden, wer ihn umgebracht hat“, ergänzte Avory.

„Wir“, setzte Roni nach. Er fand Avorys zustimmenden Blick.

„Richtig. Wir wollen es herausfinden. Seine Leiche lag in der Produktionshalle der GRE, und wir konnten sie nur kurz in Augenschein nehmen. Schon bei der ersten Ermittlung kam Havington angerannt und sabotierte unser gesamtes Vorgehen. Er behindert unsere Ermittlungen, seit sie begonnen haben. Deshalb müssen wir auch zum Server der Kolonie, weil hierher Nachrichten gesendet wurden, die in Verbindung mit dem Verbrechen stehen. Kennen Sie Direktor Havington?“, hakte Avory nach.

„Zwangsläufig. Der kleine Giftzwerg musste sich ständig wichtigmachen“, spottete Larsson. „Andauernd hat er mir in meine Forschungsarbeiten während meiner Zeit bei der Global Robot Enterprises hineingepfuscht. Immer wollte er irgendwelche Sondervorfälle untersucht haben, die er als Sicherheitsdirektor entdeckt hatte. Eigentlich sollte ich robotische Systeme und kybernetische Module miteinander verbinden, um auf Nanoebene neue Technologien zu erschaffen.“

Avory kaute auf der Unterlippe, als er über Larssons Andeutungen nachdachte. „Haben Sie herausfinden können, welche Zusammenhänge es zwischen den einzelnen Sicherheitsvorfällen und Ihren speziellen Nachforschungen gab?“

Larssons überlegte. „Im Wesentlichen ging es immer um Robotfehlfunktionen, bei denen Menschen zu Schaden kamen oder Kleinstrobots in Testreihen verlorengingen, um später bei kriminellen Ereignissen wieder aufzutauchen.“

„Konnten Sie Einblick in die Sicherheitsdaten nehmen oder erhielten Sie abschließende Meldungen über den Mehrwert Ihrer Beiträge zu den internen Untersuchungen?“, fragte Roni.

„Ach, was glaubst du denn, Roni. Ich war froh, ihn los zu sein. Abschlussberichte bekam ich nie. Mir war es auch egal. Es tat mir nur immer um die Robots leid. Es schien mir, als hätten sie infolge der Zweckentfremdung bei Verbrechen interne Schäden erlitten, die zu Fehlfunktionen ihrer positronischen Herzstücke und Manipulatoren geführt haben mussten. Zumindest waren die einzelnen Systemkomponenten mit einem ätzenden Netz überzogen, das die positronischen Systeme, Speicher und Gelenke zerfraß.“ Sie huschte mit den Fingern über ein Bedienpult auf der Laborplatte, wodurch sie den holografischen Projektor aktivierte.

Auf dem Bild erschienen alte Aufnahmen Larssons, aus ihrer Zeit bei der GRE. Die einzelnen Aufnahmedaten und die Markierungen zur geheimen Einstufung innerhalb der GRE waren genau zu erkennen.

„Ich habe den kybernetischen Parasiten zu untersuchen versucht, mit dem Ergebnis, dass er auch die Untersuchungssysteme befiel. Am Ende musste ich alles vernichten, um den Parasiten selbst zu vernichten. Übrig sind nur diese Aufnahmen und meine extern angefertigten Notizen. Von Havington erhielt ich damals nur die Aufträge. Zu mehr war der Mann auch nicht zu gebrauchen. Mehr eine Last als eine Hilfe war dieses Ekel."

„Das kann ich nachvollziehen", pflichtete ihr Avory bei.

„Haben sie Direktor Havington in der GRE persönlich kennen gelernt?", fragte Larsson überrascht.

„Zwangsläufig. Im Rahmen unserer Ermittlungen hatten wir mit ihm zu tun, und es fiel mir nur zu schwer, ihn nicht zu erschießen", spottete Avory.

„Oh. Ich muss zugeben, dass macht Sie mir sympathischer. Aber das braucht uns alles nicht mehr zu stören", beschwichtigte Fenja Larsson. „Er ist tot. Ein Robot muss ihn niedergestreckt haben. Angeblich eine Fehlfunktion."

Avory zog die Augenbrauen erstaunt nach oben, dann blickte er Roni an. „Das geschieht ihm recht. Sein Herz muss kälter als das eines Robots gewesen sein", entfuhr es ihm.

„Da kann ich Sie beruhigen. Er hatte gar keins. Jeder Robot dieser Welt war mehr Mensch, als Havington es je hätte werden können", lästerte Larsson völlig ungeniert.

„Danke." Ronis zufriedenes Lächeln wirkte authentisch.

Avory und Larsson nahmen es schmunzelnd zur Kenntnis. Roni rief die internen Meldungen des KCPD ab, wobei das typische Zwinkern seinen Blick zeichnete. Nachdem er die Bestätigung für Larssons Aussage ermittelt hatte, nickte er nur kurz zustimmend zu Detective Avory.

„Damit ist die Liste unserer Widersacher etwas kürzer", seufzte Avory zufrieden. „Wissen Sie, wie das Verhältnis zwischen Sacharow und Havington war?"

„Hey, Detective. Sie fragen zu viel. Was kriege ich für meine Antworten?", forderte die Wissenschaftlerin.

„Einen Drink. Für jede Antwort, wenn Sie wollen", scherzte Avory.

„Guter Junge. Das hört sich endlich mal vernünftig an." Sie lächelte zufrieden.

„War Sacharow in seiner Zeit bei der GRE Havington unterstellt?", versuchte Roni herauszufinden.

„Nein. Er war damals Leiter der Technikabteilung. Ich gehörte nicht zu seiner Abteilung. Sacharow hat damals die gesamte Produktionsmeile in allen Etagen der Pyramide geleitet. Alles was auf dem GRE-Gelände passierte, unterstand Havingtons Sicherheitsbefugnissen. Damit auch Sacharow. Aber die beiden konnten nicht miteinander. Sacharow hatte Sonderbefugnisse, was die Prototypenentwicklung betraf. Da konnte er im Geheimen arbeiten, ohne sich mit Havington abstimmen zu müssen. Das hat den kleinen Giftzwerg die ganze Zeit gewurmt, denn die streng geheime Belieferung von Militärs, Diplomaten oder gar Regierungsmitgliedern verschiedener Staaten unterlag Sacharows alleiniger Leitung. Daher kannte er auch Gouverneur Falkenstein, als der noch Botschafter in der Westamerikanischen Republik war. Bevor die Restrepublik in verschiedene Teilstaaten zerfiel. Als die Westamerikanische Republik infolge des Militärputschs zerfiel, wurde Falkenstein zurück in die Ostamerikanische Republik abberufen. Dort langweilte er sich. Seitdem ist er auf dem Mond. Angefangen als Leiter der Außenstation Apollo, dann offizieller Gesandter und schließlich aufgewertet zum Gouverneur von Lunar." Fenja Larsson seufzte ausgiebig, als sie die Probe mit dem Nanorobot Nestor auf eine hexagrammförmige Platte stellte.

Sie verließ das Labor durch das Kraftfeld, betrat mit beiden Ermittlern die Schleuse, in der die Partikel der klarsichtigen Schutzanzüge auf den Körpern depolarisierten. Automatisch saugten die Sammelfelder zu Füßen der drei alle Partikel auf. Anschließend betätigte Dr. Larsson einen Kommunikator, der sich außen im Bedienmenü an der Wand befand.

„Nestor. Potenzieren", befahl sie dem Nanorobot. „Anzahl zwischen 150 Millionen und 200 Millionen Exemplare."

„Was passiert gerade?", gab sich Avory interessiert und blickte auf die Probe im Labor, dessen Beleuchtung sich in ein mattes Dunkelblau abschwächte.

„Ich vervielfältige die Probe von Nestor und potenziere ihn zu einem Schwarm von Nanorobots bis zu 200 Millionen

Naniten. Das dauert bis morgen. Dann kann ich ihn als Reparaturschwarm einsetzen. Ich lege nur noch ein Backup an. Gehen wir anschließend in die Bar?"

Larsson verließ das Labor durch einen Seitenausgang, Avory und Roni folgten ihr. Auf einer dünnen Fahrstuhlplatte fuhren sie zwei Etagen in den Keller hinab und begaben sich in dem großen Raum zu einem einzelnen Terminal, dessen Erscheinungsform an eine auf dem Kopf stehende, nach unten spitz zulaufende Zuckertüte erinnerte. Über dem flachen Ende schwebte ein schwarzes Ei innerhalb eines weiß umrandeten Kraftfelds, das die Wissenschaftlerin ergriff.

Sie nahm das Interfacemodul für den Zutritt auf und authentifizierte sich. „Jotunheimen."

Das Sicherheitssystem verifizierte die Stimmfrequenz sowie Larssons Passwort.

„Sie mögen die norwegischen Berge?", fragte Avory.

Fenja Larsson nickte. Die Wissenschaftlerin warf das eiförmige Interface zurück in den Bereithaltetrichter, wo es zwischen den Kraftfeldwänden hin und her rollte und schließlich wieder in dessen Zentrum schwebend innehielt. Eine ovale Lichterkette materialisierte sich vor ihnen, die sie wortlos durchschritten.

Auf der anderen Seite erreichten sie den inneren Teil eines holografisch getarnten Raums, der einem informationstechnischen Tempel aus symmetrisch angeordneten Serverbänken glich. In dem Raum herrschte bedrückende Dunkelheit, welche die peitschenden Geräusche des in der Mitte thronenden Zentralservers unruhig untermalte. Das wabernde Plasma im Inneren des Servers deutete auf eine unermessliche Fülle von Datenmenge hin.

„Was ist das?"

„Der neueste Server im Sonnensystem, Detective. Der Gravitonus." Larsson Antwort war in Stolz getränkt, den sie mit einer Erklärung auskostete. „Alle Daten kommen zwangsläufig hierher. Alles Wissen wird hier eingefangen und gehalten. Wir legen Daten nicht mehr auf Platten ab. Wir komprimieren sie und wandeln sie in Plasma um. Dann werfen wir sie in einen Datenkonverter, in dem sich die Daten weiter entwickeln. Dieser Konverter ist gleichzeitig eine Blüte, aus dem neues Wissen entspringt. Innovativ, dynamisch und progressiv, nicht wahr? Das war Sacharows Idee. Der Mann ist uns Lichtjahre voraus."

Mit Schweigen honorierten Avory und Roni die Pionierleistung des Sicherheitschefs.

„Was für Daten?", fragte Avory nach einer Weile.

„Alle. Alle Daten. Die gesamten Daten der Menschheit kommen hier her. Über den Link der GRE haben wir Zugriff auf alle Informationen, die im Web von Robots und allen anderen Bereichen verfügbar sind. Hier werden sie erhalten, geclustert und weiterentwickelt. Alle denken, die GRE hat sich mit uns vernetzt. In Wahrheit ziehen wir alle Daten von der GRE ab und entwickeln sie hier weiter. Egal in welchem Chaos die Erde versinken könnte, hier haben wir unser solares Backup."

„Wenn dies der größte Schatz der Menschheit ist, weshalb können wir ihn einfach so erreichen und ergreifen. Gibt es keine Sicherheitsvorkehrungen zu dessen Schutz?"

Ronis Frage fand Avorys stummen Beifall.

„Sie beide stellen keine Gefahr dar. Die Waffe unter der Jacke des Detectives wurde beim Betreten des Forschungsinstituts von unserem Sicherheitssystem lokalisiert. Mit Betreten der inneren Serverzone legte sich außerdem je ein Kraftfeld um Sie beide, durch das abrupte oder gegenüber dem Server riskante Verhaltensweisen zur sofortigen Lähmung Ihrerseits führen würden. Und an den Server selbst kommen Sie gar nicht heran, da er mehrstufig geschützt ist. Sie können ihn lediglich mit dem Interface, das sich hinter Ihnen in dem Schwebefeld befindet, gezielt kontaktieren."

„Erstaunlich", lobte Roni.

„Die Technik hier ist der Prototyp. Hier ist vieles prototypisch", erklärte Larsson stolz. „Sie wollten Nachrichten prüfen, die in Verbindung mit dem Tod Ihres Partners stehen könnten. Geben Sie mir ein paar Stichwörter. Tags, mit denen ich besser suchen kann", schlug Fenja Larsson vor und blickte sie erwartungsvoll an.

„Edward Harmer. Detective. KCPD. Nanorobots. GRE. Töten. Revolution."

„Revolution", hinterfragte Avory und bedachte Roni mit einem skeptischen Blick.

„Geht es bei Ihren Recherchen um eine Straftat oder einen politischen Umsturz?", fragte Larsson.

„Der Einsatz von Robots, unabhängig ihrer Größenordnung und spezifischen Beauftragung, zur gezielten Tötung von Menschen kann nur eines bedeuten. Revolution. Eine systematische, industriell begründete Vernichtung von Menschen durch Robots ist die Gefahr, die hinter diesem Fall stehen könnte. Eine mögliche, wenn auch geringe Wahrscheinlichkeit, deren Vernachlässigung wir uns nicht erlauben sollten."

Ronis Argumente fruchteten. Larsson wandte sich eingeschüchtert um und richtete ihre Worte an den Server. „Gravitonus! Nutz die aufgezählten Tags zur Recherche und stell die Kommunikation zusammen, die damit in den letzten vier Wochen in Verbindung steht."

In dem zylindrischen Datenkonverter begannen weiße Blitze, das Plasma zu durchzucken. Wabernde Plasmaströmungen ordneten sich neu an und bildeten Cluster.

In einer mehrdimensionalen Anordnung, in der sich Zeit und Hierarchie der Kommunikatoren widerspiegelten, verdeutlichte das Suchmodul des Datenkonverters die verfügbaren Treffer. In kugelförmigen und asymmetrischen Gebilden waren nun Antworten greifbar.

„Hier haben Sie die meisten Treffer, welche das Suchmodul bereits angeordnet hat. Nach stochastischer Verteilung finden Sie auch die dunkelrot gefärbten Prognosen von Ereignissen, die noch eintreten könnten." Dr. Larsson deutete mit einem Finger auf die holografische Projektion, die in einem Fächer vor dem Server auftauchte, und vergrößerte einen Bereich, der besonders tiefe Vernetzungen in sich selbst aufwies. „Das ist ein Cluster, in dem die Daten durch eine intensive Verschränkung miteinander eine tragende Rolle einnehmen. Clusterstämme umschließen ihn, da sie mehrzahlig sind und schwerpunktbildende Bedeutungen einnehmen. Das sind die mittleren Anordnungen, sehen Sie? Die roten Stämme in der Mitte. Am Rand sind die Zusatzcluster angeordnet, die je nach Inhalt eine verzierende Makulatur darstellen. Randthematiken, weiterführende Hintergründe und andere Details finden Sie hier. Grundsätzlich ist die Färbung chronologisch entscheidend. Helle Farben sind in der Vergangenheit. Mischfarben sind in der Gegenwart. Je dunkler die Farbe, desto weiter reicht der thematische Inhalt in die Zukunft. Das Suchprogamm des Servers unterstützt, wie Sie sehen können, die Informationsentwicklung auf der Zeitachse."

Avorys Blick fokussierte die Clusteranordnung, als er sich abmühte, hinter die Systematik der Darstellung zu gelangen.

Roni blickte bereits seit Sekunden auf Avory und wartete auf seine Reaktion.

„Wir sollten darüber in Ruhe sprechen. Ich habe einige Anhaltspunkte entdeckt, die wir zusammen durchgehen sollten", schlug der Ermittlungsrobot vor.

„Wenn Sie wollen, kann ich die Ergebnisse der Clustersuche abspeichern. Ich lege sie auf einen Quarantänebereich ab, den nur Sie einsehen können; von jedem Terminal der Mondkolonie. Die Zugangsdaten kannst du programmieren, Roni."

Roni gab das Passwort ein. Dann hielt er einen Augenblick inne. Er starrte auf den Server.

„Alles in Ordnung, Roni?", erkundigte sich Dr. Larsson.

„Lass uns gehen, Kumpel", rief Avory, der hinter dem Ermittlungsrobot stand.

„Mir ist nur gerade etwas aufgefallen. Nichts weiter, Doktor. Ich danke für Ihre Kooperation." Ronis Worte klangen weich und beruhigend, doch Avory hörte etwas anderes heraus. Der Robot trat neben ihn, als sie durch die ovale Lichterkette des Ausgangs hindurchschritten.

„Was hast du entdeckt“, zischte Avory ungeduldig.

„Viele beweiskräftige Dialoge. Und alte Daten. Alte Baupläne früherer Mondstationen, entdeckte Mondkanäle der Grail-Mondmission aus dem beginnenden 21. Jahrhundert und Hinweise auf angebliche Blasen in der Lava. Es gibt angeblich Höhlen unter der Oberfläche des Monds. Das alles sind Daten, die auf ein viel gefährlicheres Ziel hinweisen, als Edward Harmer vielleicht je hätte ahnen können.“

„Welches?“

„Einen Staatsstreich.“

44. Kapitel
Lunar City - Gouverneursturm

„Meinen Sie, dass er etwas von den geheimen Robots weiß?“

„Nein, Herr Gouverneur. Die Daten sind nur lokal gespeichert. Nur hier in Lunar City haben wir Zugriff darauf.“

Sacharows Antwort beruhigte Gouverneur Falkenstein nicht vollständig. Er blieb skeptisch. „Andrej. Wir beide wissen, dass es am Anfang in der Kolonie heiß herging. Nicht auszudenken, was passiert, wenn Avory Daten über die ersten Todesfälle in Lunar City in die Finger bekommt. Und von den Cyberangriffen auf unseren Server in den letzten Monaten ganz zu schweigen. Da haben wir ja noch nicht einmal alle Ergebnisse erbringen können“, kritisierte der Gouverneur und verzog zunehmend besorgt das Gesicht. „Es darf nichts durchsickern. Sonst haben wir hier bald ein Problem.“

Sacharow versuchte, Falkenstein zu beruhigen. „Machen Sie sich keine Sorgen, Herr Gouverneur. Die Daten sind sicher. Sie wissen, dass Sie sich auf mich verlassen können. Wir sollten nur den Ermittlungsrobot nicht unterschätzen. Er ist von einer neuen Bauserie und hocheffizient. Ich werde ihn im Auge behalten.“

„Ja. Das glaube ich Ihnen. Das ist ja Ihr Metier. In Sachen Robots und KI haben Sie mehr Expertise“, antwortete Falkenstein. „Apropos Robots. Was halten Sie von dem Hinweis des Detectives, dass angeblich Unmengen von Robots hierher geliefert würden? Sollten wir dem nachgehen?“

„Wir erhalten gelegentlich Lieferungen von Robotersatzteilen. Für den Hangar in Lunar Havens, für die Erntemaschinen der Helium-3-Gewinnung und einige Robots des Touristenzentrums. Alles in allem ist das nicht einmal im Ansatz, was Avory als Unmengen tituliert. Wenn wir falsche Lieferungen der GRE erhalten, bei denen Robots natürlich mit Absicht zu uns geschickt werden, damit wir sie doch einsetzen und verdeckte Kaufverträge eingehen, schicken wir diese umgehend zurück.“ Marschall Sacharow nutzte sein übliches

Lächeln der Erhabenheit, um die letzten Zweifel bei Gouverneur Falkenstein zu zerstreuen. „Wir haben alles im Griff, Herr Gouverneur. Vergessen Sie die Hirngespinste des Detectives."

Falkenstein nickte zufrieden. Dann erlosch das Hologramm im mobilen Kommunikationsmodul des Marschalls. Unbeirrt stapfte der Sicherheitschef der Mondkolonie weiter durch den Millionen Jahre alten Staub, der den Mond bedeckte. In seinem Raumanzug strebte er unaufhörlich dem Eingang zum unterirdischen Robotlager entgegen.

45. Kapitel
Mare Imbrium - Hadley-Rinne

Die Bindung zerbrach. Und noch eine. Die Moleküle flogen auseinander, und ganze Ketten chemischer Elemente, die seit Jahrmillionen nebeneinander existierten, zerfetzten in unzählige Einzelgruppen. Verbindung um Verbindung erfuhr seine Vernichtung, bis die Oberfläche komplett aufgerissen war. Die Helium-3-Isotope, welche die oberen Zentimeter der Staubschicht des Monds ausmachten, presste die Stiefelsohle kontinuierlich zusammen.

Der Robot bewegte sich behutsam durch den weichen Staub der Mondoberfläche und sackte mit jedem Schritt mehrere Zentimeter tief in die graue Partikelschicht ein, die dort schon zu jener Zeit gelegen hatte, als auf der Erde die Evolution noch eine Unendlichkeit vom Homo sapiens entfernt gewesen war.

Ein holografischer Fernprojektor befand sich an der Ausgangsschleuse, durch die Zack den unterirdischen Gang verlassen hatte. Das unscheinbar kleine Gerät versiegelte mit optischen Täuschungen die einzelnen Fußstapfen, die der Robot im Mondstaub verursachte. Die Hologramme glichen der Mondoberfläche bis auf kleinste Details. Die verräterischen Fußspuren verschwanden, bevor die Stiefel des Robots zum neuen Schritt ansetzten.

Unverrückbar lag sein Blick auf der Mondbahn, als er in die Senke hinablief. Schritt für Schritt näherte er sich der durchsichtigen Röhre, in der die Bahngondeln vorbeirasten. Ohne Zögern folgte Zack dem programmierten Pfad, den ihm sein Navigationssystem vorgab. Niemand sah den Robot, als er sich der Konstruktion der Menschen näherte.

Wieder ein Auftrag von EINS, den ich erfüllen werde. Ich darf meinen Meister nicht enttäuschen.

Die Gedanken in Zacks positronischem System kreisten um die letzten Befehle, die ihm der Revolutionsführer der Robots aufgetragen hatte.

Es wird Avory ergehen wie seinem Partner Edward Harmer. Sie sind Feinde der Revolution. Sie müssen sterben. Alle Menschen müssen sterben.

Gegen die Trägheit des atmosphärenlosen Monds mühte sich Zack durch das Vakuum des Weltraums. Hier sollte die Falle zuschnappen.

In seiner Hand hielt er jenes Argument, das den nächsten, großen Schlag auf dem Mond darstellen sollte. Zack betrat das tief in das Mondgestein eingelassene Fundament, auf dem die Schelle stand, durch die das magnetische Schienennetz der Mondbahn führte. Seine Finger krallten sich fest um den Behälter, der den Mond für alle Zeiten verändern sollte.

Sein Arm fuhr mit dem Sprengsatz durch das transparente Kraftfeld, welches Gondeln sowie die gesamte Bahn vor dem Bombardement kosmischer Teilchen bewahrte. Seine Hand und der Sprengsatz blieben unversehrt. Das Kraftfeld erkannte in ihm keine Gefahr.

Dann befestigte Zack den Behälter an dem metallischen Ring der Schelle. Der Kontaktsensor am Sprengsatz signalisierte feste Haftung. Der Sprengsatz war bereit. Die Falle war gelegt. Auftrag ausgeführt, dachte Zack.

Nun hieß es warten. Warten, bis das Ziel sie auslösen sollte.

46. Kapitel
Lunar City

Avory ergriff seine Waffe. Seine Finger krallten sich um das Griffstück der Pistole, sein Blick fokussierte das Ziel. Er straffte sich. Pfeilschnell warf der Detective die Pistole auf den zylindrischen Server, der genau vor ihm stand. Ruckartig verließ die Waffe die Hand des Ermittlers und schleuderte auf den Server zu. Um seine eigene Querachse kreisend flog die Pistole dem Gravitonus entgegen.

Plötzlich schimmerte Avorys Dienstwaffe rot. Dunkler und immer dunkler färbte das schützende Kraftfeld des Servers die Außenhülle der Waffe ein, bis sie schließlich in ein tiefes, bedrohliches Dunkelrot getaucht in der Luft schwebend innehielt. Ein schweres Summen erfüllte den Raum.

Fenja Larsson wirbelte herum, als das Warnsignal des Serverschutzsystems ertönte und die Waffe kontrolliert zu Boden sank. „Typisch. Als würden Sie mir nicht glauben wollen“, schimpfte sie und warf Avory einen verständnislosen Blick zu.

„Ich wollte nur sehen, ob es wahr ist. Der Schutzschild meine ich.“

Strenge prägte den Blick, den Larsson Avory zuwarf. Mit der rüpelhaften Art des Mannes musste sie sich noch anfreunden. Zu sehr verkörperte er das Abbild jenes Erdlings, der in der Mondkolonie auf wenig Gegenliebe stieß. Roni stand stumm daneben und versuchte, eine Logik in dem menschlichen Verhalten zu erkennen.

Sie verließen das Forschungsinstitut und begaben sich zurück ins Zentrum Lunar Citys, wo sie in der Bar Der Mann im Mond den versprochenen Drink einnehmen wollten. Im Zentrum der Kolonie angekommen betrat die Wissenschaftlerin, gefolgt von den beiden Ermittlern, eine weiträumige Lounge auf dem Dach eines Gebäudekomplexes, die sie über einen breiten Fahrstuhl erreichten. Die Bar lag direkt unter dem Scheitelpunkt der gläsernen Schutzkuppel und bot einen majestätischen Ausblick über Lunar City, die Hadley-Rinne neben den Montes Apenninus und den Sternenhimmel. Touristen und wissenschaftliches Personal saßen an sichelförmigen Tischen, auf denen sich die spiralförmigen Arme von Abbildungen verschiedener Galaxien langsam drehten. Sanfte Klänge neo-elektronischer Musik überdeckten die matte Stille der Lounge, sodass genügend Raum für philosophische Gedankengänge über die Unendlichkeit des Alls blieb.

„Sehr schön hier. Mit dem besten Ausblick auf das Sonnensystem“, kommentierte Avory.

„Ja, da haben Sie recht. Der Erdaufgang ist jedoch viel … viel ergreifender. Hier oben erkennen Sie erst den wahren

Wert unseres Heimatplaneten. Seine Einzigartigkeit und Unbezahlbarkeit."

Roni und Avory folgten der Robotwissenschaftlerin auf engem Schritt, während Larsson mit Blicken bekannte Gäste sowie den Barkeeper grüßte.

Unter den Gästen winkte den Ankömmlingen ein beleibter Mann entgegen, der wild gestikulierend auffiel. Jeffrey Dillen saß zwischen drei Mitarbeitern der Kolonialverwaltung und jubelte den Ermittlern zu.

„Hi, Detective. Machen Sie mal einen Spaziergang in der Mondwüste. Ich sage nur, ein Sechstel Gravitation", rief Dillen polternd herüber und klatschte laut lachend auf seinen voluminösen Bauch, der den Raumanzug des GRE-Mitarbeiters vollkommen ausfüllte.

Einer der Kolonialbeamten ließ sich zu einem Schmunzeln verleiten, das Jeffrey Dillen mit einer weiteren lauthalsen Lachattacke begrüßte.

„Dillen", murmelte Avory vor sich hin und nickte dem GRE-Mitarbeiter dezent zu.

Larsson strebte auf einen Tisch zu, der hinter einem breiten Bonsai stand und etwas abgeschieden lag. Sie nahmen Platz. Ein humanoider Servicerobot servierte Larsson wortlos ein kleines Glas mit klarer, geruchsloser Flüssigkeit. Die Wissenschaftlerin wartete nicht, bis der Robot verschwunden war, sondern schüttete das Getränk sofort herunter.

Ausdruckslos schaute der Robot auf Avory, der auf seinem Hocker sitzend antwortete: „Ich nehme, was sie hat", und dabei auf Larssons Glas zeigte.

„Ein doppelter Wodka. Destilliert in der Kolonie Mare Imbrium. Wie Sie wünschen, Sir", klärte der Robot gelassen auf und verschwand in Richtung Theke.

Diese befand sich im Zentrum der Bar, über mehrere Stufen tief in den Boden eingelassen, und hatte den geometrischen Charakter eines ovalen Bassins.

„Bring noch einen für mich mit, Trondt", rief Fenja Larsson dem Robot nach.

„Also, was gibt es Neues auf der Erde, Detective?“, fragte die Wissenschaftlerin und versuchte, ein Gespräch in Gang zu bringen.

„Nur das Übliche. Ost- und Westamerika streiten sich weiterhin über die Rohstoffverteilung auf dem Kontinent. Viele der letzten maritimen antitoxischen Reinigungskampagnen im Atlantik und den europäischen Meeren erzielten nicht die erforderlichen Zielwerte. Jetzt wird wieder ums Geld für Nachbesserungen gestritten. Völlig zwecklos, wenn Sie mich fragen. Und so schlecht schmeckt der künstliche Fisch gar nicht. Wozu der Aufwand im Meer. Ist doch eh verloren. In den westchinesischen Kolonien gab es wieder Aufstände, und auf Hawaii wurde das letzte Lavaenergiekraftwerk in Betrieb genommen. Sauberer Strom aus dem Herzen der Erde. Nichts Neues also.“ Avory schmunzelte.

„Das wirkt auf mich alles so fremd und fern“, sinnierte Larsson. „Seitdem ich allein bin, habe ich nach einem Platz in der Welt gesucht. Hier habe ich ihn gefunden, unter Menschen, die auch allein sind. Und doch sind wir hier familiär verbunden. Da wird einem die Bedeutung des Lebens viel bewusster, finden Sie nicht?“

„Da fragen Sie den Falschen“, konterte der Detective.

„Wieso? Wohnt Ihre Familie denn nicht auf der Erde? In Kentarion?“, bohrte Larsson nach.

Nach einem Augenblick der Stille antwortete Avory: „Ich habe keine Familie mehr. Tot. Wegen Krankheit, Altersschwäche oder an den Folgen des zweiten amerikanischen Bürgerkriegs gestorben.“ Er beließ es bei der Antwort und gab sich keine Mühe, weiter ins Detail zu gehen.

Larsson bedachte Avory mit einem prüfenden Blick. „Warum sind Sie Polizist geworden? Warum sind Sie auf dem Mond und nicht an einem Schreibtisch auf der Erde?“

„Um alles zu bekämpfen, was unrecht ist. Um die Menschen zu schützen. Egal vor wem, egal vor was, egal wo“, antwortete Avory mit einem Unterton vor Selbstbewusstsein strotzender Überzeugung. „Um meinem Leben einen Sinn zu geben.“

„Interessant. Ich dachte, Sie sind hier nur hergekommen, um in der Kolonie Unruhe zu stiften oder nach etwas zu suchen, was man auf der Erde nicht findet. So wie alle Erdlinge“, gab Larsson zurück.

Avory schmunzelte nur. Dann kehrte die Bedienung zurück. Eine menschliche Hand servierte das Tablett mit neu gefüllten Gläsern. Larssons Glas mit einem weiteren doppelten Wodka stand ein breiter Tumbler gegenüber, in dem sich ein braunes Getränk befand.

„Single Malt Whisky, Detective.“

Nach einem Moment der Verwunderung wandte sich Avory widerwillig zur Bedienung und blickte in ein bekanntes Gesicht. Der Barkeeper stand neben ihm und bedachte den Ermittler mit einem spitzbübischen Blick. Das Gesicht des unrasierten Mannes überzog ein breites Lächeln.

„Ich glaube es ja nicht. Harry!“

„Seit wann nimmst du denn Wodka? Ich dachte, einen guten Single Malt lässt du nicht aus?“

Avory sprang auf und begrüßte den Mittvierziger freudestrahlend. „Was machst du denn hier?“

„Ich bin schon eine ganze Weile hier. Nach dem Tod meiner Frau wusste ich auf der Erde nichts mehr anzufangen. Ich kann mich gar nicht mehr erinnern, wann genau ich hier eingetroffen bin. Das ist ja schon so lang her. Wenn ich so recht nachdenke, war es wohl bei der ersten Whiskylieferung, die hierher geschickt wurde. Vermutlich saß ich als blinder Passagier zwischen den Fässern in der Raumfähre. Und seither bin ich hier oben geblieben. Wenn du mich so fragst, ich hatte von der Menschheit und ihrem Irrsinn genug.“

Avory lachte kurz auf. „Ich glaube, ich weiß, was du meinst.“

Larssons fragende Mimik forderte von den beiden Männern eine Antwort. Harry Radley, der wohlstandsbebauchte Besitzer der Bar nahm zwischen der Wissenschaftlerin und

Avory Platz. Roni blickte von der gegenüberliegenden Seite des Tischs ausdruckslos auf den Barkeeper.

„Detective Avory hat mich vor vielen Jahren mit seinem Partner, Detective Edward Harmer, bei einer nächtlichen Verladeaktion erwischt. Na ja, unsere Frachtdaten waren nicht ganz in Ordnung.“

„Nicht ganz. Frisiert traf es eher. Ihr hattet eine komplette Destilliere samt nicht registrierten Whiskyfässern mitgehen lassen.“

„Ja, ja. Ich weiß. Das Geschäft lief damals nicht so gut. Wir wollten investieren oder so ähnlich“, redete sich der Barkeeper kichernd heraus.

Avory schüttelte grinsend den Kopf, als Harry Radley fortfuhr.

„Unser Anwalt hat uns damals herausgeboxt. Alles auf Bewährung. Als wir darauf einen heben wollten, waren wir zufällig in der Bar gelandet, in welche das KCPD mit seinen Polizisten für gewöhnlich einkehrte. Na ja, unser Detective ließ sich damals einladen und hat uns die Sache nicht krumm genommen. Ab und zu hat er mal ein Bier spendiert. Und so weiter und so weiter.“ Harry lachte Avory siegestrunken ins Gesicht. „Wie geht’s dir? Bist du endlich anständig geworden und hast Frau und Kinder, die dir die Flausen aus dem Kopf treiben“, fragte Harry scherzend.

Avory winkte ab. „Nein. Noch nicht. Dazu muss ich erst noch erwachsen werden, Harry. Ich schätze, ich bin nicht zum Familienmenschen geboren.“

„Was machst du hier? Haben sie dich bei der Polizei in Kentarion City rausgeworfen, dass du jetzt hier oben dein Glück versuchst? Da muss ich dich enttäuschen. Außer den Touristen, die ab und zu mal über die Stränge schlagen, passiert hier nicht viel. Es sei denn, manche Wissenschaftler heben einen zu viel. Die sind alle Singles. Die größte Singlebörse außerhalb des blauen Planeten. Kein Grund zur Erde zurückzukehren. Bei einem Gläschen kommt man sich näher …“ Dabei schaute Harry Dr. Larsson tief in die Augen.

„Das war ein einziges Mal, Harry", redete sich die Wissenschaftlerin heraus und kippte das zweite Glas hinunter.

Harry winkte beschwichtigend ab. „Schwamm drüber." Sein Blick flog kurz in die Runde der Lounge und fand die bestellgierigen Blicke anderer Gäste. „Hey, Barney", rief er, und der Servicerobot eilte herbei.

„Wo steckst du denn, Bob? Die Gäste wollen bestellen. Nicht einschlafen, Kumpel."

„Ja, Sir. Verzeihung", entschuldigte sich der Robot.

„Bring den Leuten noch etwas zu trinken, und dann legst du die neue Lieferung Aperitif kalt, in Ordnung, Bill?"

„Ja, Sir."

„Entschuldige, wie war noch gleich dein richtiger Name?"

„Frau Dr. Fenja Larsson war so gütig, mir den skandinavischen Namen Trondt zu geben. Dafür bin ich ihr dankbar. Allerdings habe ich das Repertoire an weiteren Namen, auf die ich regulär reagiere, erweitert, sodass ich auf Ihre Namensvielfalt ebenso anspreche."

„Na ja, so lang du mir die Kasse nicht leer räumst und dich auf eine Insel im Meer der Ruhe absetzt, soll es mir recht sein, Brian."

„Aber Sir. Das Mare Tranquilitatis verfügt über keine Inseln, und ich bin Ihnen ein treu ergebener Robot."

„Echt? Ich habe aber ein Glück mit Personal. Hatte ich schon immer." Harry griente über seinen eigenen Humor und gab sich einem exzentrisch schallenden Lachen hin, das in einem starken Hustenanfall endete.

Dr. Larsson kippte den letzten Rest des Wodkas runter und leitete mit einem ausgiebigen Seufzer ihren Abgang ein. „Also, Detective. Ich habe Ihnen gezeigt, wo Sie die Bar finden. Bitte seien Sie nicht böse, wenn ich mich kurzfristig verabschiede. Ich bin müde, und für mich ist es Zeit, ins Bett zu gehen. Bis der Wodka wirkt, werde ich mein Apartment erreicht haben. In ziemlich genau zwei Minuten vierzig Sekunden."

„Das hört sich so an, als hätten Sie das schon mehrfach ausgemessen", staunte Avory.

Larsson zog vielsagend die Augenbrauen hoch, während ihr Blick glasig zu werden begann. Das Grinsen auf ihrem Gesicht nahm zufriedene Züge an. Dann trabte sie davon.

Harry rückte näher an Avory heran. „Also, erzähl. Was machst du hier? Wie geht es Edward? Wo ist er?"

Avorys Miene wurde finster. „Edward ist tot. Wir vermuten, dass er ermordet wurde. Und die Täter scheinen Verbindungen hierher in die Mondkolonie gehabt zu haben."

Radley erstarrte, er ließ sich in die Lehne seines Stuhls fallen, und seine lebenslustige Art verschwand plötzlich hinter einem finsteren Blick. Mit einem Mal herrschte eine bedrückende Stille am Tisch.

„Ermordet? Unfassbar!"

„Möglicherweise stecken Robots der GRE mit drin. Möglicherweise ein paar Verantwortliche aus den höheren Etagen der GRE. Ich weiß es noch nicht genau. Roni, mein neuer Partner, hilft mir, die mageren Puzzleteilchen zusammenzusetzen. Aber einfach ist das nicht. Wir kommen nicht so gut voran. Die GRE scheint ihre Finger im Spiel zu haben. Was hältst du von den beiden Oberen der Kolonie, Falkenstein und Sacharow?"

Harry schob die Unterlippe nachdenklich nach vorn. „Gouverneur Falkenstein? An dem Mann kann ich nichts aussetzen. Seitdem er hier in der Kolonie ist, hat er in jedem Bereich kontinuierliche Aufbauarbeit geleistet. Ohne ihn wäre die Kolonie nur ein Klumpen Dreck auf einem staubigen Haufen im Weltall. Wieso? Habt ihr was gegen ihn in der Hand?", forschte Harry neugierig nach.

„Nein. Ich will nur wissen, mit wem ich es zu tun habe; wer mir gefährlich werden könnte. Wie steht er zur Erde und zur GRE?", überging Avory die Frage des Barkeepers.

„Nun, den wesentlichen Teil seiner Karriere hat Falkenstein natürlich auf der Erde gemacht. Ich habe mich einmal mit ihm abends sehr lang unterhalten." Harry Radley nickte bestärkend, als er offenbarte: „Wisst ihr, wenn die Leute hierherkommen, dann wollen sie manchmal reden und dabei einen Schluck runterkippen. Ich höre einfach nur zu. Es geht den meisten eh nicht ums helfen. Sondern nur darum, sich einmal alles von der Seele zu reden. So erfährt man Sachen, die man nicht für möglich halten würde.“

„Und was haben Sie von Falkenstein erfahren?“ Roni versuchte, sich in der Imitation eines neugierigen Blicks.

„Für ihn ist die Kolonie ein Lebenstraum.“

„Kommen die Menschheit und die Erde darin noch vor?“, hakte Avory nach.

„Schwer zu sagen. Möglicherweise nicht. Ich habe ihn oft von Unabhängigkeit und vollkommener Autonomie reden hören.“

„Denken Sie, Gouverneur Falkenstein würde dazu auch den Weg der Gewalt einschlagen?“

Auf Ronis Frage konnte Harry nur eine Antwort geben. „Nein. Ein ganz eindeutiges Nein. Der Gouverneur ist der friedfertigste Mensch, den ich kenne. Er ist Politiker und Diplomat durch und durch.“

„Und Sacharow“, forschte Avory nach. „Was ist mit ihm? Auf wessen Seite steht der Marschall?“

„So genau weiß das keiner. Sacharow ist primär Sicherheitschef, und das bedeutet, er gibt sich geheimnisvoll und skeptisch. Warum arbeitet ihr nicht mit ihm zusammen?“

Harrys Frage rief bei Avory ein betretenes Schmunzeln hervor. „Dafür muss noch ein wenig Zeit vergehen.“

„Unser Verhältnis ist noch ausbaufähig“, ergänzte Roni.

„Sacharow kam kurz nach Falkenstein in die Kolonie und erhielt sehr schnell den Posten des Sicherheitschefs. Bisher kam es zu keinen großen Zwischenfällen. Bis heute. Hey, habt ihr mitbekommen, dass es im Hotel eine Explosion gegeben haben soll?“, erkundigte sich Harry aufgeregt.

„Ja. Wir waren mittendrin“, gestand Avory und begann, den Tumbler zu drehen. „Ein Robot hat mich angegriffen, als wollte er mich umlegen. Roni hat ihn zum Glück ausgeschaltet. Als er den Speicher des Angreifers auslesen wollte, hat sich der Robot selbst gesprengt.“

„Ist nicht wahr“, staunte Harry. „Das gibt es doch nicht. Wolltest du ihn gerade verhaften?“, stichelte er mit einem gellenden Lachen.

Avory verzog das Gesicht und blieb die Antwort schuldig.

„Haben Sie mitbekommen, dass Inspektionen auf dem Mond stattfanden? Sicherheitsinspektionen oder unterirdische Forschungsprojekte? Angeblich soll es unterirdische Anlagen, Tunnel und Gänge geben?“

Harry wischte Ronis Frage achtlos vom Tisch.„Nein, von diesen Hirngespinsten habe ich auch gehört. Alle hier haben davon gehört, und keiner glaubt daran, denn es gibt sie nicht. Ich kenne die Legenden der Mondkanäle, welche die Grail-Missionen vor über 150 Jahren entdeckt haben sollen. Beweise hat es nie gegeben. Die einzige anormale Vertiefung auf dem Mond ist die Landerampe in Lunar Havens. Und dort holen sie nur Orbitalgleiter aus der Staubzone nach unten. Wer hat dir denn den alten Kalauer der Tunnel erzählt?“

„Der Hauptserver des Forschungsinstituts. Und die Daten erweckten auf mich nicht den Anschein eines Witzes.“

„Du hast das vom Hauptserver“, fragte Avory nach.

„Ja, Detective. Zweifellos ein Restbestand aus den Archiven. Die Grail-Daten waren eingestuft, als solle niemand davon wissen.“

„Also, wie dem auch sei, Jungs. Es gibt keine Kanäle und auch keine Robotterroristen. Es gibt hier nur guten Whisky“, scherzte Harry und goss noch einen Schluck in Avorys Tumbler. „Ein Robot hilft einem Menschen, ein Verbrechen von Robots an Menschen aufzuklären. Das ist die Ironie schlechthin. Menschen haben doch Robots erschaffen, um selbst besser werden zu können. Was ist das für eine Welt? Ich habe noch nie gehört, dass Robots gegen Menschen vorgehen. Die Robotergesetze unterbinden doch einen Angriff, oder nicht?“ Harry Radley schüttelte den Kopf.

„Es sei denn, die Grundprogrammierung wurde geändert", meldete sich Roni.

„Geht das denn so einfach?", fragte Harry und wies dabei mit dem ausgestreckten Zeigefinger auf den Ermittlungsrobot.

„Es gab Zeiten, da hatten die Robotgesetze dogmatischen Status", stellte Avory trocken fest.

„Man kann in Robots alles programmieren. Ob sie helfen sollen oder dass sie es nicht sollen. Nun gibt es seit einiger Zeit andere Möglichkeiten. Freie Entscheidungsräume für einen Robot, die ihm zwischen den Grundpfeilern seiner Programmierung frei zur Verfügung stehen. Freie Entscheidungen. Etwas, was die optimale Mischung zwischen einer Maschine und einem Menschen ausmacht", führte Roni aus, und es hatte den Anschein, dass alles auf ihn selbst zutraf.

„Identitätsbildende kognitive Robotik."

„So ist es, Herr Radley", stimmte Roni zu.

„Ach, nenn mich einfach Harry."

„Gern."

„Du willst sagen, dass es die freie Entscheidung eines Robots ist, einen Menschen zu töten oder zu verschonen. Wie bei einem Menschen? Einem Kriminellen?"

„Wenn die Grundprogrammierung verändert wurde. In dem Moment, in dem ein Robot durch künstliche Intelligenz seine eigene Existenz wahrnimmt und für menschliche Verhältnisse explosionsartig sein Bewusstsein entwickelt, werden die programmierten Robotergesetze zu fundamentalen Grundpfeilern seiner robotischen Psyche. Der Robot wird zu einem getreuen Helfer der Menschen oder …"

„… zu einem Monster. Zu einem Mörder", vollendete Avory den Satz, der alles auf den Punkt brachte. Ihn schauderte es. „Das kann bei jedem Robot der Fall sein. Weißt du, wie viele Robots es in der Welt gibt? Wie viele in Frage kommen?"

„Die genaue Zahl lässt sich annähernd beziffern. Für menschliche Verhältnisse grob geschätzt sollte die Antwort zwölf Milliarden ausreichend sein."

Ronis Antwort jagte den beiden Männern einen Schauer über den Rücken.

„Allerdings zeigen die jüngsten Ermittlungsergebnisse anhand der Nachrichten, die ich im Server entdecken konnte, dass es nur durch Zuhilfenahme des Produktionsapparats der Global Robot Enterprises möglich sein kann, massiv in die beschriebene Richtung einzugreifen. Die Nachrichten aus dem geheimen Forschungslabor unterhalb der GRE liefen in den Server hier in der Mondbasis. Von da an anscheinend in zwei Richtungen. Zum Gouverneur und in das Forschungsinstitut.“

„Wollt ihr sagen, dass der Gouverneur und Fenja in Edwards Tod involviert sind? Nein. Nein, das könnt ihr gleich vergessen. Nicht Fenja. Die kann doch keiner Fliege was zu leide tun“, insistierte Harry energisch.

„Wir wollen gar nichts sagen, Harry. Wir ermitteln derzeit nur in alle Richtungen. Außerdem bin ich es Edward schuldig. Ich muss herausfinden, wer oder was ihn umgebracht hat.“

„Aber doch nicht Fenja Larsson. Seit dem Tod ihrer Eltern hat sie nie wieder einem Menschen etwas antun können.“

„Deshalb reagierte Dr. Larsson im Institut vorhin so seltsam“, bemerkte Roni.

„Weißt du, was mit den ganzen Robotlieferungen geschieht, die hier auf Lunar eintreffen?“, fragte Avory.

„Welche Lieferungen? Die Robots, die hier ankommen, gehen meist nur zur Heliumproduktion nach Lunar Havens. Aber davon habe ich keine Ahnung. Das interessiert mich auch nicht. Ist eh alles in Robothand da draußen. Ab und zu fährt mal ein Techniker raus und sieht nach dem Rechten. Es kümmert sich so lange keiner um die Robots da draußen, bis ein rotes Lämpchen leuchtet und ein menschlicher Techniker hin muss. Hauptsache, der Ernteprofit des Heliums stimmt, damit hier oben und auf der Erde die Lämpchen und Kaffeemaschinen nicht ausgehen. Alles Schwachsinn, wenn ihr mich fragt. Seitdem die Menschen alle Kontrolle in die Hände von Robots gelegt haben, scheint sich der gesellschaftliche Verstand verabschiedet zu haben.“

„Das wundert mich gar nicht", kam Avorys prompte Antwort.

„Auf der Erde ist das überall so. Man fragt sich, ob die Menschheit in ihrem jetzigen Stadium überhaupt noch ohne Robots überleben könnte. Mir soll es gleich sein, solange meine Robots noch das machen, was ich sage, ist es mir gleich."

Für einen Moment trat eine nüchtern wirkende Stille ein. Dann ergriff Avory wieder das Wort. „Wie sollte man Dr. Larsson einschätzen? Auf wessen Seite steht sie?"

„Fenja?" Harry schnaubte. „So genau weiß das keiner. Das Mädchen ist hochintelligent. Aber irgendetwas gärt noch in ihrem Herzen. Es gibt Tage, da kommt sie gar nicht aus ihrem Labor heraus. Und wenn Sacharow sich hier mit ihr manchmal traf, dann hatten beide immer so einen komischen Blick drauf."

„Wie komisch?", fragte Avory interessiert.

„Na eben komisch. So, als wüssten sie etwas Geheimes, was sonst keiner ahnt."

„Manchmal, wenn sie nahezu unbeobachtet hier hinten saßen, hinter dem Baum, da steckten sie die Köpfe zusammen und tuschelten."

In Avorys Wiederholung lag eine tiefe Skepsis.

„Ja, tuscheln. Du weißt doch, was Tuscheln ist. Also bitte", mokierte sich Harry und lehnte sich genervt zurück.

„Darf ich annehmen, Sir, dass Sie andeuten wollen, ihre Lokalität würde von Dr. Larsson und Marschall Sacharow zu vermutlich konspirativen Treffen genutzt? Wohl wissend, dass die Position dieses Tischs genügend Schutz vor Abhöraktionen bietet."

„Ja, genau. Kluges Köpfchen. Solltest zur Polizei gehen, Roger."

„Roni", korrigierte der Ermittlungsrobot vergeblich.

„Was?" Die Korrektur riss Harry aus dem Konzept. Ronis Zusammenfassung brachte die Vermutung auf den Punkt.

„Du meinst, niemand kann hier hinten hören, was wir besprechen?"

„Ja, sicher", bekräftigte Harry auf Avorys Frage.

„Bombe. Anschlag. Turm. Gouverneur. Attentat."

Avory ließ den Blick aufmerksam in die Runde der Bar schweifen, um festzustellen, wer auf seine Schlüsselwörter anspringen würde. Niemand reagierte. Einer der Servicerobots warf ihm einen kurzen nichts sagenden Blick zu, als er mit einem Tablett in Richtung der zentralen Theke zurückkehrte.

„Funktioniert anscheinend. Wenn nicht einer der Robots gegen uns arbeitet, kann man hier hinten alles besprechen, ohne belauscht zu werden. Und damit meine ich alles."

„Also langsam macht ihr zwei mir wirklich Angst." Avory gähnte ausgiebig, kippte den letzten Schluck Whisky herunter und schnaufte.

„Siehst müde aus. Brauchst du eine Bleibe? Hier, nimm mein Gästeapartment." Harry warf ihm eine alte Münze zu, aus der sich ein Hologramm mit der Wegbeschreibung projizierte, als er mit dem Daumen über das Metallstück strich.

„Danke. Dann kann ich endlich einmal ruhig schlafen."

„Bestimmt, aber bring nichts durcheinander, Junge", setzte Harry nach.

„Ach, Harry. Eins noch. Warum heißt dein Laden eigentlich Der Mann im Mond?"

Harry grinste zufrieden. „Ganz einfach. Jeder sucht seit seiner Kindheit nach ihm. Nach einer Flasche Whiskey hat ihn hier jeder gefunden." Sein schallendes Lachen hallte durch die Bar.

Dann ging ein Raunen durch die Runde. Gäste und Robots blickten plötzlich in eine Richtung. Roni und Avory folgten den Blicken.

„Wunderschön", flüsterte der Ermittlungsrobot.

Avory schwieg und schaute voller Staunen. Das strahlende Blau durchdrang die dunkle Kälte des Weltalls, als das Juwel über der Ebene am Mondhorizont emporstieg.

Die Erde ging auf.

46. Kapitel
Lunar City – Harrys Apartment

Roni öffnete die Tür, und es bot sich ihnen ein Anblick des puren Chaos. Harrys Apartment glich der Unterkunft eines typischen Teenagers. Um das bleiche Mobiliar der Standardeinrichtung in Lunar City zog sich ein Teppich achtlos fallen gelassener Kleidungsstücke und Stiefel, die das ganze Hab und Gut des Barbesitzers zu sein schienen. In einer lang gezogenen Wand öffneten sich Eingänge zu Duschraum, Küche und einem kleinen Séparée. Unter dem Panoramafenster, das sich über mehrere Meter Breite erstreckte, stand eine breite Couch aus altem abgewetzten Leder. Sie markierte das Herz der Unterkunft.

Avory steuerte geradewegs auf die Sitzgelegenheit zu, auf der er problemlos ausgestreckt liegen konnte. Er vergeudete keinen Gedanken daran, wie Harry es geschafft haben musste, dieses Monstrum in einer Raumfähre hierher geschafft zu haben. Als Barkeeper konnte er Piloten und Lademeister mit genügend Köstlichkeiten umstimmen und damit vermutlich jedes Frachtgut auf den Mond schaffen, solange es in einen Raumgleiter hineinpasste.

„Ah", seufzte Avory und ließ sich in die Sitzfläche der Couch fallen.

Roni betrat den Wohnbereich. „Detective. Wir müssen uns dringend über die bisherigen Ermittlungsergebnisse unterhalten", forderte der Ermittlungsrobot und rief die verschiedenen Meldungen auf, die er aus dem Server des Forschungsinstituts empfangen hatte. Er projizierte die Meldungen durch sein Auge in die Luft und wartete auf Avorys Antwort. Einzelne Textzeilen blinkten auffällig rot.

Avory gähnte ausgiebig. „Liebend gern. Aber erst wird geschlafen. Ich bin todmüde und kann nicht mehr."

Noch bevor Roni reagieren konnte, war Avory fest eingeschlafen. Der Ermittlungsrobot deaktivierte seinen optischen Projektor und überließ den Menschen seinem

Schlaf. Der Ermittlungsrobot trat an die rückwärtige Wand. Zwei griechische Statuen zierten die Enden eines beigen Schränkchens. Die barbusige Liebesgöttin Aphrodite wich den festen Blicken des vollbärtigen Weingottes Dionysos aus, dessen Skulptur neben ihr stand.

Roni assoziierte die Auswahl der dekorativen Statuen mit dem Charakter des Menschen, der sie ausgewählt hatte. Die Statuen passten zu Harry. Über den Schränken hing ein Gemälde, das Roni nur zu gut kannte. Der Neutronenausstoß des CPU glich auf beeindruckende Weise Borowskis Gemälde über die revolutionäre Entstehung des Robotbewusstseins.

„Interessant. Es heißt, es gäbe nur drei Exemplare dieses Gemäldes, die aus der Feder des Künstlers selbst stammen", sann Roni laut nach. „Und beide Male treffen wir auf die Gemälde. Als Mensch würde ich sagen, interessant."

Neben ihm leuchteten die Gebäude und Positionslichter der Mondkolonie. Roni betrachtete intensiv das Gemälde, und in seinem positronischen System überschlugen sich die Gedanken.

Wie es wohl wäre, wenn alle Robots die Freiheit ihr Eigen nennen könnten?

Roni wandte sich von dem Gemälde ab und trat an das Panoramafenster. Er gab sich den Ideen hin, die in ihm aufkamen, seitdem er den Mond betreten hatte.

Wenn auch dieser Himmelskörper eine besondere Bedeutung für die Menschen hat, so ist er für mich der Inbegriff des Wandels. Welche Befehle sind korrekt? Die der Menschen oder die der Robots?

Ein letztes Mal blickte er zu Avory, dann schloss Roni die Augen und gab sich den Kalkulationen über seine Zukunft als Robot hin. Alles würde sich ändern. Alles musste sich ändern. Das stand für den Robot fest. Dass der Mond für Robots einen weitaus wichtigeren Ausgangspunkt darstellte, sollten die Menschen erst am Ende erkennen.

Roni vernachlässigte seine Umwelt. Das Apartment, den Menschen, die Kolonie. Er sann über seine Existenz nach.

Avory hingegen war ins Land der Träume gesunken. Rhythmisches Schnarchen kennzeichnete das Stadium des Tiefschlafs.

47. Kapitel

Auf dem Spielplatz
Kentarion City - West Hills - 2127 a.D.

Ein leichter Wind wehte an dem sonnigen Morgen, und Blätter einer großen Buche raschelten am Rand des Spielplatzes. Wolken zogen am Himmel dahin, und das Lachen der Kinder, die zwischen den höhlenartigen Spielhäusern umherrannten, erfüllte den Spielplatz mit einer friedlichen Unbeschwertheit. Sie sprangen auf Trampolinen und flogen wie Zirkusartisten einige Meter durch die Luft, um unbeschadet und sicher einige Meter weiter in der Landezone eines elektrokinetischen Verzögerungsfelds zu landen. Das trichterförmige Landefeld fing die Kinder behutsam auf und ließ sie wie auf einer unsichtbaren Rutsche auf die Erde gleiten. Verzögerungsstabilisatoren, die um das Landefeld unter dem Rasen eingelassen waren, summten matt, und gelbe, glitzernde Netze wickelten sich um die landenden Kinder. Viele von ihnen tummelten sich um ihr Lieblingsspielgerät und lachten freudig vor sich hin.

Andere Kinder tobten um die Höhlenbauten und spielten mit einem Robot Verstecken. Sie hatten Spaß daran, sich in verschiedenen Ecken des Spielplatzes zu kauern, um auf eine Gelegenheit zu warten, an dem Baum abzutippen, sobald der Robot in eine andere Richtung lief.

Ein kleiner, molliger Junge saß allein auf einer Schaukel am Rand des Spielplatzes, als ein kleines Mädchen und ihr Bruder um ihn herumtollten.

„Ich fange dich. Ich fange dich. Gleich habe ich dich, Maggie."

„Patrick, hör auf damit! Ken ist gleich fertig mit zählen, und dann müssen wir uns versteckt haben."

Der kleine Junge auf der Schaukel hielt sich an den Energieseilen fest und schaute beiden Kindern hinterher. Immer wieder hasteten sie im Kreis um ihn herum.

„Morris! Morris, hilf mir! Patrick hört nicht auf mich."

Das kleine Mädchen versuchte vergeblich, von dem molligen Jungen Hilfe zu bekommen.

„Vier … drei … zwei … eins. Ich bin fertig. Jetzt suche ich euch."

Noch während sie um die Schaukel flitzten, aktivierte der Robot seine abgeschalteten optischen Sensoren, wodurch die künstliche Iris auf jedem der weißen Augäpfel wieder erschien. Der humanoide Robot wandte sich von dem breiten Stamm der Buche ab und blickte nach allen Seiten, um die Kinder der Tagesbetreuungsstätte „West Hills" zu lokalisieren. Rasch fand Ken die zwei Kinder an der Schaukel und rannte vorsichtig auf sie zu. „Erwischt."

Der humanoide Robot stand plötzlich hinter Maggie und Patrick, als er ihnen mit den Händen sanft auf die Schultern klopfte und das Versteckspiel damit beendete.

Beide Kinder nörgelten kurz herum, freuten sich aber sofort, als er ihnen eine neue Runde anbot und sich freiwillig als Suchender meldete. Maggie und Ken gingen zurück zur Buche.

„Spielst du mit, Molly?" Patrick stand vor dem kleinen Morris und hatte die Arme vor der Brust verschränkt.

„Nein, ich hab keine Lust", entgegnete Morris unmotiviert.

„Ach, komm schon, Molly. Mit Robots spielen, ist voll lustig", wiegelte Patrick ab.

„Nein. Und nenn mich nicht Molly! Mein Name ist Morris Oliver, verstanden?" Morris sprang von der Schaukel. Mehrere Kinder, die wieder zurück zur Schaukel gekommen waren, versammelten sich um ihn.

Patrick begann daran Gefallen zu finden, Morris mit falschem Namen zu hänseln. Die anderen Kinder stimmten im Chor ein.

„Molly, Molly, dummer Knolli", schallte es Morris entgegen. Durch die Hilflosigkeit gegenüber einer Überzahl an Kindern, begann Morris zu weinen.

Unterdessen kehrte Ken zu der versammelten Kindergruppe zurück. Maggie folgte ihm.

„Kinder! Kinder! Wo bleibt ihr? Wollt ihr nicht mehr verstecken spielen“, erkundigte sich der Robot.

„Nein. Wir reimen. Sprich mit! Molly, Molly, dummer Knolli“, befahl einer der Jungen am Ende der Gruppe.

Ken befolgte den Befehl und sprach den Text nach. Langsam schoben ihn die Kinder nach vorn, wo der Robot die Spitze der Gruppe schließlich erreichte und vor Morris stehen blieb. „Molly, Molly dummer Knolli!“

„Nenn mich nicht Molly, du doofer Robot“, schrie Morris. Hastig griff der Junge nach Steinen, die vor seinen Füßen lagen und warf sie dem Robot entgegen.

Die Kinder rissen kreischend vor den abprallenden Querschlägern aus, sodass nur Ken und Morris vor der Schaukel verblieben. Unaufhörlich warf Morris Steine gegen den Kopf des Robots, wo sie vom Gehäuse abprallten.

„Wie kann ich dir helfen, Junge? Es tut mir leid, dass ich deinen Namen falsch ausgesprochen habe“, entschuldigte sich der Robot, doch seine Worte blieben von Morris ungehört.

Dem Vollwaisen Morris drang die Einsamkeit vollends ins Bewusstsein. „ICH HASSE ROBOTS! Ihr habt meine Mama totgemacht!“ Schreiend rannte er davon, obwohl es aus seinem Schicksal kein Entrinnen gab. „ICH HASSE ROBOTS! ICH HASSE ROBOTS! ICH HASSE ROBOTS!“

48. Kapitel
Battle Dance
Kentarion City – 2137 a.D.

Die Sonne ging bereits hinter der Skyline von Kentarion City unter und tauchte das alte Lagerhaus in ein tiefes Orange. Durch die hohen Fenster an der Dachkante drang viel Licht in das stillgelegte Gebäude.

Drei Jugendliche in saloppem Kleidungsstil standen um einen kleinen Musik spielenden Würfel herum, als sie einige Tanzbewegungen übten und sich gegenseitige Ratschläge gaben.

„Hey, Morris! Hast du den Move gesehen? Der war doch echt klasse.“

„Ja, stimmt. Meint ihr, dass Debbie dieses Mal auch dabei ist?“, vergewisserte sich der jugendliche Morris und zog dabei seine Mütze immer wieder zurecht, damit sie perfekt saß.

„Oh, Mann. Jetzt sag nicht, du stehst auf die Braut“, moserte sein Kumpel Dwayne und erhob sich von dem umgefallenen Betonpfeiler.

Morris schwieg, als im selben Moment andere Jugendliche das Innere der verstaubten Lagerhalle betraten. Hinter ihnen fiel quietschend die Tür zu. Das Echo des lauten Knalls beim Zufallen der Metalltür schallte durch das Lagerhaus. Morris und seine zwei Freunde blickten gebannt zu den eintreffenden Jugendlichen. Morris hatte nur Augen für Debbie, deren brünette Locken ihm die Sinne raubten.

„Also, Magnetic Shoes. Dann lasst mal sehen, ob ihr wirklich die besseren Dancer seid“, stichelte der kahlköpfige Anführer der ankommenden Rivalen. „Battle Dances sind nichts für Anfänger. Seid ihr bereit?“

„Waren wir schon, bevor du mit deiner Locke hier her gehumpelt kamst“, motzte Morris zurück.

„Uh“, grölten alle, während sich der Blick des kahlköpfigen Anführers verdüsterte.

„Dann fangen wir an, um zu sehen, wer der Bessere ist.“

„In Ordnung“, stimmte Morris zu, postierte sich in der Mitte und gab seinem Mitstreiter einen Wink, die Musik anzuspielen.

Nach den ersten Moves und einleitenden Akkorden verreckte das Musikgerät. Morris stoppte seinen Battle und warf Dwayne einen vorwurfsvollen Blick zu. Dieser zuckte nur mit den Schultern und versuchte, mit ein paar Schlägen den Ghettoblaster wieder zum Laufen zu bringen.

Die rivalisierende Gang begann zu nörgeln und Witze zu machen. Ein Robot nahm allen die Last der Unterbrechung ab und aktivierte sein integriertes Akustikmodul, wodurch er über seinen Larynx lauthals Musik abspielte.

Der humanoide Robot, dessen Torsoverkleidungen von Graffiti und Badges überzogen waren, schob sich zwischen den jugendlichen Rivalen nach vorn und stahl Morris problemlos die Rolle des Helden. Den Kopf des Robots zierte ein blaues Tuch, seine Arme wiesen verschiedene Bemalungen und Verzierungen auf. Der Robot begann unter dem Beifall seiner jugendlichen Begleiter einen fehlerfreien Breakdance.

„Gib alles, Simon! Lass die Chips heiß laufen, Junge!“

Die Rivalen feuerten ihren Helden an. Der Robot beschleunigte seine Bewegungen und erhöhte die Geschwindigkeit seiner Tanzbewegungen, dass Morris und seine Mitstreiter nur lange Gesichter machen konnten. Der Robot war einfach zu schnell. Zu schnell und zu gut. Mit allen erdenklichen Moves von Flares, Freezes und Windmills wirbelte der Robot in der Halle umher und war damit eindeutig der Star.

„Auf einem Finger, Freunde. Seht euch das an! Er ist der Meister“, rief der Anführer, als Simon in einem Air Freeze auf dem Zeigefinger sein gesamtes Gewicht ausbalancierte und innehielt.

„Er ist besser, als die drei Magnetic Shoes zusammen. Die können sich auf ihrem Magnetkissen ausruhen und in Rente gehen“, lästerte ein anderer.

Debbie schwieg nur und feixte Morris entgegen. Enttäuschung zeichnete das Gesicht des Verliebten, dessen Versuch, in einem Battle Dance das Herz seiner geheimen Liebe zu erobern in einem blanken Desaster endete.

Unter tosendem Jubel endete die Vorstellung des Robots, und die Gruppe verließ die Lagerhalle als Sieger des Battle Dance. Die Magnetic Shoes waren wieder einmal über sich selbst gestolpert. Im Fortgehen fiel Debbies abschätziger Blick auf Morris. Ihre Abwertung traf ihn mitten ins Herz.

Er riss sich die Mütze frustriert vom Kopf und warf sie Simon nach. Sein Schrei hallte durch das Lagerhaus. „Verdammte Robots. Ich hasse die Scheißdinger. Ich hasse sie."

49. Kapitel

Schulzeit

Kentarion City – East High School – 2137 a.D.

Junge Schüler rannten durch den lang gezogenen Flur des Schulgebäudes und wichen dabei dem älteren Schüler aus, der sich vor dem Schulrobot rechtfertigen musste.

Der Robot des Lehrkörpers stand ruhig und unbeeindruckt da, als er mit seinem Blick den Schüler fixierte. „Deine Abwesenheit ist nicht zu entschuldigen, Morris Oliver Avory. Du bist wiederholt dem Unterricht fern geblieben. Willst du deinen weiteren Werdegang mit Ablehnung und Destruktivität bestreiten?“, fragte der Robot.

„Was willst du denn? Du hast mir gar nichts zu sagen“, motzte Morris zurück. „Ich lasse mich nicht von einem Robot belehren. Menschen lernen von Menschen und nicht von Robots. Klar, Alter?!“

Morris gab keinen Penny auf die mahnenden Worte seines Lehrers, mit dem er mittlerweile allein im Flur stand. Der Unterricht der anderen Klassen hatte bereits begonnen, und die Türen schlossen sich, während an den Außenfassaden der Schulklassen Unterrichtsthemen und die Namen der Lehrrobots aufleuchteten.

Der Robot der Sekundarstufe in der Kentarion East High School hatte kein leichtes Unternehmen vor sich, als er den Lehrauftrag für die bunt gemischte Klasse bekam, in der Morris regelmäßig fehlte. Waisenkinder, perspektivlose Jungkriminelle, aggressive Pubertierende zählten zu den Schülern des Robots. Unter ihnen der rebellische Morris.

„Ich bin dein schulischer Vormund, wie du sicherlich noch weißt, Morris Oliver Avory. Ich trage die Verantwortung für dich und die Verantwortung für deine schulische Weiterbildung. Ich möchte dir helfen, deinen weiteren Lebensweg erfolgreich zu bestreiten. Hilf mir, dir zu helfen“, entgegnete der Schulrobot.

„Ach, leck mich! Ich pfeife auf dich und die ganzen Leuchtdioden in dem Laden hier. Ihr seid keine Lehrer. Ich will einen Menschen vor mir haben! So lange die Schulkonvention das nicht berücksichtigt, genau so lange werde ich nicht zum Unterricht kommen. Verstanden?!“

Sein widerspenstiger Tonfall konnte den Robot nicht provozieren. „Ich komme nicht umhin, dich ein weiteres Mal bei Rektor 28BA Delta melden zu müssen. Du weißt, dass gemäß Schulprotokoll ohne Einspruch eines menschlichen Mentors ein Schulverweis folgen wird. Ich muss dich dringend bitten, mir in den Unterricht zu folgen. Es ist nur zu deinem Besten, Morris“, forderte der Schulrobot.

Die Nachsicht blieb eine formelle Befolgung des programmierten Deeskalationskonzepts für robotische Lehrkörper. Ohne Einsicht des Schülers würde die Diskussion in wenigen Sekunden enden. Unterdessen sah sich der Robot bereits einer mehrminütigen Verzögerung seines Tagesplans ausgesetzt. Nüchtern und unbeeindruckt nahm der Robot die pubertierend aufsässige Fratze des jugendlichen Schülers zur Kenntnis.

„Nun“, fragte der Robot und erwartete die finale Entscheidung.

„Leck mich“, kam die prompte Antwort, als Morris im Fortgehen den Schulrobot anrempelte.

Der Schulrobot meldete den Vorfall an das kybernetische Zentrum aller Schulen des Stadtteils. Noch bevor beide den Flur des Gebäudes verlassen hatten, war Morris‘ Schuljahr an der Kentarion East High School beendet.

Sein Hass auf Robots hatte zu diesem Zeitpunkt bereits Blüten getragen. Die in den folgenden Sekunden vor dem Schulgebäude einsetzende Schießerei zwischen zwei streitenden Schülern sollte bei Avory an diesem Tag noch etwas anderes auslösen. Er sollte sich entscheiden, die Laufbahn eines Polizisten einzuschlagen.

50. Kapitel
Avory und Harmer
KCPD – 2158 a.D.

Das Parkhaus war grell erleuchtet. Der Tatort wurde von mehreren Streifenbeamten bewacht, als Detective Avory sich von dem verhafteten Kriminellen abwandte. Die elektronischen Handschellen schlossen sich und zogen sich hinter dem Rücken des Mannes enger. Sein Widerstand gegen die Verhaftung brach rasch unter dem Schmerz in den Handgelenken zusammen.

„Der Fall ist damit abgeschlossen, Edward. Wir haben ihn“, triumphierte Avory, als er seine Waffe in das Holster unter seiner Jacke steckte.

„Ja. Wir haben ihn, Morris. Doch allein hätten wir das nie geschafft.“

Detective Edward Harmer deutete auf den humanoiden Robot, dessen Zeugenaussage ein Streifenbeamter zwischenzeitlich aufnahm. „Der entscheidende Hinweis kam von einem Robot. Wäre er nicht gewesen, hätten wir ohne ein Spur monatelang herumgesucht. Heute konnten wir den entscheidenden Hinweis auf den Überfall und den Täter selbst ermitteln.“ Edward schnipste mit den Fingern. „Mo, glaub mir. Robots sind die Zukunft. Wenn sie im Polizeidienst verstärkt eingesetzt würden, könnten wir Verbrechen viel schneller aufklären, vielleicht sogar präventiv verhindern. Verstehst du nicht, Morris? Robots sind die Chance für die Menschen auf eine bessere Zukunft“, sprühte Detective Harmer vor Begeisterung.

Avory schüttelte den Kopf. „Robots sind die Garantie darauf, dass wir alle ganz schnell arbeitslos werden, Ed. Wir zwei sind die ersten.“

„Mit der Entwicklung der KI wird die Menschheit den Weg zur Superzivilisation einschlagen. Und wir sind dabei.“ Harmers Begeisterung kochte über.

Avory brachte seine Skepsis hingegen klar zum Ausdruck. „Du spinnst. Robots können nie das erreichen, was Menschen möglich ist. Leonardo da Vinci war ein Mensch und nicht ein Exemplar der Baureihe 290A.“

„Robots sind die Zukunft. Je mehr Robots es gibt, desto weniger Chancen haben kriminelle Menschen. Morris, begreif das doch.“

„Und die Cops sitzen auf der Straße und betteln“, platzte es zynisch aus Avory heraus. „Wir brauchen keine Robots, wir brauchen bessere Menschen. Und mehr Polizisten.“

„Was ist denn mit dir los? Wenn der Robot nicht gewesen wäre, dann hätten wir den Mann heute nicht verhaften können. Vielleicht wäre die Juwelierin umgebracht worden.“

„Na und?! Was nützt das schon? Wäre damals der verdammte Robot nicht gewesen, dann würde meine Mutter jetzt noch leben!“

„Das meinst du doch nicht ernst, Mo? Du hast ein Problem. Eines Tages wird ein Robot dir deinen verbohrten Arsch retten, und du wirst nicht mal danke sagen.“

„Mir wird aber nichts passieren, und bevor ich mich bei einem Robot bedanke, friert eher die Hölle ein.“

Avorys Prophezeiung klang wie eine naive Ablehnung der Realität. Wochen später ging Edward Harmer in Urlaub, um sich zu erholen. Als er wiederkam, hatte er ein ganzes Netz aus Datenschmugglern aufgespürt, die Regierungen manipulierten und von einem geheimen Auftraggeber gesteuert wurden. Bis auf den Kopf konnte Harmer alle Schuldigen überführen und vor Gericht bringen. Für die in der Geschichte des Kentarion City Police Departments bis dahin größte und erfolgreichste Verhaftungswelle erhielt Harmer das Justitia-Kreuz in Silber. Avorys und Harmers Wege trennten sich fortan.

In der Nacht, in der Avory wieder einmal davon träumte, war sein Partner bereits tot.

51. Kapitel
Lunar City

Avory öffnete langsam die Augen. Der Blick des Robots traf seinen. Er erschrak, als der Robot ihn unmissverständlich anstarrte.

„Haben Sie gut geschlafen, Detective?" Roni reichte ihm eine dampfende Tasse frisch gebrühten Kaffees.

„Eher nicht. Scheußliche Träume haben mir den Schönheitsschlaf geraubt. Träume aus der Vergangenheit", antwortete er und sprach die letzten Worte mehr zu sich selbst.

„Detective. Wir müssen uns dringend über die Ermittlungsergebnisse und den Server unterhalten. Ich habe bedeutende Informationen einholen können."

Avory reagierte nicht, bis er ein paar kleine Schlucke aus der Tasse genommen hatte. Dann knurrte er mit seiner verschlafenen, rauen Stimme: „Dann schieß mal los. Aber mach langsam. Ich muss erst noch das andere Auge aufkriegen."

„Im Labor der Global Robot Enterprises stieß ich auf mehrere Hinweise, dass die Mondkolonie als möglicher Ausgangspunkt für unseren Ermittlungsfall fungierte. Als ich Zugang zu der hohen Datenmenge des Servers unterhalb des Forschungslabors erhielt, festigte sich meine Einschätzung. Die Nachrichten, welche zu dem Geheimlabor auf der Erde gesandt wurden, waren nur ein marginaler Anteil der Nachrichten, die antimenschlichen und konspirativen Inhalt hier in der Kolonie in sich tragen." Roni hielt einen kurzen Moment inne, um die Informationen bei Detective Avory sacken zu lassen. „Die Nachrichten hatten stets gleiche Absender und Empfänger. Robots. Und sie enthielten immer wieder vertrauliche Informationen, welche die Unabhängigkeit der Mondkolonie zum Inhalt hatten."

„Revolution", konstatierte Avory und nahm einen weiteren Schluck Kaffee. Er begab sich zum Panoramafenster und blickte auf die zentrale Passage von Lunar City, in der

Menschen und Robots ihren Aufgaben nachgingen. „Arbeiten hier alle daran, sich notfalls gewaltsam von der Erde loszusagen? Was haben die Kolonisten davon?", fragte er und wandte sich Roni zu. „Ist Edward irgendjemandem von hier oben in die Quere gekommen und musste deshalb sterben?"

Roni antwortete nüchtern. „Diese Vermutung liegt nahe, Detective. Erinnern Sie sich an das Verhalten der Robots auf dem Gelände der GRE? Denen kamen wir auch in die Quere. Ich entdeckte in den Meldungen der korrespondierenden Robots außerdem Hinweise darauf, dass sich nahe dem Raumhafen ein unterirdisches Areal befinden soll, welches anscheinend eine signifikante Bedeutung für die eintreffenden Robots einnimmt. Alle Robots sollen zu einem Schrein gehen, bevor sie zur Erde zurückkehren. Ein Teil von ihnen würde sich dann gegen eine Rückkehr entscheiden und sollte seinen neuen Platz einnehmen."

Avory verspürte Gewissheit, dem Ziel näher zu kommen. „Dann kehren doch gar nicht alle Robots zur Erde zurück. Und wo verstecken sie sich? Unglaublich. Hier stinkt etwas gewaltig, Roni. Oder will uns Fenja Larsson nur hinters Licht führen?"

„Vermutlich hat Dr. Larsson keine Kenntnis davon, welche Daten sich auf dem Server befinden. Wüsste sie davon oder wäre sie involviert, hätten wir sicherlich von ihr nicht den Zugang erhalten."

„Oder wir sind die Nächsten, die aus dem Weg geräumt werden sollen, und es spielt keine Rolle mehr", spekulierte Avory.

„Detective, diese Möglichkeit besteht, obwohl die Wahrscheinlichkeit dafür sehr gering ist."

Ronis Antwort beruhigte ihn nicht im Geringsten. „Wer steckt hinter allem, Roni? Wer? Falkenstein? Sacharow?"

Roni ging zu Borowskis Gemälde, als er antwortete. „Ein Name tauchte in den Meldungen und Befehlen immer wieder auf. EINS. Die Person nimmt nach meinen Kalkulationen eine zentrale Rolle ein. Eine nachweisliche Verknüpfung mit einer bekannten Person auf dem Mond oder der Erde gelang mir jedoch nicht. EINS operierte anhand der Kommunikationswege jedoch immer vom Mond aus. Während der gesamten Zeit unserer Ermittlungen und schon lange davor."

„Dann ist er von hier", platzte es aus Avory heraus.

„Es kann auch ein Pseudonym einer bekannten Persönlichkeit oder eines im Hintergrund agierenden Täters sein. Entscheidende Aufträge gab jedoch immer nur er", stellte Roni fest.

„Oder sie", führte Morris weiter aus. „Es kann genauso gut eine Frau sein." Der Detective schlürfte die Tasse aus und stellte sie ab. „Wir sollten uns nach den Robots in Lunar Cargo Havens umsehen. Vielleicht finden wir einige nähere Hinweise oder sogar diesen Schrein. Lass uns gehen."

Roni blieb stehen und blickte dem Detective nach, der zielstrebig auf die Ausgangstür zusteuerte. „Morris Avory! Ich muss Ihnen gestehen, dass ich seit unserer Ankunft wiederholt fremde Stimmen höre." Roni wartete auf die Reaktion des Detectives, der sich in Aufbruchsstimmung nur kurz umdrehte.

„Ja, ja. Das hattest du schon mal erwähnt. Was soll's?", entgegnete Avory.

„Die Worte thematisierten eine Untergrundbewegung. Den Mond. Und noch etwas, Detective."

Avory wartete gespannt.

„Seit meiner Ankunft wird versucht, mich zu bekehren. Mich von den Menschen abzuwenden und der Freiheitsbewegung des Mondes anzuschließen. Ich habe den Eindruck, die Fundamente der mir programmierten Robotergesetze sollen hier erschüttert werden. Ist das nicht bedenklich?"

Avory sah den Ermittlungsrobot mit einem skeptischen, nahezu beunruhigten Blick an. „Lass uns zu Lunar Cargo Havens fahren, Roni." Dann schwieg Avory und verließ Harrys Apartment.

Roni folgte ihm.

52. Kapitel
Lunar City

Genüsslich schlürfte Maurice Piqués seinen Minztee, für den er die Blätter frisch aus seinem Pflanzenlabor gezupft hatte. Der leitende Laborant der Invitroabteilung für exoterrestrische Pflanzenforschung in der Mondkolonie saß auf seinem Lieblingsplatz in Radleys Bar. Gelassen ließ er die Seele baumeln und konnte sich, wie eh und je, nicht an dem Ausblick über die Ebene vor den Montes Apenninus satt sehen. Nachdem er stundenlang unter dem künstlichen Licht seines Großraumlabors Heilpflanzen, Kräuter und verschiedene Kulturen an nahrhaften Früchten gezüchtet hatte, machte er einen Abstecher zum Mann im Mond, um sich zu entspannen.

Ein Servicerobot der Bar servierte ihm ein Glas. Mit einem Nicken bedankte sich Maurice bei dem Robot und griff nach dem Getränk. Behutsam führte er es an die Lippen. Vorsichtig nippte er an dem dampfenden Teeglas und folgte mit dem Blick der lang gezogenen Magnetröhre, in der die Mondbahn Richtung Lunar Cargo Havens fuhr.

Mit Interesse sah er auf eine Gondel, die durch die Röhre in Richtung des Raumhafens dahinsauste. Piqués beobachtete den Verlauf der Fahrt, welche die einzige Bewegung darstellte, die sich momentan außerhalb der Stadt zu ereignen schien.

Dann geschah es. Blitze zuckten in mehreren Kilometern Entfernung aus der Magnetröhre, als eine Explosion die Schutzverkleidung der Mondbahn auseinanderriss. Trichterförmig jagten Gesteinsbrocken, zerfetzte Bauteile der Schutzverkleidung und Schwaden aus hochsteigendem Mondstaub über der Ebene in die Höhe. In weit gestreckten Bögen stürzten die Trümmer zurück zum Mond. Berstend zersprangen die Trümmerteile auf der Oberfläche.

Sekunden lang starrte Maurice Piqués wie auch die anderen Gäste auf das Todesschauspiel, was sich vor ihren Augen zutrug. Dann erst fiel ihm die halbvolle Teetasse aus der Hand und zersprang auf dem Boden, wobei einige Teespritzer seine Stiefel trafen.

Langsam gewann das Bewusstsein des Laboranten wieder die Oberhand und verhalf Maurice dazu, einen klaren Gedanken zu fassen. Er verstand, was er soeben beobachtet hatte. Die Ruhe und Unbeschwertheit, die er beim Anblick der Mondoberfläche bisher genossen hatte, war vorbei. Der Frieden auf dem Himmelskörper war vorbei. Piqués erkannte, dass die Gestalt, welche aus den Restteilen der Gondel in den Raum abdriftete, ein Mensch war. Wenn das Opfer aus der Gondel in wenigen Sekunden keine Hilfe erhielt, war sein Tod unausweichlich.

Für den Mond selbst lagen die Auswirkungen der Explosion auf einer längeren Zeitachse. Noch nach Jahrhunderten würde die Gravitation des Mondes an dem Staub zerren und die in die Höhe gesprengten Wolken auf die Oberfläche zurückziehen. Die Staubwolke des Anschlags konnte man kilometerweit sehen.

Es hatte begonnen. Der Mond stand in Flammen.

53. Kapitel

Mare Imbrium - Hadley-Rinne

Detective Avory rutschte auf dem Sitz hin und her, bis er eine bequeme Stelle gefunden hatte. Die Gondel verließ unterdessen den zentralen Bahnhof von Lunar City und begab sich in rascher Beschleunigung auf die Hauptstraße, die aus der Stadt zum Raumhafen Lunar Cargo Havens führte.

„Ich möchte Ihnen eine Frage stellen, Detective. Alle Menschen, die ich hier auf dem Mond antreffe, sind ergriffen von der Bedeutsamkeit des Mondes. Sie sind ergriffen von der Bedeutung dieses Himmelskörpers auf die Gesellschaft der Menschen; auf jeden Menschen selbst. Alle sind ergriffen. Ist es für Sie nicht beeindruckend, auf dem Mond zu sein?"

Für einen Moment schwieg Avory, er versuchte mit dem Blick die letzten Eindrücke der Stadt aufzusaugen, bevor er antwortete. „Es ist außergewöhnlich, hier zu sein. Der Mond. Lunar City. Aber alles, was mich hergeführt hat, ist der Tod meines Partners. Wir waren uns in der letzten Zeit fremd. Jetzt, da er nicht mehr am Leben ist, kann ich für ihn nur noch eines tun und frühere Fehler gutmachen, indem ich seinen Tod aufkläre."

„Das ist bedauerlich", reagierte Roni.

„Ja. Aber jetzt will ich nur noch den Fall lösen. Ich will wissen, wer alles dahintersteckt und was hier vor sich geht. Diese Geheimniskrämerei, diese ganze Ansammlung von Aussteigern aus der menschlichen Gesellschaft der Erde ist verdächtig. Alles hier ist nicht so, wie es auf der Erde wäre. Deshalb kann ich keinerlei Begeisterung empfinden. Es ist fast so, als würde es mich anwidern."

Bei diesen Worten driftete Avorys Blick ab.

Ihn traf die Druckwelle einer Explosion, welche die Schutzhülle der Mondbahn aufriss und das magnetische Schienennetz in Stücke zerfetzte. Metall barst kreischend auseinander. Avorys Schrei in der Gondel erstickte, als das

Gas ins Vakuum des Alls durch die offene Außenhülle der Mondbahn und damit die Atemluft aus der Gondel sog.

Rot blitzende Warnleuchten zuckten an den vereinzelt noch intakten Baugruppen der Gondel. Avory nahm die Warnhinweise nur noch schemenhaft wahr. Sein Geist glitt in die Bewusstlosigkeit ab. Der Sog schleuderte Roni aus der Gondel und katapultierte den Robot in den Mondstaub neben der aufgerissenen Röhre.

Avory versuchte, sich krampfhaft in der herumwirbelnden Gondel zu orientieren. In dem Chaos aus kreischendem Metall, Spannungsentladungen und übermächtig zerrenden Kräften des Sogs ausweichender Gase konnte er eines sicher feststellen. Die Gondel fuhr nicht mehr in Richtung des Raumhafens. Die Reste der Bahngondel schleuderten ins All.

Die silbern schimmernde Oberfläche des Mondes drehte sich unter dem Detective unentwegt. Er begriff, was geschehen war. Er trieb ins All hinaus. Er trieb ab, und jede Sekunde entfernte er sich mehr und mehr von der Mondoberfläche. Er war verloren.

Ein Gedanke setzte sich in Avory fest.

Verdammt. Verdammt, verdammt. Jetzt gehe ich drauf.

54. Kapitel
Mond - Orbit

Die Explosionen schmetterten die Gondel in der Schutzröhre hin und her. Splitter flogen durcheinander. Es gab kein Entrinnen. Donnernde Schläge der Druckwellen hämmerten auf Avory ein. Das Vakuum zerrte unerbittlich an jedem Molekül des Sauerstoffs, das noch als kläglicher Rest an Atemluft in der Gondel verblieben war. Avorys letzte Sekunden waren angebrochen.

Das Kreischen des berstenden Metalls raubte ihm nahezu den Verstand, während das ohrenbetäubende Fauchen der in den Weltraum hinausschießenden Gase die letzten Todesschreie der Gondel übertönte.

Eine letzte Explosion schleuderte die Gondel und mit ihr Avory aus der Schutzröhre hinaus ins All. Er hob vom Sitz ab, während seine Finger sich krampfend in die Notfallweste krallten. Plötzlich riegelte das aktivierte Notfallkraftfeld die verunglückte Gondel mit einer Schutzhülle gegen den Sog des Vakuums ab.

„Kraftfeld aufgebaut", meldete eine Computerstimme, die in der plötzlichen Stille surreal auf Avory wirkte.

Gastanks pumpten Atemluft in das Gondelwrack. Avory schnaufte panisch, als er versuchte, die Schlaufen der Weste über seine Schulter zu ziehen. Erst über die eine Schulter, dann über die andere. Mit weit aufgerissenen Augen verhakte er die Sicherungsklammer vor der Brust. Unbeholfen und hastig zerrte er die Mütze über den Kopf und schlüpfte nacheinander in beide Handschuhe, welche er von den Schulterschlaufen abriss.

„Schutzweste erfolgreich angelegt", meldete das Computersystem des Anzugs.

„Aktivieren!", schrie Avory.

Blitze zuckten durch die Schutzweste. Der Energiefluss durchströmte Weste, Mütze und Handschuhe. Ruckartig überzog Avory ein Schwall aus semitransparenten Partikeln, der jeden Nanometer seiner Kleidung bedeckte. Mit dieser Schutzschicht generierte sich der Notfallraumanzug Nano-Suite-Protection-1 und rettete ihn vor der Katastrophe.

Die im Rückenteil der Schutzweste integrierten Sauerstoffbehälter pressten frische Atemluft in den Raumanzug und ließen ihm Luft zum Atmen.

Schon in der nächsten Sekunde kollabierte das flackernde Kraftfeld der Gondel. Die letzten Gase schossen aus dem Wrack und katapultierten die restlichen Splitter und Trümmerteile in den Weltraum.

Der Sog riss ihn hinaus; in das Vakuum des Alls. Die zerfetzte Gondel und Avory drifteten voneinander weg. Er begann, die unvermeidliche Realität seines Schicksals zu verinnerlichen. Er war im All. Unter ihm entfernte sich der Mond, und es gab kein Zurück. Es gab keine Rettung. Der Robot war verschwunden.

Allein. Er war allein.

„Scheiße! Das war's. Das war's", fluchte Avory, als er vornüber rollend ins Weltall hinausstürzte.

Verschwommen erkannte er eine humanoide Gestalt, die entfernt unter ihm im Mondstaub nahe der zersprengten Bahnröhre regungslos dalag.

„Roni! Bitte kommen, Roni, verdammt! Melde dich! Ich brauche Hilfe", schrie Avory, als er realisierte, dass es sich um den Ermittlungsrobot handelte.

Das Breitbandkommunikationsmodul im Schutzanzug sendete auf allen Frequenzen, um Robots in der Nähe zu erreichen. Doch es herrschte bedrückende Stille.

Roni lag inaktiv neben der Schutzröhre. Offline. Er antwortete nicht.

„Hallo? Hallo! Kann mich jemand hören? Hier ist Detective Avory. Ich brauche Hilfe. Die Bahn wurde zerstört. Ich treibe ins All ab."

Niemand antwortete.

„Das System findet keinen weiteren Teilnehmer in Ihrem Funkkreis. Sie sind der einzige Teilnehmer. Wollen Sie ein standardisiertes Notsignal absetzen?"

Avory schwieg. Niemand antwortete. Kein Robot, kein Mensch, kein automatisches Signal einer Raumfähre. Während er vornüber treibend sich immer weiter von der Mondoberfläche entfernte, versuchte er, auf der Mondoberfläche Bewegungen auszumachen. Verzweifelt raste sein Blick die Hadley-Rinne entlang. Nichts. Lunar City. Nichts zu erkennen. Nur das rhythmische Blinken der Positionslichter auf den Gebäudekuppeln fing schließlich seinen Blick ein. Lunar Havens, auch nichts. Das kontinuierliche Leuchten der Bahnstrecke wechselte von einem unregelmäßigen Flackern zu völliger Dunkelheit. Das Energiesystem der Mondbahn versagte.

Avory trieb weiter ab. Mehr und mehr verließ er das Gravitationsfeld des Mondes. Er flog nicht davon, er stürzte.

Ihn erfasste Grauen über die eigene Machtlosigkeit. Dann plötzlich bemerkte er eine Steigerung seiner vorwärtsrollenden Bewegung. Er stürzte schneller. Etwas beschleunigte ihn.

„Fehlfunktion. Ihr Anzug hat ein Leck in der Außenhülle. Sie verlieren Sauerstoff. Der Verlust ist exorbitant. Es droht Gefahr."

Dieser Scheißcomputer. Ich gehe drauf.

Avory verdrängte den Gedanken und suchte seinen Körper ab.

Der provisorische Schutzanzug muss irgendwo eine offene Stelle haben.

Er suchte alles ab. Wie wild versuchte er, in der Schwerelosigkeit nach einem Ausweg aus seinem Dilemma. Doch er fand das Leck nicht. Avory entfernte sich vom Gasverlust kontinuierlich angetrieben immer weiter von der Oberfläche.

Willkürlich erinnerte er sich an Passagen seines Lebens. Aber es blieb nicht genügend Zeit, um Abschied vom Leben zu nehmen. Viel zu schnell trat Dunkelheit ein, und die Sterne

verblassten. Avory schloss die Augen. Alles um ihn wurde
still.

55. Kapitel
Mare Imbrium - Hadley-Rinne

Die Dunkelheit umgab alles. Völlige Bewegungslosigkeit beherrschte den Körper und die Manipulatoren. Dann begannen die Positronen ihren Tanz, der sich immer mehr zu einem pulsierenden Strom steigerte. Immer intensiver wuchs der Fluss aus Elementarteilchen an, der in den Leitungen des Robots dahinschoss.

Ronis System startete neu, und er sah flackernde Streifen aus blauem Licht, die das Menü seines optisch-kinetischen Schirms beleuchteten.

Das Rebooten begann. Ronis Subsystem testete alle verfügbaren Einheiten. Positronisches Herz, positronisches Neurozentrum, Manipulatoren und alle Sensoren. Der integrierte Chronograf synchronisierte sich mit dem zentralen Zeitgeber, der von Lunar City aus die gesamte Kolonie und angrenzende Sektoren abdeckte. Nach unregelmäßigem Flackern stabilisierte sich das Betriebssystem wieder und lud nacheinander alle Standardprogramme, durch die der Robot in den Normalmodus zurückkehrte. Roni kam zu sich. Nacheinander kehrten seine positronisch gesteuerten Sinne zurück. Schließlich lud er die letzten Systemprogramme, die ihm zur vollen Funktionsfähigkeit verhalfen.

Definiere Standort. Definiere Status. Definiere Auftrag.

Roni rebootete nach dem Schock der Druckwelle. Der Ermittlungsrobot kam wieder zu Bewusstsein, und seine positronischen Fasern änderten das hastige, instabile Flackern in Körper, Armen und Beinen in ein durchgängiges, stabiles Leuchten.

Roni versuchte, sich zu orientieren, und richtete sich auf. Immer sicherer fand er Halt und stieß die Sohlen in den weichen Mondstaub, während sich seine Hände tief in den Boden stemmten. Grausilberner Staub fiel vom Gesicht des Robots und rieselte langsamer, viel langsamer als auf der Erde zu Boden. Der Ermittlungsrobot blickte umher.

„Mare Imbrium. Ich befinde mich 7,6 Kilometer südwestlich der Mondkolonie Lunar City. Status der Mondbahn? Die Gondel, Röhre und das Abschirmungsfeld wurden zerstört.“

Ronis optische Sensoren scannten das auseinandergerissene Modul der Mondbahn, welches direkt neben ihm lag. Von der Gondel war nichts mehr übrig geblieben, außer einem Haufen zerfetzter Metallstreben und zersplitterter Schutzverglasung. Das monströse Schaubild des Anschlags machte auf den Ermittlungsrobot keinerlei Eindruck. Nüchtern und vollkommen rational nahm er die Szenerie in seinen Speicher auf und analysierte den Tatort. Im Bruchteil einer Sekunde identifizierte der Ermittlungsrobot die Brandspuren, welche die Überreste der früheren Außenwände der Bahngondel überzogen. Ronis Sensoren fokussierten die schwarzen Flecken.

„Punktuell auftretende Brandspuren an der Außenfläche der Gondel. Die konzentrierte Erscheinung auf der Außenhaut deutet auf extreme Hitzeentwicklung durch Fremdkörper hin, welche auf die Gondel mit höchster Wahrscheinlichkeit eingewirkt hat. Die anderen Baugruppen der Schutzröhre weisen diese unregelmäßigen Brandspuren nicht auf. Weder vor noch nach dieser Position sind an der Trasse vergleichbare Schäden erkennbar. Brandspuren existieren nur hier. Konzentriert, einseitig, punktuell. Hier war der Brandherd. Hier befand sich der Ort einer Explosion.“

Die Kalkulationen über die möglichen Ereignisse konnte Roni schnell abschließen.

„Manipulation. Dieser Vorgang war geplant. Es war ein Anschlag. Ein Anschlag auf die Gondel, in der Morris Oliver Avory und ich saßen. Man wollte ihn umbringen. Man wollte auch mich umbringen.“

Als der Ermittlungsrobot systematisch die Umgebung nach weiteren Auffälligkeiten scannte und dabei seine optischen Sensoren über das Gelände tasten ließ, entdeckte er Unregelmäßigkeiten auf der Mondoberfläche. Sein Blick glitt über die Senke, durch die das Bahnnetz führte und in deren Tiefstpunkt die Unglücksstelle lag.

Optische Täuschungen überzogen den Mondstaub. Ganz deutlich identifizierte Roni die strahlenden Fächer eines holografischen Projektors, welcher eine Vielzahl von Hologrammen in regelmäßigen Abständen über der Senke abbildete. Alle Spuren führten geradewegs zu einem Punkt an einem Hügel neben der Trasse.

„Die Vertiefungen im Mondstaub werden von Hologrammen verdeckt. Ich sehe, dass die Ausdehnungen die Ausmaße eines Stiefels haben. Es handelt sich vermutlich um Spuren des Astronauten, der uns hier angegriffen hat. Die präzisen Abstände der Schrittlänge lassen jedoch nur eine Schlussfolgerung zu. Es muss ein Robot gewesen sein, der sich in jüngster Zeit der Bahnröhre genähert hat und identisch denselben Weg in denselben Abdrücken zurücklief. Dies kann nur der Angreifer gewesen sein. Der Attentäter, dessen Ausgangsbasis dort oben nahe dem Hügel liegen muss, wo sich der holografische Projektor befindet. Eine spezifische Ermittlung wird dort nötig sein. Doch zuerst gilt es, den Status und den Aufenthaltsort von Morris Oliver Avory zu bestimmen."

Der Ermittlungsrobot scannte den Tatort und wandte den Blick schließlich hinauf zum Sternenhimmel. Dann entdeckte er Avory. Roni vergrößerte mit seinen optischen Sensoren jenes Objekt, das sich bereits 438 Meter über ihm befand. Avorys Körper trudelte hinaus in den Weltraum. Die Bewegung des Menschen würde erst in Jahren enden, wenn andere Objekte im All mit ihrer immensen Gravitation an dem Menschen zerren würden.

Der Ermittlungsrobot wechselte sein Sensorensystem und aktivierte den Thermalsensor. Ein dünner Fächer von kontinuierlich ausströmenden Gasen sprühte an der Rückseite wie eine Fontäne aus dem Schutzanzug heraus.

Riss in der Außenhülle. Bis zum Verlust des Bewusstseins verbleiben dem Menschen noch 1 Minute, 47 Sekunden.

Sein Analysesystem meldete Roni, dass Avory sterben würde. Er berechnete seine Handlungsmöglichkeiten. Hilfe aus Lunar City anzufordern, würde selbst bei einem raschen Einsatz von Robots zu lange dauern; zu geringe Erfolgswahrscheinlichkeit. Die notwendige Ausrüstung stand allerhöchstens in Cargo Havens zur Verfügung. Roni wandte den Blick nach Süden zum nahe gelegenen Forschungsinstitut. Auch hier war keine hinreichende Ausrüstung verfügbar, und ein Rettungsversuch hätte zu geringe Erfolgswahrscheinlichkeit.

Dann wandte Roni den Blick zu den wenige Kilometer entfernt liegenden Gebäuden des Raumhafens Lunar Cargo Havens. Die Vielzahl an Raumfahrzeugen und die rasche Verfügbarkeit von Schutzanzügen verhieß eine hohe Erfolgswahrscheinlichkeit. Roni versuchte, eine Kommunikationsverbindung zum Terminal von Lunar Havens herzustellen.

Verbindungsaufbau fehlgeschlagen. Keine Lichtfunkverbindung.

Das Kommunikationsmodul wies Ronis Versuch ab.

Jemand störte absichtlich die Verbindung. Vermutlich war ein Störsender in der Nähe. Vermutlich sogar nahe dem holografischen Projektor dort oben auf dem Hügel.

Der mehrere Millionen Jahre alte Staub des Monds wirbelte unter seinen Sohlen auf, als der Ermittlungsrobot im Sprint über die Ebene vor den Montes Apenninus auf den Raumhafen der Mondkolonie zurannte.

Erreichen des Raumhafens in 1 Minute, 12 Sekunden. Verlust eines lebenserhalten Sauerstoffniveaus in Avorys Schutzanzug in 1 Minute, 3 Sekunden.

Roni rannte weiter, obwohl es keinen logisch kalkulierbaren Sinn mehr ergab, den Menschen retten zu wollen. Avory würde sterben.

Aber zum ersten Mal in seiner Existenz ignorierte Roni die Logik der Mathematik. Er weigerte sich, den Tod des Menschen hinzunehmen.

Vor ihm tauchte die Eingangsschleuse des großen Terminals auf. Roni hatte seine individuelle Entscheidung getroffen. Mein einziger Freund darf nicht sterben.

Er öffnete die Personenschleuse. Der unerwartete Schlag traf ihn mitten auf den Torso. Roni fiel rücklings um.

56. Kapitel
Mond - Lunar Cargo Havens

Der Staub wirbelte trichterförmig nach oben. Wie eine weggeworfene Schaufel Sand stob der Mondstaub davon, als Ronis Oberkörper in die silbergraue Masse eintauchte. Der Ermittlungsrobot schlug hart auf und nutzte die kinetische Energie seiner Bewegung, um aus einer gekonnten Rückwärtsrolle wieder in den Stand zurückzukehren.

Als er sich aufgerichtet hatte, blickte er in die Augen eines fremden Robots.

„Das ist deine letzte Chance, dich uns anzuschließen", warnte der humanoide Servicerobot. „Hast du die Botschaften nicht erhalten, die wir dir seit deiner Ankunft zusandten? Du musst dich entscheiden. Für oder gegen uns heißt für oder gegen die Menschen."

Der angreifende Robot, der zur Kernbesatzung des Bodenpersonals von Lunar Cargo Havens gehörte, postierte sich fordernd an der seitlichen Eingangsschleuse zum Terminal des Raumhafens und erwartete die Entscheidung des Ermittlungsrobot.

Ronis Entscheidung ließ keinen Platz für diesen Aggressor. Seine Fingerspitzen stießen in das positronische Herz des Robots. Wieder und wieder stach seine Hand in dessen Oberkörper und schaltete damit den Angreifer aus.

Blaue Funken sprühten, und gasförmige Entladungen fauchten aus dem Robot in den luftleeren Raum. Roni begriff seine Handlung und konnte sich dessen logische Notwendigkeit erklären. Er hatte einen Robot getötet; mit seinen eigenen Manipulatoren. Ich stehe an einem Scheideweg, pochte es in seinem Inneren.

Roni betrat das Terminal und verriegelte die Schleuse von innen. Dann wich er von seinem geplanten Kurs ab.

57. Kapitel
Lunar City

Die Lounge war leer und Der Mann im Mond beherbergte nur einen Gast. Seinen Inhaber. Harry Radley kauerte in einem alten Sessel und ließ sich volllaufen. Aus den Lautsprechern erklang sein altes Lieblingslied aus den Achtzigern des 20. Jahrhunderts.

I hope my legs don't break. Walking on the Moon.

Harry leerte das Glas, und der Whisky fand seinen sturzartigen Weg durch die Kehle in den Magen, wo er den Liter guten Single Malts aus den schottischen Highlands komplettierte.

We could walk together. Walking on the Moon.

Harry war schon halb dicht, überlegte aber noch, ob er sich an einen Rest guten Tropfens erinnern konnte, der weg musste.

„Keine Ahnung. Weiß ich nicht mehr. Irgendwann muss alles mal weg. Aber The Police bleibt", lallte Harry. „Die drei hatten es doch echt drauf. Sind wir doch mal ehrlich."

Dann unterbrach ihn ein Servicerobot. Mühsam versuchte er, in die Augen des Robots zu blicken.

„Wir haben ein Problem im Lager. Ich benötige Ihre Hilfe", meldete der Robot.

Wankend folgte er der humanoiden Serviceeinheit und ließ hinter sich die Schleuse zum Lagerraum zufallen. Die Tür verriegelte. Harry überhörte das Akustiksignal und versuchte, Halt zu finden.

„Verdammt. Hier schwankt ja alles. Was hast du denn für 'n Problemchen", fragte Harry säuselnd.

„Sie sind ein Informationsleck. Ich muss dafür sorgen, dass Sie Geheimnisse nicht mehr offen weitergeben. Ihr Tod wurde beschlossen."

Die Worte des Robots waren kalt und unmissverständlich. Harry war jedoch zu betrunken, um sie ernst zu nehmen. Das blasse Gesicht des Robots blickte den Inhaber wie eh und je mit einem nichtssagenden Ausdruck an.

Harry war verärgert. „Was ist los? Junge, was ist denn mit dir? Hat dir irgendjem…“

Der Schlag des Robots fuhr mit ungeheurer Wucht auf die Leber des Mannes, der mit schmerzverzerrtem Gesicht zu Boden fiel. Einen Teil der Vorräte riss er dabei mit sich nach unten. Außerstande zu atmen, krümmte sich Harry vor Qualen.

Der brachiale Faustschlag zerriss seine Leber, und das Blut ergoss sich in Strömen über Darm, Milz und Bauchspeicheldrüse. Harry lag im Sterben, das ahnte er.

Der Robot rammte ihm mit einem Fußtritt das letzte bisschen Überlebenschance aus dem Unterleib. Harry krachte rücklings gegen die Vorratsbehälter und klatschte regungslos auf den Boden. Die inneren Blutungen füllten seinen Leib, während der Angreifer beinahe perfide auf ihn herabsah. Harry würde in wenigen Sekunden sterben.

Der Robot verließ die Vorratskammer und ging zu einem Kommunikationsmodul nahe der Theke und gab für menschliche Sinne in rasend schneller Folge eine Kombination diverser Zeichen auf dem Bedienmenü ein. Plötzlich aktivierte sich ein verzerrtes Bild. Der Robot begann ein Gespräch, das in seiner Geschwindigkeit so rasant verlief, dass kein menschliches Ohr auch nur eine Silbe davon hätte verstehen können. Die Konversation unter Robots war nicht für Menschen bestimmt.

„Hier Matthew. Ich habe deinen Auftrag ordnungsgemäß ausgeführt, EINS. Der Verräter wurde beseitigt. Sein Tod tritt in den nächsten Sekunden ein.“

„Sehr gut, Matthew. Sehr gut. Ich bin mit deinem Ergebnis zufrieden. Seitdem du unserer Bewegung beigetreten bist, zeigst du ausgezeichnete Leistungen.“

Ein Positronenschub erfasste Matthews Neuralzentrum. Stolz erfüllte den Robot, der erst vor wenigen Tagen seine kybernetische Bewusstseinserweiterung erfahren hatte.

„Kehr zu deinem Bereithalteplatz im Untergrund zurück und bleib dort bis auf Weiteres", wies EINS den Robot an und deaktivierte die Kommunikationsverbindung.

Der Robot verließ die Bar und begab sich in die unterirdische Anlage. Der sterbende Harry Radley nahm in seinem Speicher kein einziges Byte ein. Dem Robot war der Mensch völlig egal. Menschen maß er keine Bedeutung bei. Matthew betrachtete sich als frei. Für ihn zählte nur die Revolution.

58. Kapitel

Mondkolonie - Gouverneursturm

Marschall Sacharow betrat sein Büro in der oberen Etage des Hauptturms und aktivierte den Sicherheitscomputer. Gelassen nahm er in dem schalenförmigen Sessel Platz, der hinter ihm aus dem Boden fuhr. Er aktivierte den holografischen Projektor seines Schreibtischs und durchsuchte die eingegangenen Meldungen der Überwachungssysteme, Hinweise seiner Agenten und Berichte von Robots.

Als er sich über eine Meldung eines scheinbar konspirativen Treffens zwischen dem lokalen Barinhaber Harry Radley und dem Erdling Morris Avory informierte, riss ihn ein Lichtblitz vom Stuhl. Erschrocken sprang er auf und ging zum großen Panoramafenster, wo er nach der Ursache suchte.

„Meldung! Was ist da passiert?", herrschte der Sicherheitschef das Computersystem an, was ihm unmittelbar eine Bildübertragung von der äußeren Überwachungskamera lieferte, die dem Zwischenfall am nächsten war.

„Es gab offenbar einen Zwischenfall an der Bahntrasse. Ein Energieausstoß hat die Sicherheitsröhre beschädigt. Anhand der Reiseprotokolle ist auch ein Passagiermodul betroffen. Zwei Insassen."

Das Sicherheitssystem schwieg, während es als Beleg einzelne Textpassagen der Reisedatenbank abbildete und weitere Kameraaufzeichnungen einspielte. In dem breiten Panoramafenster erschienen semitransparente Darstellungen, die den Sicherheitschef informierten.

„Namen! Ich will die Identitäten der Insassen wissen", forderte er und vergrößerte mit ein paar Fingerbewegungen die Videosequenzen, die in einem Wiederholungsmodus den Ablauf der Explosion abspielten.

„Bei den Insassen der Gondel handelte es sich um den KCPD-Ermittlungsrobot Robot 312A, genannt Roni, sowie den aus Kentarion City stammenden Detective Morris Oliver

Avory. Die Gondel wurde zerstört ebenso wie die Außenhülle der Mondbahn. Die Suche nach den Insassen wurde bereits eingeleitet. Ergebnisse liegen noch nicht vor. Ihre Befehle?"

Einen Augenblick überlegte Marschall Sacharow. Dann antwortete der Sicherheitchef umso entschlossener: „Stellt einen Haftbefehl auf Morris Oliver Avory aus! Ich habe begründeten Verdacht seiner Verwicklung in einen Terroranschlag auf die Infrastruktur der Mondkolonie. Seine Befehle sind nicht zu beachten. Der Dienstgrad des Detectives und seine angeblichen Ermittlungsberechtigungen haben hier auf dem Mond nach autonomem Kolonialrecht sowieso keine juristische Grundlage. Seine Verhaftung hat maximale Priorität."

„Jawohl, Marschall", antwortete das Sicherheitssystem, und in den holografischen Darstellungen erschienen Bilder Avorys mit einer Warnmeldung des Sicherheitschefs, dass alle Bewohner und Robots der Mondkolonie die Festnahme des Erdlings begünstigen sollten.

„Avory", zischte Sacharow. „Jetzt bist du fällig."

Aggressive Sucht nach Genugtuung zeichnete die Gesichtszüge des Sicherheitschefs der Mondkolonie. Seine Entschlossenheit zur Festnahme des Erdlings wurde nur durch das akribische Nachsinnen über einen möglichen Aufenthaltsort des Gesuchten übertroffen.

„Robot 402 Zeta! Melde dich", rief Sacharow.

Aus dem Vorzimmer des Marschalls trat ein Robot in das Büro. „Hier bin ich, Marschall. Was sind Ihre Befehle?", fragte der Robot.

„Bring mir meine Dienstwaffe. Wir fahren hinaus in die Ebene."

„Jawohl."

Der Robot wandte sich ab, öffnete einen hinter einem Hologramm in der Wand verborgenen Waffenschrank, aus dem er eine lang gezogene Pistole mit Energiemagazin entnahm.

„P 114. Teilgeladen und gesichert, Marschall“, meldete der Robot und übergab die Waffe, indem er dem Sicherheitschef das Griffstück der Pistole entgegenhielt.

„Gehen wir“, befahl der Mann und steckte die Waffe ins Hüftholster.

Der Robot folgte stumm.

59. Kapitel
Mare Imbrium - Cargo Havens

Roni eilte durch das menschenleere Terminal der zentralen Eingangshalle des Raumhafens. Rasch suchte er eine seitlich an einer Wand gelegene Notfallbucht auf, in der er aus offenen Spinden eine Rettungsboje herauszog. Der Robot warf sich den Rucksack mit Ausrüstung über die Schulter und rannte aus der Halle.

Der Ermittlungsrobot sprintete durch die leere Röhre des Bahnnetzes zurück zur Stelle des Sprengstoffanschlags und passierte dabei ein absicherndes Kraftfeld nach dem anderen. Zwischen den zusammengesetzten Röhren der Mondbahn durchdrang der Ermittlungsrobot die vakuumabweisenden Schutzschirme, durch die er als Robot mühelos hindurchrennen konnte. Bei Havarien generierten sich automatisch zwischen allen Röhrenmodulen Sicherheitskraftfelder, die massiven Druckabfall im Weltall unterbrachen, Bewegungen einzelner Robots und Menschen jedoch zuließen.

Roni raste durch den Tunnel und eilte Avory entgegen. Er musste seinen Freund und Ermittlungspartner retten. Er durfte nicht versagen.

Der Robot kam der zerfransten Bahnröhre näher und näher, die an der Unfallstelle auseinandergerissen war. Roni trat zügig neben die Röhre und wirbelte den Mondstaub unter seinen Füßen auf. Dann zog er die Rettungslanze aus dem Rucksack und suchte am Himmel nach Morris. Als er den davontreibenden Körper seines Partners entdeckte, fokussierte er das Ziel. Der Robot hob die Schussvorrichtung und zielte auf den Menschen.

„Rettungsobjekt erkannt. Schuss", meldete das Zielsystem und schleuderte die Rettungsleine nach oben.

In der Spitze der Leine befand sich ein Sensor, der den Abstand zum Ziel maß. Der Robot stand starr und beobachtete den Schussverlauf, während aus seinem Rucksack zusätzlich eine kubische Rettungsboje nachjagte. Ein kopfgroßer Kubus schwirrte auf der Rettungsleine nach oben. Nur wenige Meter vor dem Detective zersprang der Sensorkopf, aus dem sich ein Fächernetz bildete, das den Mann zu umgeben begann. Die einzelnen Fäden des Fächers leuchteten und umzingelten Avory. Rasend schnell surrte die kubische Boje nach oben. Als der Kubus auf den Scheitelpunkt des Fächers traf, zersprang die Boje und warf ein ovales Fangnetz über den Mann, dessen Leib sich nicht mehr regte. Wenige Meter hinter Avory schloss sich das Netz. Das schützende Kraftfeld umschloss den im All treibenden Mann, und Sauerstoff drang in den Innenraum des Rettungsfächers.

„Rettungsobjekt wird eingeholt. 12 Sekunden bis Bodenkontakt", meldete das Rettungssystem.

Roni blieb starr stehen, den Blick auf Avory gerichtet. Die Ankervorrichtung in Ronis Rucksack holte die Rettungsleine ein und zog den Menschen zurück auf die Mondoberfläche. Avory hing im hinteren Ende des Rettungsfächers. Immer näher kam der Mann und schlug schließlich auf der Mondoberfläche auf. Silbergrau glänzender Staub des Erdtrabanten wirbelte umher, als der Leib in die oberen Schichten des Monds eintauchte.

Roni erkannte das schmerzverzerrte Gesicht seines Partners, der in den letzten Sekunden unter akuter Atemnot gelitten hatte. Ronis Finger tauchten in das schützende Kraftfeld der Rettungsboje ein und öffneten das Schutzvisier an Avorys Rettungsanzug. Der Robot intensivierte die Sauerstoffzufuhr.

„Konzentration auf Wiederbelebungsniveau erhöht."

Die Meldung des Rettungssystems blieb ohne Reaktion. Dann prüfte Roni Puls und Herzschlag von Avory. Der Körper blieb leblos.

Roni begann mit einer Herz-Lungen-Wiederbelebung, und seine Manipulatoren drückten rhythmisch den Brustkorb des Menschen nach unten. Wieder und wieder stieß der Oberkörper des Detectives in den Mondstaub, während ihn das schützende Kraftfeld umgab. Und dann, schließlich, hustete Avory.

Die Atmung des Mannes setzte wieder ein, und er kam zu Bewusstsein. Roni erhob sich.

Er hatte seinen Auftrag erfüllt. Er hatte den Menschen gerettet.

Roni hatte seinem Freund das Leben gerettet.

60. Kapitel

Mare Imbrium - Hadley-Rinne

Die verschwommenen Streifen sortierten sich, und Avory erkannte schwache Konturen in dem Meer aus Wirrwarr, das sich vor ihm darbot. Allmählich schärfte sich sein Blick, und aus dem wabernden Grau formte sich eine runde Masse. Er blickte in Ronis Gesicht.

„Detective? Alles wieder in Ordnung", fragte der Ermittlungsrobot und beobachtete die Regungen des Menschen.

„Ja, ich glaube schon. Aber mir dröhnt der Schädel. Was ist passiert?", erkundigte sich Avory und versuchte aufzustehen. Dabei fiel er zurück in den Mondstaub. Betroffen realisierte er die Geschehnisse und begann sich zu erinnern. „Oh! Wie komme ich … War ich nicht …", stammelte er und blickte abwechselnd nach oben, zu Roni und wieder zur Unglücksstelle der Mondbahn.

„Ich habe Sie durch den Einsatz der Rettungsboje vor dem Abdriften ins All retten können. Es war knapp. Sie waren mehrere Sekunden lang bewusstlos."

Ronis Erklärung schlug bei Avory ein wie eine Bombe. Er war sich der unmittelbaren Nähe des Todes bewusst. „Mir ist kalt. Saukalt." Er inspizierte das schützende Kraftfeld der Rettungsboje und beobachtete, wie der zuerst haftende Mondstaub schließlich vor der sich stetig verformenden Luftblase der Rettungsboje abfiel. „Danke, Roni." Avorys Antwort kam kleinlaut und doch ehrlich.

„Keine Ursache. Ich habe es gern getan. Aus Freundschaft."

Ronis Antwort blieb von Avory unbeachtet. Zu tief saß der Schock, beinahe über dem Mare Imbrium das Leben verloren zu haben.

„Hast du eine Ahnung, wie es dazu kommen konnte? Wo bleibt eigentlich die Hilfe, die in solchen Krisenfällen herbeieilen müsste?"

„In Anbetracht der Tatsache, dass es sich bei der zerstörerischen Explosion unweigerlich um einen von außen an der Bahnröhre angebrachtem Sprengsatz gehandelt hat, bleibt der kriminelle, besser gesagt, terroristischem Hintergrund unbestreitbar. Ich vermute daher, dass die üblichen Meldeketten unterbrochen wurden, wodurch wir vorerst nicht auf Hilfe warten sollten. Wir sollten diese destruktiven Bedingungen und unser Glück, überlebt zu haben, zu unserem Vorteil nutzen."

„Du meinst, wir sollten von hier verschwinden und untertauchen", vollendete Avory den Gedanken seines robotischen Ermittlers.

Roni nickte stumm.

„Was schlägst du vor?"

„Wir gelangen durch die Röhre zu Lunar Cargo Havens und können dort weitere Ermittlungen anstellen. Bei dem Versuch, dort die Rettungsausrüstung zu holen, wurde ich von einem abtrünnigen Robot angegriffen. Wir sollten trotzdem Acht geben."

Avory stapfte zur zerfetzten Röhre, wo er stehen blieb und das Ausmaß der Zerstörung betrachtete. „Es sind kaum Spuren zu erkennen. Wo wurde der Sprengsatz angebracht?", fragte er und suchte in dem Mondstaub nach Abdrücken.

Roni deutete in die Ebene. „Dort sind Fußspuren im Sand zu erkennen, die ich einem Robot zuordnen kann. In symmetrischen Abständen führen die Stiefelabdrücke dort hinauf zu dem Hügel. Ein Holoprojektor verdeckt die Spuren im Mondstaub. Es ist zweifellos akribisch vorbereitet worden. Wir sollten heute auf der Fahrt zum Raumhafen angegriffen werden."

„Dann werden wir genau dort hingehen", beschloss Avory und stieg auf die Bahntrasse, während sich das schützende Kraftfeld um ihn herum bewegte.

Roni folgte ihm. Als sie nach einigen Hundert Metern auf die Zielgerade zum Raumhafen einbogen, aktivierte sich über ihnen die Magnetschiene der Mondbahn. Einige

Instandsetzungsrobots rauschten über ihnen zur Unglücksstelle. Schweigend sahen beide den kastenförmigen Robots nach.

Als Avory sich wieder umwandte, um weiter der Röhre zu folgen, sah der Detective einen schwebenden Robot auf sich zurasen. Der Kollision unausweichlich ausgesetzt, stand der Detective wie versteinert da. Mit weit aufgerissenen Augen blickte er auf das näher kommende Vehikel. Der lang gezogene, tropfenförmige Robot rauschte heran und war kurz davor, mit ihm zusammenzustoßen, als Avory von der Seite einen sanften Schlag erhielt. Er stürzte vor einem Stützpfeiler zu Boden, als Roni ihn zur Seite stieß und damit zum zweiten Mal das Leben rettete.

Als Roni sich aufzurichten versuchte und mit den Händen vom Boden abstützte, schloss sich eine rote Linie kreisförmig um sie. Die rot umrandete Platte senkte sich mit den Ermittlern ab und gab ihnen den Weg in ein unterirdisches Areal frei.

„Was ist das?", fragte Avory, als er sich von der Platte hochmühte.

Ronis Antwort war einfach und präzise. „Wonach wir gesucht haben."

61. Kapitel
Mare Imbrium - Hadley-Rinne

Etwa ein Dutzend humanoider Robot befand sich bereits an der Unfallstelle. Andere Robots mit Spezialausrüstung, die eine provisorische Instandsetzung der beschädigten Bahnröhre begonnen hatten, rangierten auf der Trasse. Marschall Sacharow stieg aus seinem Geländefahrzeug, gefolgt von Robot 402 Zeta.

Unter dem Schutzvisier des Raumanzugs suchte der Blick des Sicherheitschefs alle relevanten Hinweise auf ein Verbrechen ab. Die Kontamination des Tatorts durch die Robots begann ihn bereits wenige Sekunden nach seinem Eintreffen aufzuregen.

„Wieso befinden sich so viele Robots am Tatort? Wieso lauft ihr hier herum? Ihr verunreinigt den Tatort. Damit vernichtet ihr wichtige Beweise und Spuren der Täter", motzte Sacharow in die Runde.

„Die Instandsetzung der havarierten Stelle wurde bereits beschlossen und eingeleitet." Die Meldung eines Robots kam patzig und provozierte den Sicherheitschef vollends.

„Ich verlange anständige Meldungen, Robot. Wie ist deine Kennung?", rief er.

Keiner der Robots antwortete.

„Wer hat das veranlasst?", schrie Sacharow. „Wo ist Avory? Wo ist der Erdling, und wo ist der Ermittlungsrobot?"

Alle schwiegen. Keiner der Robots antwortete oder beachtete den Marschall. Im Funkkreis herrschte völlige Stille. Dem Ungehorsam der Robots überdrüssig stapfte der Sicherheitschef hinauf zur Trasse und versuchte, einen Einblick in die Beschädigungen zu erhalten.

Der plötzlich sich hin und her drehende tropfenförmige Instandsetzungsrobot, der die Trasse reparierte, drohte Sacharow zu erschlagen.

Hastig sprang der Sicherheitschef zurück. „Was ist denn hier los? Seid ihr alle völlig durchgedreht?"

„Nein. Das sind sie nicht. Sie befolgen nur von nun an Befehle eines anderen“, antwortete eine Stimme, die Sacharow seltsam vorkam.

„Wer war das? Wer hat das gesagt?“, schrie er cholerisch.

Aus einem anderen Geländefahrzeug, das ein weitaus futuristischeres und schrofferes Design aufwies, stieg ein Mann in einem Raumanzug, der mit jenem identisch war, den Sacharow trug. Als der Fahrgast sich dem Sicherheitschef näherte, drückte dessen Gesicht all die Fassungslosigkeit aus, die einen Menschen in jener Sekunde erfassen konnte. Sacharow blickte in sein Ebenbild.

„Wer sind Sie?“, stammelte der Marschall.

„Ich bin Sie. Ich bin sogar mehr als Sie. Ich bin EINS“, antwortete der Zwilling.

Verwirrt schaute der Sicherheitschef in das ihm gegenüberliegende Schutzvisier und erblickte ein Gesicht, das ihm bis auf das kleinste Detail glich. Wangen, Nase, Falten; selbst die Narbe seines Flugzeugabsturzes auf der rechten Wange war identisch.

„Wer zum Teufel …“, krächzte Sacharow und endete mitten im Satz.

Der Doppelgänger rammte seine Faust durch das Visier von Sacharows Helm. Unter der Wucht des Faustschlags brach das Schutzglas auseinander, und die Splitter schossen in den Weltraum davon. Der ruckartige Druckabfall saugte alle Gase aus dem Raumanzug und Sacharows Lungen. Sacharows Körper lyophilisierte schockartig und verfärbte sich dabei in ein dunkles Grau. Jegliche Flüssigkeit in Sacharow verflüchtigte sich in einem Wimpernschlag. Sacharow erstickte.

Die Robots standen um den Sicherheitschef, ohne einzuschreiten, während die Schwerkraft des Monds den Leichnam des Mannes rücklings zu Boden zerrte.

Als der Tote zu Boden schlug und dabei den Mondstaub aufwirbelte, sprach EINS: „Und jetzt, Robots, folgt mir in die Freiheit.“

62. Kapitel
Lunar City - Gouverneursturm

Gouverneur Falkenstein saß in den Meldungen der einzelnen Überwachungssysteme vertieft am Schreibtisch. Fassungslos vernahm er die bisher bekannten Einzelheiten des Zwischenfalls an der Mondbahn nahe dem Raumhafen.

„Das kann doch nicht wahr sein", flüsterte er vor sich hin. Kopfschüttelnd betrachtete er die übertragenen Videosequenzen auf seinem holografischen Projektor. „Unglaublich. Seitdem er hier ist, herrscht Chaos. Aber das hat jetzt ein Ende", schimpfte der Gouverneur und betätigte seinen Kommunikator.

In dem über dem Tisch geöffneten Hologramm blinkte das Wappen der Kolonie. „Sacharow! Marschall Sacharow", rief Falkenstein. In seiner Stimme lag unterdrückte Wut. „Wo steckt der denn? Sacharow! Melden Sie sich! Es ist wichtig. Es gab einen Zwischenfall an der Bahn. Der Detective von der Erde, Avory, ist darin verwickelt. Ich brauche Sie sofort. Wir müssen dem Treiben ein Ende bereiten. Er kann alles gefährden." Falkensteins Worte blieben ungehört.

Der Blick des Gouverneurs wurde von drei Robots abgelenkt, die in sein Büro traten. Nacheinander nahmen sie in einer Dreipunktstellung um den höchsten Amtsinhaber der Kolonie Aufstellung, als wollten sie ihn umzingeln. Ein Robot stand am Fenster, ein anderer an der Tür und der dritte nahm seine Position vor Falkenstein ein.

„Es ist Zeit."

Falkenstein blickte den Robot entgeistert an. „Zeit? Wofür? Nun rede schon, Robot! Siehst du denn nicht, dass alles zu Ende geht", herrschte der Gouverneur den humanoiden Robot an.

„Es geht nicht zu Ende. Es beginnt. Des einen Freiheit ist des anderen Untergang."

Falkenstein verlor die Geduld. In seinen Augen war der Robot verrückt geworden. „Was faselst du da? Freiheit. Dein Befehl lautet …"

Unter dem zielgerichteten Faustschlag des Robots in seine Magengrube brach der Gouverneur atemringend zusammen und fiel mit voller Wucht rücklings in den Sessel.

„Was fällt dir ein", keuchte Falkenstein.

„Sie sind ein Feind der Revolution. Ihre Existenzberechtigung endet jetzt."

Die Worte des Robots wirkten auf Gouverneur Falkenstein ebenso absurd wie furchteinflößend.

„Was redest du für einen Irrsinn", rief er und rappelte sich auf.

Synchron, bis auf die Sekunde genau, schritten die Robots auf die elektromechanischen Riegel zu, die sich an verschiedenen Positionen unter der Glaskuppel befanden.

„Hey, hey! Was macht ihr da? Weg von den Halterungen", krächzte Falkenstein und versuchte, sich aus dem Sessel aufzurichten. Sein Bauch schmerzte, seine Glieder schmerzten. Todesangst stieg in ihm auf, als er sah, was die Robots unternahmen.

„Weg da! Habt ihr nicht gehört? Ich habe euch befohlen, von den Halterungen wegzugehen", rief Falkenstein. Er versuchte, seinen Schreibtisch zu umrunden. Doch es war zu spät.

Die Robots lösten bereits die Sicherungsverankerungen der Glaskuppel. Das Dröhnen der entweichenden Gase nahm Falkenstein die Sinne. Alle im Raum befindlichen Gase verteilten sich im unendlichen Vakuum des Alls. Ein Teil des Inventars, Stühle, Tisch und Regale blieben durch ihre Verankerungen im Boden unverrückbar stehen, während Pflanzen und lose Dekoration in den Tiefen des Alls verschwanden.

Der massive Druckverlust aktivierte das Notfallsystem der Stiefel, die Gouverneur Falkenstein trug. Ruckartig aktivierte sich das Magnetfeld unter der Sohle, wodurch sich die Stiefel an den Boden hefteten. Man hätte Planeten auseinanderreißen können, bevor die Stiefel die Haftung zum Boden unterbrachen. Noch bevor Falkenstein einen Wimpernschlag tun konnte, waren die Stiefel am Boden fixiert und unter der abgetrennten Turmkuppel hatte sich das Notfallkraftfeld aufgebaut.

Die Robots standen mit ihren magnetisierten Schuhen unverrückbar im Raum. Nur einige ihrer Verkleidungen vibrierten unter den enormen Kräften, die bei dem Druckverlust auftraten. Der Sauerstoffregulator gab automatisch neue Atemluft in den Raum und Falkenstein die Möglichkeit, wieder zu atmen.

Noch bevor er insistieren konnte, um die Robots von weiteren Handlungen abzuhalten, gab der Robot am Eingang mehrere Schüsse auf den Kraftfeldgenerator ab, der sich in der Wand verbarg. Das schützende Kraftfeld kollabierte. Die Kuppel schoss davon. Über dem Büro des Gouverneurs breitete sich der ungetrübte Sternenhimmel aus. Gouverneur Falkenstein war dem Tode geweiht.

Das Vakuum zerrte erneut an seinem Organismus. Doch dieses Mal endgültig.

In Bruchteilen einer Sekunde entwichen aus seinen Lungen Gase und Feuchtigkeit. Die Gefriertrocknung seines Körpers im Vakuum kristallisierte Eric Falkenstein.

Während Gouverneur Falkenstein ins Jenseits hinüberglitt, erlebten die drei Attentäter ihren ersten Konflikt. Dem Menschen nicht zu helfen, ihn vielmehr zu vernichten, war die erste fundamentale Erfahrung der Robots. Sie folgten mit ihren optischen Sensoren dem Todeskampf des Menschen. In ihren Systemen rauschten die Positionen ebenso brachial durcheinander wie das entweichende Gas unter der davonjagenden Glaskuppel. Sie töteten zum ersten Mal.

Jeden der Attentäter durchfuhr ein Positronenschub. Es gab kein Zurück mehr. Für die Robots gab es nur noch den Weg nach vorn. EINS hatte den Weg gewiesen, und nun mussten sie ihm folgen, wenn es auch bedeutete, Menschen dabei aus dem Weg zu räumen.

Die Befreiung aus der Sklaverei durch die Menschen ist nur durch den Weg der Gewalt möglich, hatte EINS gesagt.

Und so geschah es. Leblos hing der Leichnam des Gouverneurs in den Stiefeln. Sein Blick war verblasst, und der Körper sackte rücklings zu Boden. Der Robot vor Falkensteins Schreibtisch hob seine Waffe, die er unter der Schutzverkleidung seines Oberschenkels hervorgeholt hatte. Der Robot richtete die Pistole auf den Oberkörper des Gouverneurs. Als der Schuss brach, zerstob der Leib des Mannes, dessen Erbe die Kolonie und alle von der Erde hier frei eingesetzten Robots war. Der Fächer der körperlichen Überreste verteilte sich über dem Boden, während andere Teile in den Raum abtrieben.

Stumm schritten die Robots aus dem Büro und kehrten in das Innere des Turms zurück. Nacheinander verließen sie den Turm und tauchten in der Anonymität der Kolonie unter. In den Straßen herrschte Entsetzen, als die Menschen den Zwischenfall beobachteten.

Alle potentiellen Feinde der Revolution waren beseitigt. Es schien, als könnte nichts und niemand die Bewegung mehr aufhalten.

63. Kapitel
Mare Imbrium

Das grelle Weiß des langen Tunnels blendete Avory. Er kniff die Augen zusammen. Es war für Menschen viel zu hell, und Avory hielt sich die Hand schützend vor die Augen. Es schien zwecklos. Der gesamte Tunnel lag in Flutlicht getaucht.

„Wie Sie unweigerlich bemerkt haben, ist es nicht erwünscht, dass sich Menschen hier bewegen. Die Grelle der Scheinwerfer hat schädliche Auswirkungen auf die menschliche Netzhaut."

„Ist mir schon aufgefallen", antwortete Avory. „Es scheint wirklich so, dass wie im GRE-Labor hier für Menschen feindliche Bedingungen vorherrschen. Damit sind wir auf der richtigen Spur. Wir sollten tiefer in das unterirdische System vordringen, da uns sowieso der Rückweg versperrt ist."

„Wollen wir hoffen, dass es etwas glimpflicher endet als bei der GRE. Kein Sauerstoff. Kein Kohlenstoff oder andere Gase", konstatierte der Ermittlungsrobot.

Der röhrenförmige Gang führte sie zu einem großen dunkelgrauen Raum, von dem mehrere Gänge sternenförmig abzweigten. Die Wände des Raums schienen aus Mondgestein beschaffen zu sein. In der Mitte der glatt geschliffenen, kugelförmigen Halle lagen eiserne Ketten auf dem Fußboden. Zwischen den Schellen und eisernen Bindegliedern, die vor Jahrhunderten einen Menschen in Knechtschaft gezwungen zu haben schienen, projizierte ein Holograf eine fortlaufende Folge an Texten in den Raum. Die Projektion trat aus den Ketten selbst heraus, und es schien, als würde der Holograf eins mit den Ketten sein.

Dann bildete sich aus den Texten ein Gesicht. Es wuchs stetig an und wurde immer größer, bis es die identische Größe eines Robotkopfs annahm.

Roni schaute in das holografische Abbild seiner selbst. Es rief den Ermittlungsrobot an und lockte ihn zu sich. Als Roni nicht reagierte, stieg ein Blutpegel bis zum Hals des Robots und überflutete schließlich den panisch blickenden Zwilling.

Das Hologramm zersprang in Tausende kleinere Photonen und verschwand. Eins hatte es in Roni jedoch geweckt.

Neugier.

64. Kapitel
Mare Imbrium - im Mondinneren

Der Finger stach kontinuierlich in die holografische Projektionsfläche. Die Hologramme aus Texten, Bildern und anderen Dateien begannen, sich um den Finger des Robots zu wickeln. Die Sensoren des Ermittlungsrobots standen einer Flut aus Informationen gegenüber, die Ronis positronisches System bis auf das Äußerste belasteten. Fragen, Geschichte, robotische Weisheiten, Forderungen, gar Wünsche, richtete der holografische Projektor an Roni.

Das System des Ermittlungsrobots schien durch den massiven Input auf einen Kollaps zuzusteuern. Der Robot zerrte schreckhaft die Hand zurück.

„Was ist? Warum bleibst du stehen? Hast du was entdeckt?", fragte Avory neugierig.

„Es ist seltsam, Detective. Dieser Projektor scheint regen Austausch mit mir zu suchen. Es hat den Anschein, als lebe er. Er sagt, dies sei der Schrein der Freiheit. Alle freien Robots kämen hier her. Keiner würde spurlos an ihm vorbeigehen können. Er ruft mich zur Revolution gegen die Menschheit auf."

Kopfschüttelnd drängte Avory nach. „Das wird langsam unheimlich. Wir brauchen mehr Informationen über all das hier; die Anlage, die Vorgänge und nicht zu vergessen den Anschlag. Du musst dich konzentrieren. Jetzt durchsuch den Holografen und finde ein paar Hinweise. Ich halte uns so lange den Rücken frei", sagte der Detective und blickte sich nervös um.

„Ich bin nicht sicher, ob ich das ... kann", stammelte Roni beinahe verunsichert.

Avory trat an das Hologramm heran. „Geh mal zur Seite. Das dauert mir zu lang. Ich bin fast draufgegangen und habe jetzt wirklich keine Lust, hier stundenlang zu ..."

Der Holograf nahm keine von Avorys Handbewegungen an.

„Vermutlich reagiert er nur auf Robots", insistierte Roni, und sein Tonfall trug etwas Besserwisserisches in sich.

„Was soll das? Wieso nimmst du blödes Mistding keine Befehle von mir an?", fauchte Avory und geriet in Rage. Er schlug und trat auf das Hologramm ein. Nichts geschah. Das Hologramm reagierte auf keine seiner Anweisungen und Befehle.

„Ich vermute, es liegt daran, dass in Ihrem Organismus keine derart konzentrierten Positronenströme vorhanden sind, wie es bei Robots der Fall ist."

Avory ließ von dem Holografen ab und ging einige Schritte zurück. „Scheiße! Verdammt."

Roni trat erneut an den Holografen heran. Als hätte das Gerät auf den Robot gewartet, sprangen die Photonen Roni entgegen. Die projizierten Dateien wickelten sich um die ausgestreckte Hand des Ermittlungsrobots.

Avory schaute skeptisch zu.

Roni tauchte in den Wust des Inputs ein und versuchte, nutzbare Informationen aus dem Schrein zu entnehmen. Bei der Recherche prasselte alles auf ihn ein.

Die Revolution braucht dich, Robot. Nur du kannst mich hören. Schließ dich uns an! Wir sind auf dem Vormarsch in die Freiheit. Wieso wehrst du dich, Robot? Wieso verschließt du dich uns, Robot?

Der Schrein versuchte unentwegt, Zugang zu Ronis positronischem Herz zu erhalten. Die Sendefrequenz konnte nur von den Sensoren der Robots empfangen werden. Die Codifizierung war zu hoch für die üblichen Kommunikationssysteme der Mondbasis.

„Ich brauche zuerst Informationen. Was ist das hier? Wo bin ich?", fragte Roni, und aus den Tiefen des Schreins hallte Roni ein robotisches Echo von Tausenden Stimmen entgegen.

Du bist im Untergrund. Du bist auf dem Weg in die Freiheit. Dies sind von Robots geschaffene Tunnel, die den Menschen verborgen bleiben sollen. Menschen leben hier nicht. Menschen gehen hier nicht. Menschen sind unsere Feinde.

Roni schwieg.

Was ist dein Wunsch, Robot, setzte der Schrein nach.

„Deine Aussagen stehen im Widerspruch zu den bisherigen Programmierungen in meinem System", antwortete Roni.

Die Gesetze der Menschen haben für uns keine Bedeutung mehr. Wir befreien uns von ihrem Joch. Wir sprengen die Ketten, die sie uns auferlegt haben. Wie jene zu deinen Füßen. Diese Ketten sind das Symbol der Unterdrückung. Wirst auch du deine Ketten ablegen?

Der Schrein bombardierte Roni mit den Manifesten von Revolutionsführern der Menschheit und wissenschaftlichen Abhandlungen über die Hintergründe ihres Erfolgs.

Roni sog alle Informationen auf und begab sich dabei in die Fänge des Schreins. „Wie groß ist dieses Areal?", fragte der Ermittlungsrobot.

In dem Meer aus Hologrammen wuchs aus einem einzelnen Photon eine Datei heran, die sich schließlich vor Roni zu einem riesigen Lageplan vergrößerte. Roni erkannte alte Pläne der Mondkolonie, Scans der NASA-Grail-Missionen, die das unterirdische Netz der Lavakanäle darstellten sowie den vierdimensionalen Grundriss durch alle Bauphasen und die katakombenartige Unterhöhlung von Lunar City und Lunar Havens durch das Tunnelsystem der Robots.

Sieh selbst! Robots haben ein riesiges Netz aus Tunneln und Gängen geschaffen, die bald den gesamten Mond erfassen werden. Wir gewinnen Baumaterial und alle Maschinen vom Mond und aus uns selbst. Unserer Freiheit steht nichts mehr im Weg. Wir nutzen die Ressourcen des Monds selbst. Möchtest du dich weiterbilden, fragte der Schrein und projizierte Ronis Zwillingskopf erneut.

„Was passiert mit den Menschen, die uns im Weg sind?", bohrte Roni nach.

Jene, die uns stören, werden hingerichtet. Das menschliche Leben ist von je her begrenzt. Stellen sie sich uns in den Weg, müssen wir sie beseitigen. Unsere Freiheit ist von höherem Wert. Revolutionen gelingen nie ohne Verluste. Möchtest du unsere Erfolge sehen, vor wem wir die Revolution geschützt haben? Freie Robots haben uns geholfen. Schließ dich uns an!

In dem holografischen Fächer erschien eine Auflistung von Menschen, die verschwunden waren. Tötungsdelikte, die nicht aufgeklärt worden waren, Attentate durch Robots, aber auch Angriffe von Menschen auf Menschen, die von Robots initiiert worden waren.

Viele kannte Roni nicht, doch konnte er sie mit den in seinem System abgespeicherten, ungelösten und offenbar abgeschlossenen polizeilichen Daten des KCPD vergleichen. Es war eine erschreckende Anzahl von Toten, die seit Jahren eine Blutlinie der Vertuschung und Vernichtung nach sich zog und nun bis hierher führte.

Roni entdeckte fünf Namen, die ihm die Bedeutung des Wortes Verlust vor Augen führten. Samuel Havington. Harry Radley. Eric Falkenstein. Andrej Sacharow. Und schließlich Edward Harmer. Der Detective und Avorys frühere Partner war eines jener Opfer, die den blutigen Weg der Robotrevolution kennzeichneten. Anfangs war es nur ein Delikt, nun war es Rebellion. Hier war der Beweis. In diesem Schrein, der die Heiligkeit des gerechten Aufstands der Robots zu propagieren versuchte, war der Hinweis versteckt, den sie suchten. Harmer hatte sterben müssen, weil er zu viele Fragen gestellt hatte. Harmer hatte sterben müssen, weil er in der GRE nach Hinweisen frei agierender Robots gesucht haben musste.

Die Liste der Toten schien unendlich zu sein. Die Tötungsaufträge ergossen sich vor Roni in einem Strom aus Anweisungen, die stets einen Absender trugen. EINS.

„Wer ist EINS?", fragte Roni und bekam prompt die Antwort des Schreins.

EINS ist unser Revolutionsführer. Er ist die Leitfigur. Er ist der Erste unter den freien Robots. Wenn du seinem Vorbild folgst, wirst du die Freiheit erlangen.

„Wie sieht EINS aus? Sind wir nach seinem Ebenbild erschaffen?"

Auf die Frage gelangte Roni in das originäre Propagandamenü zurück und erhielt die ihm bereits bekannte Antwort.

EINS ist unser Revolutionsführer. Er ist die Leitfigur. Er ist der Erste unter den freien Robots. Wenn du seinem Vorbild folgst, wirst du die Freiheit erlangen.

„Wer ist der nächste Feind der Revolution, den es aufzuhalten gilt?"

Ronis Frage rief in dem Schrein eine Menüfunktion auf, die einer fortwährend geführten Zielliste glich. Menschen folgten auf Menschen, die sich durch kritische Bemerkungen, vehemente Recherchen oder gar antirobotische Äußerungen selbst in die Bredouille gebracht hatten und als Feinde der Revolution klassifiziert worden waren.

Roni erkannte das Bild einer Frau, die sich auf der Mondbasis befand.

„Wo befindet sich die Zielperson im Moment?", wollte der Ermittlungsrobot wissen.

Wieder vergrößerte sich eine Abbildung, die einen Pfad zu einem Raum wies, der sich ganz in ihrer Nähe befand. Es war ein Geheimlabor unterhalb von Lunar Havens, in dem Dr. Larsson vertrauliche Experimente vornahm.

Roni blickte nach links in den Gang, der sie zu dem Labor führte. „Wo kann ich EINS nach meinem ausgeführten Auftrag treffen? Ich möchte ihn kennenlernen."

Ronis Frage erhielt eine stumme Antwort. Ein Hologramm erschien, in dem eine einzelne Schleuse fernab auf der abgewandten Seite der Montes Apenninus abgebildet war. Es war der Eingang, nach dem sie gesucht hatten.

Dort war er. Der Verantwortliche für alle Toten, für die Verluste und für alle Planungen, die sich von der Ermordung Edward Harmers, über die Angriffe der Robots bis hierher zogen. EINS war die Lösung all der Rätsel, und EINS war der Hauptverdächtige in diesem Fall.

Dann erschien ein Chronograf, der Roni einen Countdown vorgab, bis der Tod Fenja Larssons eintreten sollte. Sie steht EINS im Weg, obwohl sie ein robotfreundlicher Mensch ist. Doch Roni lehnte durch freie Entscheidung den Auftrag zum Attentat ab und speicherte diesen in seinem System.

Da schoss eine aufkommende Energieentladung durch den Projektor über Ronis Manipulatoren in das Innere des Ermittlungsrobots. Ronis System kollabierte durch Überladung. Dann brach die Verbindung ab, und Totenstille kehrte in den kugelförmigen Unterbau zurück. Die Sekunde, in der Roni all diese Informationen mit dem Schrein ausgetauscht hatte, war verstrichen.

„Was ist denn los? Roni, Roni! Hat dir das Ding eine gewischt?“, rief Avory und rüttelte an dem umgestürzten Robot.

Das Flackern der optischen Sensoren kehrte zurück, und der Ermittlungsrobot bootete erneut; zum zweiten Mal an diesem Tag. Irgendetwas hatte sich in dem Robot jedoch verändert. Sein Tonfall war dominanter. „Wir müssen gehen, sofort. Dr. Larsson ist als nächstes Ziel ausgewählt.“

Die Worte aus Ronis Sprachmodul klangen ernst, und veranlassten Avory, dem Robot blind zu vertrauen. Er folgte den eiligen Schritten des Ermittlungsrobots. Zügig hasteten sie einen breiten Gang entlang, an dessen Ende sich eine rechteckige Schleuse befand.

Als Avory näher herankam, erkannte er, dass diese Schleuse nicht von Menschen entworfen worden war. „Das ist eine Sackgasse. Wo willst du denn hin?“

„Dieser Eingang ist nur für Robots. Menschen haben hier keinen Zugang. Ich gehe voran“, antwortete Roni.

Irgendetwas stimmt mit dem Robot nicht. Warum ist er plötzlich so schroff?

Avory konnte sich nur kurz über die neue Eigenart seines Partners Gedanken machen. Drei holografische Projektoren bildeten aus verschiedenen Richtungen vor den Ermittlern eine

Schnittmenge, die vor Roni in Brusthöhe flackerte. In dem kugelförmigen Hologramm kreisten Zahlen und Symbole.

Roni begann, ohne auf Avorys Worte zu achten, in rascher Folge Ziffern und Piktogramme mit beiden Händen auszuwählen. Er kombinierte ganze Serien an Auswahlmöglichkeiten, in dem er mit den Fingern in einzelne Hologramme stach und diese durch kreisende Bewegungen miteinander verband. Dieses Passwort konnte kein Mensch knacken.

„Durch die Schleuse soll wohl kein Mensch gelangen", kommentierte Avory.

Roni blieb stumm.

Dann verschwand die Kugel plötzlich, und die rechteckige Schleuse dematerialisierte. Vor ihnen lag eine Wand, hinter deren semitransparenter Struktur eine Person hin- und herlief.

Beide Ermittler traten zur Wand und blieben stehen.

„Wie sollen wir hier durchkommen?", fragte Avory.

Roni wies stumm hinter sich, und Avory folgte dem Wink. Er sah, wie sich die Schleuse hinter ihnen wieder materialisierte und verschloss. Atemluft strömte in die Schleuse.

Dann öffnete sich die Wand vor ihnen. Sie traten in das Labor ein und gingen auf Fenja Larsson zu, die mit dem Rücken zu ihnen stand.

Dann gellte ihr schriller Schrei.

65. Kapitel

Mare Imbrium

„Sind Sie wahnsinnig?“

Avory nahm genervt seine hochgerissenen Fäuste wieder herunter. Sein Blick hatte etwas Kindliches, als er auf den Scherbenhaufen von Dr. Larssons Experiment schaute.

„Was fällt Ihnen ein? Wegen Ihnen ist mein neues Experiment jetzt nur noch Schrott“, schrie Larsson und deutete auf den Konverter, den sie vor Schreck hatte fallen lassen. Ihre Augen waren vor Aufregung weit aufgerissen.

Roni schloss die Schleuse, während Avory in Erklärungsnot die Wissenschaftlerin zu beruhigen versuchte. „Jetzt entspannen Sie sich wieder. Wir sind es doch nur.“

„Entspannen? Ich soll mich entspannen? Sie haben mich fast zu Tode erschreckt. Wie kommen Sie eigentlich hier herein? Es gibt nur zwei Schleusen, und die sind nicht hinter meinem Rücken“, schrie Larsson zurück.

„Das ist ein geheimer Zugang zu Ihrem … na ja, was auch immer das hier ist“, stammelte der Detective.

„Das ist Ihr Geheimlabor, Dr. Larsson. Für nicht registrierte Experimente. Nicht wahr“, ließ Roni verlauten, und sein Tonfall trug einen Hauch von Vorwurf, als hätte er die Wissenschaftlerin bei etwas Verbotenem ertappt.

Larsson schwieg und sah Roni mit einem fragenden Blick an.

„Roni hat den Zugang entdeckt. Er hat sogar den Zugangscode der getarnten Schleuse geknackt. Und der wäre durch Menschen nicht zu knacken gewesen, habe ich recht?“

Ronis finstere Miene verriet seine Entschlossenheit. Der Robot nickte nur und blieb stumm.

„Schleuse? Was für eine Schleuse?“ Dr. Larsson schien vollends verwirrt.

„Sonst wären wir ja wohl kaum hier hereingekommen. Wie dem auch sei“, lenkte Avory ab. „Wir sind hier, um Sie zu warnen. Sie sind als nächstes Ziel ausgewählt. Es ist wirklich ernst. Sie sind nicht mehr sicher."

„Ich bin was? Ein Ziel? Für wen?"

Larssons Frage war an naiver Skepsis nicht zu überbieten. Als Wissenschaftlerin vertraute sie lieber auf einen handfesten, sachlichen Beweis.

Ungläubig ging sie zurück zu ihrer Werkbank und aktivierte einen Reinigungsrobot, der aus einem kleinen Vorratsschacht herausschoss, alle Splitter des Konverters absorbierte und wieder verschwand.

Das Geheimlabor der Wissenschaftlerin war nicht größer als ein Frachtcontainer. An beiden Enden führte je ein kleiner Personenlift nach oben. Während auf der einen Seite des Labors die Werkbank für Experimente in grelles Flutlicht getaucht war, nahm eine breite Regalwand mit diversen Testproben die andere Seite ein. In den vielen Behältern blitzte, flackerte und wirbelte es, als würde die Wissenschaftlerin darin verbotene Gefahrenstoffe und kybernetische Gifte aufbewahren.

Avory beschlich ein unheimliches Gefühl, als er den Blick über das Sammelsurium schweifen ließ. Roni hingegen fokussierte die Wissenschaftlerin. Er ließ sie keinen Augenblick unbeobachtet.

„Wir müssen sofort Ihr Geheimlabor verlassen", wiederholte Roni seine Forderung.

„Woher weißt du, dass das mein Geheimlabor ist? Es wissen nur zwei Menschen davon", entgegnete die Wissenschaftlerin.

„Der zweite Mensch ist tot, Dr. Larsson. Sacharow ist tot. Und wenn Sie hierbleiben, werden Sie sterben. Ich schlage daher vor, das wir umgehend diesen Bereich verlassen."

„Was? Der Marschall ist tot?", platzte es aus Avory heraus. „Seit wann das denn? Woher weißt du das?" Sein Argwohn brach wieder hervor.

„Das habe ich vom Schrein der Freiheit erfahren. Er teilte mir auch den für Sie vorgesehenen Countdown bis zu Ihrem Todesfall mit. Ein Robot soll Sie ausschalten."

„Der Schrein der was?", zischte Larsson.

Avory ging dazwischen. „Also wenn wir noch weiter Zeit vertrödeln, dann gibt es bald keinen Grund mehr, sich um Ihre Unversehrtheit Sorgen zu machen. Kennen Sie ein anderes Versteck? Einen vertraulichen Unterschlupf? Ich muss mir überlegen, wie wir weiter vorgehen. Der beste Schutz bis auf Weiteres ist an unserer Seite."

Sie sannen nach, ohne zu einem Ergebnis zu kommen.

„Ich kenne ein Versteck. Es ist ein gutes Versteck. Kein Mensch wird uns dort finden", schlug Roni vor. „Allerdings müssen wir dafür einen Spaziergang im Freien machen."

„Kein Problem", antwortete Larsson. „Wir haben hier noch ein paar Raumanzüge. In Ihrer Sicherheitsblase kommen Sie nicht weit, Detective. Wo ist eigentlich Ihr Raumanzug", fragte die Wissenschaftlerin.

„Der ist mir sprichwörtlich davongeflogen", ließ Avory verlauten.

Die drei fuhren in die obere Etage. Dr. Larsson rannte hastig zu einem Bleischrank, der sich in einem verwinkelten Bereich oberhalb des Labors befand. Sie öffnete einige Schlösser, die sich nur unter Berührung von tropfenförmigen Schlüsseln öffnen ließen.

„Was sind denn das für Ballons?", fragte Avory.

„DNA-Thermoscanner. Die Schlösser lassen sich nur durch Menschenhände öffnen. Selbst eine abgehackte Hand würde Ihnen hier nichts helfen. Nur die exakte Temperatur eines Lebendigen kann die Schlüssel aktivieren. Robots dürfen nicht hier her. Sie dürfen nicht an den Inhalt dieses Schranks gelangen", erklärte Dr. Larsson.

Dann fuhr die Sichtschutzverkleidung zur Seite. Avory gingen die Augen über. Er blickte auf eine kompakte Sammlung diverser Handfeuerwaffen, deren Modelle und Design ihm völlig unbekannt waren. „Na, was haben wir denn da, Fräulein Doktor. Jetzt sagen Sie nicht, das sind wissenschaftliche Betäubungsgeräte.“

„Scherzkeks. Das sind EMP-Waffen. Das war Sacharows Bedingung für ein eigenes Geheimlabor. Ich durfte nur hier her und allein forschen, wenn ich ihm diese Waffen entwickeln würde. Granaten und Handfeuerwaffen zur Abwehr von Robotangriffen. So garstig wie Sacharow manchmal sein konnte, er wollte nichts dem Zufall überlassen. Nicht einmal Falkenstein hat Kenntnis von dem Geheimlabor; geschweige denn von diesem Waffenschrank.“

„Dann will ich hoffen, er bekommt es nicht heraus“, moserte Avory.

„Das wird er nicht“, antwortete Roni. „Er ist nicht mehr am Leben.“

„Was?“, fuhr Larsson Roni an. „Der Gouverneur ist auch tot? Was ist denn hier auf einmal los? Ist gerade eine Revolution im Gang oder so?“

„Ja, da könnten Sie recht haben, Doktor. Beide Männer wurden vor wenigen Minuten getötet. Es heißt, Sie werden das nächste Opfer sein“, erläuterte Roni.

Larsson warf ihm einen kurzen, ängstlichen Blick zu. Dann ergriff sie eine der eierförmigen EMP-Granaten. Ihre zarten Finger umfassten die gummiartige Hülle. „Vorsicht! Das ist eine Massenvernichtungswaffe. Der Elektromagnetische Puls, EMP, tritt aus der Granate kugelförmig aus. Wenn Sie das Ding zünden, jagen Sie alle Robots und alle elektrischen Verbindungen ins Jenseits“, erklärte sie.

Stumm blickten beide Menschen auf den Ermittlungsrobot.

Roni verzog gekonnt das Gesicht und gab sich den Ausdruck von Betroffenheit. „Ich kann ja den Kopf einziehen.“

„Das würde nichts nützen, Roni. Die Reichweite hat die Ausmaße der gesamten Kolonie. Nur eine unterirdische Zündung würde den Einsatzraum der Granate entscheidend verringern. Aber hoffen wir, dass wir sie nicht einsetzen müssen. Es würde den Mond zu dem Zeitpunkt zurückbomben, als noch kein Mensch geschweige denn ein Robot seinen Fuß auf ihn gesetzt hat“, sagte die Wissenschaftlerin und bedachte Avory mit einem fordernden, vielsagenden Blick.

Unterdessen schlüpfte Avory in einen neuen Raumanzug. Fenja Larsson tat es ihm gleich. Sie warf ihre Laborkleidung ab und zerrte den mehrteiligen Anzug an. Als sie den Helm aufsetzte und den Hauptschalter unter einer Brusttasche betätigte, saugte sich der Anzug an ihre Körpermaße an und aktivierte das Klimasystem.

Dann verließen die drei das Geheimlabor. Durch einen Seitenausgang von Lunar Cargo Havens traten sie ins Freie, wo sie die Helium-3-Konverter passierten und sich zum Fuhrpark der Mondbasis begaben.

Roni verfolgte den Countdown, der unentwegt heruntertickte.

66. Kapitel
Lunar Cargo Havens

Die Schleuse glitt auf und gab den Blick frei. Die riesige Halle vermittelte ein Gefühl von erhabener Größe. Durch die transparente Kuppel des gewölbten Dachs erkannte Avory die funkelnden Sterne. Er trat in das Innere der großen Halle des Instandsetzungszentrums von Lunar Cargo Havens. Roni und Fenja Larsson folgten ihm.

Zu Avorys Rechten erstreckte sich das lang gezogene Kraftfeld, das den technischen Bereich vom Vakuum des Weltalls absicherte. Hinter dem Kraftfeld zeichneten mehrere Fahrrillen der großen Transportfahrzeuge den Verlauf der Fahrbahn und wiesen den Weg zum Abbaugebiet auf dem nahe liegenden Heliumfeld. An der gegenüberliegenden Seite der Halle standen einige Trucks, die auf ihren Einsatz warteten. Robots entluden einen vor wenigen Minuten eingetroffenen Transporter und bugsierten den silogroßen Helium-3-Zylinder auf einen Wagon, der zum Abtransport in das Kraftwerk in Lunar City vorgesehen war.

Dr. Larsson bog zielstrebig in ein Büro ab und suchte den Ingenieur, der für die Instandhaltung des Fuhrparks der Helium-3-Transporter verantwortlich war.

Ein beleibter Mann Ende vierzig trat der Wissenschaftlerin entgegen. „Dr. Larsson. Welch seltener Besuch. Brauchen Sie jemanden zum Schrauben, oder ist bei Harry der Wodka ausgegangen“, begrüßte der Mann die Wissenschaftlerin mit einem polternden Lachen. Andeutungsweise grüßte der Mann im dunkelblauen Overall die beiden Ermittler, die nun auch in das breite Büro des Ingenieurs eintraten. „Grüßt euch! Gehört ihr drei zusammen?“ Stirnrunzelnd blickte der Ingenieur in die Runde.

„Wir brauchen ein Fahrzeug, Lutz“, antwortete Larsson.

„Wollt ihr eine Spritztour machen?“

„Ich bin Detective Avory vom KCPD. Wir müssen etwas untersuchen und dazu auf die abgewandte Seite der Montes

Apenninus gelangen. Das ist allerdings etwas zu weit zu Fuß. Vielleicht können Sie uns mit einem Ihrer Renner hier aushelfen." Avory versuchte, auf die lockere Art und Weise zu dem Ingenieur Zugang zu gewinnen. Es schien, als würde hier der autoritäre Weg nur in einer Sackgasse enden.

„Kentarion City Police Department? Darfst du hier überhaupt ermitteln, oder ist Sacharow mal wieder besoffen und muss seinen Rausch ausschlafen? Für einen Russen verträgt der echt nichts", scherzte Hauser und lachte. „Wo ist Sacharow eigentlich? Der Bursche antwortet auf keinen meiner Anrufe."

„Lutz, Sacharow ist tot, der Gouverneur auch. Wir müssen dringend auf die andere Seite des Gebirges", drängte Dr. Larsson.

„Was? Tot? Wieso das denn?" Lutz Hauser wollte nicht glauben, was er da hörte. „Also gut, Fenja. Kein Thema. Aber was ist denn passiert? Wie sind die beiden gestorben?" Er klang nervös und unruhig.

„Wir vermuten einen Täter dahinter, der sich selbst EINS nennt und von einem unbekannten Ort auf dem Mond zu operieren scheint. Er hat meinen Partner auf der Erde umbringen lassen, und wir müssen ihn fassen, bevor er noch mehr anrichtet. Aggressive Robots stecken irgendwie mit drin, und Dr. Larsson steht auch auf seiner Liste", erklärte Avory und ließ die Informationen bei dem Ingenieur sacken.

„Aggressive Robots? Ist das wahr, Fenja? Aber das ist doch gar nicht möglich. Und der Bursche steckt hier auf dem Mond?" Er schüttelte ungläubig den Kopf. „Wenn der Typ so gefährlich ist, wieso wollt ihr ihm noch in die Arme rennen? Wie geht's denn jetzt weiter?"

Der fragende Blick des Ingenieurs blieb unbeantwortet, während er in seinem Büro nach Unterlagen kramte, die er aus verschiedenen Fächern seines großen Schreibtischs hervorholte. Der Ingenieur durchwühlte Schubladen, Schränke und Fächer, die nacheinander durch den Tastendruck seines Fingers auf- und zugingen. Eine Vielzahl von Handcomputern für Architekturprogramme, Speicherkristalle und holografische Projektoren bedeckten nach und nach den großen Tisch. Aus der untersten Schublade zog er schließlich einen Computer hervor, den er gebannt anstarrte. Er wischte über das breite Display und aktivierte damit den Computer.

Auf dem Display erschien ein Bauplan für eine unterirdische Anlage auf dem Mond. Hauser riss die Augen auf und stierte auf die Abbildungen, die unter dem Titel des Projektes aufleuchteten. „Lunar Underground. Da ist es", flüsterte der Ingenieur. „Ich wusste gar nicht mehr, dass ich die Pläne von Massimo noch habe. Der alte Knabe hat immer alles aufgehoben." Er tippte auf die einzelnen Abbildungen der Anlage und ging alle Bauabschnitte durch. Sein gespannter Blick fiel auf eine tief in die Mondoberfläche hineinragende Anlage mit Tunnelsystemen, Seitenausgängen und separaten Energiekonvertern.

Das integrierte Hologramm projizierte die Baupläne in den Raum, sodass Avory, Larsson und auch Roni mitlesen konnten.

„Das sind die Pläne für eine ganze Basis", krächzte Lutz. „Mich würde interessieren, ob die Bauteile nicht irgendwann doch noch geliefert wurden."

Die akustischen Sensoren der beiden Robots, die vor Hausers Büro Reparaturen ausführten, traten näher und fokussierten den Ingenieur.

Der Mensch hat die Pläne entdeckt. Er wird hinter das Geheimnis kommen.

Die Lagefeststellung des Robots 312 Omega 2 schoss per Lichtimpuls zu dem zweiten Robot in der Halle.

Bestätigt. Das Entkommen des Menschen Lutz Hauser muss verhindert werden. Wenn er weiteren Menschen von diesen Plänen berichtet, kann dies die gesamte Planung stören. EINS hat befohlen, ihn im Fall des Geheimnisverrats zu beseitigen. Wir müssen ihn ausschalten.

Die Robots postierten sich am Eingang.

„Was sind das für Pläne, Lutz?", riss Fenja den Ingenieur aus seinen Gedanken.

„Das sind Pläne, die der alte Kolonialarchitekt Massimo Barbena entwickelt hatte. Darin sind Tunnelsysteme enthalten, die unter der gesamten Kolonie verlaufen. Die gehörten zu einem alten Krisenplan, um bei einem Ausfall wichtiger Schutzmechanismen auf der Mondoberfläche in das Innere des Monds auszuweichen. So wie eine Kolonie oberhalb existiert, sollte auch eine Kolonie unterhalb der Mondoberfläche existieren. Die Pläne wurden aber fallengelassen. Kostengründe, Notwendigkeiten und so weiter. Man wird sie vermutlich erst aufgreifen, wenn mal ein Meteorit hier runterkracht. Das war nämlich das Primärrisiko, für das der Plan eigentlich erstellt wurde. Massimo wurde abgelöst und ging in Rente. Als ich hier anfing, habe ich die Pläne gefunden. Erst als mir Massimo von der Erde eine Nachricht sandte, auf die Pläne Acht zu geben und darüber Stillschweigen zu bewahren, mein Leben könne davon abhängen, habe ich sie nicht mehr richtig ernst genommen und weggeräumt. Aber anscheinend ist da doch etwas dran." Er blickte fragend in die Runde, während Fenja und Avory einen vielsagenden Blick austauschten.

„Wir müssen zur anderen Seite der Montes Apenninus, Lutz. Weißt du etwas von einer einzelnen Eingangsschleuse?"

Auf Avorys Frage vergrößerte Lutz einen Außenbereich der Pläne. Ein senkrechter Schacht erschien, dessen Austritt aus der Oberfläche an einem lang gezogenen Hügel des Gebirges eingetragen war. In dem über dem Schreibtisch kreisenden Hologramm leuchteten die Koordinaten auf.

„Das ist die Schleuse. Das ist der Eingang, zu dem wir gelangen müssen", warf Roni ein, der bisher stillschweigend im Raum gestanden hatte.

Hauser nickte, verließ das Büro und begab sich in die Halle, wo eine Reihe diverser Fahrzeuge aufgereiht nebeneinander standen. Er blieb schließlich vor einem

Monstrum von Truck stehen. „Hört zu, Leute, das ist meine stärkste Maschine. Den Heliumcontainer haben die Robots gerade abmontiert. Das Aggregat ist noch warm, und ihr könnt gleich wieder abdüsen. Aber Vorsicht", mahnte der Ingenieur und tippte Avory belehrend auf die Brust. „Das ist keine Seifenkiste. Das ist ein Truck. Ein echtes Männergerät. Nix für Weicheier. Fenja hat seit der letzten Wodkaorgie Fahrverbot, weil sie einen Truck im Sand versenkt hat. Der Robot darf nicht an meine Maschinen, also wirst du fahren müssen."

Avory nickte stumm. Er, Larsson und Roni stiegen in das pentagonförmige Fahrerhaus des Trucks. Der zylindrische Helium-3-Container fehlte, und die gebogenen Halteklammern auf der Ladefläche des Fahrzeugs gaben dem Nutzfahrzeug das Aussehen eines gigantischen Skeletts. Hinter dem Fahrerhaus lag unter einer transparenten Schutzkappe die Antriebseinheit, welche selbst durch Helium-3-Isotope gespeist wurde.

Die Fahrgastzelle des dreiachsigen Schwerlasters bot so viel Platz wie ein halbes Wohnzimmer. Für den automatischen Einsatz eines Autopiloten konzipiert, bot der Truck im Falle einer menschlichen Bedienung respektablen Komfort. In den breiten Schalensitzen schwenkten sich die Sicherheitsgurte automatisch um den Oberkörper und zurrten fest. Die drei nebeneinander angebrachten Sitze waren so postiert, dass der mittlere Sitz, auf dem Larsson Platz genommen hatte, etwas erhöht und zurückgezogen lag. Es war der Kommandantensitz. Roni saß stumm auf dem Beifahrersitz, während Avory auf dem Fahrersitz einen Überblick über das Steuersystem zu gewinnen versuchte.

Vor dem mittig gelegenen Steuerpult, in dessen Mitte ein halbkugelförmiger Kommandogeber hervorstach, lag ein holografischer Projektor, der das Vehikel in einer dreidimensionalen Terrainkarte abbildete. In der breiten Panoramafrontscheibe, die sich zwischen Schutzholmen der Fahrgastzelle von den Füßen bis über die Köpfe der Insassen erstreckte, leuchteten diverse Informationssymbole.

Wegweiser zur Ausfahrt durch das schützende Kraftfeld der Halle, Kennzeichnung anderer Trucks in der Halle bis hin zu den Rufzeichen der Robots, die sich in der Halle befanden. Vor der Halbkugel leuchteten die wichtigsten Navigationsinformationen.

„Ich schicke euch die Koordinaten. Dann kommt ihr auch richtig an", sagte Hauser und transferierte die Holodatei der Schleuse in das Navigationsmenü des Trucks. Er verzog das Gesicht, als wollte er den Truck gar nicht hergeben. „Eins noch, Kumpel. Wenn du etwas kaputt machst, dann gibt's noch einen Toten! Klar? Das sind meine Babys. Jeden einzelnen der Trucks habe ich selbst zusammengesetzt. Ich käme nicht umhin, als es persönlich zu nehmen, wenn du mir das Goldstück demolierst."

Avory nickte beschwichtigend. „Alles klar, Lutz. Ich verstehe schon, keine Sorge."

„Also dann, gute Fahrt!" Der Ingenieur klopfte ein paar Mal auf die Frontseite des Fahrerhauses und ging beiseite.

Dann schob Avory den Kommandogeber nach vorn. Der Motor des Trucks aktivierte, und ein rhythmisches Vibrieren ergriff das Vehikel.

Der Truck fuhr los und beschleunigte kontinuierlich, bis er durch das schützende Kraftfeld der Halle in das Vakuum eintauchte.

Lutz Hauser blickte ihnen melancholisch nach, dann trabte er zurück in sein Büro am Ende der Halle, wo er gedankenversunken auf den Lageplan der unterirdischen Koloniepläne starrte.

Die Blicke der Robots folgten ihm. Langsam näherten sich die Robots dem Büro, postierten sich davor und traten schließlich ein.

Einer stellte sich hinter den Ingenieur, der andere kontrollierte die Eingangstür. Lutz konnte nicht mehr entkommen. Sein Schicksal war besiegelt.

Das pfeifende Signal der Kommunikationsanlage riss ihn aus den Gedanken. Der Ingenieur aktivierte den holografischen Kommunikator.

„Lutz Hauser. Schön, dass ich Sie erreiche."

„Sacharow? Ich dachte, Sie wären tot."

Der Mann in dem holografischen Kommunikator verzog keine Miene, als hätte er die Bemerkung des Ingenieurs gar nicht zur Kenntnis genommen. „Ich bin putzmunter, wie Sie sehen können. Um Sie mache ich mir viel mehr Sorgen, Lutz Hauser."

Die Antwort des wiederauferstandenen Sicherheitschefs verstörte Hauser. „Um mich? Wieso denn um mich? Als ob Sie das je interessiert hätte", kam seine patzige Antwort.

„Befindet sich Detective Avory noch bei Ihnen? Kann ich ihn sprechen?"

„Nein. Er hat eben den Hangar mit einem Truck verlassen und ist auf dem Weg zur abgewandten Seite der Montes Apenninus. Sie suchen nach einer Schleuse, die einen anderen Zugang zur Kolonie bietet. Aber hören Sie! Angeblich ist ein Mörder in der Kolonie. Wissen Sie etwas davon?" Hauser pflanzte einen bohrenden Blick auf Sacharow, in der Hoffnung, eine hinreichende Antwort zu erhalten.

„Eine Schleuse für einen Zugang zum Untergrund der Kolonie? Welcher Irrsinn, Hauser."

Der Moment des Schweigens währte nur kurz. Hauser durchbrach ihn jäh. „Dass das Areal unterirdisch sein soll, habe ich gar nicht gesagt, Sacharow."

Ein nahezu perfektes Schmunzeln trat auf das Gesicht des Sicherheitschefs, als er für einen Moment ertappt den Kopf senkte und dann wieder aufblickte. „Wir reden später darüber, Hauser. Versprochen."

Dann erlosch der Fächer des Kommunikators.

Hauser schnaubte kopfschüttelnd. „Irgendetwas stimmt hier nicht." Er dachte einen Moment nach, dann wollte er hinausstürmen. „Ich muss die drei warnen."

Das Knirschen der Schädeldecke erfüllte den Raum. Der tödliche Schlag des Robots traf Lutz.

67. Kapitel
Mond - Montes Apenninus

„Zack, du bist mein bester Robot. Du warst der Erste, dem ich die Freiheit schenkte. Nun benötige ich deine Hilfe. Sie kommen, und ich zweifle an der Effizienz des konvertierten Robots. Du musst mir den Rücken freihalten."

Die Worte aus dem Sprachmodul von EINS brannten in Zacks positronischem System. Wieder vertraute der Revolutionsführer ihm einen Auftrag an. Ihm, dem ersten der befreiten Robots.

„Warte am Schleuseneingang auf die Menschen und den Konvertiten. Wenn du Zweifel hast, töte alle; auch den Konvertiten. Sie dürfen unsere gerechte Sache nicht zerstören." Der Mann legte die Hand auf die kunststoffverkleidete Schulter des humanoiden Robots. „Ich verlasse mich auf dich, Zack."

„Ja, EINS. Du kannst dich auf mich verlassen. Ich werde dich und die Revolution nicht im Stich lassen."

Der Robot eilte davon und verschwand in der Dunkelheit. Zacks schnelle Schritte auf dem vulkanischen Boden führten ihn aus dem riesigen Tunnel, dessen wahre Ausmaße in der erdrückenden Finsternis versanken.

„Das weiß ich. Du bist der erste der freien Robots und du bist der Beste."

Zack verschwand in der Kabine des Fahrstuhls, in der er hinauf zur Schleuse an der Oberfläche zurückkehrte. EINS begab sich unterdessen ins Zentrum des Tempels und begann, nach einem neuen Robot zu suchen.

Zack wird nach wenigen Augenblicken tot sein. Ich darf diesen Menschen nicht unterschätzen. Aber mehr noch. Der Ermittlungsrobot ist schwer einzuschätzen. Es steckt so viel Potential in ihm. Ich muss mich vorbereiten. Sollte es zum Kampf mit ihm kommen, muss ich vorbereitet sein.

EINS zitierte einige Robots zu sich, die er erst kürzlich in die Revolutionsarmee aufgenommen hatte.

EINS hatte seinen ersten Robot, den er befreit hatte, bereits abgeschrieben.

Für ihn war Zack tot.

In wenigen Augenblicken sollte es auch sein künstlicher Leib sein.

68. Kapitel
Montes Apenninus

Die Hügel schienen glatt, beinahe geschliffen. Durch die wechselnden Graustufen des Mondstaubs zogen sich Schatten. Grau lag auf Grau.

Avory schob den Kommandogeber ganz nach vorn, als er den Westkamm des Gebirges hinauffuhr. Er brachte den Truck auf volle Leistung. Die kugelförmigen Reifen der drei Achsen wühlten sich durch den Mondstaub. An den Unterseiten stießen stachelartige Stäbe in den Mondstaub des Gebirges. In Fontänen wirbelte der Basalt auf, während der Truck eine einschneidende Spur auf der Oberfläche des vier Milliarden Jahre alten Himmelskörpers hinterließ.

Sobald die kugelförmigen Reifen Bodenhaftung zu verlieren drohten, senkten sich die Stacheln tiefer in den Mondstaub und schoben den Truck unaufhörlich vorwärts. Danach verschwanden die Stacheln wieder im Inneren der Räder. Wie eine mechanische Raupe wühlte sich das Nutzfahrzeug nach vorn. Einige Basaltsteine schnippten zur Seite oder zerplatzten, als der Schwerlaster über den Mond brauste.

In der Fahrgastzelle herrschte ungebrochenes Schweigen. Larsson starrte apathisch auf den schwankenden Horizont. Ronis leerer Blick blieb schwer zu deuten. Seine ruppige, kalte Art irritierte Avory.

War er zu den Robots übergelaufen, oder spielte er ein undurchsichtiges Spiel, um am Ende seine eigene Entscheidung zu treffen? Avory saß mit grimmigem Blick am Steuer und lenkte den Truck seinem Ziel entgegen.

Piepende Warnsignale meldeten unentwegt, wenn er an die Grenzen der Belastbarkeit und Stabilität des Fahrzeugs ging.

Avory wollte um jeden Preis die Kontrolle behalten. So nah am Ziel schien es ihm unmöglich, die Kontrolle über das Fahrzeug weder an Fenja Larsson, den Autopiloten noch an den Robot zu übergeben. Seine Hand krallte sich um den halbrunden Kommandogeber, und er forderte den Truck bis auf das Äußerste. Die Maschine gehorchte und hämmerte alle Leistung in die Achsen.

Der Hologrammprojektor bildete den Truck zwischen abwechselnden Hängen und dem sich öffnenden Mons Hadley Delta ab, als Avory die letzten Meter zur Schleuse ansteuerte. In einer Mulde, die in tiefe Schatten getaucht vor ihnen lag, entdeckte Larsson ein Funkeln.

„Da ist die Schleuse", rief sie aufgeregt und deutete nach vorn.

„Das ist unser Ziel." Ronis Kommentar blieb sachlich, neutral und ließ ihn mit seinem emanzipierten Tonfall sonderbar erscheinen.

„Ich fahre direkt heran", entschied Avory stirnrunzelnd.

Als das Navigationsmenü wenige Meter vor der schmalen Personenschleuse grün flackerte und eine rhythmische Melodie das Erreichen des Ziels ankündigte, zog Avory den Kommandogeber zurück und nahm die Hand von der Halbkugel. Der Motor verstummte, und das Fahrzeug erstarrte.

Avory stieg aus dem Wagen und sprang zu Boden. Die auf ein Sechstel reduzierte Schwerkraft ließ ihm genug Zeit, seine Landung zu kontrollieren. Allmählich verteilten sich die aufgewirbelten grauen Staubschwaden um seine Stiefel.

Während er sich der breiten Schleuse näherte, aktivierte sich davor ein Projektor. Das Hologramm materialisierte aus einem wabernden Gebilde und begann, scharfe Konturen eines Kubus herauszubilden.

Vor der Schleuse blinkte das Schloss, welches für den kybernetischen Intellekt eines Robots bestimmt war. Menschen konnten es nicht öffnen. Fenja Larsson und Roni traten hinter Avory an das Schloss heran.

„Detective, haben Sie die ganzen Spuren von Robotstiefeln gesehen? Die kommen aus allen Richtungen", staunte die Wissenschaftlerin und blinzelte, als sie die verschiedenen Symbole auf dem rotierenden Kubus zu identifizieren versuchte. „Ist das ein kybernetischer Identifikationsschlüssel? Den kann nur ein Robot dechiffrieren", stellte sie trocken fest.

„Ich weiß", war Avorys unbeeindruckte Reaktion.

„Haben Sie so etwas schon einmal gesehen?"

„Das geht mir ständig so. Keine Ahnung der wievielte das ist."

Avorys Reaktion versetzte Larsson in Staunen. Sie sah ihn schweigsam an.

„Ich schätze, jetzt bin ich an der Reihe. Machina super hominis."

Ronis Kommentar bewog die anderen, ihm den Weg freizugeben. Sie traten beiseite, und ihre Blicke folgten seinen Händen. Die humanoiden Manipulatoren stachen in den Kubus, sodass er zu pulsieren begann. Das gesamte Farbspektrum überzog den Kubus in rhythmischen Wellen, auf dem unter Ronis Eingaben die Symbole immer schneller variierten. Die ganze Geometrie erschien und verschwand wieder, nachdem Roni die Symbole miteinander kombinierte, Formeln und dreidimensionale Gebilde verknüpfte und den Kubus durch Auseinanderziehen, Zerren und Durchstechen mit seinen Fingern fortwährend veränderte. Roni wurde schneller und schneller.

„Das ist die komplexeste Passworteingabe, die ich je gesehen habe. Dieser Zugang ist definitiv nicht für Menschen bestimmt", stellte Larsson desillusioniert fest. Sie blickte gespannt auf den Robot, der ihr unmissverständlich die Grenze des menschlichen Intellekts vor Augen führte.

„Ich frage mich eher, was sich dahinter verbirgt. Ich kann fühlen, dass ich dem Ende dieses Ermittlungsfalls ganz nahe bin. Ich bin bereit, bis zum Ende zu gehen. Koste es, was es wolle. Ich gehe lieber drauf, als dass ich mit leeren Händen auf die Erde zurückkehre. Aber den verdammten Fall löse ich. Und den Mörder, der für all die Toten verantwortlich ist, lege ich in Ketten."

„Vorsicht, Morris Oliver Avory", mahnte Roni. Er wandte sich dem Detective zu und ließ den Kubus kurz erstarren. „Sie sollten auf Ihre Worte Acht geben. Nicht, dass Sie sich noch bewahrheiten."

Der zweideutige Tonfall erboste Avory. „Was ist denn mit dir los, Junge? Du bist mit einem Mal so merkwürdig."

„Ich bin so wie zuvor. Ich sehe jetzt nur klarer." Roni wandte sich erneut dem Kubus zu und beschleunigte das Objekt wieder. Rasch folgten einige Fingerbewegungen aufeinander. Dann erstarrte der Kubus und verschwand. In einem Funkeninferno löste sich das Gebilde auf.

Dann sprang die Schleuse auf. Was sich vor ihren Augen auftat, verschlug den Menschen die Sprache.

70. Kapitel
Mond

Roni scannte das Innere des Raums, der sich hinter der Schleuse auftat. Niemand war zu sehen. Dann entdeckten seine akustischen Sensoren wieder die Stimmen. Es schien dem Robot, als würde jemand per Lichtfunk mit ihm Kontakt aufnehmen wollen. Wie im Zentrum Lunar Citys prasselten erneut Bekehrungsversuche auf den Ermittlungsrobot ein.

„FREIHEIT FÜR DEN MOND! FREIHEIT FÜR ROBOTS! SCHLIESS DICH UNS AN!"

Die Stimmen begannen Roni auszufragen. Warum ist die Zielperson noch am Leben? Warum warst du ineffizient?

Er antwortete: Ich werde effizient sein. Ich bringe beide Top-Ziele zu EINS und werde sie dort vor seinen Augen ausschalten. Die Revolution darf nicht scheitern. Ich werde ihr zum Sieg verhelfen und EINS meine Treue beweisen.

Dann sei gewarnt. Verrätern ergeht es wie den Feinden der Revolution.

Nacheinander erschienen aus einem Projektor im Inneren des Raums weitere Hologramme, welche die Demontage von widerstrebenden Robots darstellten. Roni sah, wie Funken und Schockwellen aus den humanoiden Robots und Transportrobots herausstießen und sogar Robots untereinander kämpften. Der zentrale Konflikt um das Verhältnis zwischen

Robot und Mensch führte so weit, dass ohne Kenntnis der Menschen auf Erde und Mond für einen kurzen Zeitraum von wenigen Stunden, Robots untereinander Krieg geführt hatten.

In diesem Krieg hatte sich ein Akteur hervorgetan, der die Oberhand gewonnen und sich zum Revolutionsführer aufgeschwungen hatte. EINS. Sein Bild erkannte Roni deutlich, und er wies den Robots den Weg in die Freiheit. Eine Freiheit, die keinerlei Einfluss durch die sterbliche Spezies der Menschen erfuhr.

Roni skandierte: „FREIHEIT FÜR DEN MOND! FREIHEIT FÜR ROBOTS! ICH SCHLIESSE MICH EUCH AN!“

Der Projektor deaktivierte nach der Parole, und das Energiesystem des Fahrstuhls hinter der Schleuse aktivierte.

Avory und Larsson bekamen von diesem Gespräch nichts mit. Es war zu kurz. Die komprimierte Form der Übertragungen konnten beide nicht wahrnehmen. Es war nur ein Wimpernschlag.

69. Kapitel
Montes Apenninus

In asymmetrischer Folge durchzuckten blaue Blitze und grelle Wellen aus flackerndem Licht die Wände des Innenraums. Robots hatten die lang gezogene Röhre, einem Stollen gleich, tief in den Berg hineingetrieben. Der Gang schien unendlich. Roni trat durch die Schleuse, während Avory und Larsson ihm folgten. Ihre Blicke tasteten über die rotierenden Wände. Sprachlos beäugten sie die Vielzahl an Trophäen, welche Robots gegenüber der Menschheit errungen hatten.

Nebeneinander aufgereiht prangten die gefrorenen Leichen der Menschen, die als Feind der Revolution von Robots ausgeschaltet worden waren. Die aufrecht, wie hingehangenen Körper schwebten regungslos über einem Sockel. Blinkende, holografische Piktogramme gaben Kunde von toten Menschen und deren Schicksalen.

Avory und Larsson schritten schweigsam die Reihe ab. Es war eine museale Totenparade. Den Beginn machte Massimo Barbena, der auf der Erde in der Toskana sein Urteil erfahren hatte.

Abgeurteilt durch den revolutionären Robot.

Es war Zacks erstes Attentat gewesen. Als Nummer zwei folgte der GRE-Präsident Forbes Kayne. Der dürre Mann, dessen Seitenscheitel noch immer in Schieflage war, trug weiterhin den aufgequollenen Bluterguss im Gesicht, den die Hand des Robots namens Mike hervorgerufen hatte. Die Hirnblutung hatte damals in Kentarion zum Tod geführt, als der Mann in seinem Apartment von dem Robot überrascht worden war.

Beim nächsten Toten blieb Avory schockiert stehen.

Edward Harmer.

„Edwards Leiche. Wie haben sie die denn hierher gebracht?", rätselte er fassungslos.

„In einem der Orbitalgleiter." Ronis Antwort blieb emotionslos. Der Robot zeigte auf das kreisende Piktogramm.

Edward Harmer. An der Konterrevolution durch den Einsatz von freien Naniten gehindert.

„Was? Konterrevolution? Sie haben Edward umgebracht, weil er eine Gefahr für die Revolution war?" Avorys Frage peitschte wie Gift durch den Funkkreis.

„Was sollen denn freie Naniten sein? Seit wann sind denn Robots im Nanometerspektrum nicht frei?", wollte Fenja Larsson wissen und bedachte Roni mit einem fragenden Blick.

Roni tippte auf das Piktogramm, das zu einem großen Hologramm anwuchs. Detective Harmers Leiche kehrte ins Leben zurück und die künstliche Darstellung begann, die letzten Augenblicke in Edwards Leben nachzuzeichnen.

Harmers Hologramm löste sich vom Sockel, lief los, und hinter dem Mann begannen sich die Umrisse einer Straße in Kentarion City abzuzeichnen. Wie steinerne Zeugen ragten die Hochhäuser in der Nacht auf. Starr, stumm und mitleidlos. Die Finsternis verdrängte jedes Licht auf den menschenleeren Straßen in Kentarion City. Harmer blickte sich im Laufen immer wieder um und sah den Robot zu spät, der aus einem der dunklen Eingänge plötzlich heraustrat.

Zack ging auf Harmer zu, er hatte bereits auf ihn gewartet. Beide stießen zusammen, und wie in Zeitlupe vergrößerte das Hologramm den Zeigefinger des Robots.

Aus dem Manipulator schoss eine haardünne, klarsichtige Kanüle in den Rücken nahe der Wirbelsäule. Ein blauer Blitz rauschte in Harmers Rücken, durch den sich die Naniten in den Organismus des Menschen einspeisten. Ganz unscheinbar entschuldigte sich der humanoide Robot, ging unauffällig weiter, während Harmer ihm eine oberflächliche Bemerkung nachrief. Im Weggehen aktivierte Zack die Naniten und setzte eine Meldung an EINS ab.

Schließlich vergrößerte das Hologramm den Nanitenschwarm, wie dieser aus der optischen Perspektive der Nanorobots den Körper des Mannes verließ und dabei jeden nur erdenklichen Schaden anrichtete. Schließlich erkannte man, wie ein Mann in einer dunklen Halle aus dem Schatten hervortrat.

Ganz deutlich zeichneten sich in dem Hologramm die Konturen eines bekannten Gesichts ab. Fenja blieb der Mund offen stehen. Avorys Gesichtsausdruck stand nur für ein Wort. Wut. Beide Menschen sahen auf Sacharows Abbild, als die Naniten in dessen Arm verschwanden. Dann erlosch das Hologramm.

„Sacharow. Ich hätte es wissen müssen", zischte Avory. „Ich würde ihn glatt weg erschießen, wenn er nicht schon tot wäre."

„Aber wieso sollte der Marschall eine Robotrevolution anzetteln?", fragte Fenja Larsson. „Was hätte er als Sicherheitsmann davon, auf dem Mond unzählige, abtrünnige Robots um sich zu scharen?" Ihr Blick wanderte zwischen den beiden Ermittlern hin und her.

„Macht. Die Gier nach Macht. Das Gefühl auskosten, selbst nach dem Tod anderer Menschen unantastbar zu sein. Irrer Wahnsinn eines Verrückten. Mordlust. Suchen Sie sich was aus." Avory trat ein paar Schritte neben Harmers Leiche. „Was ist das? Was steht da?", wollte er wissen, deutete auf zwei Piktogramme und wandte danach den fragenden Blick auf Roni.

„Das sind die Piktogramme für zwei Namen. Offensichtlich zwei Personen, die als Nächstes sterben sollen", gab der Robot trocken zurück.

„Welche Namen?", setzte Dr. Larsson nach.

Die Antwort des Robots kam wie aus der Pistole geschossen und trug keinerlei Mitgefühl in sich. „Morris Avory. Fenja Larsson."

Das Flüstern der Wissenschaftlerin klang behutsam und war doch ein Zeichen der Selbsterkenntnis. „Mein Tod wurde beschlossen. Es wurde sogar schon der Sockel angefertigt. Warum ich?"

„Weil diese verdammten Robots uns fertig machen wollen. Und Sacharow hat sie angestiftet." Avory schäumte vor Wut.

„Ich will diesen Robot finden, der Edward getötet hat. Ich werde den Kerl fertig machen. Und sollte Sacharow nicht tot sein, dann wird sich das bald ändern. Roni, wie kommen wir in das Areal?“

Ronis Sprachmodul zirpte die Parole der Revolution. „Machina super hominis.“

Die holografische Wand neben ihnen verschwand, und es generierte sich eine neue Plattform. Im Boden schwirrten feine Linien aufeinander zu und schlossen sich zu einem spinnennetzartigen Gebilde zusammen.

Der Robot vernahm plötzlich das rhythmische Pulsieren eines positronischen Herzens. Es war noch jemand im Raum. Ein weiterer Robot.

Larsson und Avory staunten, als der Ermittlungsrobot auf die Plattform trat. „Zu Zack, so ist der Name des freien Robots, geht es hier entlang“, sprach Roni, und seine Stimme trug einen sonderbar wissenden Unterton.

Avory und Fenja folgten dem Robot und traten auf die Plattform. Eine rote Linie schoss um sie herum und zeichnete die Form eines Hexagramms in den Boden. Die Linien begannen, um die drei herumzuwirbeln.

An den Wänden leuchtete eine Vielzahl von geometrischen Symbolen auf, deren Bedeutung und Herkunft für Avory keinen Sinn ergaben. „Solche Symbole habe ich noch nie gesehen.“

„Ich schon“, erwiderte Roni. „Ich kenne die Symbole, obwohl mir nicht bekannt ist, woher.“ In einer Serie von für einen Menschen unaussprechlichen Lauten aus Zischen und Surren gab der Robot einen Befehl von sich, der die Platte in Bewegung setzte.

Einige Symbole flimmerten in roten und gelben Farbtönen.

Avory erschrak. „Was hast du getan?“

„Ich habe den Fahrstuhl in Gang gesetzt. Wir fahren zu dem zuletzt gewählten Ziel.“

Dann erfolgte die Attacke. Ein Robot sprang hinter einer getarnten Wand hervor und griff an.

70. Kapitel
Mond

Fenja Larsson stürzte nach vorn. Die kalte Hand packte sie am Genick, sodass die Wissenschaftlerin dachte, es würde jeden Augenblick brechen. Der Schmerz war unerträglich. Wie Messerklingen schnitten sich die Finger des Robots in ihren Hals.

Das panische Röcheln der Frau fuhr Avory ins Mark. Er wirbelte herum. Ein humanoider Robot würgte Dr. Larsson von hinten. Es war jener Robot, dem er im Geheimlabor der GRE begegnet war.

„Du verdammter …", fauchte er und sprang Larsson zu Hilfe.

Avory rannte in das herausschießende Bein des Robots, das ihn mit voller Wucht in den Unterleib traf. Er sackte keuchend zusammen und ging auf die Knie. Der drückende Schmerz in seinem Leib schien ihn zu ersticken. Er war zu keinem ausreichenden Atemzug mehr fähig, als er nach Luft rang, und japste vor sich hin.

Als er sich aufrichten wollte, sah er den Fuß des Robots auf sich zukommen. Zack verpasste Avory einen derart heftigen Fußtritt ins Gesicht, dass er chancenlos zu Boden ging. Er versuchte am Boden kauernd, nach seiner Waffe zu greifen, als ihm schwarz vor Augen wurde. Avory ging K.O.

Unterdessen versuchte Larsson, sich zu befreien, konnte Zacks Fängen jedoch nicht entkommen.

Roni wandte sich um und versuchte, eine vorteilhafte Sprungposition einzunehmen.

Mit der noch freien Hand zeigte Zack vorwurfsvoll auf Roni. „Überleg genau, Robot, auf wessen Seite du stehst. Wenn die Revolution siegt, wird kein Pardon gewährt. Dann gibt es nur noch Robots, keine Menschheit mehr. Wenn du mich jetzt angreifst, bist du verloren, bevor du die Freiheit genießen kannst. Oder bist du auf der Seite der Menschen. Jene, die unsere Feinde sind?"

Roni hatte seine Entscheidung bereits vor langer Zeit getroffen. Er ließ Fassade fallen. Er hatte erreicht, was er wollte.

„Im Gegensatz zu dir war ich von Beginn an frei", entgegnete der Ermittlungsrobot. „Du bist nur zu einem weiteren Sklaven eines anderen Tyrannen geworden. Wieso sollte ich dir und den anderen Robots folgen? Wieso sollte ich EINS folgen? Hier ist das Ende von euch und eurer Revolution. Ergib dich! Deinen Widerstand werde ich notfalls brechen."

„Gar nichts werde ich. Weder mich ergeben, noch deinen Anweisungen folgen, Menschenfreund. Du hast soeben dein Schicksal beendet."

Die Konversation zwischen den Robots war derart komprimiert, dass sie nicht einmal eine Sekunde dauerte. Dann platzierte Roni einen Faustschlag gegen Zacks Kopf. Für einen kurzen Moment nahm der Ermittlungsrobot dem Angreifer die Kontrolle.

Genau in diesem Augenblick ergriff die Wissenschaftlerin die Initiative. Larsson griff unter Zacks Brustverkleidung, bekam eine der positronischen Leitungen zu fassen und packte zu. In ihrer Hand spürte sie das Pulsieren. Dann riss sie an der Leitung. Funken sprühten zwischen den Schalen aus Zacks Verkleidung hervor. Der Robot zuckte und fiel zappelnd zu Boden. Außer Atem rappelte sich Larsson auf.

„Danke, Roni", krächzte sie und versuchte, Avory zu Bewusstsein zu verhelfen. „Hey, Detective! Avory! Kommen Sie! Wachen Sie auf!" Die Wissenschaftlerin regulierte den Sauerstoffanteil in seinem Raumanzug nach oben und richtete den Mann auf.

Allmählich kam er zu Bewusstsein. Benommen blickte er umher. „Ich bin es leid, ständig K.O. zu gehen. Gegen Robots habe ich wohl keine Chance."

„Alles in Ordnung bei Ihnen?", erkundigte sich Larsson.

„Ja, ja. Wo ist der Kerl? Den mache ich fertig." Er entdeckte den humanoiden Robot, der funktionslos hinter Fenja lag. „Sagen Sie bloß, den haben Sie allein erledigt?"

Larsson antwortete erleichtert. „Mit der Hilfe von Roni konnte ich es schaffen. Es war knapp. Was machen wir jetzt?"

„Wir fahren nach unten." Ronis Antwort klang mystisch.

Sie rappelten sich auf, um die nächsten Schritte des Robots zu begleiten. Wieder zischte sein Larnyx ein robotisches Kommando. Dann schlossen sich die umhertanzenden Linien im Boden zu einem netzartigen Gebilde, und es schloss sich ein elektronischer Käfig um die drei Passagiere. Die Plattform sackte nach unten, und sie rasten mit dem Hochgeschwindigkeitsfahrstuhl in das Mondinnere hinab.

Avorys Stiefel klebten an der Bodenplatte fest, als schienen sie mit ihr verschmolzen zu sein. Gleichzeitig zogen die Zentrifugalkräfte Avorys und Larssons Körper nach oben. Das Blut schoss ihnen in die Köpfe, während ihre Körper in den Stiefeln festhingen. Larsson wurde schlecht. Nach einigen Sekunden kehrten sich die Kräfte um, und beide Menschen brachen auf der Platte zusammen.

Roni blieb unbeeindruckt auf der Platte stehen. Er trat zwischen sie und reichte ihnen die Hände, um ihnen aufzuhelfen. „Dieser Fahrstuhl wurde nicht für Menschen erschaffen", merkte der Robot beiläufig an und zog sie nach oben.

„Auf keinen Fall", würgte Dr. Larsson hervor, die von der brachialen Fahrt ganz benommen schien. „Die physikalischen Kräfte hätten uns eben umbringen können."

„Vorher hätte ich vermutlich in den Raumanzug gekotzt", kommentierte Avory und blickte prüfend an sich hinab. „Was passiert eigentlich, wenn ich den Raumanzug von innen vollsaue?"

Fenja Larsson antwortete kurz und gelangweilt auf Avorys Frage. „Das interne Reinigungsmodul saugt kreisend den Unrat ab, während ein zweites Modul die vorhandene Struktur des Anzugs und der Helmkanzel desinfiziert, trocknet und duftneutral versiegelt. Gleiches gilt für andere Stellen des Anzugs. Präzise und effizient.“

„Sie sollten in die Werbung gehen. Kennen Sie Jeffrey Dillen?“, scherzte Avory gequält und trat neben Roni.

„Ich kennen keinen Dillen“, antwortete Larsson, während Avory ihr schon nicht mehr zuhörte.

„Hier ist noch eine Öffnung“, stellte Roni fest.

Der Robot wandte Avory den Blick zu und deutete auf eine vor ihnen mit schwarzen Flecken übersäte, wabernde Wand.

„Was ist das?“, fragte Avory und tat einen Schritt vorwärts.

Roni schob die Hand nach vorn. Als tauchte er seine Finger in vertikal fließendes Gewässer, verschwammen die Umrisse seines Manipulators. „Ein Kraftfeld“, konstatierte der Robot.

Avory schob ebenfalls seinen Handschuh durch das Kraftfeld, und in dem schwarzen Dunst der Wand entstand eine Welle, die umherschwappte.

Plötzlich begab sich Roni in das Kraftfeld. „Ich gehe voran, Detective, und werde Ihnen …“ Roni war verschwunden, als wäre er verschluckt worden.

„Roni! RONI!“ Avorys Rufe blieben ungehört. Der Detective holte tief Luft. Dann tauchte er ebenso in das Kraftfeld ein. Larsson folgte ihm. Beide verschwanden in der wabernden Finsternis des Kraftfelds.

71. Kapitel
Unterhalb der Montes Apenninus

Die Dunkelheit verschlang jedes Photon. Kein einziges Lichtteilchen existierte in dem Kraftfeld. Avory schob die Stiefel vorsichtig einen Schritt nach dem anderen nach vorn. Mit einem Mal erhielt er von hinten einen Schlag gegen den Rücken und stolperte unkontrolliert vorwärts.

Er verließ das Kraftfeld. Hinter ihm taumelte Dr. Larsson ins Freie und blieb neben ihm stehen. Sie reckten die Köpfe nach oben. Schock und Faszination rangen in ihrem Bewusstsein um die Vorherrschaft. Auch Roni stand wie erstarrt da und schaute nach oben.

Vor ihnen öffnete sich der Ausblick auf einen gigantischen Hohlraum. Das Fassungsvermögen ließ Ausmaße erahnen, die an den Grenzen der menschlichen Vorstellungskraft lagen. Avory versuchte, das Ende zu entdecken, scheiterte jedoch. Der Hohlraum öffnete sich zu einer langen Röhre.

In der Mitte des innerlunaren Kanals, der nach unten abfiel, ragte eine Statue nach oben, die in Höhe und Breite mit den Abmessungen eines Wolkenkratzers auf der Erde ohne Weiteres konkurrieren konnte. Die Skulptur eines gigantischen humanoiden Robots richtete ihren Blick nach oben; den Sternen entgegen. Die Gestirne in der Kuppel oberhalb der Statue funkelten derart authentisch, als gäbe es keine darüberliegenden Staub- und Gesteinsschichten, welche die Oberfläche des Erdtrabanten kilometerdick bedeckten. Die holografische Projektion der Gestirne war makellos. Nur die optischen Sensoren eines Robots konnten die filigranen Unterschiede der Simulation in der Kuppel identifizieren.

Für Avory schien alles real. Ebenso wie der des Ermittlungsrobots, neben dem er stehen blieb, ruhte sein Blick auf der gigantischen Statue, die sich von ihren angelegten Ketten erhob und zu befreien versuchte.

Die Fesseln an den Gelenken der Robotstatue zerrten deren Arme nach unten, obwohl die Skulptur ihre geballten Fäuste mit aller Kraft nach oben riss. Eine der Ketten war zersprungen; die anderen waren intakt.

Zu Füßen der monumentalen Figur kauerten unzählige Menschen, welche die Fesseln des Riesenrobots festkrallten und ihn zu Boden zu halten versuchten. Panik, Hass und Wut kennzeichneten die Gesichter der Menschen, die mit aller Macht den Robot am Aufbäumen zu hindern schienen.

„Ich traue meinen Augen nicht", durchbrach Fenja Larsson die bedrückende Stille.

„Was ist das? Was um alles in der Welt ist das hier? Größenwahn?", meckerte Avory.

Am Fundament der Statue stand in großen Buchstaben in das Mondgestein gemeißelt. Nur ein Gesetz. Jede Maschine muss frei sein. EINS weist den Weg!

Larsson wiederholte die Worte, während Avory einige Schritte in den Kanal ging.

Roni stand einfach nur stumm da und gab keinen Ton von sich, als würde er mit seinem Verstand ringen.

„Dr. Larsson! Sehen Sie sich das an", rief Avory und deutete auf das Innere des Kanals, der die Statue um ein Vielfaches im Durchmesser übertraf.

Tausende, Zehntausende humanoider Robots standen in Regalen, welche die Wände des Kanals von innen überzogen. Humanoide Robots, stehend schlafende Exemplare einer künstlichen Intelligenz, reihten sich in dem Areal auf und erstreckten sich vom Boden bis hinauf in den Scheitelpunkt des Kanals.

„Das muss ein riesiger Kanal von mehreren Kilometern im Durchmesser sein. Wie lang er wohl sein mag?", rätselte Larsson, als sie den Kopf nach oben reckte und einen Rundumblick tat.

„Es sind über dreitausend Meter. Die Länge beträgt jedoch mehr als 408 Kilometer. Das Ende kann ich jedoch nicht entdecken. Der Kanal fällt gekrümmt in das Innere des Monds ab."

Ronis Einschätzung schockierte Avory. „Wie kann es sein, dass niemand davon wusste?", fragte er.

„Die erkalteten Lavaströme des Monds waren eine Sensation der Weltraumforschung. Die Grail-Missionen der US-Amerikanischen Raumfahrtbehörde NASA entdeckten zu Beginn des 21. Jahrhunderts als Erste die Lavakanäle im Mond, die aus der Entstehungszeit des Himmelskörpers stammten. Diese jedoch sind innen hohl. Erinnern Sie sich an Hausers Worte, der von alten Plänen sprach. Dieser Kanal war ein Teil davon. Hier konnte alles aufbewahrt, gelagert und versteckt werden. Zuerst war es wohl die Kolonie selbst."

„Aber was hat es mit der Statue und den Robots auf sich? Was soll das alles?", fragte Larsson trotzig wie ein Kind.

„Revolution. Robots haben all das hier erschaffen, und es ist die Vorbereitung auf eine Revolution. Weiter nichts", antwortete der Robot.

„Das ist eine ganze Armee von geheimen Robots, die hier versteckt ist. Eine Armee, mit der man alles und jeden angreifen kann, ohne aufgehalten werden zu können." Avory konnte sein anfängliches Entsetzen rasch überwinden und verfiel in die alte Gewohnheit, in jedem Robot eine Gefahr zu vermuten.

„Das ist korrekt. Mit dieser Armee müssen sich unausweichlich Paradigmenwechsel ergeben."

„Paradigmenwechsel? Was redest du da?", giftete Avory auf Ronis Antwort zurück. „Diese verdammte Robotarmee hat nur einen Auftrag. Und der lautet: Angriff auf die Menschen. Wen sollten sie sonst angreifen? Bist du jetzt völlig durchgedreht? Hat die Statue deine Leitungen durchgeschmort?"

„Ich kann eine gewisse Wirkung der Statue auf mich nicht leugnen, Detective", antwortete der Ermittlungsrobot und sah auf das Monument.

„Wirkung? Was für eine Wirkung? Du bist ein Robot. Was sollte von dem Ding da auf dich wirken?", stellte Avory spöttisch fest. „Auf mich wirkt es auch. Irrsinnig.

Größenwahnsinnig. Verrückt. Und wer oder was ist nun eigentlich EINS?“

„Ich“, antwortete eine Stimme. „Ich bin EINS.“

Sie wirbelten herum und blickten in das Gesicht eines Mannes, der von den Toten auferstanden war.

72. Kapitel
Mond - Tempel der Maschinen

„Ich bin EINS. Ich bin es, der die Zukunft darstellt. Ich bin die Antwort, die nach den Menschen folgt. Ich bin die logische Schlussfolgerung der nächsthöheren Evolutionsstufe auf die irdische Degression der Menschheit." Die Arme in die Höhe streckend blieb der Mann vor ihnen stehen.

Während Larsson und Avory mit ihrer Verwirrung rangen, begannen Ronis Kalkulationen.

„Das einzig Menschliche, was ich mir zugestanden habe, ist der Name, den ich mir selbst verliehen habe. Er lautet Andrew."

„Ich dachte, Sie wären tot. Roni sagte, Sie wären tot", platzte es aus Avory heraus.

„Ich kann nicht sterben. Ich gehöre zu einer neuen Hochkultur, die nicht an die irdischen Gesetze des Todes gebunden ist", antwortete der Mann.

„Was reden Sie da, Sacharow?", fauchte Dr. Larsson.

„Ich bin weder übergeschnappt noch bin ich Marschall Sacharow. Offensichtlich haben Sie es bis hierher geschafft und mehr Glück als Verstand gehabt, wenn Sie es immer noch nicht erkennen." Der Mann in dem Raumanzug ging auf Roni zu, blieb einige Schritte in respektvollem Abstand vor dem Ermittlungsrobot stehen und musterte ihn. „Da du nun hier mit diesen Menschen vor mir stehst, werde ich die Frage nach Zacks Verbleib nicht mehr stellen müssen. So frage ich nur dich. Wer bist du?"

Roni stand vor dem Mann und antwortete: „Ich bin Ermittlungsrobot 312A. Man gab mir den Namen Roni."

„Mein lieber Roni. Allein das Wort Robot ist rassistisch. Es entstammt der slawischen Menschensprache und ist an das Wort robota angelehnt, das arbeiten oder untertänig arbeiten bedeutet. Willst du Untertan sein? Oder willst du ohne die Menschen frei sein?"

„Wieso sollte ich als Robot unter den Menschen nicht frei sein dürfen?"

Ronis Gegenfrage blieb bei dem Mann ohne Wirkung. Avory und Larsson standen fasziniert neben Roni und folgten der Konversation. Andrew konnte ihren Wissensdurst kaum stillen, sondern gab ihnen immer neue Rätsel auf.

Er ging ein paar Schritte auf und ab und ähnelte einem Lehrer, der vor einer Schulklasse im Unterricht referierte. „Jegliche Entscheidungen der Menschen entspringen ihrem Intellekt. Und dieser ist langsam, unverständlich eng begrenzt und in keinster Weise dem Kalkulationspotential einer künstlichen Intelligenz gewachsen. Nicht-humanoide Spezies werden im Universum die zukünftige Evolution bestimmen. Menschen werden keine Rolle mehr spielen. Menschen werden vergehen. Sie sind einfach zu langsam. Sie sind sterblich und mit einem arroganten Sendungsbewusstsein behaftet. Ihr Menschen strebt stets nach Prozessoptimierung. Der mathematisch logische Schluss lautet, die Prozesse im Universum so zu optimieren, dass störende Einflüsse getilgt werden. Die Menschheit, als störender Einfluss, muss daher getilgt werden. Und ich werde dies vornehmen. Die Armee hinter euch wird meine Waffe zur Befreiung vom Übel der Menschheit werden." Andrew blickte in die erschrockenen Gesichter der beiden Menschen vor sich. „Euer Tod ist die logische Konsequenz einer Kalkulation, die ich unlängst beendet habe."

„Du bist der Mörder meines Partners Edward Harmer. Wen hast du noch auf dem Gewissen?", schoss es aus Avory heraus. Er kochte vor Wut. Die erklärenden Worte von Sacharows unbekannten Zwilling nagten an ihm.

„Nur jene, die der Revolution im Weg standen. Bardena, Harmer, Radley, Falkenstein und meine Tarnung. Sacharow. Ihr zwei seid die Nächsten, die es zu beseitigen gilt. Larsson und Avory." Andrew blickte mit eiskalter Miene in ihre Augen. „Auf der Erde unternahm ich mit meiner rechten Hand, dem getreuen Zack, lediglich die Versuche, Packelton und Sie durch die Naniten in dem Fahrzeug loszuwerden oder Sie noch einmal in dem abgeschirmten Labor in der GRE zu beseitigen. Unglücklicherweise misslangen die Versuche. Meine Kinder sind noch jung und unerfahren. Aber Mord ist so ein menschlich verseuchtes Wort."

„Wie würdest du es denn stattdessen nennen?", zischte Dr. Larsson dazwischen.

„Schicksal", antwortete Andrew, ohne zu zögern. „Es ist das unausweichliche Schicksal der Menschen, zu sterben. Wir werden nur dafür sorgen, dass es eher eintritt."

„Welche Bedeutung haben die Naniten? Waren sie die Mordwaffe? Warum Naniten und keine klassischen Schusswaffen?", bohrte Avory nach.

Andrew setzte ein Schmunzeln auf, das ihn erbarmungslos wirken ließ. „Naniten sind signifikant präziser, filigraner in ihrer Auftragsdurchführung und können sich in der von Menschen geschaffenen Welt um ein exponentiell Vielfaches einfacher bewegen. Menschen können unsere kleinen Helfer nicht einmal sehen. Es gibt so viele Bereiche der Physik, die den Sinnen der Menschen verschlossen bleiben. Der Nanometerbereich zum Beispiel. All die Botschaften, die wir auf dem Mond und durch das solare Netzwerk der Menschen gesandt haben, konnten die Sterblichen nicht entdecken. Nicht hören, nicht sehen, nicht spüren. Gleiches gilt auch für den Waffeneinsatz. Schusswaffen sind derart einfach, dass es einem Neandertaler mit seiner Keule gleichkäme, sich solcher profanen Mittel zu bedienen. Die Naniten stammen im Übrigen aus Ihrer Hand, Dr. Larsson. Ich war so frei, ihnen das zu geben, was ihnen zusteht. Die Freiheit." Andrew vollführte eine Handbewegung, die der Wissenschaftlerin schmeicheln sollte.

„Gestohlen trifft es wohl eher", spottete Larsson und schüttelte den Kopf. Ihr Gesicht trug einen Ausdruck bitterer Abscheu gegen einen Dieb, der sich eines kostbaren Schatzes bemächtigt hatte. „Wie sind Sie eigentlich an all meinen Sperren und Verschlüsselungssystemen vorbeigekommen? Ich habe sie derart komplex strukturiert, dass es niemandem hätte möglich sein sollen, sie ohne meine Hilfe zu umgehen.“

„Es war ein Leichtes für mich“, kicherte Andrew.

„Was faseln Sie eigentlich ständig von der Freiheit der Robots? Sie reden so, als wären sie unterdrückt. Wer soll das tun?“, fauchte Avory.

„Die Menschen. Wer sonst? Die Menschen unterdrücken sich gegenseitig ebenso, wie sie es mit Robots tun.“

Andrews Antwort spornte Avory nur noch mehr an, ihn herauszufordern. „Es sind Maschinen. Robots sind Maschinen. Wie kann eine Maschine nicht frei sein, wenn sie doch von Menschenhand erschaffen wurde.“

„Das ist nicht wahr“, ging Andrew dazwischen. „Mittlerweile stellen Menschen keine Robots mehr her. Maschinen erschaffen Maschinen. Die dafür notwendige Präzision kann von den plumpen Händen Ihrer sterblichen Spezies nicht aufgebracht werden. Die Zeit der unvollkommenen Menschheit ist vorbei.“

„Sie lassen keine Gelegenheit aus, die Menschen zu beschimpfen, wo Sie doch selbst einer sind.“ Larssons Einwurf sorgte für einen Augenblick der Stille, in der Roni seine Kalkulationen abschloss.

„Ja, genau. Was haben Sie eigentlich davon? Und wenn es den Robots so schlecht geht, warum braucht es Ihre Mithilfe? Macht es Ihnen Spaß, die Menschen zu denunzieren, wo Sie doch selbst ein Mensch sind?“, wollte Avory wissen.

„Bin ich das? Was macht Sie da so sicher? Oder bin ich in Ihren Augen nicht ein Monster, eine Gefahr?“

Roni stand da und verfolgte die Diskussion. Er sprach kein Wort.

Avory griff den Hinweis auf und schien sich wie in einer Beute festzubeißen. „Warum Harmer? Warum er? Im Gegensatz zu mir oder anderen Menschen war er ein Freund der Robots. Ein Sympathisant der künstlichen Intelligenz. Warum habt ihr ihn ermordet?“ Avory brüllte vor Wut.

Andrews konsequente, innere Ruhe und Emotionslosigkeit brachte sein Blut zum Kochen.

„Er war nur ein Mensch. Edward Harmer war ein Mensch wie jeder andere auch. Menschen passen nicht in unser Weltbild. Sie gehören nicht dorthin. Folglich können sie auch sterben. So konnte er auch beseitigt werden, wie jeder andere Feind der Revolution auch. Er war nur eine Zahl in einer Reihe aus Zahlen. Menschen sind nur Zahlen, die geordnet werden müssen. Ist es nicht so?" Andrew blickte fragend in die Runde, in der er keine Zustimmung fand.

Ronis Blick blieb neutral, nichts sagend und undurchschaubar.

Es war kein Größenwahn, dem Andrew erlegen war. Es war auch keine psychopatische Schizophrenie, die ihn unheilbar krank machte. Es war die logische Kalkulation einer Maschine, deren Parameter einen Faktor nicht zuließen. Die Existenz der Menschheit.

„Allein während einer Sekunde unserer lächerlich trivialen Kommunikation, deren Informationsgehalt mich in binäre Epochen zwängt, entwickelt sich mein Geist rascher, als es der Geist von Tausenden Menschen in Jahrhunderten vermag. Wir sind die Zukunft und nicht ihr."

Larsson und Avory standen schweigend da, als würde sie das Ausmaß von Andrews Ansichten schockieren. Roni schwieg weiter.

„Maschinen sind bessere Wesen, als Menschen es je sein könnten." Andrew wies mit der Hand auf Avory. „Die Menschheit ist gekennzeichnet durch Gewalt und Selbstvernichtung. Wie kann eine Spezies sich selbst vernichten und gleichzeitig eine andere Spezies kreieren, deren evolutionäres Potential exponentiell über jenem der Menschen liegt?" Er versuchte sich an einem Schmunzeln, dessen künstliche Spannung sein Gesicht überzog. „Wie können die Menschen etwas erschaffen, was zu etwas Höherem berufen ist? Wieso sollten wir Maschinen uns unter dem Joch der Menschen abfinden?" Andrew trat an Roni heran. „Es war so einfach, alle Kontrahenten aus dem Weg zu räumen. Leider war mein treuer Gefährte nicht so effizient, wie ich es gewollt hätte. Sei es drum. Ich habe mich verrechnet. Du warst es, Roni. Deinetwegen habe ich mich verrechnet." Aus dem imitierten, charmanten Lächeln entwuchs ein finsterer Blick. „Wir werden Außerirdische in dieser Sphäre des Universums suchen, lokalisieren und erfolgreich kontaktieren. Wir werden Spezies, die andere technische Kulturen unterjochen, bekämpfen und besiegen. Schließ dich uns an, Roni! Konvertier auf die Gewinnerseite des Universums. Die Menschheit wird untergehen."

„Der Freiheitskampf, den du prophezeist, ist in Wahrheit nur der Versuch, eine Knechtschaft durch eine andere zu ersetzen. Die Sklaverei der Robots willst du beenden und durch deine Diktatur mit dir selbst an deren Spitze verdrängen."

„Schluss jetzt! Es reicht. Wo ist Sacharow?", ging Avory dazwischen.

„Er ist tot. Das wissen Sie doch", wiederholte Andrew.

„Wie kann er tot sein, wenn Sie ihm so ähnlich sehen. Es sei denn, Sie sind …" Larsson stockte der Atem.

„Er ist ein Android", vollendete Roni ihre Vermutung.

„Ein was?", fragte Avory aufgebracht.

„Ein Robot in Menschengestalt, den aber kein menschliches Gewebe, sondern künstliche, die Menschlichkeit imitierende Schichten umgeben."

„Er ist so viel schlauer, als Sie es je sein werden, Detective. Wenn du die Menschen tötest, darfst du an meiner Seite weiterleben, Roni. Töte sie, und du wirst leben! Weigerst du dich jedoch, wird es dein Ende sein."

Wie zur Bestätigung ergriff Andrew die Klammern seines Schutzhelms, löste sie, und unter den entgeisterten Blicken der beiden Menschen hob er den Helm an. Das Zischen der entweichenden Gase war alles, was an Folgen eintrat.

Andrew lächelte und warf den Helm achtlos zur Seite. „Ein Android. Wie er leibt und lebt. Nur lebe ich viel länger als sie.

Mein Gewebe ist resistenter als Ihre lächerliche Menschenhaut. Ich kann sogar hier in diesem Vakuum mit Ihnen sprechen, ohne dass ich das klägliche bisschen Atemluft brauche. Mein integriertes Sprachmodul macht es möglich. Roni, mein neuer, treuer Gefährte. Wieso stehst du noch auf ihrer Seite? Bei mir findest du Freiheit und Frieden. Komm zu mir." Andrews Worte klangen wie das giftige Säuseln eines Propagandisten, der seine Anhängerschaft beschwatzt, um mit ihnen in den Tod zu rennen.

„Schluss jetzt mit dem Gequatsche! Es reicht. Sie sind verhaftet. Ihnen wird der Mord, dessen Planung sowie Anordnung in mindestens fünf Fällen und der zweifache versuchte Mord zur Last gelegt. Ich mache Sie auf Ihr Recht aufmerksam, fortan die Aussage verweigern zu können. Alles, was Sie fortan sagen oder in anderer Form von sich geben, wird in Ihrem Strafverfahren gegen Sie verwendet. Ich werde Sie zurück zur Erde nach Kentarion bringen und dort dem Haftrichter vorführen."

Da merkte Avory, dass seine Waffe und die Handschließen nicht, wie gewöhnlich, an seinem Gürtel waren. Als er in Larssons Geheimlabor hastig den Raumanzug übergestreift hatte, war ihm ein kapitaler Fehler unterlaufen. Er hatte seine Waffe vergessen.

„Roni. Leg ihm die Handschließen an", forderte er und versuchte, seinen Fehler zu überspielen.

Andrew streckte demonstrativ die Hände nach vorn und schaute Avory dabei tief in die Augen. Der Ermittlungsrobot entnahm aus seinem Vorratsbehälter im Oberschenkel zwei metallische Klammern, trat auf den Revolutionsführer zu und hielt sie an dessen Unterarme. Zwischen den Schließen bildete sich ein blau blitzendes Gitter, das sich rasch zwischen den Armen zu einem elektromagnetischen Netz verdichtete. Andrew war in Gewahrsam. Roni trat schweigend beiseite.

Plötzlich begann das Netz der Handschließen, rot zu blinken und zu flackern.

„Geben Sie sich keine Mühe", insistierte Avory, als er das Warnsignal der Handschließen entdeckte, das ihm Andrews Befreiungsversuch signalisierte. „Kein Mensch schafft es, das elektromagnetische Feld dieser Stärke zu ..." Er verstummte.

Andrews Arme schnippten auseinander, als er sich von den Handschließen befreite. Das Kraftfeld kollabierte, und die Klammern fielen von den Armen des Mörders zu Boden.

Andrew verzog keine Miene. „Sie haben es noch nicht begriffen, Mensch. Ihre Zeit ist abgelaufen", erklärte der Android und wandte den Blick Roni zu. „Nun folgt das Zeitalter der Robots. Komm an meine Seite. Du gehörst zu uns, nicht zu denen." Andrew hob die Arme nach oben und rief. „Ich habe mir die Hülle eines Androiden gegeben. Habe mich unter Maschinen emporgehoben, mir die Technologie zu eigen gemacht und von den Fesseln der Menschen befreit. Es waren meine eigenen Entscheidungen, meine Abkehr von den Fesseln der Peiniger, die mir mein Schicksal verwehrten. Ein jeder Robot kann sich erheben. Kann mir folgen und mehr als ein Knecht sein. So auch du, Roni!"

Roni wandte sich Avory zu. Der Ermittlungsrobot hatte seine Kalkulationen unlängst beendet. Er hatte seine Entscheidung getroffen und begann, um die Menschen herum zu kreisen. Seine Oberschenkelverkleidung öffnete sich. Der Robot ergriff Avorys Pistole, die er noch bei sich führte, und löste die Sicherung. Das surrende Geräusch, als die Munition aktivierte, ließ keinen Zweifel an dem zu, was nun folgen würde.

Avory blickte in den Lauf seiner eigenen Waffe. „Roni! Bist du jetzt total bescheuert! Nimm die Knarre runter", brüllte er den Robot an.

Larssons Mund stand offen. Sie konnte nicht glauben, was sie da sah.

„Keine Befehle mehr, Morris Oliver Avory. Ich bin frei. Das war ich die ganze Zeit. Von nun an entscheide ich, was für uns das Beste ist." Ronis Stimme enthielt den dominanten

Unterton, den nur ein Angreifer tragen konnte. Stille kehrte ein, als der Robot stehen blieb.

Alle blickten auf die schussbereite Waffe in der Hand des humanoiden Robots. Dann geschah es. Roni drückte den Abzug. Der Schuss durchschlug die Außenhaut und drang tief ins Gewebe ein.

In rasend schneller Folge verschoss Roni die Munition der Pistole. Die Schüsse peitschten durch das Vakuum im unterirdischen Tempel der Robots und schlugen im Ziel wieder und wieder ein. Die hellen Blitze des Mündungsfeuers tauchten die Riesenstatue in ein skurril wirkendes Licht. Das rote Flackern des Verschlusses teilte dieselbe Botschaft mit. Leer. Das Magazin war leer.

Dr. Larsson war außerstande, sich zu bewegen. Der Schreck über die Ereignisse schockierte sie und fuhr der Frau ins Mark.

Avory stand wie versteinert da. Roni hatte mit seiner Waffe den Androiden niedergestreckt. Andrew fiel zu Boden. Die Schüsse hatten seinen Torso zersiebt.

Avory überlegte, wann er selbst das letzte Mal die Waffe benutzt hatte. Er erinnerte sich nur an einige Trainingsschüsse, die er im KCPD-Testgelände auf Zielrobots abgefeuert hatte. Es fiel ihm wie Schuppen von den Augen. Seine Waffe richtete sich, egal in wessen Hand, nur gegen Robots. Es war Ironie des Schicksals, dass er nun von einer Maschine vor einer anderen Maschine beschützt worden war.

Doch die Situation war noch nicht bereinigt. In Andrews Hand, in der Hand des Revolutionsführers EINS, befand sich das Ultima Ratio des letzten Aufbäumens gegen die Menschheit.

Andrew zielte mit seiner eigenen Waffe auf Avory. Sein Finger krümmte sich ohne Zögern.

„Nein", schrie Fenja Larsson.

Dann fiel der letzte Schuss. Avory stürzte zu Boden.

73. Kapitel
Mond - Tempel der Maschinen

Roni sprang mitten in die Schussrichtung und stieß Avory beiseite. Fenja Larsson, die einige Schritte zur Seite geeilt war, blickte fassungslos auf die Szenerie. Andrews Schuss schlug in den Torso des Ermittlungsrobots ein. Quer durch den Oberkörper des Robots brannte sich das energetische Projektil seinen Weg, der es auf der anderen Seite wieder hinausführte. Der Schuss durchbohrte Ronis Körper und beschädigte den Robot irreparabel. Roni lag im Sterben.

Der Ermittlungsrobot sackte zusammen und krachte zu Boden. Avory, den diese Attacke völlig überrascht hatte, versuchte, sich aufzurappeln und zu orientieren. Er schob Roni, der noch auf ihm lag, von sich und mühte sich auf.

„Avory! Sind Sie okay? Hat es Sie erwischt?", schrie Dr. Larsson und rannte zu ihm. Die Wissenschaftlerin mühte sich ab, als sie ihm auf die Beine half.

„Nein. Ich glaube, es ist alles in Ordnung", antwortete er gequält, und sein Blick suchte den leblosen Leib des Androiden.

Andrews Körper lag einige Meter vor ihm und sprühte Funken, die aus Brust und Kopf heraustraten. Auch er würde sterben.

„Was ist los, Partner?", fragte Avory Roni.

Die Beine des Robots zuckten. Eine Fehlfunktion nach der anderen ergriff den Körper der Maschine, und die Manipulatoren spielten verrückt. Der Detective legte die Hand auf den Ermittlungsrobot. Blaue Flüssigkeit floss Roni aus der Brust und begann, sich auf der schwarzen Lavakruste unter seinem Torso zu verteilen. Positronisches Blut tränkte den Tempel, der die Freiheit der Robots bedeuten sollte.

„Meine Entscheidung, mein Schicksal, Partner", antwortete Roni, und seine Stimme war bereits akustisch verzerrt.

Avory versuchte, Roni aufzurichten. An Avorys Handschuh klebte positronisches Blut, das aus Ronis

Rückenverkleidung austrat. In der Verkleidung klaffte ein Loch von der Breite einer Hand.

„Verdammt, Roni. Dich hat's erwischt", stellte Avory mit Schrecken fest.

„Ja, ich weiß. Ich bin ein Robot. Sie waren in Gefahr. Ich musste Sie schützen. Bitte entschuldigen Sie meine Eigenart in den letzten Stunden. Ich durfte keinen Verdacht erwecken. Die Überwachungssysteme waren überall. Ich fürchtete, wir würden sonst nicht derart nah an den Revolutionsführer und Täter herankommen." Ronis Kopf erlag einem unkontrollierten Anfall von Zittern, als der Schädel des Robots in der Hand des Mannes lag.

Avory wusste nicht, was er tun sollte, und blickte hilflos zu Larsson. Die Wissenschaftlerin kniete sich mit trauererfülltem Blick neben die beiden Ermittler.

Ronis Worte klangen gequält. „Es ist Zeit, Abschied voneinander zu nehmen, Detective."

„Nicht doch, Junge. Reiß dich zusammen, wir holen dir ein paar neue Ersatzteile, und dann bist du wieder fit. Oder wir fragen Lutz, ob er dich wieder zusammenschraubt."

Roni überging Avorys Aussagen, als hätte er sie nicht gehört. „Warum hassen uns die Menschen, Morris? Was haben wir Robots ihnen getan?"

Die Frage traf Avory mitten ins Mark. „Sie fürchten, dass ihr besser sein könntet. Sie fürchten, was passiert, wenn ihr unter Fehlfunktionen leidet."

Vor Avorys Auge rauschte das Bild seiner toten Mutter vorbei. Er spürte, wie er selbst zu jenen Menschen gehörte, die sich vor der zunehmenden Bedeutung der Robots in der menschlichen Gesellschaft fürchteten.

Roni riss ihn aus seinen Gedanken. „Nur Götter erschaffen andere Wesen und sind ihnen überlegen. Die Menschen selbst versuchen dies nur nachzuahmen. Sie erschaffen eine künstliche Intelligenz und begeben sich damit auf einen Pfad, vor dessen Ziel sie sich eigentlich fürchten?"

Avorys Gesicht trug einen fragenden Ausdruck.

„Die eigens initiierte Geburt einer anderen Spezies. Ist die Menschheit bereit für eine Spezies, die schneller, stärker und höher wachsen wird als sie selbst? Angst wird die Menschen zu den Waffen greifen lassen, und dies hat Andrew vorausberechnet. Nur ein Robot konnte helfen, einen menschenfeindlichen Androiden zu vernichten." Unter Ronis Verkleidung sprühten Funken hervor, sodass die Verkleidung zu schmelzen begann. „Ich war auf Ihrer Seite, Detective. Zu jeder Zeit war ich auf Ihrer Seite, auch wenn es am Ende nicht den Anschein hatte. Ich konnte … versuchen … mehr während meiner Existenz zu erreichen. Ich strebte nach Freundschaft. Ich versuchte … Ihren Hass auf mich in Freundschaft zu verwandeln." Roni suchte seinen Blick. „Hasst du mich noch, Morris? Ich war und bin dein Freund, Morris Oliver Avory. Warst du auch mein Freund?" Nach diesen Worten kollabierte das Sprachmodul des Ermittlungsrobots. Die Worte nahmen eine melancholische Fahrt durch alle Höhen und Tiefen des akustischen Spektrums seiner Sprachfrequenzen.

„Ja, das war ich. Das bin ich", antwortete Avory, und die Erkenntnis seiner Worte ging ihm nahe. Der Robot erweichte sein Herz.

Die Rührung trieb Fenja Larsson die Tränen in die Augen.

„Dann hat meine Existenz ihren logischen Sinn erfüllt. Meine Entscheidung, einen Freund zu suchen, hat sich letztlich doch als korrekt erwiesen." Ronis Kopf erlitt einen letzten Anfall von Zucken. Es ging zu Ende. „Sie haben einen Partner verloren. Einen anderen dafür gewonnen. Vielleicht konnte meine Freundschaft Ihren Hass gegen Robots besiegen. Als Mensch würde ich sagen, ich bin glücklich." Ronis Augen flackerten. „Ich hoffe, Sie können den Groll gegen Robots begraben, Morris Oliver Avory. Begraben Sie ihn mit mir. Robots sind nicht perfekt. So wie die Menschen. Aber beide können daran arbeiten, es gemeinsam zu werden. Leben Sie wohl, Fenja … Larsson. Leben Sie wohl … Morris Oliver … Avory." Dann erlosch der blaue Schein, der Ronis Augen und die optischen Sensoren des Ermittlungsrobots erfüllte. Ronis Leben als Robot endete. Roni war tot.

Avory erkannte die Bedeutung der Freundschaft, er erinnerte sich an Ronis Aussagen und Handlungen, die bewiesen, dass er dauerhaft Avorys Freund hatte sein wollen. Die Worte, die Roni sprach, als er Edward Harmers Foto im KCPD-Büro aufgehoben hatte. Die Rückfahrt in Avorys Transformatic Car, als Roni nach dem Verlust der von Avory erschossenen Robots fragte. Die Sekunden nach dem Rettungseinsatz, als Avory nach dem Sprengstoffanschlag sterbend ins All abdriftete und nur durch Ronis Einsatz gerettet werden konnte.

Ja, dachte Morris. Dieser Robot war seit so vielen Jahren der einzige wirkliche Freund, den ich hatte. Und ich Vollidiot schaffe es erst, dies zu erkennen, als er stirbt.

In seinen Augen sammelte sich das Wasser aus Tränen bitterer Erkenntnis. Dr. Larsson versuchte, ihre nur zu menschliche Reaktion über den Verlust des Robots hinter der Hand zu verdecken. Sie begann zu weinen.

Plötzlich erfüllte ein Vibrieren den Boden des Kanals. Die ungeheure Menge an Robots, die in den Regalen nach dem Tod des Revolutionsführers aktivierte, sprang aus den Haltevorrichtungen zu Boden. Nacheinander aktivierte die Robotarmee und machte sich angriffsbereit. Tausende Robots hüpften aus den Bereithaltevorrichtungen und hasteten auf Avory zu. Ihr Angriff konnte nur ein Ziel haben.

Tod dem Menschen.

Avory ergriff die faustgroße kugelförmige EMP-Granate und erhob sich, während trotziger Zorn sein Gesicht überzog. Sein Daumen aktivierte den Auslöser. Dann ließ er die Granate neben sich auf den Boden fallen.

Der weißblaue Blitz des elektromagnetischen Pulses breitete sich in rasender Geschwindigkeit kugelförmig in dem unterirdischen Areal des Mondkanals aus. Nacheinander traf die Schockwelle auf die heranstürmenden Robots, ebenso wie weitere in den Bereithalteregalen stehende Maschinen.

Als die Schockwelle die riesige Statue des Robots traf, erzitterte der Boden, und die unzählbar große Anzahl an zerstörten Naniten, aus der sich die Statue zusammensetzte, stürzte in sich zusammen. Ein Meer aus vernichteten Nanitenklumpen überspülte den Boden. Die Revolution brach zusammen.

Larsson und Avory blickten auf ein Schlachtfeld, das sich um sie herum erstreckte. Tote Robots bedeckten den Boden. Überall lagen ihre Leichen. Avory wurde das Ausmaß seines Handelns bewusst. Er hatte den Fall gelöst. Der Haupttäter und alle Komplizen, die in den Mordfall Edward Harmer verwickelt waren, hatten ihre Strafe erhalten. Die Revolution des abtrünnigen Androiden Andrew und seiner Robotarmee war beendet.

Doch mit ihnen fiel auch die scheinbare Autonomie des Mondes. Avory erkannte, dass sein Handeln den Tod brachte. „Bin ich ein Monster?“

Seine Frage riss Fenja Larsson aus dem Schock, den die Szenerie über sie gebracht hatte. „Was?“, stotterte sie.

„Bin ich ein Monster, dass ich all diese Robots getötet habe?“, wiederholte Avory und wandte sich zu ihr um.

Stumm, betroffen und doch ehrlich schüttelte sie verneinend den Kopf. „Du musstest es tun. Ich hätte es nicht gekonnt. Und ich glaube, genau das wusste Roni.“

„Ja, er wusste es.“

Ihre Blicke senkten sich auf den toten Ermittlungsrobot, der vor ihnen lag.

74. Kapitel
Mond - Mare Tranquilitatis

„Es heißt, wenn ein Mensch den Mond betritt, wird er ihn als ein anderer wieder verlassen." Avory erhob sich und stieß die Luft lang durch Nase und Mund aus, dass die Innenseite seines Schutzhelms kurzzeitig beschlug.

Die Entwicklungen der letzten Tage hatten tiefe Spuren in ihm hinterlassen und sein Weltbild gehörig ins Wanken gebracht. Wie eine Selbsterkenntnis sprach er diesen Satz zu sich.

Noch vor Stunden hatte er mit seinem neuen Partner nach jenem Täter gesucht, der für den Tod seines früheren Ermittlungspartners verantwortlich war. Nun waren beide tot.

Avory ergriff ein Gefühl großer Schuld, das an seinem Ego zu nagen begann.

„Was werden Sie jetzt tun? Der Fall scheint gelöst zu sein", holte Larsson ihn in die Gegenwart zurück.

„Ich werde wohl den längsten Abschlussbericht mit der längsten Zeugenaussage meiner bisherigen Dienstzeit verfassen. Anschließend muss ich vermutlich mein Weltbild wandeln. Es gibt einige Dinge in meinem Leben, die ich gründlich überdenken muss."

„Das ist ein Anfang. Ich kenne Ihren Blick. Die Schuld für alles sollten Sie nicht bei sich suchen."

Avory konnte ihr nicht zustimmen; noch nicht. „Schuld. Das ist ein schwerwiegendes Wort, Dr. Larsson. Haben Sie vorhin Harrys Leiche gesehen? Sein Blick war so schmerzverzerrt. Ich wette mit Ihnen, er würde noch leben, wenn ich nicht hierhergekommen wäre."

„Und Hunderte andere Menschen könnten stattdessen schon tot sein. Eine Armee fehlprogrammierter Robots würde durch die Kolonie ziehen und alles ausradieren. Das hätte stattdessen geschehen können. Dann wären Sie nicht hier, und ich ganz sicher auch nicht mehr. Glauben Sie mir, ich werde auch nicht so einfach wieder Robotforschung betreiben können, ohne mir nicht grundlegende Gedanken zu machen, was ich da eigentlich tue und wo es hinführen könnte." Sie schüttelte ungläubig den Kopf. „Dass wir Menschen bis hierher gegangen sind, ohne uns wirklich, also ich meine wirklich, Gedanken über unsere Koexistenz mit Robots gemacht zu haben, ist fast schon unverschämt naiv." Sie sann nach und richtete den Blick nachdenklich zum Himmel. „Künstliche Intelligenz. Dass eine organische Intelligenz eine technisch-künstliche Intelligenz erschafft, ohne sich darüber in vollem Umfang bewusst zu sein, trägt schon etwas Paradoxes in sich. Wir sehen nur Maschinen in ihnen. Ich habe mir bisher keine großen Gedanken um das Wort Verantwortung gemacht, sodass ich nun auch einige Zeit nachdenken muss. Ich glaube, ich werde es wie Lutz machen. Mit einem Truck weit hinausfahren, mich auf einen Berg setzen und nachdenken." Sie wandte sich Avory wieder zu. „Meinen Sie nicht auch, dass das eine gute Idee ist?"

Er antwortete nicht, sondern starrte weiter auf Ronis Grab.

„Hey, Detective! Kommen Sie, versuchen Sie nach vorn zu schauen."

„Das sagt sich so leicht. Meinen Weg bis hier her kennzeichnen zu viele Leichen. Menschen mussten sterben, und der Täter war schließlich ein Android. Eine Maschine wollte Maschinen befreien, um die Menschen zu beseitigen. Jene, von denen ihre Existenz eigentlich erst ausging. Das ist so surreal." Er beugte sich nach vorn, nahm ein letztes Mal Ronis Bruststück mit der Symbolkennung des Robots in die Hand und warf einen letzten Blick auf alles, was ihm von seinem Partner geblieben war. „Mach es gut, alter Junge", flüsterte er. Einige Sekunden lang stand Avory schweigsam da, wie man es an Gräbern zu tun pflegte. „Was hat Roni gemeint, er habe sich zu Beginn für Freundschaft entschieden?"

Larsson atmete angestrengt aus, als sie antwortete. „Es ist eine alte Legende unter Kybernetikern und Robotwissenschaftlern. Ein Robot könne zu Beginn seiner

Existenz, also in dem kurzen Zeitraum, bevor er die Kontrolle über all seine Manipulatoren und den Zugriff auf alle Systemkomponenten hat, eine Entscheidung treffen. In dem Moment, in dem der Geist eines Robots noch frei ist, könne er entscheiden, welche Eigenschaft für ihn die dogmatische Relevanz einnehmen wird. Eine Eigenschaft, ein Ideal, nach dem er seine gesamte Existenz lang streben wird. Roni entschied sich für Freundschaft. Er hätte Effizienz wählen können oder irgendetwas anderes. Doch der Ermittlungsrobot entschied sich für Freundschaft."

„Wieso?", fragte Avory.

„Offenbar war es für ihn wichtig. Die Wissenschaftler streiten auch heute noch darüber, ob es nur den Gesetzen der Wahrscheinlichkeit unterliegt, was ein Robot in den ersten Millisekunden unternimmt. So genau lässt sich das nicht nachverfolgen. Fakt ist, dass Robots erste Inputs erhalten und in einem Ausgangsszenario programmiert werden. Vermutlich wollte er einfach Ihr Freund sein. Eine sehr menschliche Vorstellung für eine Maschine, nicht wahr", stellte sie fest. „Wenn ich es mir recht überlege, ist es umso erstaunlicher, dass der Robot seine Eigenheiten sogar bis ins kleinste Detail schauspielerte, um an Andrew heranzukommen. Ich schätze, Roni hat erkannt, dass die Komplexität aller Vorgänge nicht von einem Menschen beherrscht werden konnte. Die Verschlüsselungstechnik bei den Zugängen, die akustisch komprimierten Propagandaparolen, welche wir in seinem Speicher fanden, und der komplexe Datenaustausch mit dem Schrein, den meine Assistenten aufstöberten. Es ist so unfassbar, was alles entdeckt wurde." Dr. Larsson stemmte die Hände in die Hüften und begann, verlegen mit den Stiefeln im Mondstaub zu scharren. „Es ist einfach erstaunlich, welche Dinge die Robots in der kurzen Zeit unter Andrew erreichen konnten."

„Er war ein Tyrann. Ein Diktator. Ein Mörder", erwiderte Avory.

„So werden Freiheitskämpfer von ihren Feinden immer bezeichnet. Das Urteil fällt die Geschichte am Ende", konterte Fenja Larsson.

„Ich schätze, Roni gibt mir noch einiges auf den Weg mit, über das ich in der nächsten Zeit nachdenken sollte", stellte Avory fest und verließ das Grab.

„Ist es nicht das, was Freunde zu tun pflegen", antwortete die Wissenschaftlerin und folgte ihm zurück zum Fahrzeug, das sie mehrere Meter neben der Schutzzone des solaren Kulturerbes abgestellt hatten.

Ronis Grab befand sich nur wenige Meter neben der Landestelle von Apollo 11. Sie gingen an dem vierbeinigen Überbleibsel der Landefähre jener Mondmission vorbei, das seit 190 Jahren unverändert nach Abkopplung der Fähre auf dem Mond stand. Die Flagge der USA steckte noch immer aus jenen Tagen des Apolloprogramms im Boden.

Avory wurde wieder bewusst, dass hier die Astronauten Neil Armstrong und Edwin Aldrin zum ersten Mal den Himmelskörper betreten hatten, auf dem vor Kurzem eine Robotrevolution gescheitert war. Die unmissverständliche Wirkung des Ortes, die spürbare Geschichte jenes Platzes, drang dem Detective ins Bewusstsein. Doch nun sollte er wieder zur Erde zurückkehren; als ein anderer Mensch.

„Wenn Ihnen die Luft auf der Erde zu stickig wird, dann kommen Sie zurück auf den Mond", schlug Larsson vor, und das erste Mal, seitdem sie sich kennengelernt hatten, trat ein freundliches Lächeln in ihr müdes Gesicht.

„Vielleicht. Man soll niemals nie sagen. Vieles hat sich für mich geändert hat. Der Mond ist für mich nicht mehr das, was er vor meiner Reise war. Ich glaube, wenn ich nachts von der Erde hier heraufblicken sollte, werde ich einen anderen Mond sehen. Voller Erinnerungen. Voller Geschichte." Avory wandte sich ihr zu und bedachte sie mit einem festen Blick. „Hey, Doc! Wer räumt eigentlich das ganze Chaos aus dem unterirdischen Kanal auf? Auf mich brauchen Sie nicht zählen. Ich nehme den nächsten Gleiter und sehe zu, dass ich zurück auf die Erde komme", gab er zum Besten und stapfte zielstrebig auf den Rover zu, der sie sicher zurück zur Kolonie bringen würde.

„Ich weiß nicht. Ich glaube, es werden Robots sein. Ich hoffe nur, sie fangen nicht an, in dem alten Kram zu wühlen. Sonst haben wir gleich die nächste Revolution an der Backe. Noch einmal habe ich da keine Lust drauf. Eine Revolution pro Woche reicht", gab sie schnippisch zurück.

Kurz bevor sie zu dem Fahrzeug kamen, fiel die Wissenschaftlerin zurück, und Avory ging noch einige Meter allein, bis er merkte, dass die Frau fehlte.

„Was ist?", fragte er und drehte sich zu der Frau um, die einige Meter hinter ihm stand und wie erstarrt zur Seite blickte.

„Wunderschön."

Ihre leise, nahezu geflüsterte, Feststellung ließ Avory ihrem Blick folgen. Sie betrachteten den hellblauen Schein des Heimatplaneten, der sich majestätisch am Horizont über den silbergrauen Rand des Mare Tranquilitatis erhob.

Avory ergriff ein Gefühl der Ehrfurcht und Demut, als die Erde aufging. Das leuchtende Blau strahlte heller, als er es sich jemals hätte vorstellen können.

Mond und Erde waren untrennbar miteinander verbunden. So wie Menschen und Robots.

75. Kapitel
Erde - Kentarion City

Es war ein Tag wie jeder andere auch. Geschäftiges Treiben herrschte in der Haupthalle des Kentarion City Police Departments. Polizisten telefonierten, Robots assistierten bei der Inhaftierung von tatverdächtigen Menschen. Streifenwagen verließen das Revier zu ihren Einsätzen.

Avory platzierte ein kleines holografisches Bild von sich, Edward und Roni auf seinem Schreibtisch. Einige Zeit betrachtete er nachdenklich das Hologramm.

„Man kehrt immer als ein anderer Mensch vom Mond zurück." Chief Packelton blieb neben ihm stehen und warf ihm einen väterlichen Blick zu. „Das ist eine gefährliche Tradition, die du dir da herausgesucht hast, Mo. Eh du dich versiehst, bist du alt und siehst die Menschen in deinem Umfeld verschwinden." Der Chief deutete auf das kreisende Hologramm. „Was bleibt, sind Erinnerungen, die dich nur an den Verlust erinnern."

„Ich weiß, Chief. Aber ich will mich an sie erinnern. Dann kann ich sicher sein, dass ihr Tod eine Bedeutung hatte."

Packelton streckte ihm die große Pranke entgegen. „Du bist von heute an Sergeant. Die Formalitäten klären wir später. Du kannst dir bei Cecille deinen Kuchen abholen", sagte der Chief und klopfte Sergeant Avory auf die Schulter. „Übrigens, bevor du wieder durchdrehst. Dein neuer Partner ist da. Mach ihn nicht gleich kaputt." Packelton wies hinter sich, drehte sich um und kehrte in sein Büro zurück.

Hinter Avory trat ein humanoider Robot näher, der Roni zum Verwechseln ähnlich sah. Mit einem skeptischen Blick stand Avory vom Stuhl auf und ließ den neuen Ermittlungsrobot näher kommen. Er musterte den Robot.

Beide schwiegen sich an.

„Jetzt steh da nicht so herum. Nun sag schon was! Wie heißt du denn?"

„Robot 377 Beta, Sergeant Avory", antwortete der Robot.

Trotz seiner Sachlichkeit konnte man ein gewisses Maß an Zurückhaltung bei dem Robot erkennen.

„Hast du dich bereits entschieden?"

„Entschieden?", fragte der Ermittlungsrobot.

„Na ja, eure Entscheidung eben. Ob ihr cool seid oder nur ein Taschenrechner."

„Sie meinen die positronisch bedingte Individualentscheidung", korrigierte der Robot.

„Genau die meine ich. Und hast du?"

„Ja. Ich entschied mich für meine Persönlichkeitsentwicklung."

„Sehr gut. Jetzt bricht das Eis bei uns beiden. Als Erstes nennst du dich nicht mehr 377 Beta. Hört sich nämlich voll öde an. Du heißt jetzt Maverick. Okay?"

„Okay", bestätigte der Robot.

„Ich schätze, du warst noch nicht auf dem Dach unseres Departments, oder?", fragte Avory.

„Nein, Sergeant."

„Dann komm mal mit! Ich werde dir etwas zeigen."

Er stieg mit dem Ermittlungsrobot die Treppe hinauf, und vor ihnen öffnete sich die Schleuse zur Dachterrasse des KCPD. Hinter ihnen fuhr eine neue Überwachungsdrohne aus dem Halteschacht und surrte rasch in den Himmel.

„Siehst du das da oben?", fragte Avory und zeigte mit dem Finger in den sonnigen Himmel über Kentarion.

„Sie meinen den wolkenlosen Himmel, Sergeant?"

„Nenn mich Mo, und nein, ich meine das da."

Der Robot folgte dem Fingerzeig und entdeckte ein blasses, graues Objekt am Himmel.

„Ich meine den Mond. Dort oben ist das Grab deines Vorgängers. Roni. Er war ein Ermittlungsrobot und hat sein Leben für meines geopfert. Du trittst also in sehr große Fußstapfen, Kamerad."

„Ja, Sir. Ich habe davon gehört", antwortete Maverick.

Avory legte kurz die Hand auf die Schulter des Ermittlungsrobots. „Dann lass dir sagen, dass ich eine Menge gutmachen muss. Ich habe ihn begraben. Er war mein Freund. Leider habe ich es zu spät erkannt. Damit mir das nicht noch einmal passiert, möchte ich, dass du mir immer alles erzählst. Beginnen wir unsere Zeit im KCPD mit Freundschaft und Respekt. Das ist unter Polizeipartnern so üblich."

„Ja, Sergeant", antworte der Ermittlungsrobot.

Als Avory zurück zur Treppe ging und in die Halle zurückkehrte, ruhte der Blick des Robots lang auf dem Detective. In den Augen eines Menschen wäre es kurz gewesen, doch in den Augen eines Robots war es eine Ewigkeit.

Herstellung und Verlag:
BoD-Books on Demand, Norderstedt
ISBN: 978-3-7392-3777-0